HEYNE BÜCHER



SCIENCE FICTION

Herausgegeben
von Wolfgang Jeschke

Ein Verzeichnis weiterer Bände dieser Serie
finden Sie am Schluß des Bandes.

STAR TREK
DEEP SPACE NINE

PETER DAVID

# Die Belagerung

*Roman*

**Deutsche Erstausgabe**

WILHELM HEYNE VERLAG
MÜNCHEN

HEYNE SCIENCE FICTION & FANTASY
Band 06/5129

Titel der Originalausgabe
THE SIEGE
Übersetzung aus dem Amerikanischen
von Andreas Brandhorst

Redaktion: Rainer Michael Rahn

Printed in Germany 1994
Umschlagbild: Pocketbook/Simon & Schuster
Umschlaggestaltung: Atelier Ingrid Schütz, München
Technische Betreuung: Manfred Spinola
Satz: Schaber Satz- und Datentechnik, Wels
Druck und Bindung: Ebner Ulm

ISBN 3-453-07749-0

*Paullinas Fernseher gewidmet.*
*Möge er lange flimmern…*

# PROLOG

Das Raumschiff mit dem Mörder an Bord glitt durchs All.

Es handelte sich um ein kleines Schiff, das über ein recht großes energetisches Potential verfügte. Mit hoher Geschwindigkeit flog es durch die schwarze Leere, dem nicht mehr weit entfernten Ziel entgegen.

Bald.

Bald war es soweit.

Bald begann es. Bald nahm alles seinen Lauf.

In dieser Hinsicht erwartete der Mörder keine Schwierigkeiten. Und selbst wenn sich Probleme ergaben – er würde sie lösen.

Viele Erfolge lagen hinter ihm. Er suchte jeden beliebigen Ort auf. Er verhielt sich so, wie er es für richtig und angemessen erachtete. Niemand konnte vorausahnen, was er unternahm. Niemand konnte ihn aufhalten.

Er brachte Schrecken und ging seinen Angelegenheiten nach. Anschließend brach er wieder auf, wenn das seinem Wunsch entsprach.

Niemand würde sich ihm in den Weg stellen. Niemand war dazu imstande.

Er wandte sich vom Fenster ab und gab die gegenwärtige Gestalt auf. Der Körper verwandelte sich in eine zähflüssige Masse, bildete eine Lache auf dem Boden und gewann dann eine neue Struktur.

Er verwandelte sich in einen unscheinbaren Koffer.

Der Mörder schlief und träumte vom Töten.

Niemand würde ihn sehen…

# KAPITEL 1

»Paß jetzt gut auf.«

Miles O'Brien – er hatte ein kantiges Kinn und lockiges Haar, genoß in Deep Space Nine den Ruf, sich durch eine ›aggressive Geduld‹ auszuzeichnen – grinste über das ganze Gesicht. Auf eine andere Art und Weise schien er überhaupt nicht lächeln zu können. In seinen Augen blitzte es schelmisch. So hatte er vor Jahren eine gewisse Botanikerin an Bord der USS *Enterprise* angesehen, als er ihr zum erstenmal im Gesellschaftsraum des zehnten Vorderdecks begegnete. Die betreffende Dame empfand jenen Blick als unschuldig, sogar ein wenig verspielt. Sie nahm eine Mischung wahr, die sie als recht angenehm empfand: die Seele eines Jungen im Körper eines Mannes.

Vier Jahre waren seitdem vergangen.

Jetzt weckte das Grinsen Ärger in ihr.

Keiko – so hieß die verärgerte Botanikerin und Ehefrau – sah nicht von den Unterrichtsplänen auf, die sie für den nächsten Tag zusammenstellte.

Auf den ersten (und auch auf den zweiten) Blick betrachtet, schienen Keiko und O'Brien nicht zueinander zu passen. Das offene, heitere Wesen des Iren bildete einen starken Kontrast zur Zurückhaltung der Asiatin Keiko.

Wenn O'Brien einen emotionalen Höhenflug erlebte, konnte ihn nicht einmal ein besonders schwerer Anker aus Gold und Latinum auf den Boden zurückholen. Und wenn er in tiefen Depressionen steckte, war auch ein Lastengleiter nicht imstande, ihn aus dem Morast der Niedergeschlagenheit zu ziehen.

In dieser Hinsicht erwies sich Keiko als weitaus stabiler. Sie wurde nicht vom einen Augenblick zum anderen zornig, sondern ganz langsam. O'Brien verglich sie manchmal mit einem Ventil: An der einen Seite nahm der Druck immer mehr zu, während an der anderen zunächst nichts geschah – bis der Druck ein kritisches Maß überschritt.

Sie hatte helle Haut, und er neigte zu einem etwas dunkleren Teint. Keikos Statur war zart, während O'Brien einen eher grobknochigen Körperbau besaß. Seine Frau sprach in diesem Zusammenhang von Yin und Yang, und er meinte, sie sei Abbott und er Costello. Diesen Hinweis verstand sie natürlich nicht, ebensowenig wie jene anderen, die aus den ›archaischen‹ Epochen der terranischen Geschichte stammten.

Nach vier Jahren Ehe gab es noch immer erstaunlich viele Dinge, die ihr ein Rätsel blieben.

Zum Beispiel konnte sie nicht verstehen, warum er Poker liebte – ein Spiel, bei dem man mit Hilfe von Täuschung und Tricks gewann, bei dem das Glück oft eine größere Rolle spielte als persönliches Geschick.

Manchmal fragte sie sich, warum ausgerechnet *sie* ihr Leben auf eine so drastische Weise ändern mußte, warum sie ihrem Mann zu einer gottverlassenen Raumstation gefolgt war. Ihrer Meinung nach befand sich Deep Space Nine nicht *mitten* im Nichts, sondern am *Rand* davon. Der Begriff ›Abgelegenheit‹ bekam dadurch eine ganz neue Bedeutung.

Sie wunderte sich auch über O'Briens Entschlossenheit, ihr erstes Kind ›Elvis‹ zu nennen, falls es ein Junge sein sollte. Es kam nur deshalb nicht zu einer Auseinandersetzung, weil ein Mädchen geboren wurde, und zwar während einer besonders turbulenten Phase ihres Lebens an Bord der *Enterprise*.

Vor allem verstand Keiko nicht, warum *er* sie nicht verstand.

»Bitte...«, sagte sie und rieb sich die Schläfen – ein erstes Warnsignal, das ihrem Mann mitteilte, es nicht zu übertreiben. »Ich bin derzeit sehr beschäftigt.«

O'Brien achtete nur selten auf irgendwelche warnenden Hinweise, und diese ganz persönliche Tradition setzte er nun fort. »Es dauert nur eine Minute.«

»Miles...«

*Ich vermisse die* Enterprise *und mein früheres Leben. Es fällt mir sehr schwer, in den Kindern Interesse am Schulunterricht zu wecken, denn sie stellen viel lieber irgendwelchen Unsinn an. Außerdem wollte ich nie Lehrerin sein – ich bin Botanikerin. Es war nie meine Absicht, Molly an einem so schrecklichen Ort aufwachsen zu lassen. Ich verabscheue es, daß sie hier leben muß. Himmel, ich verabscheue diese verdammte Raumstation. Ich verabscheue es, dauernd gereizt zu sein. Ich verabscheue alle Aspekte der gegenwärtigen Situation...*

»Belastet dich etwas, Schatz?« fragte O'Brien.

Keiko hob den Kopf und musterte ein Gesicht, das sie aus irgendeinem Grund an ein liebes Hündchen erinnerte. Diese Assoziation entlockte ihr ein Lächeln. »Ich habe nie nach kleinen Tieren getreten«, sagte sie leise.

»Was?«

»Schon gut.« Keiko winkte ab und ließ die Datentafel sinken. »Du hast meine volle Aufmerksamkeit.«

»Ausgezeichnet.« O'Brien grinste erneut und schien es gar nicht für möglich zu halten, daß er die Geduld seiner Frau strapazierte. »Quark hat mir einige Zaubertricks gezeigt – ich könnte sie bei Mollys Geburtstagsfeier vorführen.«

»Miles...« Keiko seufzte innerlich. »Molly interessiert sich nicht für Zaubertricks. Du weißt, was sie sich wünscht: ein Pony. Und es soll genauso aussehen wie das in ihrem Buch. Sie möchte damit durch den Habitatring reiten.«

»Nun, diesen Wunsch können wir ihr kaum erfüllen, oder? Sie muß sich mit Zaubertricks begnügen. Paß jetzt gut auf ...«

O'Brien streckte die Hand so aus, daß die Innenfläche nach oben zeigte. Eine Münze lag darauf.

Keiko wollte ihren Mann nicht enttäuschen und applaudierte.

»Das Kunststück kommt erst noch«, sagte Miles.

»Oh. Entschuldige. Ich dachte nur ... Die Münze ist hübsch. Ein solches Exemplar sehe ich jetzt zum erstenmal.«

»Es handelt sich um eine bei den Ferengi gebräuchliche Tri-esta ... Und jetzt ... Paß gut auf.«

»Du wiederholst dich.«

»Weil es *wichtig* ist«, erwiderte O'Brien und versuchte, nicht brummig zu klingen.

Er hielt die Münze in der linken Hand, streckte auch die rechte aus, schloß die Finger um das glänzende Objekt und hob den betreffenden Arm.

Zwei Sekunden später öffnete er die rechte Hand.

Die Münze war verschwunden.

»Ta-tah!« triumphierte Miles

Keiko sah ihn groß an.

»Nun?« fragte O'Brien. »Was hältst du davon? Ich habe die Münze verschwinden lassen.«

»Sie befindet sich noch immer in der linken Hand«, entgegnete seine Frau schlicht.

Das Lächeln wich von seinen Lippen. »Nein.«

»Doch.« Sie griff nach der Faust ihres Mannes und öffnete sie. O'Brien rollte mit den Augen, als die Tri-esta im Licht der Lampen schimmerte. »Siehst du?« Als Miles schwieg, fügte sie unsicher hinzu: »Ta-tah.«

Er ruderte mit dem rechten Arm. »Du hättest *diese* Hand beobachten sollen.«

»Aber du hast die Münze in der linken Hand gehalten.«

»Eben. Die Aufgabe der rechten bestand darin, dich abzulenken.«

Verwirrungsfalten formten sich in Keikos Stirn. »Wenn ich mich recht entsinne, hast du mich *mehrmals* aufgefordert, gut aufzupassen. Was ich zum Anlaß nahm, auf die Hand mit der Münze zu achten.«

»Du hättest glauben müssen, daß sie sich in der rechten Hand befand!« stöhnte O'Brien.

Keiko massierte sich erneut die Schläfen. »Tut mir leid, Miles. Möchtest du den Zaubertrick noch einmal wiederholen? Ich verspreche dir, daß ich diesmal die falsche Hand beobachte.«

»Nein«, sagte er. »Vergiß die Sache. Streich sie einfach aus deinem Gedächtnis. Mach weiter mit ... womit auch immer du bis eben beschäftigt gewesen bist.«

»Gut.« Keiko nickte kurz. »Es wartet noch eine Menge Arbeit auf mich.«

Miles zögerte. »He, ich glaube, ich weiß jetzt, warum es nicht geklappt hat. Ich muß schneller sein. Laß es uns noch einmal versuchen ...«

Genau in diesem Augenblick piepte sein Insignienkommunikator. Er klopfte auf das kleine Gerät und meldete sich. »O'Brien.«

»Hier ist Dax, Chief«, erklang die Stimme einer Frau. »Könnten Sie zur Zentrale kommen? Irgend etwas scheint nicht mit rechten Dingen zuzugehen. Ich weiß, daß es schon spät ist, aber ...«

»Ich bin unterwegs«, sagte Miles knapp und wandte sich an Keiko. »Entschuldige bitte. Du klagst immer darüber, daß du mich nur selten siehst.«

»Du brauchst dich nicht zu entschuldigen«, erwiderte die Asiatin rasch. »Ich vertreibe mir irgendwie die Zeit.«

»Danke, Keiko.« Er klopfte seiner Frau auf die Schulter und hauchte ihr einen Kuß auf die Stirn. »Du bist wundervoll.«

O'Brien verließ das Quartier, und Keiko nahm Platz. Einige Sekunden lang lauschte sie der herrlichen Stille, griff dann wieder nach der Datentafel, um die Unterrichtsplanung fortzusetzen.

Im Nebenzimmer erwachte Molly und begann zu weinen.

Keiko seufzte tief. In letzter Zeit seufzte sie ziemlich viel.

O'Briens Quartier gehörte zum sogenannten Habitatring, wie auch alle anderen Unterkünfte. Deep Space Nine bestand aus einigen Ringen, die untereinander durch speichenartige Streben verbunden waren. Horizontale und vertikale Turbolifte ermöglichten es, innerhalb kurzer Zeit jede beliebige Sektion zu erreichen. Der äußere Andockring enthielt Anlegestellen mit Gravo-Ankern, Shuttle-Hangars, Frachtkammern und Anlagen für die Verarbeitung von Rohstoffen aller Art – zu diesem Zweck war die Raumstation ursprünglich geschaffen worden. Hinzu kamen sechs lange Dockingmasten: Jeweils drei wölbten sich nach oben und unten.

Jenem ersten Ring folgte das Habitatsegment. Es wies nicht nur Unterkünfte für die etwa dreihundert permanenten Bewohner von Deep Space Nine auf – Keiko O'Brien hätte sicher hinzugefügt, daß sich nicht alle von ihnen darüber freuten, in der Station zu leben und zu arbeiten –, sondern auch Quartiere für Hunderte von Besuchern. Dadurch wurde DS Nine den Wünschen und Bedürfnissen der vielen Reisenden gerecht, die mit der Absicht kamen, Geschäftsvereinbarungen zu treffen, ihre Schiffe warten zu lassen oder sich ein wenig Entspannung zu gönnen.

Im Habitatring waren auch die Waffensysteme untergebracht. Die entsprechenden Türme verfügten über Starfleet-Phaser – Cardassianer hatten die ursprünglichen offensiven und defensiven Systeme vor ihrem Abzug demontiert und mitgenommen. Darüber hinaus gab es sechs mobile Plattformen: Sie dienten in erster Linie zum Transport kleiner, shuttleartiger Raumschiffe, die man Flitzer nannte und deren Hangar sich tief im Innern des Habitatrings befand.

Das Zentrum von Deep Space Nine nannte man allgemein ›Kern‹ oder ›Kernsegment‹. Das Operations- und Kontrollzentrum – kurz OPS genannt – war mit der Brücke eines Raumschiffs vergleichbar und beanspruchte den oberen Teil des Kerns. Von dort aus wurde DS Nine kontrolliert. Jener Ort schien inzwischen zu O'Briens zweiter Heimat geworden zu sein – eigentlich sogar zu seiner ersten.

Das Kernsegment beinhaltete die wichtigsten Einrichtungen der Station: Projektoren für Schilde, Fusionsreaktoren, Kommunikationsanlagen, und natürlich die Promenade, in der manche Leute das Herz von Deep Space Nine sahen. Mit ihren Geschäften, Cafés und anderen Etablissements diente sie als Geschäftszentrum.

Die Bemerkung, daß sie Abwechslung bot, kam einer Untertreibung gleich. Um nur ein Beispiel zu nennen: In der Promenade gab es unter anderem ein Spielkasino, das von einem skrupellosen Ferengi – »Diese Beschreibung gilt für alle Ferengi!« soll der Sicherheitsoffizier einmal gesagt haben – namens Quark geleitet wurde. Er lieferte alles, von exotischen Getränken bis hin zu exotischem Sex in Holo-Kammern.

In einem anderen Teil der dreistöckigen Promenade bemühte sich Keiko O'Brien täglich, die Kinder und Jugendlichen von Deep Space Nine zu unterrichten oder sie wenigstens von Dummheiten abzuhalten. Es war keine leichte Aufgabe, denn für die unbeaufsichtigten Jungen und Mädchen in der großen Raumstation gab es weitaus interessantere Dinge als Schule und Bildung. Während Keiko geistige Gesundheit zu gewährleisten versuchte, kümmerte sich Dr. Julian

Bashir in der von Cardassianern eingerichteten Krankenstation ums physische Wohl der Personen an Bord.

Deep Space Nine stellte eine sonderbare Mischung aus Erfordernissen, Zielen und Wünschen dar. Manchmal schien es nur noch eine Frage der Zeit zu sein, bis die Station einer Katastrophe zum Opfer fiel. Dafür kamen zwei Ursachen in Frage: ein fataler Defekt in den alles andere als zuverlässigen technischen Systemen, oder ein folgenschwerer Konflikt zwischen den Bewohnern beziehungsweise Besuchern, die sich so sehr voneinander unterschieden, daß sich Auseinandersetzungen kaum vermeiden ließen.

Lieutenant Jadzia Dax wahrte einen respektvollen Abstand, als O'Brien an der wissenschaftlichen Station arbeitete. »Ich bin Ihnen sehr dankbar dafür, daß Sie gekommen sind, Chief.«

Miles schwieg. Eigentlich arbeitete er nicht ›an‹ der wissenschaftlichen Station, sondern vielmehr darunter. Er hatte die untere Verkleidungsplatte abgenommen, lag auf dem Boden und verwendete mehrere spezielle Meßinstrumente, um die Schaltkreise der Sensoren zu überprüfen.

Ein solcher Anblick war in der Zentrale von Deep Space Nine keineswegs ungewöhnlich. Es geschah immer wieder, daß irgendwelche Dinge repariert oder ausgetauscht werden mußten. Quark hatte einmal spöttisch bemerkt, es gebe Prostituierte, die weniger Zeit auf dem Rücken verbrachten als O'Brien. Miles konnte sich mit einer solchen Art von Humor kaum anfreunden, aber er mußte zugeben, daß Quark nicht ganz unrecht hatte. Die technische Struktur der Station schien das Werk eines Bastlers zu sein: Nie funktionierte *alles* so, wie es funktionieren sollte. Manchmal wünschte sich O'Brien einen Zwillingsbruder, mit dem er die Arbeit teilen konnte, doch solche Gedanken verdrängte er sofort wieder – einen derartigen Dauerstreß wünschte er niemandem.

Dax schien wie immer die Ausgeglichenheit selbst zu sein, als sie fragte: »Kann ich Ihnen irgendwie helfen, Chief?«

»Treten Sie nur beiseite und lassen Sie mir genug Bewegungsfreiheit, Lieutenant.«

Dax stand bereits ein ganzes Stück entfernt und vermutete deshalb, daß O'Briens Worte nur eine metaphorische Bedeutung zum Ausdruck brachten. Ihr Haar war nach hinten gekämmt, und ganz deutlich konnte man den Bogen aus an ein Leopardenfell erinnernden Punkten sehen, der über die eine Stirnseite reichte. Sie wirkte in jeder Hinsicht wie eine selbstbewußte und sehr attraktive junge Frau.

Was einmal mehr die uralte Weisheit bestätigte, daß man nie dem Schein trauen sollte.

Nach einer Weile setzte sich O'Brien auf. »Ich verstehe Ihre Besorgnis, Lieutenant«, sagte er. »Aber diesmal ist mit den Instrumenten alles in Ordnung. Ich habe die Schaltkreise gleich zweimal kontrolliert, und sie lieferten genau die richtigen Testresultate. Woraus folgt: In diesem Fall liegt kein Defekt vor.«

»Erstaunlich.«

Dax wölbte die Brauen, drehte den Kopf und blickte zum Bildschirm.

Das Projektionsfeld schien nur schwarzes All zu zeigen, weiter nichts.

Auch dieser Eindruck täuschte.

»Danke, Chief«, sagte die vermeintliche junge Frau. Sie setzte sich in Bewegung, schritt zum Büro des Kommandanten Ben Sisko, um ihm Bericht zu erstatten. Sie hatte ihm etwas mitzuteilen, über das er sich bestimmt nicht freuen würde.

Miles brachte die Verkleidungsplatte wieder an, sah Dax nach und murmelte: »Da geht sie hin, die Trill. Für einen Wurm sieht sie gar nicht schlecht aus.«

»Wie bitte?«

O'Brien hob überrascht und auch verlegen den Kopf.

Odo stand neben ihm, die Hände auf den Rücken gelegt.

In Miles regte sich immer ein Hauch Unbehagen, wenn er Odo ansah, denn sein Gesicht mit der glatten Stirn, den fehlenden Brauen und einer ›unfertigen‹ Nase wirkte irgendwie seltsam. Natürlich begegnete O'Brien nicht zum erstenmal Angehörigen einer fremden Spezies, doch auch in dieser Hinsicht stellte Odo etwas Besonderes dar. Als Gestaltwandler gab er sich ganz bewußt das Erscheinungsbild eines Humanoiden. Es gelang ihm nicht, in allen Einzelheiten Perfektion zu erzielen, und vielleicht ging O'Briens Beklommenheit auf diesen Umstand zurück. Natürlich würde er sich früher oder später daran gewöhnen, aber es mochte noch eine Weile dauern.

»Nur ein kleiner Scherz, Constable«, sagte er.

Miles dachte an Data an Bord des Raumschiffs *Enterprise:* Das Gesicht des Androiden offenbarte immer so etwas wie kindliche Neugier, wenn er etwas nicht sofort verstand.

Wenn Odo es mit Dingen zu tun bekam, die zunächst in eine Aura des Rätselhaften gehüllt blieben, so reagierte er mit Ärger, insbesondere jenen Personen gegenüber, die mehr wußten als er – als hätten sie gar kein Recht, besser informiert zu sein.

Ein solches Empfinden spiegelte sich nun in seiner Miene wider.

»Ich dachte immer, daß Scherze bei Menschen ein Publikum erfordern«, erwiderte Odo. »Um den in ihnen enthaltenen Humor mit jemandem zu teilen.«

»Nun… Manchmal scherzen wir auch nur mit uns selbst, um das eigene Ich zu unterhalten und ihm zu beweisen, wie geistreich wir sind.«

»Und der Hinweis auf den ›Wurm‹ erfüllt einen solchen Zweck?«

O'Brien schüttelte den einen Fuß, der einzuschlafen drohte. »In gewisser Weise, ja.«

Odo lächelte nicht – er lächelte nie. Er schnitt jedoch eine Grimasse, was recht oft geschah.

»Sehr witzig«, kommentierte er mit unüberhörbarem Sarkasmus.

»Herzlichen Dank.« Miles stand auf, und plötzlich fiel ihm etwas ein. »He, ich möchte Ihnen etwas zeigen.«

»Was denn?« Odos Stimme klang wachsam und skeptisch.

O'Brien holte die glänzende Münze hervor, sagte leise und in einem verschwörerischen Tonfall: »Magie.«

Odo seufzte und versuchte, interessiert zu erscheinen. Er hatte dabei etwa ebensoviel Erfolg wie bei der Nachbildung einer menschlichen Nase.

Für O'Brien spielte das keine Rolle. »Passen Sie jetzt gut auf ...«

## KAPITEL 2

Commander Benjamin Sisko saß an seinem Schreibtisch und sah sich die von Dax ermittelten Analysedaten auf einem Monitor an.

Normalerweise dienten jene Bildschirme dazu, Informationen von den einzelnen Stationsabteilungen visuell darzustellen, aber jetzt bekamen die Ergebnisse der jüngsten Sondierungen Priorität.

Dax saß ebenfalls in dem kleinen Büro, und neben ihr stand Major Kira Nerys. Eigentlich war Nerys der Vorname – aus diesem Grund sprachen die meisten Leute sie mit Major Kira an.

Dax strahlte inneren Frieden aus, doch in Kira schien es ständig zu brodeln. Wenn sie etwas fragte, verlangte sie umgehend eine Antwort – obwohl ihre Gesprächspartner nicht immer imstande waren, sofort Auskunft zu geben. Die Bajoranerin vertrat folgenden Standpunkt: Wenn sich andere Leute zuviel Zeit damit ließen, über mögliche Antworten nachzudenken, hatten sie die Frage wahrscheinlich gar nicht verstanden.

»Sind Sie sicher, Dax?« erkundigte sie sich nun.

Die sitzende Frau nickte. »Zuerst habe ich einen technischen Defekt in Erwägung gezogen. Chief O'Brien hat die Schaltkreise der Sensoren inzwischen überprüft und dabei festgestellt, daß alles in Ordnung ist.«

Ben Sisko drehte den Sessel und sah den wissenschaftlichen Offizier an. Sein Gesichtsausdruck blieb – wie so häufig – neutral, bot keinen Hinweis darauf, was er dachte oder fühlte. »Ein ständiger Strom aus

Neutrinopartikeln aus dem Wurmloch«, wiederholte er. »Und die entsprechende Aktivität nimmt zu.«

»In der Tat, Benjamin«, bestätigte Dax. »Das Wurmloch emittiert immer dann Neutrinos, wenn es aktiv wird.«

»Aber das ist derzeit nicht der Fall«, sagte Kira nachdenklich. »Wechselt das Wurmloch vielleicht in eine destabile Phase, Dax? Besteht die Gefahr, daß es kollabiert?« Ihr Blick wanderte zu Sisko. »Das wäre verdammt schade.«

Der Kommandant von Deep Space Nine überlegte kurz. »Niemand weiß besser als ich, *wie* verdammt schade es wäre, wenn das Wurmloch plötzlich verschwände«, sagte er und schien jedes einzelne Wort sorgfältig abzuwägen. »Es ist ein Tor zum Quadranten Gamma, was der bajoranischen Ökonomie gewiß nicht schadet. Immerhin lockt dieser Raumsektor jetzt viele Reisende an, und das bringt die Wirtschaft in Schwung.«

Kira nahm diese Bemerkungen mit einem knappen Nicken entgegen. »Man kann mir kaum vorwerfen, dabei auch an die bajoranische Wirtschaft zu denken. Immerhin stamme ich von Bajor.«

»Wie viele andere Personen an Bord dieser Raumstation, Major«, stellte Sisko fest. Einige Sekunden lang trommelte er mit den Fingerspitzen auf den Tisch. »Seit der Entdeckung des Wurmlochs kommt es einer Mischung aus Fluch und Segen für uns gleich. Ohne das Tor wäre es hier ziemlich langweilig – womit ich niemandem zu nahe treten möchte. Aber es geht auch erhebliche Gefahr davon aus. Praktisch jederzeit kann ein großes, schwerbewaffnetes Schiff daraus hervorkommen und uns innerhalb eines Sekundenbruchteils vernichten. Ich bezweifle, ob ein solcher Gegner auf Sie, mich oder die bajoranische Wirtschaft Rücksicht nähme.«

»Soll das etwa heißen, daß Sie sich einen Kollaps des

Wurmlochs erhoffen?« fragte Kira. »Bisher schien es vollkommen stabil gewesen zu sein ...«

Der Kommandant bedachte sie mit einem durchdringenden Blick. »Können wir in diesem Punkt ganz sicher sein, Major? Wohl kaum. Wir haben nur eine vage Vorstellung von den Wesen, die jene ... Anomalie schufen. Ob sie stabil ist? Was soll ›Stabilität‹ in diesem Zusammenhang bedeuten? Welche Maßstäbe werden dabei angelegt? Unsere eigenen? Die der Schöpfer des Wurmlochs? Denken wir dabei vielleicht an die Existenzdauer des Universums? Wenn man sich eine kosmische Perspektive zu eigen macht, schrumpft die Existenzdauer der Menschheit zu einem Augenblick. Wir *glauben,* das Phänomen dort draußen sei stabil. Aber wir können unmöglich *ganz sicher* sein. Für den Kosmos handelt es sich vermutlich um eine destabile Erscheinung. Selbst wenn das Tor zum Quadranten Gamma zehn Millionen Jahre lang offen bleibt – früher oder später schließt es sich. Und den genauen Zeitpunkt kennt niemand von uns.«

»Wohl gesprochen, Benjamin«, sagte Dax und lächelte.

»Danke, alter Knabe.«

Manchmal begegnete Sisko dem wissenschaftlichen Offizier mit einer Lässigkeit, die Kira Nerys noch immer als sehr verwirrend empfand. Das galt auch für die amüsierte, väterliche Art, die Dax dem Kommandanten gegenüber zeigte. Sisko und Dax hatten eine lange gemeinsame Vergangenheit. Doch jenes Geschöpf, das jetzt wie eine junge Frau wirkte, war in jenen Jahren ein greisenhafter Mann namens Curzon Dax gewesen – er diente als Wirtskörper für den wurmartigen Symbionten, der nun einen integralen Bestandteil der Person namens Jadzia Dax bildete. Damals war Dax Benjamin Siskos Mentor gewesen, und darauf bezog sich die freundschaftliche Bezeichnung ›alter Knabe‹. Daß sich Dax nach einem notwendigen

Wechsel des Wirtskörpers in Gestalt einer überaus attraktiven Frau präsentierte, änderte nichts an der Identität des Trills.

Sisko versuchte noch immer, sich an die veränderte Situation zu gewöhnen. Es fiel ihm nicht leicht.

»Allerdings bleibt dein Vortrag ohne echte Bedeutung, Ben«, fügte Dax hinzu.

»Ach?« Der Kommandant von Deep Space Nine wölbte die Brauen. »Tatsächlich?«

»Ja. Ich glaube, es droht gar kein Kollaps des Wurmlochs. Meiner Ansicht nach haben wir es mit einer durchaus natürlichen Situation zu tun.«

Sisko seufzte. »Lieutenant...«, sagte er in einem förmlicheren Tonfall, »als ich die Akademie besuchte, war mir nicht klar, daß ich eines Tages zum Fachmann für Wurmlöcher werden muß. Damals habe ich genug über sie erfahren, um zu wissen, daß man sich besser von ihnen fernhält. Und um zu wissen, wie man sie verläßt, wenn man zufällig in sie hineingerät. Mit anderen Worten: Meine Informationen werden unmittelbaren Überlebenserfordernissen gerecht. Abgesehen davon...« Er breitete die Arme aus. »Ich überlasse es wissenschaftlichen Offizieren, mir Einzelheiten zu nennen.« Er sah Dax an. »Was geschieht da draußen?«

»Ich schätze, unsere Sensoren haben die Folgen von Subraum-Kompressionen registriert.«

»Ah«, erwiderte Sisko. »Subraum-Kompressionen.«

»Weißt du darüber Bescheid?«

»Laß mich raten.« Sisko zögerte kurz. »Du hast ein Wort aus der Sprache ›Techno-Kauderwelsch‹ verwendet, stimmt's?«

Dax lächelte einmal mehr und schüttelte den Kopf. »Das Vakuum ist der Natur zuwider, Benjamin. Nun, der Weltraum besteht zum größten Teil aus Leere – und der Weltraum kann Wurmlöcher nicht ausstehen. Sie stellen Risse in der Realität dar, und die Wirklichkeit – das Raum-Zeit-Gefüge – versucht, sich selbst zu reparieren. *Unser* Wurmloch ist das Ergebnis fremder Technik, doch auch in diesem Fall kommt es zu Wechselwirkungen mit der ›normalen‹ Struktur des Alls.

In gewisser Weise kann man die Subraum-Kompressionen bei einem Wurmloch mit Sonnenflecken vergleichen. Sie sind physikalische Routine, wodurch sie jedoch nicht ungefährlicher werden. Im Grunde genommen passiert dabei folgendes: Das Subraum-Feld …«

Dax brachte den Satz nicht zu Ende. Es war auch gar nicht nötig.

Die Bildschirme zeigten in aller Deutlichkeit die Auswirkungen einer Subraum-Kompression.

»Sie befindet sich nach wie vor in Ihrer linken Hand.«

»Verdammt!«

O'Briens Reaktion schien Odo zu überraschen. »Wußten Sie nicht, daß die Münze in Ihrer linken Hand blieb?«

»*Ich* wußte es. Aber *Sie* hätten es nicht wissen sollen. Die Sache ist mir ein Rätsel. Als Quark mir den Trick zeigte …«

»Oh.« Odo deutete ein Nicken an. »Ich verstehe. Nun, das gehört dazu. Bei dem Trick geht es vor allem darum, die Zuschauer abzulenken, und das fällt Quark leichter als Ihnen. Er ist so häßlich, daß die Leute ihn anstarren und kaum darauf achten, was die Hände anstellen …«

Lieutenant Chafin vertrat Dax an der wissenschaftlichen Konsole und rief: »Starke Zunahme der Neutrino-Aktivität! Die Emissionsschübe deuten auf einen stattfindenden Transfer hin! Etwas kommt durchs Wurmloch!«

Odo wirbelte um die eigene Achse und eilte zu Siskos Büro. Dort traf er gerade rechtzeitig genug ein, um zu hören, wie Dax ein Subraum-Feld erwähnte – und sich mitten im Satz unterbrach. Von Siskos Büro aus konnte man alle Bereiche der Zentrale sehen, und der Kommandant sprang auf, als er beobachtete, wie sich die Darstellungen der großen Bildschirme veränderten. Er kam hinter seinem Schreibtisch hervor, und eine Sekunde später trat Odo durch die Tür.

»Etwas transferiert sich durchs Wurmloch«, sagte der Constable ohne irgendeine Einleitung. Er drückte sich immer knapp aus, verlor nie zu viele Worte.

»Was auch immer es ist – es wird den Transfer nicht heil überstehen«, prophezeite Dax.

Sisko wandte sich ihr zu. Kummer schimmerte in ihren Augen, begleitet von einer unerschütterlichen Überzeugung, die auf ihrem Wissen über das Wurmloch basierte. »Es tut mir leid, Benjamin. Wir können nichts daran ändern.«

Sisko schob sich an ihr vorbei und verließ das Büro. In der Zentrale nahm er seinen Platz an der Kommandokonsole ein und brauchte nicht zur Seite zu sehen, um zu wissen, daß Kira neben ihm stand.

Der Hauptschirm zeigte den Raumbereich des Wurmlochs. »Maximale Vergrößerung!« rief Sisko. Das Bild im großen Projektionsfeld schien kurz zu erzittern, doch es zeigten sich keine Einzelheiten. Normalerweise blieb das Wurmloch unsichtbar – bis sich etwas durch den Dimensionstunnel transferierte.

Dax nahm an der wissenschaftlichen Station Platz. »Die Meßwerte liegen weit über den gewöhnlichen Emissionstoleranzen.«

Sisko fühlte sich von jäher Sorge erfaßt. Wenn das Wurmloch tatsächlich verrückt spielte, so mochte es eine große Gefahr für alles in der Nähe darstellen – zum Beispiel auch für Deep Space Nine und die Personen an Bord der großen Raumstation.

Er ließ sich seine Unruhe nicht anmerken. »Schilde hoch«, sagte er, und seine Stimme klang dabei so ruhig wie immer. »Alarmstufe Gelb.«

DS Nine hüllte sich in Schutzschirme. Wenige Sekunden später flackerte es im All, und das Wurmloch erschien.

Als Sisko es sah, wußte er sofort, daß etwas nicht stimmte.

Er kannte das Phänomen als einen purpurnen Strudel im All, als etwas, dem eine seltsame Schönheit anhaftete – ein kosmisches Wunder.

Jetzt hatte das Wurmloch seine Pracht verloren. Der Rand wogte wie ein sturmgepeitschter Ozean. Energetische Finger tasteten in alle Richtungen, schienen bestrebt zu sein, etwas zu packen.

»Pulswellen!« rief Kira.

Sisko öffnete einen internen Kom-Kanal, und seine Stimme drang aus Hunderten von Lautsprechern in der Station, als er rief: »An alle! Festhalten!«

Unmittelbar darauf erbebte Deep Space Nine.

Der Ferengi Quark schrie entsetzt, als in seinem Spielkasino Flaschen mit kostbarem Wein aus den Regalen fielen. Sie zerbrachen nicht – dazu war das Glas zu dick. Aber sie donnerten gegen seinen Kopf.

Molly war gerade wieder eingeschlafen, und Keiko machte Anstalten, das Zimmer ihrer Tochter auf leisen Sohlen zu verlassen. Die heftigen Erschütterungen rissen sie von den Beinen. Molly rutschte vom Bett, fiel zu Boden und begann erneut zu weinen. *»Ich hasse diese Raumstation!«* entfuhr es Keiko und vergaß dabei, daß ihr Leben an Bord der *Enterprise* ähnlich ereignisreich gewesen war.

In der Zentrale hob Sisko die Stimme, um den allgemeinen Lärm zu übertönen. »Schadensbericht!«

»Die Schilde halten!« erwiderte O'Brien.

Für einige wenige Sekunden bot sich den Beobachtern die Möglichkeit, in den Schlund des Wurmlochs zu sehen. Jetzt zeigte sich nicht der übliche Trichter, der Raumschiffen eine sichere Passage in Aussicht stellte, sondern eine wogende, brodelnde Masse, die den Eindruck erweckte, von externen Kräften geknetet zu werden. Hier und dort wölbten sich die Seiten des energetischen Tunnels einander entgegen, und wenn sie sich berührten, kam es zu gewaltigen Entladungen. Im Projektionsfeld glitzerte und gleißte es immer wieder – so stellte sich Sisko den Urknall vor.

Dax offenbarte unerschütterliche Ruhe, als sie eine Sensorsondierung vornahm. »Die hohen Neutrino-Emissionen führen zu ausgeprägten Subraum-Interferenzen«, sagte sie. »Trotzdem läßt sich feststellen, daß *etwas* aus dem Wurmloch kommt. Die Koordinaten lauten: drei zwei zwei Komma fünf...«

»Richten Sie den Traktorstrahl aus«, wies Sisko den wissenschaftlichen Offizier an. »Vielleicht können wir das fremde Schiff retten.«

Dax sprach ungerührt weiter: »Drei zwei sieben Komma fünf... Drei fünf sieben Komma fünf...«

Der Kommandant sah sie verwirrt an. Es dauerte einige Sekunden, bis er verstand. »Es handelt sich um mehrere Objekte«, murmelte er. »Trümmer.«

Die Trill nickte.

Das Wurmloch schien zu würgen und spuckte die Reste des Reisenden aus. Anschließend verschwand es, faltete sich einfach zusammen und wich Schwärze.

»Drei neun drei Komma fünf...«, fuhr Dax fort. »Es sind *viele* Trümmer, Benjamin. Was auch immer es gewesen sein mag – die Subraum-Kompressionen haben es zerfetzt. Wenn es Besatzungsmitglieder gab, so können sie unmöglich überlebt haben.«

Stille schloß sich an.

Kira stand neben Odo, und als sie ihn ansah... In seinem Gesicht kam eine Niedergeschlagenheit zum Ausdruck, die etwas tief in ihrem Innern berührte. Doch die Trauer verflüchtigte sich sofort wieder; kühle Unnahbarkeit kehrte zurück.

»Beenden Sie Alarmstufe Gelb, Chief«, sagte Sisko. Er wandte sich an Dax. »Das hat es also mit Subraum-Kompressionen auf sich.«

Sie nickte nur, behielt auch weiterhin die Anzeigen der Instrumente im Auge.

»Was ist mit den Trümmern?« fragte der Kommandant. »Stammen sie von einem uns bekannten Objekt?«

Dax antwortete nicht sofort. Tasten klickten unter ihren Fingern, als sie die ermittelten Daten analysierte und korrelierte. »Ja, darauf deutet alles hin«, erwiderte sie schließlich. »Ich kann dir sogar zeigen, wie das zerstörte Raumschiff *vor* dem Transfer durchs Wurmloch aussah, Benjamin.«

»Auf den Schirm.«

Das Bild im zentralen Projektionsfeld wechselte, als Dax ihre Daten übermittelte.

Ein Diagramm erschien auf dem Wandschirm, begleitet von technischen Angaben, denen jedoch niemand Beachtung schenkte. Allein die Form des Gebildes vermittelte eine unmißverständliche Botschaft.

Die Struktur des fremden Raumschiffs war ebenso einfach wie gräßlich vertraut.

Ein Würfel.

Eine Zeitlang gab niemand einen Ton von sich. Schließlich brach Odo das Schweigen.

»Ein Borg-Schiff, nicht wahr?« fragte er.

Sisko nickte. »Ja, Constable«, bestätigte er dumpf. »Sie haben recht – ein Schiff der Borg.«

»Und jetzt sind nur noch Trümmer davon übrig«, stellte Kira fest. Sie klang ruhig, doch in ihrem Innern krampfte sich etwas zusammen.

Auch Sisko wirkte äußerlich gefaßt, während ihm das Herz bis zum Hals hämmerte. »Major ...« Er achtete darauf, in einem möglichst neutralen Tonfall zu sprechen. »Setzen Sie sich mit allen lokalen Sonnensystemen sowie Starfleet in Verbindung. Weisen Sie auf folgendes hin: Das bajoranische Wurmloch kann derzeit aufgrund von Subraum-Kompressionen nicht als Tor zum Gamma-Quadranten benutzt werden.« Der Kommandant legte eine kurze Pause ein. »Wir sind nicht imstande zu kontrollieren, wer von der anderen Seite her einen Transfer einleitet. Aber wir dürfen auf keinen Fall zulassen, daß unter den gegenwärtigen Bedingungen *von hier aus* jemand versucht, durchs Wurmloch zu fliegen.«

»Mehrere Gruppen haben eine Passage beantragt«, sagte Kira. »Vermutlich sind sie bereits hierher unterwegs.«

»Wer auch immer sich transferieren möchte: Wir bitten ihn höflich, hier in Deep Space Nine unser Gast zu sein, bis nachlassende Neutrino-Emissionen auf ein Ende der Subraum-Kompressionen hinweisen. Wenn sich jemand beschwert ...« Siskos Mundwinkel neigten sich ein wenig nach oben. »Dann zeigen wir den Betreffenden die Aufzeichnungen des jüngsten Zwischenfalls – das dürfte sie zur Vernunft bringen.«

»Ja, Sir«, entgegnete Kira.

Der Kommandant stand auf. »Und noch etwas, meine Damen und Herren ... Wir sollten unnötige – und unsinnige – Aufregung vermeiden, indem wir die Identität des letzten Reisenden für uns behalten, einverstanden?«

Alle Anwesenden in der Zentrale nickten.

## KAPITEL 3

»Es heißt, ein Borg-Schiff sei im Wurmloch vernichtet worden.«

Benjamin Sisko sah von der Lektüre auf. In der Tür des Quartiers stand jene Person, mit der er die Unterkunft teilte: sein Sohn Jake.

Seit einer Weile erinnerte Jake ihn immer mehr an seine Mutter. Das war recht erstaunlich, wenn man dabei bedachte, daß Jakes Mutter viel von Benjamin in ihm gesehen hatte. *Ich muß ihr recht geben,* dachte Sisko, als er den Jungen im Eingang beobachtete: Sein Gesichtsausdruck deutete darauf hin, daß er die Wahrheit – die *ganze* Wahrheit – hören wollte.

Langsam ließ der Vater den Leseschirm sinken. »Wo hast du das gehört?« fragte er.

»Ich weiß es von Nog«, antwortete Jake.

»Oh. Natürlich.«

Nog war ein junger Ferengi, Quarks Neffe und der Sohn von Quarks Bruder Rom, der im Spielkasino arbeitete. Es behagte Sisko nicht, daß sein Sohn ausgerechnet mit Nog Umgang pflegte, aber in der Raumstation gab es nicht viele andere Kinder, mit denen er sich anfreunden konnte – obwohl Benjamin das genaue Gegenteil behauptet hatte. Dieser Punkt führte noch immer zu Konflikten zwischen Vater und Sohn.

»Und wo hat Nog davon gehört?« fragte Sisko.

»Er weiß es von Quark«, erwiderte Jake. Er kam der nächsten Frage seines Vaters zuvor und fügte hinzu: »Quark hat's von Garak. Es ist schwer, die Informationskette noch weiter zurückzuverfolgen.«

»Ich verstehe.« Sisko schüttelte den Kopf. »Bei meinen Runden durch Deep Space Nine erscheint mir die Station riesig. Aber wenn wir versuchen, etwas geheimzuhalten, wird sie plötzlich viel kleiner.«

»Es stimmt also.«

»Hältst du es etwa für möglich, daß der Cardassianer Garak lügt?«

Sisko verlieh diesen Worten einen scherzhaften Klang, aber die finstere Miene seines Sohns gab ihm deutlich zu verstehen, daß es keinen Sinn hatte, dem eigentlichen Thema auszuweichen. »Ja, es stimmt. Aber wir brauchen uns deshalb keine Sorgen zu machen.«

*»Wir brauchen uns deshalb keine Sorgen zu machen?«*

Jake schien diesen fassungslos hervorgestoßenen Worten noch etwas hinzufügen zu wollen, überlegte es sich dann aber anders und schwieg. Er drehte den Kopf zur Seite, wandte sich halb um. Sisko stand auf und schritt zu ihm. »Jake ...«

Der Junge mied seinen Blick. »Du mußt mich für ziemlich dumm halten, Dad.«

»Natürlich nicht!«

»Die ... die Borg haben Dutzende von Raumschiffen vernichtet. Sie ... sie brachten Mutter um.« Jake sah zu seinem Vater auf. »Wie lange könnte ihnen DS Nine standhalten? Gibt es überhaupt Zeiteinheiten, die klein genug sind?«

Siskos Züge verhärteten sich ein wenig. Unter normalen Umständen legte er großen Wert darauf, seinem Sohn ein Freund zu sein – aber manchmal mußte er sich daran erinnern, daß Jake auch einen Vater brauchte. »Du hast nicht richtig darüber nachgedacht!« sagte er streng.

»Na bitte! Das ist eine höfliche Formulierung für: Du bist dumm!«

»Nein. Selbst besonders intelligente Leute versäumen es gelegentlich, richtig nachzudenken. Daß ein

Borg-Schiff ausgerechnet zu diesem Zeitpunkt durchs Wurmloch kam... Es ist ein wahrer Glücksfall.«

Jake starrte seinen Vater groß an. »Soll das ein Witz sein?«

»Keineswegs. Laß dir die Sache gründlich durch den Kopf gehen. Entweder haben die Borg das Wurmloch im Quadranten Gamma entdeckt und beschlossen, es zu erforschen – oder sie stießen durch Zufall darauf und wurden hineingesaugt. Wie dem auch sei: Wir wissen etwas, das ihnen unbekannt ist. Wir wissen, daß sich dieses spezielle Wurmloch durch eine im großen und ganzen stabile Natur auszeichnet. Die Informationen der Borg hingegen beschränken sich auf folgendes: Eins ihrer Schiffe hat einen Transfer versucht und wurde dabei zerstört.«

Sisko stellte fest, daß ihm der Junge aufmerksam zuhörte, und deshalb gab er sich bei seinen Erklärungen Mühe. »Nach den mir bekannten Berichten haben die Borg ein Kollektivbewußtsein. Anders ausgedrückt: Was einer von ihnen weiß, das wissen auch die anderen. Als die Subraum-Kompressionen das Schiff zerfetzten, erlebte das Gemeinschaftsich die einzelnen Phasen der Zerstörung mit. Ich bin ziemlich sicher, daß alle anderen Borg-Schiffe eine Warnung empfingen, noch bevor die Trümmer des Würfelraumers bei uns eintrafen. Zweifellos hat das zentrale Ich die peripheren Einheiten aufgefordert, unser Wurmloch zu meiden. Immerhin hat es keinen Grund zu glauben, daß sich der Zustand des Dimensionstunnels in absehbarer Zeit ändert. Stabilität ist schließlich nicht die Norm für ein Wurmloch. Ich nehme an, die Borg stellen für sich selbst ein großes ›Nicht hineinfliegen‹-Schild auf und machen fortan einen weiten Bogen um die Anomalie.«

Jake überlegte und nickte dann – was Sisko mit großer Erleichterung erfüllte.

»Du siehst also: Es besteht tatsächlich kein Anlaß zu Besorgnis«, sagte er.

Der Junge musterte seinen Vater.

»Hast du das auch Mutter gesagt, als du Erster Offizier an Bord der *Saratoga* warst? Hast du ihr damals mitgeteilt, sie könnte ganz beruhigt sein und alles sei in bester Ordnung?«

Sisko wußte nicht, wie er darauf reagieren sollte. Natürlich gab es eine Antwort, und er kannte sie ebensogut wie Jake. Aber er wollte sie nicht laut aussprechen.

Ganz gleich, was er jetzt auch sagte: Es mußte gezwungen und hohl klingen – falsch in den Ohren seines Sohns, der ihn nun mit dem gleichen forschenden Blick ansah, den Sisko so oft beim eigenen Spiegelbild bemerkte.

»Gute Nacht, Dad«, sagte Jake schließlich und ging in sein Zimmer, um dort unter die Bettdecke zu kriechen.

Kira schlenderte durch die Promenade, zögerte vor dem Sicherheitsbüro und sah hinein. Überrascht stellte sie fest, daß Odo an seinem Schreibtisch saß und mehrere Bildschirme beobachtete: Sie zeigten ihm wechselnde Szenen aus verschiedenen Teilen der Station.

Quarks Gesicht erschien recht häufig. Der Constable überprüfte ihn offenbar viel öfter als alle anderen Personen.

Kira öffnete die Tür. »Odo?«

Er sah auf und winkte sie herein. Sie deutete zu den Schirmen: Erneut zeigten sie Quark, während er dem Geschehen an mehreren Spieltischen zusah. Der Ferengi rieb sich die Hände, als ein verärgerter Tellarit zum drittenmal hintereinander verlor und mit der haarigen Faust auf den Tisch schlug. »Ich kenne niemanden, der ebenso große Freunde daran findet, Geld zu verdienen.«

»Es ist sein Lebensinhalt«, sagte Odo. »Die Habgier bildet das Fundament seines Wesens. Sie ist für ihn ebenso natürlich wie das Atmen. Ich glaube, er schläft nicht einmal – um nur keine Gelegenheit zu versäumen, zusätzlichen Reichtum anzuhäufen.«

»Was ist mit Ihnen?« fragte Kira und nahm vor dem Schreibtisch Platz. »Sollten Sie inzwischen nicht in einer Wanne liegen?«

Odo verzog das Gesicht. »So etwas höre ich nicht gern.«

»Entschuldigung. Es lag mir fern, Sie zu beleidigen.«

»Mich zu beleidigen?« Der Sicherheitsoffizier warf seiner Besucherin einen amüsierten Blick zu. »Ich habe gelernt, Quarks Spott zu überhören – Ihre Bemerkungen können wohl kaum schlimmer sein. Nein, es ging mir nur um dies: Ich verabscheue die Notwendigkeiten – und damit auch Beschränkungen – meiner besonderen Existenz. Ich verabscheue es, einmal pro Tag in meinen natürlichen Zustand zurückkehren zu müssen. Ich befürchte immer, daß Quark die schlimmsten Dinge anstellt, während ich eine gallertartige Masse und damit relativ hilflos bin.«

»Lassen Sie das nicht zur Manie werden, Odo«, entgegnete Kira. »Sonst holen Sie sich Magengeschwüre.«

»Zumindest davon bleibe ich verschont – immerhin habe ich keine inneren Organe.« Er musterte die Bajoranerin einige Sekunden lang. »Major... Ihre Gesellschaft ist mir immer willkommen. Sie halten von Autorität ebensowenig wie ich, und das verbindet uns. Aber ich bin auch neugierig, und deshalb frage ich Sie: Sind Sie aus einem bestimmten Grund hier?«

»Nun...« Kira rutschte im Sessel ein wenig zur Seite. »Es ist nur... Während wir von der Zentrale aus das Wurmloch beobachteten, fiel mir bei Ihnen eine starke emotionale Reaktion auf.«

»Ein unbekanntes Raumschiff wurde vom energetischen Chaos im Dimensionstunnel auseinandergerissen«, erwiderte Odo. »Ist das nicht Grund genug für eine ›starke emotionale Reaktion‹?«

»Ich bitte Sie, Odo.« Kira sprach jetzt in einem Lassen-wir-die-Scherze-Tonfall. »Es steckt mehr dahinter.«

Der Constable seufzte, beugte sich vor und faltete die Hände. »Wenn Sie etwas Außergewöhnliches vermuten, muß ich Sie enttäuschen.«

Kira wartete stumm.

»Nun...« Von einem Augenblick zum anderen streifte Odo das förmliche Gebaren ab. »Sie kennen meine Vergangenheit. Man hat mich im Asteroidengürtel von Denorios gefunden, ohne irgendeinen Hinweis auf Ursprung oder Identität. Ein halbes Jahrhundert lang habe ich bei den Bajoranern gelebt.«

Er stand auf und straffte die Gestalt, schien sich dadurch von einem Teil seines Unbehagens zu befreien. »Man hielt mich für ein Kuriosum – sicher nicht zu Unrecht«, fuhr er leise fort. »Und an dieser Einschätzung hielt man fest, auch nachdem es mir gelungen war, ein humanoides Erscheinungsbild nachzuahmen.« Er hob die Hand zur Nase und schien sich der Tatsache bewußt zu sein, daß es seinem Gesicht an Perfektion mangelte. »*Und* nachdem ich eine Position errungen hatte, die mir – darf ich es wagen, das nächste Wort auszusprechen? – *Autorität* verlieh...«

Kira gab sich entsetzt und schnappte nach Luft.

»Selbst jetzt, nach fünf Jahrzehnten, bin ich noch immer *anders*«, sagte Odo. »Ein Außenseiter, dazu bestimmt, allein zu sein und zu bleiben. Dauernd hoffe ich, irgendwann und irgendwie die Antworten auf alle meine Fragen zu finden.«

»Und Sie glauben, jene Antworten vom Wurmloch erhalten zu können.«

»Ja«, bestätigte Odo. »Das Raumschiff, in dem man mich fand... Vermutlich kam es aus der Anomalie. Was bedeutet: Früher oder später...«

»... transferiert sich vielleicht ein zweites Schiff Ihres Volkes hierher.«

»Genau. Verstehen Sie, Kira? Wenn die Neutrino-

Emissionen zunehmen, wenn sich das Wurmloch zeigt, wenn etwas von der anderen Seite zu uns kommt ... Dann denke ich immer: Vielleicht ist es jetzt soweit; vielleicht bekomme ich endlich die Antworten, auf die ich schon so lange warte.«

»Als wir die Trümmer orteten ...«

»Ich befürchtete, ein Schiff meines Volkes sei vernichtet worden. Daher meine Erleichterung, als sich etwas anderes herausstellte.«

Kira musterte den Gestaltwandler einige Sekunden lang. »Wissen Sie, Odo ... Ich will Sie keineswegs loswerden oder so, aber ...«

»Möchten Sie mich fragen, warum ich Deep Space Nine nicht verlasse, das Wurmloch passiere und im Gamma-Quadranten nach den Antworten suche?« Er lächelte schief. »Ohne mich ginge es hier in DS Nine schon nach kurzer Zeit drunter und drüber.«

»Oh, da wäre ich mir nicht so sicher ...«

»Es ist keine Annahme, sondern Gewißheit«, behauptete der Constable. »Außerdem möchte ich Quark auf keinen Fall die Genugtuung gönnen zu beobachten, wie ich Deep Space Nine verlasse.«

»Das klingt nach einer persönlichen Angelegenheit.«

»Mag sein. Ich kann es einfach nicht ertragen, der Ungerechtigkeit den Rücken zu kehren und Verbrecher ihren schmutzigen Geschäften zu überlassen. Deshalb bleibe ich hier. Und ich werde länger hier sein als Quark. Meine eigene Lebenserwartung kenne ich nicht genau, doch während der letzten fünfzig Jahre ist mein Körper praktisch unverändert geblieben. Wie lange auch immer mein Leben dauern wird – es dürfte länger sein als das des Ferengi. Vielleicht entschließe ich mich zu einem Transit durchs Wurmloch, wenn Quark gestorben und zu Staub zerfallen ist. Doch wahrscheinlich gibt es dann jemand anders, der ebenso verdorben ist und seinen Platz einnimmt. Ach, es gibt soviel Ungerechtigkeit ...«

»Und nicht nur hier, Odo«, warf Kira ein. »Überall im Universum.«

»Nein!« stieß er hervor. Eine solche Vorstellung schien ihn zutiefst zu erschrecken.

»Doch. Und Sie können das Üble nicht überall ausmerzen.«

»Zumindest nicht überall gleichzeitig«, erwiderte der Constable. Er deutete mit dem Zeigefinger auf die Bajoranerin. »Aber eins versichere ich Ihnen, Major: Ich neige nicht dazu, eine Arbeit nur zur Hälfte zu erledigen. Um es ganz klar auszudrücken: Ich bleibe hier in Deep Space Nine, bis meine Aufgabe erfüllt ist. Anschließend breche ich auf. Bis dahin ...«

Er unterbrach sich und blickte überrascht zu den Bildschirmen. »He, *das* sieht man nicht jeden Tag.«

»Was meinen Sie?« Kira drehte sich um.

»Hier, sehen Sie selbst: Sisko besucht Quarks Spielkasino.«

Und tatsächlich: Der Kommandant von DS Nine setzte sich gerade an einen Tisch in der Bar-Sektion. Sofort eilte Quark herbei, gab sich unterwürfig und servil, als er Sisko nach seinen Wünschen fragte.

»Sie haben recht«, sagte Kira. »Das ist wirklich ungewöhnlich. Sollten wir der Sache auf den Grund gehen?«

»Das halte ich eigentlich nicht für notwendig«, antwortete Odo. »Erstens: Dies geht uns gar nichts an. Und zweitens: Ich kann Bashir später um Auskunft bitten.«

»Bashir?«

Dr. Julian Bashir näherte sich Siskos Tisch, deutete auf einen freien Stuhl und fragte ganz offensichtlich, ob er Platz nehmen durfte. Der Kommandant vollführte eine einladende Geste.

»Nun ...«, begann Kira. »Ich glaube, Sie brauchen gar nicht mit Bashir zu sprechen.«

»Nein?«

»Nein.« Die Bajoranerin lächelte dünn. »Ich rede mit Dax. Julian ist verrückt nach ihr. Er erzählt ihr alles – wenn's nicht gerade um Dinge geht, die unter seine ärztliche Schweigepflicht fallen.«

»Es gehört sich nicht«, sagte Odo. »Ich meine: Es gehört sich nicht, daß wir hier sitzen und Pläne schmieden, um Informationen zu sammeln und unsere Nasen in die Angelegenheiten anderer Personen zu stecken.«

»Sie haben absolut recht. Es gehört sich wirklich nicht.«

»Es ist unerhört.«

»Um nicht zu sagen: unverschämt und empörend.«

»Aber es macht Spaß.«

»Und ob!«

Odo sah auf seine Hand hinab und runzelte die Stirn. Kira beobachtete, wie Falten verschwanden, wie die Haut völlig glatt wurde. Sie wußte diese Anzeichen zu deuten: Der Sicherheitsoffizier verlor nun seine humanoide Gestalt, verwandelte sich in eine Schleimlache.

»Offenbar ist meine Erschöpfung größer, als ich dachte«, sagte Odo. »Major … Verzeihen Sie bitte, aber ich muß mich jetzt von Ihnen verabschieden. Gute Nacht.«

Kira stand auf. »Gute Nacht, Odo.«

Als sie zur Tür ging, rief ihr der Constable nach: »Bitte behalten Sie Quark für mich im Auge!«

»In Ordnung«, erwiderte die Bajoranerin, trat nach draußen und hörte ein leises Platschen im Büro. Aber sie war zu taktvoll, um sich umzudrehen und einen Blick zu riskieren.

»Haben die Herren etwas dagegen, wenn ich mich zu ihnen setze?«

Bashir und Sisko sahen auf und erkannten Dax.

»Oh, bitte nehmen Sie Platz!« sagte der Arzt ein

wenig zu schnell, und aus einem Reflex heraus stand er auf.

Sisko blieb sitzen und lachte innerlich, trotz seiner gedrückten Stimmung. Zahlreiche Männer in der Raumstation fühlten sich zu Dax hingezogen, und wenn er bei ihnen jene Verhaltensmuster beobachtete, die Männer begehrenswerten Frauen gegenüber entfalteten... Dann stellte er sich vor, wie sie um einen Greis warben.

Bashir kannte Dax erst seit ihrer Ankunft in Deep Space Nine, und deshalb sah er in ihr nur das, was sich seinen Blicken darbot: eine junge Frau, die ihm gefiel.

Die ihm *sehr* gefiel.

Er zog nun einen Stuhl für sie heran. Dax war seit achtzig Jahren keine Frau mehr gewesen und lächelte auf eine Weise, die Männerherzen im Sturm eroberte. »Danke, Julian«, sagte sie, setzte sich und musterte die beiden Männer nacheinander. »Nun, worum geht's?«

»Wir haben gerade über die Probleme des Commanders mit seinem Sohn gesprochen.«

»Oh, von ›Problemen‹ in dem Sinne kann eigentlich keine Rede sein«, sagte Sisko.

Quark näherte sich, begaffte Dax und gurrte: »Oh, noch mehr Besucher aus der Kommando-Crew. Das ist eine große Ehre für uns! Was darf ich Ihnen bringen? Möchten Sie vielleicht noch einen i'danianischen Gewürzpudding mit extra viel Schlagsahne? Als Sie ihn neulich probierten, hat er Ihnen sehr geschmeckt. Sie haben ihn praktisch verschlungen!«

»Ich weiß«, sagte Dax in einem reuigen Tonfall und klopfte sich an die Hüften. »Und er ist noch immer bei mir. Seit ich wieder zu einer Frau geworden bin, spüre ich den ausgeprägten Drang, auf meine Figur zu achten.«

»Ich teile dieses Interesse«, erwiderte Quark. Nach Ferengi-Maßstäben war sein Verhalten zuvorkommend und höflich. Doch nach menschlichen Begriffen – und auch nach denen der Trill – geiferte er geradezu.

»Danke, Quark«, sagte Sisko mit fester Stimme. »Der wissenschaftliche Offizier möchte nichts. Sie können gehen.«

Der Ferengi runzelte die Stirn, murmelte einen Fluch und wankte fort.

»Wo liegt das Problem mit Jake?« fragte Dax und wandte ihre Aufmerksamkeit von Quark ab. »Handelt es sich um die übliche Sache, Benjamin?«

»Ja.« Sisko seufzte. »Die übliche Sache. Solche Dinge verschwinden nicht einfach über Nacht.«

»Das steht fest«, sagte Bashir.

»Sei nicht zu streng mit dir selbst, Benjamin. Manchmal fällt es Teenagern sehr schwer, sich an eine neue Umgebung zu gewöhnen. Dies hier...« – Dax vollführte eine Geste, die Deep Space Nine galt –, »... ist kaum der geeignete Ort für Heranwachsende.«

»Ich weiß, ich weiß.« Sisko starrte verdrießlich in sein Glas Syntho-Bier. »Und warum sollte der Junge seine Mutter *nicht* vermissen? *Mir* fehlt Jennifer sehr. Nun, in gewisser Weise ist es für mich einfacher gewesen. Als ich zum erstenmal durchs Wurmloch flog, bekam ich Gelegenheit, mich vom größten Teil meines Ärgers zu befreien. Mit anderen Worten. Ich konnte mit dem erlittenen Verlust fertig werden.« Nachdenklich trank er einen Schluck. »Eine solche Chance hat Jake leider nicht bekommen. In ihm brennt noch immer viel Zorn, der dem Universum im allgemeinen und mir im besonderen gilt.«

»Warum Ihnen?« fragte Bashir.

»Wem sonst?« erwiderte Sisko. »Jennifer wäre zweifellos damit zufrieden gewesen, auf der Erde zu leben. Und ich nehme an, das entspricht Jakes Wunsch. Wenn ich ihm sagen würde, daß wir bald dorthin zurückkehren... Wahrscheinlich hätte er schon die Hälfte der

Strecke zurückgelegt, noch bevor ich den Satz beenden könnte – und zwar zu Fuß.

Meine Familie folgte *mir*. Es war *meine* berufliche Laufbahn, die unseren Lebensweg bestimmte. *Ich* brachte uns ins All. Wenn wir uns nicht an Bord der *Saratoga* aufgehalten hätten, wäre Jennifer jetzt noch am Leben. Auf der Erde ...«

Bashir lachte humorlos. »Ich bin zu jenem Zeitpunkt auf der Erde gewesen«, sagte der gutaussehende junge Arzt. »Und die Borg flogen in unsere Richtung, erinnern Sie sich? Alle Kom-Netze brachten entsprechende Nachrichten, wodurch der ganze Planet Amok lief.« Er trank ebenfalls einen Schluck; die Erinnerungen schienen ihn zu belasten. »Es war alles andere als angenehm, Commander. Die Bürger der Erde freuten sich nicht, als das Ende ihrer Existenz mit Warpgeschwindigkeit auf sie zuraste. Wenn die *Enterprise* nicht im letzten Augenblick ein Wunder vollbracht hätte ... Nun, stellen Sie sich einen Dr. Bashir mit kalkweißer Haut, Sensoren im Kopf und einem Strahlengewehr vor, das den einen Arm ersetzt. Vermutlich würden Sie ein monotones ›Getränke sind irrelevant‹ von mir hören.«

»Er hat recht, Benjamin«, ließ sich Dax vernehmen. »Kein Ort in der Galaxis bietet hundertprozentige Sicherheit.«

»Ja.« Sisko verzog das Gesicht. »Ich gehe einfach zu Jake und sage ihm: ›He, Kopf hoch, Junge. Denk einfach daran, daß es keine Garantien gibt. Ganz gleich, wo du dich befindest – du könntest von einem Augenblick zum anderen tot sein.‹ Derartige Hinweise sind sicher geeignet, die Besorgnis aus ihm zu vertreiben.«

Dax zuckte kurz mit den Schultern. »Wir alle können von einem Augenblick zum anderen tot sein, Ben. Es ist nur eine Frage des Wann und Wie.«

»Da stimme ich Ihnen zu«, sagte Bashir sofort. Er hätte Dax selbst dann vorbehaltlos beigepflichtet, wenn ihr Irrtum offensichtlich gewesen wäre. »Wir sollten versuchen, das Beste aus unserem Leben zu machen und die damit einhergehenden Beschränkungen zu akzeptieren. Als Arzt muß man sich schon bald der bitteren Erkenntnis stellen, daß man nicht jeden Patienten retten kann. Was meinen Beruf betrifft, so lautet die erste Regel: Richte keinen Schaden an.«

»Dieses Prinzip gilt auch für dich, Benjamin«, sagte Dax. »Vermeide es, deinem Sohn zu schaden. Der Rest erledigt sich von ganz allein. Jake ist ein guter Junge. Bestimmt überwindet er seine gegenwärtige Krise.«

»Hoffentlich hast du recht.«

»Oh, *bestimmt* hat sie recht«, meinte Bashir, sah Dax an und lächelte.

Sisko rollte mit den Augen.

## KAPITEL 4

»Das ist unerhört! Im Auftrag des heiligen K'olkr bin ich unterwegs! Wie können Sie es wagen, meine Mission zu behindern?«

Der große Hauptschirm in der Einsatzzentrale von Deep Space Nine zeigte einen Mann, der alles andere als glücklich wirkte. Und es sah so aus, als ließe er nichts unversucht, allen anderen Leuten die gute Laune zu verderben, wenn er sich über irgend etwas ärgerte.

Eine weit in die Stirn gezogene Kapuze hüllte den größten Teil seines Gesichts in dunklen Schatten. Die sichtbare Haut erwies sich als so schwarz wie eine mondlose Nacht, und die tief in den Höhlen liegenden Augen erweckten den Eindruck, von innen heraus zu glühen.

O'Brien beugte sich vor und flüsterte Kira zu: »Ihm fehlt nur eine Sense.«

Sie bedachte ihn mit einem verwirrten Blick. »Wieso?«

Miles setzte zu einer Erklärung an, begriff dann aber, daß sie zuviel Zeit in Anspruch nehmen würde. »Schon gut«, sagte er nur.

Sisko saß an der Kommandokonsole, gab sich alle Mühe, ruhig und vernünftig zu klingen. »Ich verstehe Ihre Situation, aber ...«

»Wissen Sie, wer ich bin?« Der Fremde sprach lauter, bis seine Stimme aus den Lautsprechern *donnerte*. »Mein Name lautet Mas Marko! Ich gehöre zu den wichtigsten geistlichen Oberhäuptern des Edema-Systems! Ich bin die Stimme des heiligen Geistes von K'olkr! Wer sind *Sie?* Wieso maßen Sie sich an, mir zu verbieten, Seinem Willen zu genügen?«

Sisko verfügte über eine beneidenswerte Eigenschaft: Er wurde um so ruhiger, je mehr Ärger ihm andere Personen entgegenbrachten. »Ich bin der Kommandant von Deep Space Nine, und ich versuche gerade, Ihnen das Leben zu retten. Das Wurmloch ist derzeit für den Verkehr geschlossen. Wir haben eine allgemeine Warnung herausgegeben, die auch Gründe für unsere Maßnahme nennt.«

»Ihre Warnungen spielen keine Rolle für jemanden, der das Wort K'olkrs hörte, Commander. Er hat mich aufgefordert, in Seinem Namen den Quadranten Gamma aufzusuchen, um dort Seine Botschaft zu verkünden.« In jeder einzelnen Silbe vibrierte ein leidenschaftlicher Klang. »Anders ausgedrückt: Ich bin mit einer heiligen Mission beauftragt. Im Vergleich dazu sind Ihre Warnungen – bei denen es um die Angelegenheiten von Sterblichen geht – absolut bedeutungslos.«

»Ach, tatsächlich?« Sisko verharrte in seiner Gelassenheit und lehnte es ab, sich vom Ärger des Fremden anstecken zu lassen. »Nun, Mas Marko, ich unterbreite Ihnen folgendes Angebot: Mein Erster Offizier übermittelt Ihnen eine Aufzeichnung, die Ihnen Auswirkungen und Konsequenzen der Subraum-Kompressionen im bajoranischen Wurmloch veranschaulicht.« Er verzichtete darauf, sich umzudrehen und Kira eine entsprechende Anweisung zu erteilen – sie betätigte bereits Tasten und transferierte die Daten. »Sehen Sie sich die Bilder an. Und sprechen Sie anschließend mit K'olkr, um Seinen heiligen Rat einzuholen. Wenn Sie dann noch immer darauf bestehen, Selbstmord zu begehen, so erhebe ich keine Einwände.«

»Verspotten Sie mich?« fragte Mas Marko in einem drohenden Tonfall.

»Ganz und gar nicht. Ich meine es ernst. Wie Sie den Aufzeichnungen entnehmen können, bleibt Ihnen nicht einmal die Zeit für ein Gebet, sobald Sie ins Wurmloch geflogen sind. Deshalb rate ich Ihnen, schon jetzt zu beten. Sisko Ende.«

Die düstere Gestalt verschwand vom Bildschirm, und Sisko wandte sich an Kira. Sie beantwortete die stumme Frage mit einem Nicken. »Die Daten sind übermittelt.«

»Hast du es *wirklich* ernst gemeint, Benjamin?« Dax sah den Kommandanten an. »Du würdest doch nicht zulassen, daß jene Leute ins Wurmloch fliegen, oder?«

Sisko lächelte schief. »Als Zyniker könnte ich folgenden Standpunkt vertreten: Wenn Mas Marko und seine Gefährten dumm genug sind, sich ohne irgendeinen Grund dem Tod auszuliefern, so können wir froh sein, daß ihre Gene aus der galaktischen Erbmasse verschwinden. Allerdings: Ich bin kein Zyniker. Und deshalb ... Treffen Sie Vorbereitungen für den Einsatz von Traktorstrahlen.«

»Aye, Sir«, bestätigte O'Brien.

»Wann gelangt das edemanische Schiff in Reichweite?« fragte Sisko den bajoranischen Ersten Offizier.

»In zweiundzwanzig Minuten«, antwortete Kira.

»Na schön. Richten Sie die Traktorstrahlen auf das edemanische Schiff, wenn es sich dem Wurmloch bis auf Transitdistanz nähert.«

In Kiras Mundwinkeln zuckte es kurz. »Sie haben Mas Marko mitgeteilt, ihn nicht aufzuhalten, wenn er trotz allem beschließt, in den Dimensionstunnel zu fliegen.«

»Das war eine Lüge, Major.«

Die Bajoranerin lächelte. »Ich verstehe, Sir.«

Zum Glück wurde Sisko nicht mit der Notwendigkeit konfrontiert zu entscheiden, ob er sein Wort halten sollte oder nicht. Kaum zwei Minuten später erschien erneut Mas Markos dunkles Gesicht auf dem Hauptschirm.

Diesmal klang er nicht ganz so aggressiv wie vorher.

»K'olkr hat Seine Meinung geändert«, verkündete er. Sisko stellte erstaunt fest, daß der Edemaner von seinen eigenen Worten amüsiert zu sein schien.

»Das freut mich für Sie«, erwiderte er.

Marko trat einen Schritt näher an den Übertragungssensor heran, und das Glühen in seinen Augen schien heller zu werden. »Ich bin kein Fanatiker, Commander«, sagte er. »Mir liegt nichts daran, meine Familie und mich selbst einer kosmischen Anomalie zu opfern. K'olkrs Werk kann wohl kaum vollbracht werden, wenn die Moleküle Seiner Diener über Tausende von Lichtjahren verstreut werden.«

»Von K'olkr höre ich jetzt zum erstenmal«, gestand Sisko. »Aber Er scheint ein recht vernünftiger Gott zu sein.«

»Vielleicht ergibt sich die Möglichkeit für Sie, mit Seiner Perspektive für das Universum vertrauter zu werden«, entgegnete Mas Marko nachdenklich. »Falls Sie mich und meine Gruppe an Bord Ihrer Raumstation unterbringen können, bis sich das Wurmloch stabilisiert hat. Die Reise von Edema hierher war recht lang. Ich möchte unsere Mission nicht vorzeitig beenden und umkehren, wenn sich das vermeiden läßt.«

»Wie groß ist Ihre Gemeinschaft?«

»Sie besteht aus mir, zwei Novizen sowie meiner Frau und unserem Sohn.«

»Kein Problem«, sagte Sisko. »Wenn Sie in Reichweite sind, erhalten Sie Hinweise fürs Andocken.«

»Ich freue mich bereits auf die Begegnung mit Ihnen«, sagte Marko, bevor sein Abbild aus dem großen Projektionsfeld verschwand.

Sisko atmete tief durch.

»Es erleichtert mich sehr, daß wir es nicht mit einem

Fanatiker zu tun haben«, kommentierte Kira. »Dadurch bleiben uns viele Schwierigkeiten erspart.«

»Ja. Aber um auf Nummer Sicher zu gehen ... Überwachen Sie das Schiff mit besonderer Sorgfalt, sobald es in Reichweite ist. Damit meine ich insbesondere das energetische Niveau im Warptriebwerk. Eine Zunahme der entsprechenden Emissionen ließe den Schluß zu, daß die Edemaner *doch* einen Transfer durchs Wurmloch beabsichtigen.«

»Marko hat davon gesprochen, in Deep Space Nine zu bleiben, bis der Dimensionstunnel wieder stabil geworden ist.«

Sisko hob und senkte die Schultern. »Ich habe das Lügen nicht für mich gepachtet.«

Das edemanische Schiff versuchte nicht, einen Transit durchs Wurmloch einzuleiten. Ganz brav glitt es zum Andockring, verband sich dort mit einem Schleusenstutzen. Sisko beschloß, die Besucher zu ehren, indem er sie persönlich empfing. Darüber hinaus hielt er es für angebracht, vorsichtig zu sein, und aus diesem Grund nahm er Odo mit.

Mas Marko kam als erster in die Raumstation.

Sisko und Odo sahen auf.

Sie hoben den Kopf noch etwas mehr.

Marko war mehr als zwei Meter groß und mußte sich bücken, um die Schleusentür zu passieren. Seinen Bewegungen haftete dabei eine Eleganz an, die darauf hinwies, daß er sich längst an solche Dinge gewöhnt hatte.

Sisko gewann den Eindruck, daß der Edemaner nicht etwa ging, sondern vielmehr glitt – als hätte er keine Füße, sondern Räder. Gewißheit konnte der Kommandant von Deep Space Nine in dieser Hinsicht nicht erlangen, denn der weite Umhang des Besuchers reichte bis zum Boden.

In der Zentrale hatte er O'Briens witzig gemeinte Bemerkung gehört, und nun mußte er zugeben, daß sie tatsächlich Wahrheit enthielt. Mit einer Sense wäre Mas Marko tatsächlich das Ebenbild des Schnitters gewesen.

Ein Teil der Düsternis fiel von dem Edemaner ab, als er die Kapuze zurückstrich. Sein Gesicht blieb schwarz, doch jetzt offenbarte es Züge, die ihm ein menschlicheres Erscheinungsbild verliehen.

Die Augen hingegen glühten nach wie vor in einem beunruhigenden Rot.

»Commander Sisko...«, grüßte er. Er sprach langsam, betonte jede einzelne Silbe. Die tiefe Stimme schien ihren Ursprung irgendwo in Bodennähe zu haben.

»Mas Marko ... Es ist mir eine Ehre.«

»Sie wirken überrascht, Commander.«

»Das bin ich auch«, gab Sisko zu. »Wenn wichtige Würdenträger bei uns eintreffen, so gehen ihnen meistens viele Bedienstete voraus. Zum Beispiel Fahnenträger, die ihren Gebieter ankündigen.«

»Ich halte so etwas für egozentrisch«, erwiderte Marko. »Außerdem kommt eine gewisse Unaufrichtigkeit in bezug auf die Stellung im Leben hinzu. Ich bin Mas Marko, Commander – Anführer meiner Gruppe. Wie soll ich meine Gemeinschaft führen, wenn ich ihr *folge?*«

»In der Tat. Dies ist Sicherheitsoffizier Odo.«

»Freut mich, Sie kennenzulernen.« Der Edemaner wandte sich wieder an Sisko, und der Hauch eines amüsierten Lächelns umspielte seine Lippen. »Sicherheitsoffizier? Rechnen Sie mit Schwierigkeiten, Commander?«

»Ich ziehe immer *alle* Möglichkeiten in Betracht«, lautete die Antwort. »In neunzig Prozent aller Fälle ergeben sich keine Probleme. Wie dem auch sei: Ich irre mich lieber neunzig Mal, um darauf vorbereitet zu sein, zehn Mal recht zu behalten. Immerhin geht es dabei um das Wohlergehen von Crew und Gästen.«

Mas Marko dachte darüber nach. »Ein sehr vernünftiger Standpunkt«, sagte er schließlich.

Er drehte sich halb um, streckte eine große Hand aus und deutete zur Luftschleuse. Einige andere Edemaner traten nun durch den Zugang: zwei Männer, eine Frau und ein Kind. Die Erwachsenen waren kleiner als Marko – obwohl sie mindestens eins achtzig groß sein mochten. Nur der Junge bot mit seinen hundertfünfzig Zentimetern keinen ganz so ehrfurchtgebietenden Anblick. Allerdings: Vielleicht reichte ihm ein gleichaltriger terranischer Knabe nur bis zum Nabel.

*Diese Leute scheinen ziemlich groß zu werden,* dachte Sisko.

Die anderen Edemaner trugen weite Umhänge, doch bei ihnen wiesen sie bunte Muster auf, präsentierten nicht das einheitliche Schwarz wie bei Marko. *Vermutlich ist seine Kleidung eine Art Amtstracht,* spekulierte der Kommandant. *Oder es gefällt ihm, unheilvoll auszusehen.*

Die beiden Männer kamen näher, und Sisko konnte kaum Unterschiede zwischen ihnen erkennen. »Dies ist Del«, stellte Marko vor. »Und das ist Lobb.«

»Eine Ehre für uns, Sir.« Del deutete aus der Hüfte heraus eine Verbeugung an.

Lobb legte weniger Wert auf Förmlichkeiten. »Hände schütteln?« Nach dem Klang der Stimme zu urteilen war er jünger als Del, doch aufgrund des Gesichts allein ließ sich das Alter kaum abschätzen.

»Wie bitte?«

»Bei Ihnen ist es üblich, sich die Hände zu schütteln, nicht wahr?«

»O ja«, bestätigte Sisko. »Das stimmt.«

Lobb ergriff die Hand des Kommandanten, bewegte sie auf und ab. Sisko versuchte, nicht zusammenzuzucken – er hatte das Gefühl, als steckten seine Finger in einem Schraubstock. »Freut mich sehr, Sir.«

»Lobb nimmt erst seit kurzer Zeit an der missionarischen Arbeit teil«, erklärte Mas Marko. »Sein Enthusiasmus kann ansteckend sein. Er erinnert mich an meine eigene Zeit als Novize.«

»Wir verkünden K'olkrs Botschaft«, sagte Lobb und fuhr damit fort, Siskos Hand zu schütteln. »Es gibt keine größere Ehre.«

»Da bin ich sicher.« So höflich wie möglich zog Sisko die Hand zurück. Vorsichtig beugte und streckte er die Finger, um festzustellen, ob etwas gebrochen war.

Mas Marko gab der Frau ein Zeichen, und daraufhin trat sie mit dem Jungen vor. Auch diese beiden Edemaner schienen zu gleiten.

»Meine Gemahlin«, sagte Mas Marko. Er klang jetzt ein wenig förmlicher. »Azira, Tochter von Eweeun und Kragar. Aus Achtung vor Ihrem Rang erlaube ich Ihnen, sie Azira zu nennen, Commander. Und das ist mein Sohn Rasa, der K'olkrs Geist in sich trägt und hofft, mit reinem Selbst in Seine heilige Präsenz aufgenommen zu werden.«

Dünne Verwirrungsfalten bildeten sich in Siskos Stirn. Die Worte klangen irgendwie seltsam ...

Wenn Azira diese Ansicht teilte, so ließ sie sich nichts anmerken. Sie neigte kurz den Kopf zu einem stummen Gruß, und Rasa folgte ihrem Beispiel.

Sisko beobachtete den Jungen einige Sekunden lang. Die Augen, sein Gebarensmuster ... *Was erscheint mir so sonderbar?* dachte er.

»Commander?« Mas Marko klang neugierig und auch ein wenig verwundert. »Gibt es ein Problem?«

»Nein«, sagte Sisko leise. Und etwas lauter: »Nein, ich sehe keine Probleme. Azira, Rasa ... Herzlich willkommen in Deep Space Nine.«

Die Edemanerin lächelte – und das Lächeln wirkte überraschend freundlich, wenn man dabei die bisherige Strenge ihrer Miene berücksichtigte.

Rasa zeigte keine Reaktion. Er stand einfach nur da und starrte ins Leere.

Sisko versuchte, sich von der eigentümlichem Apathie des Jungen nicht verwirren zu lassen. »Der Constable begleitet Sie zu Ihren Quartieren. Sie haben freien Zugang zu allen Bereichen der Station, für die keine besonderen Sicherheitsbestimmungen gelten. In Hinsicht auf die Promenade empfehle ich Ihnen, vorsichtig zu sein. Dort könnten Sie Personen begegnen, die es am nötigen … Takt mangeln lassen.«

»Ach?« Diese Bemerkung weckte Mas Markos Interesse. »Ich nehme an, den betreffenden Individuen mangelt es an Religion, oder?«

»Kommt darauf an, was man unter ›Religion‹ versteht. Viele Leute in der Promenade verehren die Götter namens Trinken, Glücksspiel und Profit. In dieser Hinsicht zeigen sie ebensoviel innere Anteilnahme wie die gläubigsten Priester. Womit ich niemanden vor den Kopf stoßen möchte.«

»Ich verstehe«, sagte Mas Marko. »Nun, vielleicht werden wir K'olkrs Willen gerecht, obgleich wir derzeit keine Möglichkeit haben, den Quadranten Gamma zu erreichen. Vielleicht hat Er dafür gesorgt, daß es im Wurmloch zu … Wie nannten Sie das Phänomen?«

»Subraum-Kompressionen.«

»Ja. Vielleicht hat Er dafür gesorgt, daß es im Wurmloch zu Subraum-Kompressionen kommt – damit wir hier an Bord Ihrer Raumstation Gelegenheit finden, Seine Botschaft zu verkünden.«

»K'olkr beschreitet unerforschliche Wege, um Seine Wunder zu vollbringen«, sagte Sisko.

Mas Marko musterte ihn so, als sähe er ihn jetzt zum erstenmal.

»Das sind sehr weise Worte, Commander«, erwiderte er schließlich. »Haben Sie etwas dagegen, wenn ich Sie zitiere?«

»Ganz und gar nicht.« Sisko gab sich Mühe, großzügig zu klingen.

»Bitte hier entlang.« Odo deutete zu den Turboliften.

Mas Marko und seine Gruppe gingen voraus. Sisko

hielt den Sicherheitsoffizier lange genug zurück, um ihm zuzuflüstern: »Behalten Sie die Edemaner im Auge, wenn sie der Promenade einen Besuch abstatten. Ich möchte vermeiden, daß Marko und seine Begleiter von Leuten durch die Mangel gedreht werden, die kein Interesse an K'olkrs Botschaft haben.«

Odo nickte und eilte den Besuchern nach. »Bitte seien Sie vorsichtig in den Liften!« rief er. »Manchmal bleiben Erschütterungen nicht aus.«

Sisko schüttelte den Kopf und wollte zur Zentrale zurückkehren, als sein Insignienkommunikator piepte. Er aktivierte das kleine Gerät und meldete sich.

»Commander ...«, erklang Kiras Stimme. »Es ist noch jemand eingetroffen, und in diesem Fall handelt es sich um einen unerwarteten Gast. Leistet Ihnen Odo Gesellschaft?«

»Er begleitet Mas Marko und die übrigen Edemaner zum Habitatring.«

»Wenn ich etwas vorschlagen darf, Sir: Wir sollten dafür sorgen, daß der Neuankömmling im Andockring bleibt, bis sich Odo um ihn kümmern kann. Diese Sache fällt eindeutig in seinen Zuständigkeitsbereich. Und ich schätze, angesichts der besonderen Umstände will er sie niemand anders überlassen.«

Zum zweiten Mal innerhalb kurzer Zeit fühlte sich Sisko von Verwirrung erfaßt. Kira schien eine Situation zu beschreiben, die Gefahren mit sich bringen konnte, aber sie klang nicht etwa besorgt, sondern amüsiert. »Noch ein frustrierter und verärgerter Wurmloch-Reisender?« vermutete er.

»Nein. Der Betreffende ist gekommen, um geschäftliche Vereinbarungen mit jemandem zu treffen, der sich bereits in Deep Space Nine befindet.«

»Ach? Wen meinen Sie?«

»Quark ...«

Der Ferengi erkannte Odos Stimme und drehte sich

langsam um. Sein Gesicht gewann jenen Ausdruck, der für Begegnungen mit dem Sicherheitsoffizier typisch war: Es zeigte Selbstgefälligkeit, Zuversicht und auch eine Mischung aus Argwohn und Wachsamkeit. Schließlich wußte er nie, ob ihm Odo nur mit der üblichen Feindseligkeit begegnete oder konkrete Schritte gegen ihn einzuleiten gedachte.

Quark hatte die Drehung noch nicht ganz beendet, als er sagte: »Was kann ich für Sie …«

Der Rest des Satzes blieb ihm im Hals stecken.

Neben Odo stand ein Ferengi mit charakteristischen braunen Flecken über den Brauenwülsten – sie bildeten ein Dreieck. Er sah Quark an und lächelte, was seine spitz zulaufenden Zähne gut zur Geltung brachte.

»Quaaark«, knurrte er und zog den Vokal in die Länge.

Der Angesprochene quiekte erschrocken und nahm jene defensive Haltung an, die man gemeinhin »Ferengi-Hocke« nannte. Er streckte den einen Arm aus, als wollte er einen Feind abwehren, und den anderen schlang er sich um den Kopf – damit er nichts sah oder hörte, wenn ihm etwas Schreckliches widerfuhr.

Rasch wankte er zurück, stieß dabei einen Tisch um.

Der neben Odo stehende Ferengi sah den Constable an. »Ich habe Ihnen ja gesagt, daß er auf diese Weise reagieren würde.«

»Halten Sie sich von mir fern, Glav!« kreischte Quark. »Kommen Sie mir nicht zu nahe!«

»Hören Sie auf mit dem Unsinn«, erwiderte Odo schroff. Er brachte dem ihm ausgesprochen unsympathischen Ferengi ohnehin nur begrenzte Geduld entgegen, und ihr Vorrat erschöpfte sich schnell. »Ich lasse nicht zu, daß er Ihnen etwas antut.«

»Ach, tatsäääächlich?« Wenn es möglich gewesen wäre, Quarks Stimme auszuwringen, so wäre mindestens ein Liter Sarkasmus herausgetropft. Er wich noch weiter zurück, bis er mit dem Rücken an der Wand stand. Dabei handelte es sich um eine weitere bei den Ferengi gebräuchliche Verteidigungsposition – auf diese Weise konnte niemand von hinten angreifen. »Und zweifellos würden Sie es sehr bedauern, wenn mir etwas zustieße, nicht wahr, Odo?«

»Ja – wenn es hier und jetzt geschähe«, erwiderte der Sicherheitsoffizier. »Aber Recht und Ordnung sind mir wichtiger als meine persönlichen Gefühle. Andernfalls wäre Ihnen längst etwas passiert. Glav möchte mit Ihnen reden.«

»Glav möchte mir die Kleidung vom Leib reißen, um mich anschließend mit meinem eigenen Eingeweiden zu erwürgen!«

»Sie verwechseln Glav mit mir«, erwiderte Odo.

Glav hob die Hände und wirkte so friedfertig, wie es für einen Ferengi möglich war. »Ich kann dieses Mißverständnis klären, Sir«, wandte er sich an Odo.

Der Constable verschränkte die Arme und wartete.

»Vor einigen Jahren plante ich eine sehr bedeutende Investition«, begann Glav. »Ich setzte dabei mein ganzes Vermögen ein, um einen Erfolg zu gewährleisten. Und dann kam Quark und überredete meine Kunden, mit ihm zu verhandeln. Er unterbot mich, verkaufte die gleichen Waren zu einem niedrigeren Preis!«

»Ich habe nichts Unrechtes getan!« verteidigte sich Quark. »Alle geschäftlichen Transaktionen entsprachen den in unseren ökonomischen Gesetzen festgelegten Richtlinien! Außerdem war ich damals jung. Ja, jung und unerfahren. Deshalb können Sie mir nicht vorwerfen …«

»Ich wurde in die Pleite getrieben«, fuhr Glav fort. »Meine Gläubiger verlangten die eingeräumten Kredite zurück – durch den nicht zustande gekommenen Verkauf gab es überhaupt keine Einnahmen. Ich verlor praktisch alles und war ruiniert.«

»Und jetzt ist er hier, um sich zu rächen!« Quark ging wieder in die Ferengi-Hocke.

»Nein. Ich bin hier, um Ihnen folgendes mitzuteilen: Ich hatte Glück im Unglück. Die damaligen Ereignisse erwiesen sich als ein Segen für mich.«

Quark spähte unter dem Ellenbogen hervor. »Wie meinen Sie das?«

»Nach dem katastrophalen Konkurs blieb mir nur eins: Ländereien auf Xerxes Sechs. Man hielt sie für wertlos, und deshalb erhob niemand Anspruch darauf. Dort ließ ich mich nieder und ... Nun, ich muß zugeben, daß ich damit begann, Rachepläne zu schmieden. Aber ...« Glav legte eine Pause ein und lächelte erneut.

Quark gab der Neugier nach und ließ den Arm sinken. »Aber was?«

»Ich leitete einige geologische Untersuchungen ein.« Diesmal lächelte Glav nicht nur, sondern grinste. »Die ersten Ergebnisse waren alles andere als vielversprechend, aber ich setzte die Analysen fort, trieb die Bohrsonden tiefer – und fand ein großes Vorkommen an Calvinum.«

Quark schnappte nach Luft. »Ca ... Calvinum?«

»Ja. Die Byfrexianer benötigen diese Substanz für ihre Raumschiff-Triebwerke. Die Nachfrage ist enorm.«

»Jeder Byfrexianer wäre bereit, ein Bein und einen Arm zu geben, um einige Gramm davon zu bekommen.«

»Ach, mit Armen und Beinen kann ich nichts anfangen. Aber zwei Millionen Barren in Gold gepreßtes Latinum ...«

Quark preßte sich die Hand auf die Brust. »Zw ... zw ... zw ...« Er schluckte. »Zwei Mi ... Mil ... Milli ...«

»Zwei Millionen«, brummte Odo mürrisch. »Leiden Sie plötzlich an Sprachstörungen?«

»Nun, das wär's im großen und ganzen«, sagte Glav. »Ich bin reich, Quark. Mein Reichtum geht weit über die Grenzen der Habgier hinaus. Ohne Sie wäre ich sicher noch immer damit beschäftigt, mich mehr schlecht als recht durchzuschlagen. Mit einigen klugen Investitionen ist es mir sogar gelungen, mein Kapital zu verdoppeln.«

Quark kniff die Augen zusammen. »Eine Falle! Ja, dies ist eine Falle!« Und zu Odo: »Er kommt hierher und behauptet, über alle Maßen reich zu sein – um mir dann irgendwie mein Geschäft abzuluchsen!«

Glav sah sich im Spielkasino um und machte keinen Hehl aus seiner Verachtung. »Was sollte mir an so etwas gelegen sein? Nun, Quark... Niemand verlangt von Ihnen, *mir* zu glauben. Überprüfen Sie meine Angaben. Wenden Sie sich ans Revisionsamt der Ferengi. Mein Name wird an der Börse geführt – es ist allgemein bekannt, wie reich ich bin. Darauf bin ich stolz. Wären Sie es nicht?«

Er trat vor und packte Quark bei den Schultern. Der Eigentümer des Spielkasinos zuckte zusammen und schien jeden Augenblick einen wuchtigen Hieb zu erwarten.

»Das Glück war mit Ihnen, Quark – mit uns beiden«, sagte Glav. »Ob ich sauer auf Sie bin, wegen damals? Nein, natürlich nicht! In gewisser Weise verdanke ich Ihnen alles. Um es noch einmal zu wiederholen: Nehmen Sie eine Überprüfung vor. Ziehen Sie Erkundigungen aus verschiedenen Quellen ein. Ich warte, bis Sie bereit sind, mit mir zu sprechen. Und *wenn* Sie schließlich bereit sind... Dann mache ich Sie zu einem sehr, sehr, *sehr* reichen Ferengi.«

Er ließ Quark los, trat zurück und nickte Odo zu. »Ich danke Ihnen. Von hier aus finde ich den Weg allein.« Im Anschluß an diese Worte ging er fort, schlenderte durch die Promenade und legte dabei die Hände auf den Rücken. Er sah aus wie jemand, der alles hatte, was man sich nur wünschen konnte.

Quark blickte ihm nach. »Ich traue ihm nicht eine Sekunde lang.«

»Aus gutem Grund«, kommentierte Odo. »Wir alle wissen, daß man Ferengi nicht trauen kann.«

»Ja, wir alle wissen, daß man Fe…«, begann Quark, unterbrach sich gerade noch rechtzeitig und durchbohrte den Sicherheitsoffizier mit einem finsteren Blick. Odo wandte sich von ihm ab, ohne ein weiteres Wort zu verlieren.

»Sie haben ausgezeichnete Arbeit geleistet, soweit es die Raumstation betrifft, Commander«, sagte der Cardassianer. »Gul Dukat ist sehr beeindruckt.«

Sie saßen im Büro des Kommandanten von Deep Space Nine. Sisko war sich durchaus bewußt, daß Kira dem Cardassianer immer wieder von Abscheu geprägte Blicke zuwarf. Glücklicherweise war sie klug genug, auf eine Teilnahme am Gespräch zu verzichten – dadurch geriet sie nicht in Versuchung, den Besucher hingebungsvoll zu verfluchen.

Sisko nickte. »Danke, Gotto. Bitte richten Sie Gul Dukat aus, daß er hier jederzeit willkommen ist.«

Daraufhin verzogen sich Gottos Lippen zu einem dünnen Lächeln. »Oh, Gul Dukat zweifelt an der Aufrichtigkeit solcher Einladungen. Aus diesem Grund schickt er mich – weil er weiß, daß er sich auf mich verlassen kann. Ich soll mich hier um seine Angelegenheiten kümmern.«

»Und seine Angelegenheiten sind…?«

»*Seine* Angelegenheiten.«

»Ich verstehe.« Sisko zögerte kurz. »Ich bin für Deep Space Nine zuständig. Und wo mein Verantwortungsbereich die Interessen Ihres Auftraggebers berührt… Über solche Dinge möchte ich Bescheid wissen.«

Einige Sekunden lang musterten sich die beiden Männer, und dann zuckte Gotto mit den Schultern. »Nun, eigentlich hat meine Mission keine große Bedeutung. Gul Dukat möchte nur dafür sorgen, daß niemand an Bord von DS Nine die cardassianische Präsenz vergißt. Ich bin angewiesen, mich im Verlauf der nächsten Tage so oft wie möglich in der Öffentlichkeit zu zeigen. Und damit hat es sich auch schon. So etwas dürfte Ihnen wohl kaum Probleme bereiten, Commander, oder?«

»Nein, natürlich nicht«, erwiderte Sisko ruhig. »Wenn sich Ihre Absichten tatsächlich darauf beschränken. Wer könnte Einwände dagegen erheben?«

»Dann sind wir uns also einig.« Der Cardassianer klopfte sich auf die Oberschenkel und stand auf.

In diesem Augenblick kam Julian Bashir herein. »Sie wollten mich sprechen, Sir?« wandte er sich an Sisko.

»Dr. Bashir – Gotto Lon«, stellte der Kommandant vor. »Gotto wollte gerade gehen.«

»Es war mir ein Vergnügen«, sagte der Cardassianer und verließ das Büro.

Als sich die Tür hinter ihm schloß, bedeutete Sisko dem Arzt, Platz zu nehmen. »Wie gut kennen Sie sich mit Edemanern aus, Doktor?«

Bashir lächelte. Zu seinen Qualitäten zählte nicht nur gutes Aussehen, sondern auch umfassende Kenntnisse in Hinsicht auf Multispezies-Medizin. Sein geradezu enzyklopädisches Wissen verblüffte Sisko immer wieder, obwohl er versuchte, solche Reaktionen zu verbergen.

»Ich bin recht gut mit ihnen vertraut, Sir«, erwiderte Bashir. »Die Edemaner zeichnen sich durch eine beneidenswerte Widerstandsfähigkeit aus.«

»Könnten Sie feststellen, ob einer von ihnen krank ist?«

»Allein aufgrund des Anblicks? Vielleicht. Eine Untersuchung würde jeden Zweifel ausschließen.«

»Eine entsprechende Gruppe ist gerade bei uns eingetroffen. Ihr jüngstes Mitglied – ein Knabe – erscheint mir ... irgendwie seltsam. Ich weiß einfach nicht, was ich von ihm halten soll.«

»Blutete oder hustete er? Gab es deutlich zu erkennende Symptome?«

»Nein«, sagte Sisko. »Nichts dergleichen. Wie dem auch sei ... Als Vater entwickelt man bei solchen Dingen eine Art sechsten Sinn.«

»Manchmal gilt das auch für Ärzte«, kommentierte Bashir ernst. »Möchten Sie, daß ich die Unterkunft der Edemaner aufsuche?«

»Nein. Wir sollten vermeiden, die Sache an die große Glocke zu hängen – immerhin können wir nicht sicher sein, ob wirklich eine Krankheit dahintersteckt. Nun, es sollte Ihnen nicht sehr schwerfallen, die Edemaner zu finden – vermutlich begeben sie sich bald zur Promenade, um dort zu versuchen, die Gottlosen zu bekehren.«

»Dann wartet eine Menge Arbeit auf sie.«

»Allerdings. Ich bitte Sie um folgendes: Beobachten Sie die Besucher aus der Nähe, um einen unmittelbaren Eindruck zu gewinnen. Nehmen Sie den Jungen mit, um ihn in der Krankenstation zu untersuchen, wenn Sie das für notwendig halten.«

»Und falls die übrigen Edemaner etwas dagegen haben?«

»Das spielt keine Rolle. Wir sind hier nicht auf einem Planeten, sondern in einer Raumstation, Doktor. Dies ist eine künstliche, in sich geschlossene Biosphäre. Ich ziehe es immer vor, taktvoll zu sein, aber letztendlich läuft es darauf hinaus: Wenn der Junge krank ist und die Gefahr besteht, daß er andere Personen infiziert, so müssen wir ihn isolieren. In Deep Space Nine darf es auf keinen Fall zu einer Epidemie kommen.«

»Da bin ich ganz Ihrer Ansicht, Sir«, pflichtete Bashir dem Kommandanten bei und schauderte. Vor nicht allzu langer Zeit war DS Nine von einem Aphasie-Virus heimgesucht worden, woraufhin ein Alptraum begann, dem fast alle Personen an Bord erlagen. Nur Quark und Odo hatten sich als immun erwiesen.

Odo hatte Bashir später anvertraut, für ihn sei die Möglichkeit eines Massensterbens nur Teil des Problems gewesen. Der eigentliche Schrecken bestand darin, daß Quark und er den Krankheitserreger in sich trugen, was bedeutete: Sie durften Deep Space Nine nicht verlassen. Und niemand konnte zu ihnen, denn es gab keine Möglichkeit, das Virus aus der Luft zu filtern. Wenn nicht rechtzeitig eine Lösung für das Problem gefunden worden wäre, hätten Odo und Quark den Rest ihres Lebens in einer leeren Raumstation verbringen müssen. »Es gibt Schlimmeres als den Tod«, hatte der Sicherheitsoffizier während des Gesprächs mit Bashir behauptet. »Wenn ich mir vorstelle, über Jahrzehnte hinweg nur mit Quark sprechen zu können…«

»In Ordnung, Doktor«, sagte Sisko nun. »Das ist alles. Bitte halten Sie mich auf dem laufenden.«

»Ja, Sir. Natürlich.«

Einige andere Reisende – zwei Menschen, ein Tellarit und ein Boffin – kamen aus verschiedenen Gründen nach Deep Space Nine. Sie freuten sich nicht gerade darüber, daß derzeit kein Transfer durchs Wurmloch möglich war, aber sie schienen bereit zu sein, sich mit der gegenwärtigen Situation abzufinden.

In einem der Raumschiffe am Andockring der Raumstation…

Ein Koffer bewegte sich.

Er schmolz, verwandelte sich in eine zähflüssige Masse. Diese glitt über den Boden, erreichte kurz darauf die Luftschleuse. Dort waren die Versiegelungen natürlich luftdicht, aber das Etwas versuchte gar nicht, sie zu durchbrechen. Statt dessen kroch es an der Verkleidung entlang, bis es eine Stelle fand, die nicht ganz so stabil zu sein schien wie der Rest.

Der Schleim wich ein wenig zurück, verwandelte sich in eine Faust und schlug zu. Das Verschalungssegment splitterte, und die gallertartige Substanz quoll durch den Riß.

Innerhalb weniger Sekunden floß sie an den mechanischen Verriegelungskomponenten der Luftschleuse vorbei. Kurze Zeit später gab eine zweite Verkleidungsplatte nach, und die Masse tropfte auf den Boden.

Dort veränderte sie sich, wuchs zu einem feucht glänzenden Turm und gewann erste Konturen.

Die Gestalt eines Humanoiden entstand.

Das Wesen blickte auf die Hände hinab, berührte das Gesicht und nickte zufrieden.

Der Metamorph setzte sich in Bewegung und verließ den Andockring. Einige Minuten später erreichte er die Promenade, wurde dort einer von vielen.

Noch ahnte niemand etwas, aber…

Das Grauen befand sich in Deep Space Nine.

# KAPITEL 5

»Kommt! Kommt und vernehmt K'olkrs heilige Botschaft!«

Die Edemaner hatten ihren Stand in einer leeren Nische der Promenade aufgebaut. Mas Marko läutete immer wieder eine Glocke mit elektronisch verstärktem Klang, um die Aufmerksamkeit der Passanten zu wecken. Das funktionierte auch, zumindest in gewisser Weise: Die Leute warfen den Missionaren kurze Blicke zu. Doch niemand schien sie ernst zu nehmen.

Sisko kannte die Parade des Lebens namens Promenade weitaus besser als die Besucher, und deshalb hatte er mit Mas Marko einige Regeln vereinbart: Ganz bewußt herbeigeführte physische Kontakte mit anderen Personen mußten unterbleiben; ebenfalls verboten war es, jemandem den Weg zu versperren. Darüber hinaus waren die Edemaner ausdrücklich aufgefordert worden, nicht zu versuchen, Bekehrungsunwilligen ihre Religion aufzuzwingen, mit welchen Mitteln auch immer.

Der Grund dafür lag auf der Hand: Sisko wollte Schlägereien vermeiden.

Zum Glück erklärte sich Mas Marko sofort bereit, diese Regeln zu achten. »Nur jener kann verstehen, der K'olkrs Wort aus freiem Willen empfängt«, sagte er. »Wir beschränken uns darauf, Seine Botschaft anzubieten. K'olkr lehrt uns, die Dinge so zu akzeptieren, wie sie sind, Commander. Daran gibt es sicher nichts auszusetzen.«

Sisko bestätigte die letzten Worte mit einem Nicken.

Jetzt stand Mas Marko in der Promenade und gab sich alle Mühe, ans Gute, Anständige und Moralische im Wesen der Passanten zu appellieren. Bei den meisten Leuten waren diese Eigenschaften nicht sonderlich stark ausgeprägt.

Die übrigen Mitglieder der Gruppe versuchten, Broschüren zu verteilen, in denen es um K'olkrs Erhabenheit ging. Niemand zeigte mehr als nur beiläufiges Interesse an ihnen.

Bashir stand ein wenig abseits und beobachtete das Geschehen. Seine besondere Aufmerksamkeit galt dem Jungen Rasa.

Auf der Grundlage seiner Kenntnisse der edemanischen Physiologie schätzte er das Alter des Knaben auf etwa zehn terranische Jahre. Die übrigen Edemaner waren unermüdlich. Marko und seine Gefährten priesen K'olkr schon seit Stunden. Rasa hingegen schwieg und wirkte apathisch. Seine Mutter forderte ihn mehrmals auf, an den Bemühungen der Gruppe teilzunehmen, doch er reagierte nicht, verharrte in Gleichgültigkeit.

Die dunklen Züge der Frau offenbarten Besorgnis.

Das sah Bashir ganz deutlich. War ihre Sorge allgemeiner Natur? Oder bezog sie sich auf etwas Bekanntes?

Wie auch immer die Antwort lauten mochte: Bashir hielt es für erforderlich, Gewißheit zu erlangen.

Wie beiläufig schlenderte er den Edemanern entgegen und beobachtete dabei, wie Azira einmal mehr versuchte, ihren Sohn zu einer Teilnahme an der Gruppenarbeit zu bewegen. Es gelang Bashir, einen Blickkontakt mit dem lustlosen Jungen herzustellen, und er wölbte die Brauen, um Interesse zu signalisieren.

»Haben Sie K'olkrs Wort gehört?« fragte Rasa. Seine Stimme klang schrill, ließ sich überhaupt nicht mit dem donnernden Baß des Vaters vergleichen. Bashir trat noch etwas näher an den Knaben heran, und dadurch fielen ihm jene Anzeichen auf, die auch Sisko bemerkt hatte. Man brauchte kein Fachmann für Multispezies-Medizin zu sein, um festzustellen, daß Rasa... geschwächt wirkte. Seine Augen leuchteten nicht so wie die der anderen Edemaner – ihr Glühen erschien verblaßt.

Außerdem zeigte seine Haut kein einheitliches Schwarz. Hier und dort gewann sie eine graue Tönung, und Bashir entdeckte auch einige Flecken.

Das alles nahm er innerhalb von nur zwei oder drei Sekunden zur Kenntnis. »Nein«, beantwortete er die Frage des Jungen und gab durch nichts zu erkennen, daß es ihm um eine Diagnose ging. »Ich habe nie mit jemandem namens K'olkr gesprochen.«

Die übrigen Edemaner hörten seine Antwort und wandten sich ihm zu, aber Bashir schenkte ihnen keine Beachtung, hielt den Blick auf Rasa gerichtet. Auf diese Weise verdeutlichte er, daß der Dialog allein ihn und den Jungen betraf. »Wer ist K'olkr?« erkundigte er sich. »Vielleicht ein Freund von dir?«

»Äh...« Der Knabe hatte ganz offensichtlich nicht mit einer solchen Reaktion gerechnet. Nervös befeuchtete er sich die Lippen, sah zu seinem Vater und bat ihn stumm um Rat.

»Er hat dich gefragt, Sohn«, sagte Marko. »Gib ihm Auskunft.«

»Äh...«, wiederholte Rasa und suchte nach Worten. »K'olkr ist... alles«, sagte er zu Bashir. Der Arzt vermutete, daß sich der Junge nun an Dinge erinnerte, die ihm sein Vater eingepaukt hatte. Er sprach aus einem Reflex heraus – oder veranlaßte ihn der Selbsterhaltungstrieb dazu? »Er weist uns den Weg«, fuhr Rasa fort. »Indem wir uns K'olkrs Willen unterwerfen und das von Ihm beschlossene Schicksal akzeptieren, finden wir zu uns selbst.«

»Das von K'olkr bestimmte Schicksal?« Bashir musterte den Knaben. »Glaubt ihr an die Vorherbestimmung? Lehnt ihr die Vorstellung des freien Willens ab?«

Rasa blinzelte überrascht – bis eben schien er es kaum für möglich gehalten zu haben, daß ihm der Fremde tatsächlich zuhörte. »Der freie Wille bezieht sich auf die Angelegenheiten der Sterblichen«, sagte er automatisch. »Doch wenn es um Göttliches geht, vertrauen wir K'olkr.«

Bashir schnippte mit den Fingern. »Schade... Ich finde das alles sehr interessant, aber leider ruft die Pflicht.«

»Oh.« Rasa ließ enttäuscht die Schultern hängen und warf seinem Vater einen entschuldigenden Blick zu.

»Das ist sehr bedauerlich«, meinte Mas Marko. »Offenbar haben Sie echtes Interesse an dem Gespräch mit meinem Sohn gefunden, Mister ...«

Aus reiner Angewohnheit wollte der Arzt die Anrede mit einem Hinweis auf seinen Doktortitel korrigieren, doch in diesem Fall riet ihm eine warnende innere Stimme davon ab. »Bashir«, entgegnete er. »Julian Bashir.«

»Müssen Sie wirklich gehen, Mr. Bashir?«

»Ich fürchte ja. Aber ...« Er zögerte, gab sich den Anschein, über eine Idee nachzudenken und sie dann zu verwerfen. »Nein.«

»Was denn?« fragte Rasa und vergaß, seinen Vater zuerst sprechen zu lassen. Marko tadelte ihn deshalb nicht, schien sogar stolz darauf zu sein, daß der Junge Eigeninitiative entfaltete.

»Nun, wenn der junge Mann bereit wäre, mich zu begleiten ...«, sagte Bashir. »Ein großer Teil meiner Arbeit kann recht stumpfsinnig sein, und ein anregendes Gespräch wäre eine willkommene Abwechslung. Allerdings ... Ich schätze, Sie brauchen hier seine Hilfe.«

»Um ganz ehrlich zu sein ...«, erwiderte Mas Marko. »Wir sind schon seit Stunden hier, und bisher bestand das einzige Ergebnis unserer Bemühungen aus verächtlichen Blicken. Deshalb sollten wir auf keinen Fall die Chance versäumen, Ihnen K'olkr näherzubringen. Bist du bereit, den Herrn zu begleiten, Rasa?«

»Ja«, antwortete der Junge sofort.

Fast im gleichen Augenblick warf Azira ein: »Ich weiß nicht, ob das richtig ist.«

Rasas Blick wanderte zwischen seinen Eltern hin und her. Bashir musterte die Edemaner nachdenklich.

Mas Marko und Azira kommunizierten ohne Worte, und der Arzt glaubte, wachsende Spannungen wahrzunehmen. Die dunklen Gesichter blieben ausdruckslos. Was auch immer geschah: Marko setzte sich durch, behielt die Kontrolle. Schließlich senkte Azira den Kopf.

Als das Oberhaupt der Gruppe zu ihr sprach, kündete seine Stimme von Verständnis und auch Kummer. »Wie wir alle hat der Junge die Pflicht, seine Zeit in dieser Sphäre zu nutzen, um möglichst viel zu leisten. Dazu mußt du ihm Gelegenheit geben.«

»Ja«, bestätigte Azira. In den Worten kam noch mehr zum Ausdruck, doch es gelang Bashir nicht, ihren tieferen Sinn zu erfassen. Die Mutter wandte sich an ihren Sohn. »Verhalte dich so, daß K'olkr stolz auf dich sein kann.«

»Ja, natürlich«, erwiderte der Knabe.

Bashir ging los, um einer Fortsetzung des Wortwechsels und eventuellen Problemen vorzubeugen. »Woher wißt ihr, wann ihr aus freiem Willen handeln sollt und wann es besser ist, alles K'olkr zu überlassen?«

Rasa schloß sich ihm sofort an. »Nun, wir haben eine Sammlung von Gesetzen, Siilar genannt. Sie versetzen uns in die Lage, Situationen zu beurteilen und Entscheidungen zu treffen …«

Bashirs und Rasas Stimmen verschmolzen mit den vielen anderen Geräuschen in der Promenade.

»Wir können stolz auf ihn sein«, sagte Mas Marko fest. Er sah an Azira vorbei, und die Worte schienen gar nicht an sie gerichtet zu sein.

Die Edemanerin schwieg.

Marko hielt eine weitere Erörterung dieses Themas offenbar nicht für notwendig, denn er wandte sich wieder den Passanten zu. Der vermeintliche Erfolg, den Rasa bei einem Starfleet-Angehörigen erzielt hatte, erneuerte seinen Enthusiasmus, und er sprach die nächste Person an: »Sir, K'olkrs Worte sind sehr wichtig für Ihr Leben...«

»Das bezweifle ich sehr, wenn die Worte nicht zufällig ›Profit‹, ›Geld‹ und ›Reichtum‹ lauten«, erwiderte Glav und ging weiter.

Als er sich Quarks Spielkasino näherte, schritt er etwas langsamer – und machte dann absichtlich einen weiten Bogen um das Etablissement. Aus den Augenwinkeln beobachtete er, wie sich Quark um seine Gäste kümmerte, dabei die Rolle des unterwürfigen Dieners spielte. Es gelang Glav, sich ins Blickfeld des anderen Ferengi zu schieben – anschließend setzte er den Weg fort.

Quark reagierte sofort. »Glav!« rief er, sprang praktisch über einen Tisch hinweg und stürmte durch die Promenade. Er stieß mehrere Personen beiseite, um sein Ziel möglichst schnell zu erreichen.

Vor Glav nahm er eine andere für die Ferengi typische Haltung an: Er beugte sich nach vorn, so daß sein Gesprächspartner auf ihn herabsehen konnte. Damit brachte er folgendes zum Ausdruck: »Ich bestätige die unbestreitbare Größe deiner Stellung im Universum. Wie kann ich dir zu Diensten sein, auf daß du meinen Reichtum mehrst?«

So lautete die Botschaft der Körpersprache. Quark befeuchtete sich erwartungsvoll die Lippen und gurrte: »Glav, alter Freund, wo sind Sie *gewesen?* Ich habe mehrmals versucht, einen Kontakt mit Ihnen herzustellen, aber in Ihrer Unterkunft meldete sich niemand.«

»Ich war unterwegs, um mir diese faszinierende Raumstation anzusehen«, erwiderte Glav. Er drehte sich langsam um die eigene Achse, wies dadurch gewisse Ähnlichkeit mit einem altertümlichen Kommandoturm auf. »Die hiesige Situation ist außerordentlich interessant. Aber zunächst genug davon. Sprechen wir von Ihnen. Wie schätzen Sie mich ein?«

Quark neigte den Kopf anerkennend von einer Seite zur anderen und lachte schrill. »O Glav ... Niemand erzählt einen jahrhundertealten Witz besser als Sie.«

»Das ist sehr servil von Ihnen, Quark.«

»Danke.« Der Inhaber des Spielkasinos wackelte erneut mit dem Kopf. »Ich strebe immer nach Perfektion.«

»Nun, gehe ich recht in der Annahme, daß Sie inzwischen meinen Status überprüft haben?«

»Sogar sehr gründlich«, bestätigte Quark. »Mein *lieber* Glav – in persönlicher Hinsicht ist es Ihnen gelungen, unauffällig zu bleiben.«

»Es fiel mir nicht leicht«, entgegnete der andere Ferengi. »Wenn Sie in bezug auf meinen Namen Informationen sammeln, so dürften sich keine Schwierigkeiten dabei ergeben, meinen Netto-Wert festzustellen. Abgesehen davon konnte ich mir eine Privatsphäre bewahren.«

»Wobei Sie eine Menge Geschick bewiesen haben«, lobte Quark überschwenglich. »Ihre Privatsphäre ist *hervorragend* geschützt. Sie verdient die Bezeichnung *unantastbar,* und nur ein wahrer Meister ...«

»Quark?«

»Ja?«

»Jetzt übertreiben Sie.«

Quark trat ein wenig zurück und verneigte sich. »Ich bitte um Entschuldigung.«

»Schon gut«, brummte Glav. »Um ganz offen zu sein: Ich habe gar nichts anderes von Ihnen erwartet.«

»Dann ist es mir eine Ehre, Ihren Vorstellungen zu genügen.«

Glav legte Quark die Hand auf die Schulter. »Wir könnten ins Geschäft kommen.«

Quark schnappte in einer Mischung aus Verblüffung und Freude nach Luft. Hoffnung schimmerte in seinen Augen. »Wie wäre es einem so unwichtigen Individuum wie mir möglich, Ihnen zu helfen? Mein bescheidenes Lokal ist es kaum wert, von Ihnen zur Kenntnis genommen zu werden.«

Glav sah sich um und deutete zu einem Tisch neben dem Kasino. Er ließ sich auf einen Stuhl sinken, und Quark nahm ihm gegenüber Platz.

Glav stützte die Ellenbogen auf den Tisch, neigte den Kopf zur Seite und wirkte wie die personifizierte Verschlagenheit, als er sagte: »Sie haben Verbindungen.«

»Tatsächlich?« erwiderte Quark verwirrt. Eine Sekunde später räusperte er sich und verdrängte die Unsicherheit in einen entfernten Winkel seines Selbst. »Nun, *natürlich* habe ich Verbindungen. Aber leider ... Äh ... meine Kontakte können sich kaum mit denen messen, die Sie ...«

»Ich denke dabei an jene Personen, die Sie kennen und mit denen Sie Umgang pflegen.« Glav seufzte und senkte den Blick. »Ich muß Ihnen etwas gestehen.«

Quark musterte den anderen Ferengi neugierig.

»Als ich hierherkam ...«, begann Glav. »Nun, ich muß zugeben, daß es meinen Motiven an Ehrenhaftigkeit mangelte.«

»Ach?« Für das Konzept »ehrenhafte Motive« gab es in Quarks Weltanschauung kaum Platz.

Glav seufzte. »Ursprünglich bin ich hierhergekommen, um Ihnen meinen Reichtum unter die Nase zu reiben. Ja, ich wollte, daß Sie vor mir im Staub kriechen, darum flehen, an meinen Geschäfte teilhaben zu dürfen. Es war meine Absicht, Sie zu demütigen – und anschließend wieder zu gehen.« Er schüttelte den Kopf. »Anders ausgedrückt: Rachsucht lenkte meine Schritte nach Deep Space Nine.«

»Das verstehe ich«, behauptete Quark.

Glav musterte ihn überrascht. »Meine Güte... Sie sind nicht unterwürfig – Sie verstehen *tatsächlich*.«

»Der Wunsch, mich zu demütigen, für damals Rache zu nehmen... Das ist durchaus verständlich.«

»Wenn Sie die Sache so sehen, verstehen Sie vielleicht auch meinen Gesinnungswandel. Als ich durch diese Raumstation wanderte, hatte ich plötzlich eine Art Vision. Von einem Augenblick zum anderen erwachte die Habgier in mir. Es war ein herrliches Gefühl. Wissen Sie, aufgrund meines enormen Reichtums hatte ich einfach vergessen, was die Habgier für einen Ferengi bedeutet. Sie schlief in mir ein.«

Quarks Miene brachte tiefes Mitgefühl zum Ausdruck. »Das muß schrecklich gewesen sein«, hauchte er.

»Das Tragische ist: Ich wußte nicht einmal, daß jenes Gefühl aus meinem Empfinden verschwunden war. Oh, wie leicht fällt es, zufrieden zu sein. Hüten Sie sich vor der Zufriedenheit – für Männer wie uns kann sie das Verderben sein.«

Quark rutschte voller Unbehagen auf dem Stuhl zur Seite. »Nun, ich freue mich über das, was ich erreicht habe«, sagte er vorsichtig. Etwas energischer fügte er hinzu: »Aber ich bin keineswegs *zufrieden*. Nein, davon kann nicht die Rede sein. Ich träume noch immer von wahrem Reichtum, von *dem* Geschäft.« Bei diesen Worten klang seine Stimme ehrfürchtig.

»*Das* Geschäft sitzt vor Ihnen«, sagte Glav. »Sehen Sie mich an. Ich biete Ihnen die Möglichkeit, den Traum in Wirklichkeit zu verwandeln.«

Quark starrte sein Gegenüber an.

Und plötzlich flackerte neuerliches Mißtrauen in seinen Augen.

»Es *ist* eine Falle«, knurrte er langsam.

»Wie bitte?« erwiderte Glav verwirrt.

»Ein verdammter Trick!«

»Ich bin die ganze Zeit über ehrlich zu Ihnen gewesen!«

»Und nun kommt das dicke Ende!« Quark hob zornig die Stimme und kreischte: »Erst den Köder ausbringen und dann die Leine einholen. Die Falle zuschnappen lassen! Eine Falle, die Sie mit schönen Worten getarnt haben... Sie wollen mich zu einer abenteuerlichen Investition verleiten, von der ich mir ein Vermögen erhoffe. Ich soll die gleiche wirtschaftliche Katastrophe erleben wie Sie damals...«

»Das ist Unsinn!« rief Glav.

Quark lehnte sich zurück, faltete die Finger und strahlte eine Kombination aus Zuversicht und Selbstgefälligkeit aus. »Wieviel?« fragte er. »Wieviel Geld verlangen Sie als meinen Beitrag für das angeblich so lukrative Geschäft, hm? Ist der Betrag groß genug, um mein Spielkasino in Gefahr zu bringen? Oder...«

»Nichts!« heulte Glav. »Ich verlange nichts von Ihnen!« Sein Gesicht war völlig ernst, als er hinzufügte: »Bei Amorph, dem Schöpfer aller Ferengi-Träume von Geiz und Habsucht, schwöre ich hiermit: Ich wollte Sie nicht auffordern, Ihr Spielkasino – oder andere Aktiva Ihres bescheidenen Vermögens – aufs Spiel zu setzen.«

Quarks Kinnlade klappte nach unten. Ein Schwur, der sich auf Amorph bezog, hatte große Bedeutung. Selbst bei den Ferengi gab es Tabus, und dazu gehörten Lügen im Namen von Amorph. Quark spürte, wie zumindest ein Teil seines früheren Vertrauens zurückkehrte.

»Na schön«, sagte er nach einer Weile. »Aber wenn das wirklich stimmt, so beantworten Sie mir bitte folgende Frage: Welchen Beitrag erwarten Sie von mir? Und worum geht es Ihnen überhaupt?«

»Diese Raumstation ...« Glav zitterte vor Aufregung. »Denken Sie mal darüber nach, Quark. Denken Sie *genau* darüber nach. Stellen Sie sich das *Potential* von Deep Space Nine vor, die vielen *Möglichkeiten*. Ich habe mich eingehend damit beschäftigt und dabei das voraussichtliche Ausmaß der geschäftlichen Aktivitäten, die mehr oder weniger direkt auf die Existenz des bajoranischen Wurmlochs zurückgehen, mit der hiesigen ökonomischen Effizienz verglichen. Möchten Sie vom Ergebnis dieser Analysen erfahren?«

Quark nickte sofort.

»Das wirtschaftliche Potential von Deep Space Nine läßt eine Steigerung der Profite um tausenddreihundert Prozent zu!« Glav nickte, als Quark nach Luft schnappte. »Ja, Sie haben richtig gehört. Unter dem richtigen Management, das die richtigen Entscheidungen trifft, könnte diese Raumstation zum wichtigsten Wirtschaftsfaktor im ganzen Sektor werden.«

»Unter dem richtigen Management? Aber die Föderation ...«

»Die Föderation!« Glav lachte heiser. »Die Föderation! Ich bitte Sie, Quark. Wenn Sie eine langweilige Beibehaltung des gegenwärtigen Status quo möchten, so wenden Sie sich an die Föderation. Aber wenn Sie Geld verdienen wollen ...« Er klopfte sich auf die Brust. »Dann rufen Sie einen Ferengi.«

»Äh ... Niemand hat uns gerufen.«

»Wir Ferengi legen nicht einfach die Hände in den Schoß und *warten* auf das Geschäft. Nein, wir *suchen* danach. Wir schaffen die notwendigen Voraussetzungen. Wir ...« Glav schlug mit der Faust auf den Tisch. »Wir *schließen das Geschäft ab*. Im Universum gibt es zwei Arten von Personen. Die einen finden sich mit jenen Dingen ab, die um sie herum passieren. Und die anderen *lassen* die Dinge geschehen. Zu welcher Kategorie möchten Sie gehören, Quark?«

»Nun, natürlich zur zweiten.«

»Dann sind Sie also bereit, mir zu helfen?«

»Wobei?«

»Wobei! Ist das nicht offensichtlich?« Glav lächelte. »Ich will Deep Space Nine kaufen.«

Quark musterte ihn skeptisch. »Das kann doch nicht Ihr Ernst sein, oder?«

»Warum sollte es nicht mein Ernst sein?«

»Weil ... Um Himmels willen, Glav – die Raumstation steht nicht zum Verkauf!«

»Haben Sie gefragt?«

»Nein!«

»Na bitte.« Glav beugte sich vor. »Es ist erstaunlich, was alles verkauft wird, wenn der Preis stimmt. In diesem Zusammenhang erinnere ich Sie an eine Weisheit der Ferengi: Wir wissen, daß *alles* verkauft wird, sobald der Preis in Ordnung ist. Nun, an dieser Stelle kommen Sie ins Spiel.«

»Ach?« Quark klang nicht sonderlich begeistert.

»Sie sollen Ihren Einfluß nutzen, um mir zu helfen.« Unsicherheit huschte durch Glavs Züge. »Sie *haben* doch Einfluß, oder?«

»Nun ... äh ... ja ... natürlich.« Quark faßte sich wieder. »Zweifellos übe ich in Deep Space Nine einen beträchtlichen Einfluß aus.« Mit jeder verstreichenden Sekunde wuchs sein Selbstbewußtsein. »Zum Beispiel im letzten Monat, als alle krank wurden. An wen wandte man sich in der Stunde der Not?« Stolz klopfte er sich auf die Brust. »Ganz allein habe ich dafür gesorgt, daß Deep Space Nine nicht dem Chaos anheimfiel.«

»Jetzt übertreiben Sie.«

»Es ist die reine Wahrheit – ich schwöre es! Ich befand mich in der Zentrale, und niemand half mir dabei, alles unter Kontrolle zu halten. Außerdem bin ich einmal exklusiver Anbieter von Relikten aus dem Wurmloch gewesen. Ich habe hier eine Auktion veranstaltet, von der man auf allen Welten des Sektors sprach und noch immer spricht.«

»Dann sind Sie sicher imstande, mir zu helfen.«

»Ich ...«

In diesem Augenblick rief ein verärgerte Orioner: »Quark! Das hier soll ein anständiger Drink sein?«

Als der Inhaber des Spielkasinos feststellte, von wem die Beschwerde stammte, wandte er sich entschuldigend an Glav. »Ich unterbreche unser Gespräch nur sehr ungern, aber darum muß ich mich selbst kümmern. Der letzte unzufriedene Orioner sorgte dafür, daß die Reparaturarbeiten in der Bar eine Woche lang dauerten.«

»Ich verstehe. Wir setzen die Diskussion später fort.«

Quark stand auf und eilte zu dem verstimmten Orioner. Glav schlenderte fort, summte leise und sah sich so um, als hätte er bereits mit der Planung einer umfassenden Restrukturierung begonnen.

Und der Tisch, an dem die beiden Ferengi gesessen hatten ... Er veränderte sich. Innerhalb weniger Sekunden wurde er erst zu einer Lache und dann zum Sicherheitsoffizier von Deep Space Nine.

Odo schüttelte den Kopf.

»Was für Narren Ferengi sein können«, murmelte er.

Rasas neugierige Blicke galten der Krankenstation. »Was hat es mit diesem Ort auf sich?« fragte er.

»Hier werden Kranke behandelt«, erwiderte Bashir wie beiläufig. Er beobachtete, wie der Junge einen Schrank öffnete und fasziniert den Inhalt betrachtete. »In einem solchen Raum hältst du dich sicher nicht zum erstenmal auf, oder?«

»Doch«, sagte Rasa. »Ich bin nie krank gewesen.«

»Hm. Da hast du wirklich Glück. Die meisten Leute

müssen früher oder später die Hilfe eines Arztes in Anspruch nehmen.«

Bashir wartete, bis Rasas Interesse an den Schränken nachließ. »Weißt du, was das hier ist?« fragte er dann und zeigte zu den Diagnoseschirmen über den Betten.

Der Junge schüttelte den Kopf.

»Dort glühen viele verschiedene Lichter«, fuhr Bashir fort. »Ich zeig's dir. Kletter auf die Liege und streck dich aus.«

Der neugierige Rasa zögerte nicht, dieser Aufforderung nachzukommen. Als er sich ausstreckte, wurden die Bio-Scanner aktiv, begannen mit einer Sondierung und übermittelten die Daten dem Medo-Computer. Der Junge wußte natürlich nicht, was geschah, drehte den Kopf, sah zu den blinkenden Lichtern und lauschte den verschiedenen Geräuschen. »Was hat das dumpfe Pochen zu bedeuten?«

»Es ist dein Herzschlag. Er scheint recht schnell zu sein...« Bashir versuchte nach wie vor, seiner Stimme einen beiläufigen Klang zu geben. »Zumindest für einen Edemaner. Hast du manchmal Kopfschmerzen, Rasa?«

»Gelegentlich.«

»Wann?«

»Oh... morgens. Und in der Nacht. Ab und zu auch am Tag.« Erster Argwohn erwachte in dem Knaben. »Ich dachte, Sie wollten über K'olkr sprechen.«

»Nun...«, begann Bashir im Tonfall der Vernunft. »Wenn ich etwas über dein Leben erfahren soll, so ist es nur fair, daß du auch etwas von meinem erfährst, nicht wahr?«

Rasa wollte sich aufsetzen, und der Arzt trat rasch an seine Seite, drückte die Schulter sanft nach unten. »Lassen Sie mich gehen!« rief der Junge, aber er hatte nicht die Kraft, sich aus Bashirs Griff zu befreien.

Und dann hustete er.

Es war ein Husten, der tief aus Rasas Innern kam

und immer heftiger wurde. In einen regelrechten Krampf schien er sich zu verwandeln, und nach wenigen Sekunden zog der Junge die Beine an und rollte sich in der Fötusstellung zur Seite.

»Krankenschwester!« rief Bashir. Er wollte dem Knaben eine Injektion verabreichen, um ihn von dem Hustenanfall zu befreien, doch das war nicht erforderlich. Nach einer Weile keuchte Rasa nur noch und beruhigte sich allmählich. Als er schließlich zu dem Arzt aufsah, schien sich der Glanz in seinen Augen noch etwas mehr getrübt zu haben.

»Ist alles in Ordnung mit dir?« fragte Bashir.

Rasa nickte, obgleich seine Körpersprache eine andere Botschaft vermittelte.

»Ich wollte dich nicht aufregen«, fügte der Doktor hinzu.

»Schon gut«, sagte Rasa. Er schwang die Beine über den Rand des Bio-Betts. »Ich … ich sollte jetzt zu meinen Eltern zurückkehren.«

»Möchtest du mir nicht von K'olkr erzählen?«

Rasa bedachte den Arzt mit einem durchdringenden Blick. »Ich glaube, Sie haben gar kein Interesse daran.«

»Wie wär's, wenn du von *dir* erzählst?«

Der Junge seufzte tief, und Bashir befürchtete schon, daß ein neuerlicher Hustenanfall drohte. Aber Rasa zuckte nur fatalistisch mit den Schultern.

»Das hätte keinen Sinn.«

Und mit diesen Worten verließ er die Krankenstation.

Lobb beobachtete die Passanten aufmerksam, um festzustellen, wer bereit sein mochte, K'olkrs heilige Worte zu hören, von Seiner Erhabenheit zu erfahren.

Nach einer Weile glaubte der Novize, einen geeigneten Kandidaten zu erkennen: eine attraktive junge Frau, die im Meer aus humanoider Gleichgültigkeit einsam und verloren wirkte.

Offenbar kam sie aus Quarks Spielkasino. In der einen Hand hielt sie ein Glas, als sei es ihr einziger Freund im ganzen Kosmos. Allein ihr Anblick erfüllte Lobb mit profunder Empathie.

Er glaubte K'olkrs Worte zu hören: »Ja! Ja! Die ganze Zeit über hast du auf diese Frau gewartet. Als erste Bekehrte wird sie meine heilige Weisheit empfangen. Du kannst einen Erfolg erzielen. Sprich mit ruhiger und sanfter Stimme, um ihr Interesse zu wecken.«

»K'olkr will dich!« donnerte Lobb, und der dröhnende Klang seiner Worte überraschte ihn selbst. »K'olkr liebt dich! He, du, junge Frau!«

Die Unbekannte blieb abrupt stehen, drehte sich langsam um und starrte den Edemaner an.

»Dein Leben kann prächtig und wundervoll sein«, sagte Lobb und sprach mit noch mehr Leidenschaft. »Dein Leben kann herrlicher sein, als du es dir erträumst. Stell dir Heiligkeit, Ruhm und Reinheit in deiner Existenz vor – indem du K'olkrs Botschaft empfängst, dich Seiner Weisheit hingibst.«

Er streckte die Hand aus, forderte die Frau mit dieser Geste auf, sich ihm zu nähern.

Sie musterte ihn einige Sekunden lang, trat dann langsam auf ihn zu ...

Ruckartig hob sie ihr Glas und schleuderte ihm den Inhalt entgegen.

Die rote Flüssigkeit traf Lobb mitten auf der Brust. Ein großer Fleck entstand, wuchs rasch in Richtung Taille. Verblüfft blickte er darauf hinab.

»Mit meinem Leben ist alles in bester Ordnung, du Narr«, sagte die junge Frau. »Was man von deinem nicht behaupten kann. Stehst hier herum und schreist Leute an, die überhaupt nichts von dir wollen, die dich nicht hierhergebeten haben ...«

Sie wandte sich ab und ging fort.

Lobb verharrte in Reglosigkeit und wußte nicht, was er sagen oder wie er reagieren sollte. Er fühlte sich zutiefst gedemütigt, insbesondere vor Mas Marko, dessen unmittelbare Präsenz er mit fast schmerzhafter Deutlichkeit spürte.

Marko legte ihm traurig die Hand auf die Schulter. »Es tut mir leid für dich, Lobb. Es ist bestimmt nicht leicht, sich mit der bitteren Realität unserer Mission abzufinden.«

»Warum...« Der Novize suchte nach den richtigen Worten. »Warum haßt man uns so sehr?«

»Die Leute hassen sich selbst«, erwiderte Mas Marko. »Wir halten der Leere und dem Elend ihres Lebens einen Spiegel vor. Darin sehen sie die Bedeutungslosigkeit einer Existenz ohne K'olkr – eine Erkenntnis, die bei den meisten von ihnen Feindseligkeit bewirkt. Manchen Personen fällt es sehr schwer, sich der Wahrheit zu stellen, sie zu akzeptieren. Wie dem auch sei: Einige von ihnen werden verstehen, was wir anzubieten haben. Um jene wenigen müssen wir uns bemühen – darin besteht unsere Aufgabe.«

Lobb nickte. Er zweifelte nicht daran, daß Mas Marko recht hatte, doch die klugen Worte vertrieben das Gefühl der Demütigung nicht aus ihm – ebensowenig sorgten sie dafür, daß sein Umhang trocken wurde.

Azira hatte ihrem Gemahl stumm zugehört und sah nun an ihm vorbei, als sie Rasa bemerkte. Sie winkte ihm zu. »Schatz! Wir sind hier!«

»Unser Sohn weiß, wo wir sind«, sagte Marko. Es klang weder streng noch vorwurfsvoll, aber trotzdem deutete etwas in seiner Stimme darauf hin, daß er Aziras Verhalten für unangebracht hielt.

Sie ließ die Hände sinken und faltete sie, gab damit einmal mehr zu erkennen, daß sie sich ihrem Mann fügte. Doch als Rasa näher kam, legte sie ihm den Arm um die Schultern und sah zu Marko auf – wobei ihre Züge eine subtile Andeutung von Trotz offenbarten.

Der große Edemaner achtete nicht darauf. »Hast du

ein gutes Gespräch mit dem Starfleet-Mann geführt, Rasa?« fragte er.

Der Junge schwieg. Markos erstaunter Blick verweilte einige Sekunden lang auf ihm, bevor er mit etwas mehr Nachdruck sagte: »Ich habe dich etwas gefragt.«

»Ich weiß es nicht, Vater.«

»Du weißt nicht, ob du ein gutes Gespräch mit dem Starfleet-Mann geführt hast?«

»Nein, Vater.«

Eine Zeitlang gab Marko keinen Ton von sich. »Möchtest du mir irgend etwas mitteilen?«

»Mas Marko ...« Es befanden sich andere Personen in der Nähe, und deshalb sprach Azira ihren Mann mit dem vollen Namen an. »Ich glaube, der Junge ist viel zu müde, um sich zu konzentrieren.«

»Stimmt das, Sohn? Bist du wirklich zu müde?«

Der Knabe senkte den Kopf und sah zu Boden. »Ja, Vater.«

»Ich verstehe. Nun gut.« Marko wandte sich an Lobb. »Bitte sei so nett und begleite Rasa zu unserem Quartier, auf daß er sich hinlegen und ausruhen kann. Du hast dadurch Gelegenheit, deine eigene Unterkunft aufzusuchen und dich umzuziehen.«

»Danke, Mas Marko.« Inzwischen empfand Lobb die Mischung aus Feuchtigkeit und Kühle als recht unangenehm, und er wünschte sich eine Möglichkeit, die durchnäßte Kleidung abzulegen.

Zusammen mit dem Jungen machte er sich auf den Weg. Marko sah ihnen nach und merkte, daß Azira näher an ihn herantrat, als es sich in der Öffentlichkeit geziemte. Er verzichtete jedoch darauf, sie deswegen zu tadeln, denn er wußte, worum es seiner Frau ging – und er selbst war nicht ohne Herz.

»Er ist so klein«, flüsterte Azira. »So klein und hilflos.«

Mas Marko schüttelte den großen Kopf. »K'olkrs

Wege sind unerforschlich«, sagte er. Es gelang ihm nicht, den Kummer ganz aus seiner Stimme zu verbannen.

Im Quartier der Eltern sank Rasa sofort aufs Bett, und Lobb stellte fest, daß der Junge innerhalb weniger Sekunden einschlief.

Es erfüllte Lobb mit einer gewissen Zufriedenheit, daß er zumindest bei *dieser* Mission einen Erfolg erzielte. Er verließ die Unterkunft, die Mas Marko mit Frau und Sohn teilte, und beabsichtigte, seine eigene Kabine aufzusuchen.

Ein Mann stand im Korridor.

Er hatte dichtes rotes Haar, und die Miene wirkte irgendwie … starr. Nichts bewegte sich darin. Das Gesicht schien ein fast perfektes Dreieck zu bilden, und ein spitz zulaufendes Kinn verstärkte diesen Eindruck. Der Fremde war weder besonders groß noch besonders klein; eigentlich wies er überhaupt keine speziellen Merkmale auf.

Er starrte nur.

»Kann ich Ihnen helfen?« fragte Lobb.

Der Mann schwieg.

»Sind Sie daran interessiert, K'olkrs Weisheit kennenzulernen?«

Keine Antwort.

Aus reiner Angewohnheit wollte Lobb einen weiteren Versuch unternehmen, die heilige Botschaft zu verkünden, doch dann erinnerte er sich an seine feuchte Kleidung. Die Kühle wurde immer unangenehmer, und vielleicht ging ein Teil von ihr auf den frostigen, sondierenden Blick des rothaarigen Mannes zurück.

»Möglicherweise bietet sich uns später Gelegenheit, darüber zu reden«, sagte er. Das Unbehagen in Lobb wuchs immer mehr und drängte ihn, den Weg fortzusetzen. Er schritt an dem Rothaarigen vorbei – und spürte, wie die Anspannung in ihm schlagartig zunahm. Aus irgendeinem Grund befürchtete er einen plötzlichen Angriff.

Aber nichts geschah. Der Mann blieb auch weiterhin reglos stehen, und einige Sekunden später befand sich Lobb in seinem Zimmer, in Sicherheit.

In Sicherheit?

*Was für eine seltsame Vorstellung*, dachte der Novize. *Bin ich jemals in Gefahr gewesen?*

Der Rothaarige war unbewaffnet und hatte sich nicht aggressiv gehalten. Wieso sollte sich Lobb von ihm bedroht fühlen?

Er blickte in den Spiegel und betrachtete den großen Fleck auf seinem Umhang. Kein Wunder, daß der Fremde paranoide Empfindungen in ihm weckte. Er hatte nicht damit gerechnet, daß die junge Frau so negativ auf ihn reagierte, und diese Erfahrung veranlaßte ihn nun, vorsichtig und sogar mißtrauisch zu sein.

Was nicht unbedingt verkehrt war. Auf diese Weise blieben ihm Überraschungen von böswilligen Individuen erspart.

Plötzlich hörte er etwas.

Es klang so, als würde... etwas Zähflüssiges zu Boden tropfen.

Lobb drehte sich um.

Die Tür war nicht luftdicht. Durch winzige Fugen drang eine seltsame... *Substanz* ins Zimmer.

»Was zum...«, brachte er hervor.

Eine rote, viskose Masse formte direkt vor der Tür eine größer werdende Lache, und an einigen Stellen blubberte es darin. Lobb schreckte davor zurück, das Etwas zu berühren – er hatte nicht die geringste Ahnung, worum es sich handeln mochte. Wenn sich die Lache noch weiter ausdehnte, wenn sie ihm entgegenglitt... Wie sollte er ihr dann ausweichen?

Der Novize wich einen Schritt beiseite und hielt nach einem Fluchtweg Ausschau.

Wenige Sekunden später trotzte die Substanz der Schwerkraft, indem sie *nach oben* wuchs.

Darunter schien eine Art Turm der Zimmerdecke entgegenzustreben. Kurze Zeit später begriff Lobb, daß die Masse eine neue *Struktur* gewann.

Sie wuchs auch weiterhin, schwoll an und entwickelte erste Konturen. Der Edemaner sah die Umrisse von Armen an den Seiten eines Körpers. Ein Kopf entstand, mit einem Gesicht, das ... fast vertraut wirkte.

Der Rothaarige.

Lobb glaubte, seinen Augen nicht trauen zu können.

Das Gluckern und Blubbern ließ nach, wich gespenstischer Stille. Der Gestalt des Mannes fehlten nun keine Details mehr. Stumm stand er in Lobbs Kabine und musterte den Novizen mit kühlem Interesse.

»Bei K'olkr – wer sind Sie?« hauchte Lobb. »Was wollen Sie?«

Der Rothaarige gab eine nichtverbale Antwort.

Er zog den rechten Arm zurück, der daraufhin eine neue Form gewann.

Eine würfelförmige Masse entstand, schimmerte wie ein Block aus massivem Metall.

Lobb starrte fassungslos und verstand nicht.

Der Fremde trat vier rasche Schritte vor, wie ein Kegler, der sich auf den Wurf vorbereitet. Mit einer eleganten, fließenden Bewegung kam der rechte Arm nach vorn.

Es blieb Lobb gerade noch Zeit genug, einen entsetzten Schrei auszustoßen. Der Hand-Würfel traf ihn mitten im Gesicht, schleuderte den jungen Edemaner nach hinten. Doch damit noch nicht genug. Der Arm des Angreifers dehnte sich, und die massive, kantige »Faust« folgte dem Opfer zur Wand. Lobbs Schädel war nicht fest und stabil genug, um dauerhaften Widerstand zu leisten. Die Knochen gaben nach; Blut spritzte.

Der Rothaarige verharrte und betrachtete sein Werk, schien es zu bewundern und darauf zu warten, daß Fotografen die Szene festhielten. Dann zog er die amboßartige Faust zurück und schenkte der Leiche keine Beachtung, als sie zu Boden rutschte. Die Reste der roten Flüssigkeit an Lobbs Umhang vermischten sich mit seinem Lebenssaft, der aus einem zerschmetterten Schädel quoll.

Ein großer Blutfleck klebte an der Wand.

Der Blick des Mörders verweilte eine Zeitlang an der betreffenden Stelle, und dann streckte er einen Finger aus.

Der rothaarige Mann schrieb.

## KAPITEL 6

»Er will was?«

Sisko schien sich zu fragen, ob er laut lachen oder einfach nur staunen sollte. Odo wirkte so ernst wie immer – niemand hatte ihn jemals anders erlebt.

Sie saßen im Büro des Kommandanten, und Sisko ließ einige weitere Sekunden verstreichen, bevor er tatsächlich lachte. Es klang jedoch eher wie ein kurzes Bellen. »Er will was?« wiederholte er.

»Ich habe mir keinen Scherz erlaubt«, betonte Odo unnötigerweise. »Glav will Deep Space Nine kaufen.«

Sisko dachte darüber nach. »Wie lautet sein Angebot?«

Odo verstand nicht ganz und neigte den Kopf ein wenig zur Seite. Der Kommandant bemerkte den verwirrten Blick des Gestaltwandlers und sagte: »Nun… Ich möchte wissen, ob es sich lohnt. Wieviel könnten wir Ihrer Meinung nach für diese Station bekommen?«

»Ich *bitte* Sie!«

»Sie haben doch nicht etwa vor, von vorneherein abzulehnen, oder? Das wäre alles andere als sinnvoll.«

Odo musterte Sisko mißtrauisch. »*Sie* erlauben sich einen Scherz, nicht wahr?«

»Nun, wenn Sie das beruhigt: Ich gebe zu, daß ich es nicht ganz ernst meine. Vielleicht haben Ihnen die Ferengi ganz bewußt einen Bären aufgebunden. Wußten sie von Ihrer Präsenz?«

»Nein.« Odo schniefte leise.

»Na schön.« Siskos erlaubte sich ein Lächeln. »Beruhigen Sie sich, Constable. Eins müssen Sie zugeben:

Verglichen mit unseren anderen Problem hier in DS Nine ist ein Ferengi, der die Station kaufen will, kaum der Rede wert.«

»Das stimmt vermutlich«, räumte Odo ein. »Außerdem zeichnet sich die ganze Angelegenheit durch ein hohes Maß an Irrationalität aus. Ich habe schon viele Ferengi-Pläne vereitelt, und dieser ist bisher der absurdeste.«

»Vielleicht kann man in diesem Zusammenhang nicht einmal von einem ›Plan‹ sprechen«, erwiderte Sisko. »Ein Eingreifen Ihrerseits ist wohl kaum erforderlich. Sollen die Ferengi ruhig kommen, um ihr Angebot zu machen. Ich höre ihnen höflich zu und weise dann darauf hin, daß Deep Space Nine nicht zu verkaufen ist. Damit dürfte der Fall erledigt sein.«

»Ich kenne Quark besser als sonst jemand, und daher weiß ich: Bestimmt gibt er nicht einfach so auf.«

Sisko dachte kurz nach. »Haben Sie jemals versucht, sich Skrupellosigkeit vorzustellen, Constable?«

»Nein«, antwortete Odo sofort, und erneut zeigte sich Verwirrung in seiner Miene. »Warum sollte ich mich ausgerechnet solchen Vorstellungen hingeben?«

»Versuchen Sie einmal, sich in die Lage eines skrupellosen Geschäftemachers zu versetzen«, sagte Sisko. »Wir erklären uns bereit, die Raumstation zu verkaufen. Wir legen irgendwelche Dokumente vor, die angeblich unser Eigentum bescheinigen, und dann... Dann nehmen wir das Geld und verschwinden.«

»Sind Sie übergeschnappt, Sisko?«

Der Kommandant seufzte. »Nein. Nein, ich bin nicht verrückt. Ich neige nur immer dazu, alle Möglichkeiten zu berücksichtigen.« Er lehnte sich im Sessel zurück, und sein Gesicht brachte fast so etwas wie Wehmut zum Ausdruck.

Odo wußte nicht, was er von der Sache halten sollte. Der Commander schien sich irgend etwas durch den Kopf gehen zu lassen, aber offenbar war er nicht so ohne weiteres bereit, darüber zu reden. Und selbst wenn er angeboten hätte, von seinen Überlegungen zu berichten ... Lag Odo etwas daran, sich entsprechende Schilderungen anzuhören? Nein, nicht viel. Er sah darin in erster Linie Zeitverschwendung. Sollte Sisko sein Herz bei Dax oder jemand anders ausschütten. Der Constable hielt Sisko bestenfalls für ein notwendiges Übel – und schlimmstenfalls für ein Ärgernis. Er sah in ihm das lebendige Symbol eine Organisation, deren Angehörige die Selbstgerechtigkeit in Form von Rangabzeichen an den Uniformen trugen.

Andererseits ...

»Sie machen sich Sorgen wegen Jake, nicht wahr?« erkundigte sich Odo widerstrebend.

Sisko erweckte den Eindruck, dankbar für die Frage zu sein, und der Sicherheitsoffizier dachte an folgendes: Wenn er jetzt die Gelegenheit nutzte, seine Beziehungen zum Kommandanten zu verbessern, so erwarb er dadurch für die Arbeit mehr Bewegungsspielraum.

»Wer Entscheidungen treffen muß, stößt dabei immer wieder auf Probleme«, sagte Sisko langsam. »Besonders schwierig wird's, wenn man weiß: Der eingeschlagene Weg ist für einen selbst richtig – aber nicht unbedingt für jemand anders.«

»Es *geht* also um Jake«, stellte Odo fest. »Er ist ein Junge, Sisko. Er weiß überhaupt nichts.«

»Er weiß, daß er unglücklich ist. Und er weiß, daß er sich fürchtet.«

»Wovor?«

»Davor, allein aufzuwachsen. Keine Freunde zu haben. Mich zu verlieren. Deep Space Nine mag eine Herausforderung für mich sein, aber was ist die Raumstation für meinen Sohn? Was hält ein Leben bei Starfleet für ihn bereit?«

Odo schwieg.

Sisko stand auf und spürte, wie jäher Zorn in ihm zu brennen begann. Es gelang ihm, das innere Feuer rechtzeitig zu löschen, und die emotionale Asche bestand aus Niedergeschlagenheit. »Ich sollte das Angebot annehmen, DS Nine den Ferengi verkaufen und mit dem Geld verschwinden. Zum Teufel mit dem Rest!«

»In einem solchen Fall müßte ich Sie verhaften«, sagte Odo.

Sisko warf ihm einen abschätzenden Blick zu. »Was Ihnen gewiß nicht leicht fiele, Constable. Bestimmt wäre ich ein harter Brocken für Sie.«

»Ich glaube, ich könnte mit Ihnen fertig werden«, entgegnete Odo zuversichtlich.

»Seien Sie da nur nicht so sicher. Sie haben es mit dem besten Phaserschützen diesseits des Asteroidengürtels zu tun. Wissen Sie, wie man mich an der Starfleet-Akademie nannte?«

»Darf ich raten? Vielleicht ... Sisko?«

»Man nannte mich Adlerauge. Und zwar weil ...«

»Weil Sie dauernd Adler beobachteten?«

»O nein. Weil ich besser als alle anderen schoß. Der Erfinder des Tollen Abprallers steht vor Ihnen, Verehrtester. Ich konnte den Phaserstrahl von einem Spiegel reflektieren lassen und trotzdem das Ziel treffen.«

»Ich verstehe. Damals scheinen Sie nicht gewußt zu haben, daß die kürzeste Verbindung zwischen zwei Punkten von einer Linie hergestellt wird.«

Sisko musterte den Sicherheitsoffizier traurig. »Ihnen fehlt der Sinn fürs Abenteuerliche, Constable.«

»Es gibt bessere Methoden, um Probleme zu lösen – man braucht nicht unbedingt auf jemanden oder etwas zu schießen, ob mit Spiegel oder ohne. Wollen Sie Ihren Sohn vielleicht zur Vernunft bringen, indem Sie einen Phaserstrahl an seinem Kopf abprallen lassen?«

»Das hätte kaum Sinn.«

»Kommt darauf an«, bestätigte Odo. »Anschließend könnte er wenigstens nicht mehr jammern.«

Bevor Sisko auf diesen ziemlich bissigen Kommentar antworten konnte, öffnete sich die Tür und Dr. Bashir sah herein. »Darf ich Sie stören, Commander?«

»Wir haben unser Gespräch ohnehin gerade beendet«, sagte Odo, verließ das Büro und kehrte in die Zentrale zurück.

Als er an O'Brien vorbeikam, drehte sich der Chefingenieur zu ihm um. »Constable?«

»Ja, Chief?«

»Erinnern Sie sich an meinen ersten Versuch, ein Zauberkunststück zu vollbringen?«

»Ja.«

»Sie müssen mir eine zweite Chance geben.«

»Muß ich das? Warum?«

»Weil... Wenn es mir gelingt, *Sie* zu täuschen, so brauche ich nicht zu befürchten, daß mich Molly durchschaut.«

»Ah. Sie glauben also, ich hätte die gleichen deduktiven Fähigkeiten wie Ihre kleine Tochter.«

O'Brien hörte gar nicht zu. Er holte Karten hervor, mischte sie und gab Odo keine Chance, sein Desinteresse zum Ausdruck zu bringen. Miles ordnete die Karten zu einem Fächer an und präsentierte sie dem Sicherheitsoffizier. »Wählen Sie eine«, sagte er.

»Weshalb?«

»Damit ich Sie mit dem Trick verblüffen kann.«

»Na schön.« Odo deutete auf eine Karte. Wie die anderen bot sie dem Auge des Betrachters nur den Rücken dar. »Ich wähle diese.«

»Gut. Sehen Sie sich jetzt die Karte an.«

Die in der Nähe sitzende Dax beobachtete das Geschehen amüsiert. Kira achtete überhaupt nicht darauf und setzte ihre Bemühungen fort, die Emissionen des Wurmlochs zu analysieren.

»Was machen Sie?« fragte O'Brien, und es fiel ihm sehr schwer, seinen Ärger zu verbergen.

»Ich sehe die Karte an«, erwiderte Odo und unternahm dabei nicht den geringsten Versuch, über seine wachsende Ungeduld hinwegzutäuschen.

O'Brien ächzte innerlich. »Ich meinte folgendes: *Nehmen* Sie die Karte und werfen Sie einen Blick darauf.« Rasch fügte er hinzu: »Stecken Sie sie anschließend zu den anderen zurück – *ohne* mir zu sagen, um was für eine Karte es sich handelt.«

Odo kam der Aufforderung nach. O'Brien nickte zufrieden, mischte die Karten, formte erneut einen Fächer aus ihnen – und holte triumphierend die Herz Sieben hervor.

»Ist das Ihre Karte?« fragte er.

Odo schüttelte den Kopf. »Nein.«

Ein Schatten der Enttäuschung fiel auf das Gesicht des Chefingenieurs, verweilte dort jedoch nur zwei oder drei Sekunden lang. Einmal mehr mischte er die Karten, und diesmal zeigte er dem Sicherheitsoffizier die Kreuz Zwei. »Ist das Ihre Karte?«

»Nein.«

Sie sahen sich an.

»Zum Teufel damit«, brummte O'Brien. »Vielleicht sollte ich's mit Jonglieren versuchen.«

Bashir hielt den Medo-Datenblock wie einen Schild. Das kleine Gerät enthielt alle Daten, die Bio-Bett und medizinischer Computer in Hinsicht auf Rasa ermittelt hatten.

»Sind Sie sicher?« fragte Sisko.

»Ja, Sir«, erwiderte der Arzt. »Die Krankheit heißt Panoria, wird von einem Virus hervorgerufen und führt zur Schwächung des Infizierten. Die meisten Edemaner weisen eine natürliche Immunität auf, doch bei etwa drei Prozent ist das nicht der Fall. Die ersten Symptome der Erkrankung sind allgemeines Unwohlsein, eine Tendenz zur schnellen Erschöpfung sowie verlangsamter Stoffwechsel. Später wird es schlimmer, viel schlimmer. Innerhalb eines knappen Jahres kommen die einzelnen metabolischen Prozesse allmählich zum Erliegen. Der Patient wird zum Invaliden – für den Rest seines kurzen Lebens.«

»Die Krankheit führt also zum Tod.« Selbst Sisko fand, daß seine Stimme bei diesen Worten düster und unheilvoll klang.

»Wenn eine Behandlung ausbleibt – ja. Mit ziemlicher Sicherheit.«

»Ich lasse Rasa sofort unter Quarantäne stellen.«

»Das ist nicht notwendig, Sir«, sagte Bashir in einem Tonfall, der jeden Zweifel ausschloß. »Panoria stellt nur eine Gefahr für Edemaner und zwei andere Spezies dar, die derzeit nicht in Deep Space Nine vertreten sind – sie verfügen nicht einmal über die notwendigen technischen Mittel, um ohne fremde Hilfe hierherzukommen. Woraus folgt: Von Rasa geht keine Gefahr für andere Personen in der Raumstation aus.«

»Sie erwähnten eben die Bedingung ›wenn eine Behandlung ausbleibt‹. Bedeutet das, der Junge kann gerettet werden?«

»Ja«, antwortete der Arzt sofort. »Ich habe unsere medizinischen Vorräte überprüft und festgestellt, daß ich alle erforderlichen Arzneien synthetisieren kann. Wir sollten unverzüglich die Therapie einleiten. Natürlich wäre es besser gewesen, wenn man schon vor einigen Wochen damit begonnen hätte ...«

»Vor einigen *Wochen*, Doktor? Seit wann ist der Junge krank?«

»Nun ...« Bashir zögerte und dachte nach, verfolgte den Krankheitsverlauf in Gedanken zum Ursprung zurück. »Ich schätze, die ersten Symptome stellten sich vor drei Wochen ein. Erhöhter Puls, Übelkeit, Fieber, dumpfer Schmerz in Muskeln und Gelenken ...«

»Aber warum ist Rasa nicht sofort behandelt worden?«

»Das ist mir ebenso ein Rätsel wie Ihnen, Sir«, sagte Bashir.

»Ich schlage vor, wir wenden uns an jene Leute, die darüber Bescheid wissen müssen.«

Sisko stand auf und kam hinter dem Schreibtisch hervor. Doch als er und Bashir das Büro verlassen wollten, erschien Odo in der Tür.

»Ein weiteres Problem, Constable?« fragte der Kommandant.

»Gelinde gesagt«, erwiderte Odo.

Ein Sicherheitswächter stand vor dem Zugang von Lobbs Quartier und sprach mit Mas Marko, als sich Odo, Sisko und Bashir näherten. Der Uniformierte – er hieß Meyer – wirkte erleichtert, als er den Constable sah.

Marko wandte sich an Sisko und Odo. »Commander, dieser Mann zeigt überhaupt keine Kooperationsbereitschaft«, grollte er und deutete mit einem großen, schwarzen Zeigefinger auf Meyer.

»Ich halte mich nur an die Befehle, Sir«, erwiderte der Sicherheitswächter. »Zivilisten dürfen diese Unterkunft weder betreten noch verlassen. Boyajian und Tang sind bei dem... Opfer.«

»Von wem stammt die Meldung?«

»Von einer Passantin, Sir. Sie hörte, wie jemand schrie. Wir beschlossen, der Sache auf den Grund zu gehen, und dabei fanden wir die... die Situation vor.«

»In diesem Quartier wohnt jemand aus meiner Gruppe«, erklärte Mas Marko. Er sprach immer lauter, und seine Stimme bekam einen drohenden Klang. »Wenn jemand von uns verletzt wird oder in irgendeine Art von Gefahr gerät, so ist es meine Pflicht, ihm sofort zu Hilfe zu eilen. Bei K'olkr – lassen Sie mich eintreten!«

Sisko ignorierte ihn nicht, aber er ließ sich auch nicht von ihm einschüchtern.

»Ist der Raum gesichert?« fragte Odo.

»Ja, Sir«, entgegnete Meyer. »Wir haben ihn verriegelt – niemand konnte ihn verlassen.«

»Na schön«, brummte Sisko. »Sehen wir uns die Sache an. Bitte warten Sie hier, Mas Marko.«

»Ich ...«

Sisko warf ihm einen scharfen Blick zu. »Bitte warten Sie hier«, wiederholte er fest.

Marko schwieg und beschränkte sich darauf, dem Kommandanten von Deep Space Nine einen finsteren Blick zuzuwerfen. Seltsamerweise fand Sisko den Zorn des Edemaners irgendwie vertraut, und einige Sekunden später fiel ihm der Grund dafür ein: Auch der Sicherheitsoffizier konnte so wütend blicken.

Odo schien Marko völlig vergessen zu haben. Er betrat den Raum, gefolgt von Sisko und Bashir. Hinter ihnen schloß sich die Tür wieder.

Sisko nahm sofort den Geruch des Todes wahr. Er hatte ihn so oft kennengelernt, daß er im Innern seiner Nase festzuhaften schien.

Doch in diesem Fall ...

Was sich Siskos Blicken darbot, ging weit über seine schlimmsten Befürchtungen hinaus.

Boyajian und Tang schritten mit Tricordern durchs Quartier und versuchten, einen möglichst großen Abstand zur Leiche zu wahren. Bashir beugte sich über den Toten, verwendete einen medizinischen Scanner und trachtete danach, die Unerschütterlichkeit eines erfahrenen Arztes zu bewahren. Es fiel ihm nicht leicht.

Fast überall auf dem Boden zeigte sich Blut. Der Kopf des Opfers war völlig zertrümmert – in seiner kurzen beruflichen Laufbahn als Mediziner hatte Bashir keinen übler zugerichteten Leichnam gesehen.

»Die Todesursache dürfte klar sein.« Sisko bemühte sich, nicht zu schaudern, als er auf das hinabsah, was von Lobbs Körper übriggeblieben war.

»Massives, katastrophales Schädeltrauma«, sagte Bashir. »Zweifellos handelte es sich um einen Edemaner.«

»Bevor wir Mas Marko hereinlassen, sollten wir uns vergewissern, daß er so etwas ertragen kann«, meinte Odo. »Boyajian, Tang – untersuchen Sie jeden Quadratzentimeter dieses Zimmers. Nehmen Sie es Molekül für Molekül auseinander, wenn es sein muß. Ich möchte, daß der Mörder gefunden wird, und zwar so schnell wie möglich. Ich lasse nicht zu, daß ein solches Verbrechen hier in Deep Space Nine ungestraft bleibt.«

»Was halten Sie hiervon, Constable?« fragte Sisko nachdenklich.

Odo näherte sich und betrachtete die Stelle an der Wand, auf die der Commander deutete. »Das ist mir sofort aufgefallen«, sagte er leise. »Es ist kaum zu übersehen.«

Jemand hatte eine große 1 an die Wand geschrieben, und zwar mit Lobbs Blut.

»Eine Kreuzschraffierung, gefolgt von einer arabischen Ziffer«, murmelte Sisko. »Vielleicht läßt sich daraus schließen, daß der Mörder ein Mensch ist.«

»Oder er möchte sicherstellen, daß der Kommandant dieser Raumstation seine Botschaft versteht«, gab der Sicherheitsoffizier zu bedenken.

»Und wie lautet die Botschaft Ihrer Meinung nach, Constable?« Sisko fürchtete, die Antwort bereits zu kennen – was Odo bestätigte.

»Normalerweise bleibt die Zahl eins nicht allein«, sagte der Gestaltwandler. »Es handelt sich ganz offensichtlich um eine Numerierung, und das bedeutet: Vermutlich hat der Täter die Absicht, eine Nummer zwei, Nummer drei und so weiter folgen zu lassen. Wir müssen ihn so schnell wie möglich fassen, Sisko. Sonst bleibt es nicht bei diesem einen Opfer.«

# KAPITEL 7

Mas Marko und Azira saßen in ihrer Unterkunft. Die Züge der Edemanerin offenbarten Bestürzung, doch das Gesicht ihres Mannes blieb ausdruckslos.

Bashir hatte ihnen gegenüber Platz genommen. Sisko und Odo standen ein wenig abseits.

»Der arme Lobb«, brachte Azira hervor. »Ich ... ich kann es kaum fassen. Vor kurzer Zeit waren wir noch zusammen. K'olkr ... Marko, wir sind für seinen Tod verantwortlich.«

»Unsinn«, erwiderte der Edemaner.

»Wie kommen Sie darauf, Azira?« fragte Sisko.

Ihre Hände bewegten sich, gestikulierten vage. »Wir ... haben ihn gebeten, Rasa hierherzubegleiten. Wir schickten ihn dorthin, wo der Mörder auf ihn wartete. Deshalb sind wir schuld an seinem Tod.«

»Nein«, widersprach Sisko. »Sie konnten nicht ahnen, was ihn hier erwartete. In diesem Zusammenhang tragen Sie nicht die geringste Verantwortung.«

»Hör auf den Commander, Azira«, sagte Mas Marko.

Er war recht laut gewesen, als Sisko das Quartier des Ermordeten verließ und ihm erlaubte, es zu betreten. Wenige Sekunden später wurde er sehr still. Er kniete an der Leiche des Novizen, und während der nächsten fünf Minuten murmelte er Gebete. Er bat K'olkr darum, die Seele des sehr ehrenwerten, sehr jungen und sehr unglücklichen Missionars zu empfangen und zu läutern. Marko sprach so hingebungsvoll, daß sich Sisko gerührt fühlte.

Der Glaube bot durchaus Vorteile, fand der Commander. Einen festen Halt in einem Universum finden zu können, das im großen und ganzen so sinnlos wirkte ...

Sisko bedauerte es, nicht imstande zu sein, derartige Einstellungen zu teilen.

Mas Marko wandte sich nun an ihn. »Gibt es irgendwelche Hinweise auf den Mörder?«

Der Kommandant sah Odo an.

»Wir haben einige vielversprechende Spuren gefunden«, erwiderte der Constable zuversichtlich.

Sisko wußte, daß die Realität ganz anders aussah. Odos Sicherheitswächter hatten das Quartier des Toten gründlich untersucht – ohne einen Hinweis darauf zu entdecken, wer in die Unterkunft eingedrungen war und Lobb ermordet hatte, um anschließend wieder zu verschwinden. Er erinnerte sich an Odos vielsagenden Kommentar: »Man könnte den Täter für ein Phantom halten.«

»Es ist nur eine Frage der Zeit, bis wir den Schuldigen fassen«, sagte Odo nun, und seine Stimme klang zuversichtlich. »Ich bin ganz sicher.«

»Commander ...« Mas Marko wirkte noch ernster als sonst. »Mit dieser Sache ist ein weiteres Problem verbunden. Unsere Religion verlangt eine Bestattung, spätestens zwölf Stunden nachdem K'olkr die Seele des Toten empfing. Wir möchten nach Edema zurückkehren und ...«

»Ich fürchte, das ist ausgeschlossen.«

Die beiden Edemaner starrten Sisko an. »Warum?« fragte Azira.

»Wir stellen Ermittlungen in Hinsicht auf einen Mordfall an«, antwortete Odo. Eine gewisse Schärfe vibrierte in seiner Stimme. »Niemand darf die Raumstation verlassen, bevor der Täter hinter Schloß und Riegel sitzt.«

»Sie ...« Azira konnte es kaum fassen. »Sie wollen

uns *zwingen*, in Deep Space Nine zu bleiben? Obwohl sich hier ein Wahnsinniger herumtreibt, der zu so grauenhaften Verbrechen fähig ist?« Sie richtete einen fast flehentlichen Blick auf ihren Mann. »Sag ihnen, daß sie uns hier nicht festhalten dürfen.«

Vielleicht hörte Marko die Worte gar nicht – Odo befand sich im Fokus seiner Aufmerksamkeit. »Sie haben eben gelogen, nicht wahr?« brummte er. »Der Mörder hat gar keine Spuren hinterlassen. Sie wissen nicht, wo Sie mit der Suche nach ihm beginnen sollen. Meine Frau, Del, ich, die übrigen Personen in der Raumstation – wir alle stehen unter Verdacht. Sie lassen uns nicht gehen, weil jemand von uns als Täter ebenso in Frage kommt wie der nach fleischlichen Genüssen gierende Abschaum in der Promenade. Das stimmt doch, oder?«

»Es gibt einige vielversprechende Hinweise«, behauptete Sisko. »Aber bei einer solchen Sache müssen wir bestimmte Starfleet-Vorschriften beachten. An jene Regeln halten wir uns – selbst wenn es bedeutet, daß Sie hierbleiben müssen.«

»Damit riskieren Sie ganz bewußt, daß wir auf ebenso schreckliche Weise ums Leben kommen wie Lobb«, sagte Azira tonlos. »Wie ... wie können Sie ...«

Ihr Gemahl hob die Hand, und daraufhin schwieg Azira. Einige Sekunden lang herrschte Stille, und dann hallte Mas Markos Stimme so volltönend wie bei einer Segnung durchs Zimmer. »Wenn es so sein muß, Commander ... Dann sind wir bereit, uns damit abzufinden. Wir dienen K'olkr, legen unser Schicksal in Seine Hände. Wir vertrauen darauf, daß Er uns durch diese ... diese abscheuliche Angelegenheit führt und Sie zu jenem herzlosen Wesen leitet, das unseren Freund und Gefährten umbrachte. Und wenn Sie den Mörder finden ... Dann bitten wir K'olkr, ihm zu verzeihen.«

»K'olkr sei gepriesen«, flüsterte Azira und griff mit beiden Händen nach Mas Markos Arm. Normalerweise hätte sie während der Anwesenheit von Fremden einen respektvollen Abstand zu ihm gewahrt, aber sie war verwirrt und verängstigt, suchte instinktiv nach Schutz.

»Wenn wir Deep Space Nine nicht verlassen dürfen, Commander ... Dann bitte ich Sie darum, Lobbs Bestattungsritual hier zu veranstalten.« Marko wirkte niedergeschlagen. »Um ganz ehrlich zu sein: Er hatte keine Familie. Und auch keine Freunde, abgesehen von den Gefährten des Ordens. Wir sind die einzigen, die um ihn trauern. Vielleicht entspricht es K'olkrs Willen, seine sterblichen Reste dem All zu übergeben, auf daß der Körper für ewig durchs Universum wandert. Erlauben Sie uns, eine entsprechende Zeremonie stattfinden zu lassen, Commander?«

»Natürlich«, erwiderte Sisko. »Sagen Sie mir, was Sie brauchen – ich sorge dafür, daß Ihnen alles Notwendige zur Verfügung gestellt wird.«

»Wenn wir hier fertig sind ...«, ließ sich Odo vernehmen. »Ich muß mich um die Ermittlungen kümmern.«

Sisko nickte ihm zu, und daraufhin verließ der Constable den Raum.

Mas Marko musterte den Kommandanten und Bashir, fragte sich ganz offensichtlich, warum sie im Zimmer blieben.

Sisko wandte sich kurz an den Arzt, wies mit einem stummen Blick darauf hin, was er nun anzusprechen gedachte. Bashir verstand und nickte.

»Mas Marko, Azira ...«, begann Sisko. »Es gibt da noch etwas anderes, das ich mit Ihnen erörtern möchte.«

»Etwas anderes?« wiederholte Marko. Es klang müde. »Haben Sie weitere gute Nachrichten für uns?«

»Es ... geht dabei um Ihren Sohn. Dr. Bashir ...«

»Doktor?« Marko sah auf und kniff die Augen zusammen. »Oh, was für ein Zufall ...«

»Wie meinen Sie das?«

»Schon gut, Commander. Bitte fahren Sie fort.«

Sisko beobachtete, wie sich Markos Züge verhärteten, und plötzlich lief es ihm kalt über den Rücken.

»Ihr Sohn und ich ...«, sagte Bashir. »Wir haben uns in der Krankenstation unterhalten. Hat Rasa Ihnen davon erzählt?«

»Nein.«

»Nun, eins führte zum anderen, und durch Zufall bekam ich Gelegenheit, den Jungen zu untersuchen...«

»Ach, durch *Zufall?*« Mas Marko erhob sich, ragte wie ein schwarzer Turm vor den beiden Starfleet-Angehörigen auf. »Ich schlage vor, wir kommen sofort zum Kern der Sache. Was haben Sie festgestellt, *Doktor?* Wollen Sie es mir sagen – oder möchten Sie es von mir hören?«

Sisko und Bashir wechselten einen erstaunten Blick. Dieses Gespräch hatten sie sich etwas anders vorgestellt.

»Panoria«, sagte der Arzt. »Eine Viruskrankheit, die tödlich verläuft, wenn man sie nicht behandelt.«

»So lautet der Name des Leidens?« Marko schien kaum interessiert zu sein. »Danke für die Mitteilung.«

»Wußten Sie schon vorher von der Erkrankung Ihres Sohns?« fragte Sisko.

»Wir wußten, daß er nicht mehr so gesund ist wie früher«, antwortete Marko.

»Nun, ich habe erfreuliche Neuigkeiten für Sie«, verkündete Bashir. »Sie können von Glück sagen, daß wir die Infektion rechtzeitig diagnostiziert haben. Bringen Sie Rasa zur Krankenstation, damit ich sofort mit der Behandlung beginnen kann. Ich darf Ihnen versichern, daß es ihm schon nach kurzer Zeit besser gehen wird. Sobald wir die Therapie eingeleitet haben, ist er praktisch außer Gefahr.«

»Wobei ›außer Gefahr‹ eher relative Bedeutung hat«, brummte Marko. »Immerhin treibt sich ein Mörder in der Raumstation herum.«

»Darum geht's nicht.«

»Ja. Ja, Sie haben recht, Commander. Ich stimme Ihnen zu. Darum geht's nicht.« Marko preßte die Fingerspitzen aneinander und erweckte den Eindruck, die nächsten Worte mit besonderer Sorgfalt auszuwählen. »Meine Herren, ich weiß Ihr Engagement zu schätzen. Aber ich bitte Sie darum, sich nicht einzumischen.«

Sisko und Bashir brauchten einige Sekunden, um zu verstehen. Der Kommandant blinzelte verblüfft und versuchte, sich wieder zu fassen. »Wie bitte?«

»Ich habe Sie gebeten, auf weitere Einmischungen zu verzichten«, betonte Marko noch einmal. »Das ist doch nicht so schwer zu verstehen, oder?«

»Vielleicht hat sich Dr. Bashir nicht klar genug ausgedrückt, Mas Marko«, sagte Sisko. »Ohne eine Behandlung *stirbt* Ihr Sohn.«

Der Edemaner lachte.

Es war kein kaltes, gefühlloses Lachen. Es klang bitter und wies darauf hin, daß Marko alle Aspekte dieser Situation kannte. »Und wenn Rasa behandelt wird… Behaupten Sie, daß er dann nie sterben wird?«

»Nein«, entgegnete Bashir. »Ich kann natürlich nicht versprechen, daß er *nie* stirbt. So etwas wäre absurd. Ich biete Ihnen nur an zu verhindern, daß ihn schon *jetzt* der Tod ereilt.«

»Solchen Dingen muß man ihren Lauf lassen – sie unterliegen allein dem Willen K'olkrs. Habe ich recht, Azira?«

»Ja, Marko«, sagte die Edemanerin, und ihre Stimme war dabei kaum mehr als ein Hauch.

»Mas Marko…«, brachte Sisko hervor. »Soll das heißen, Sie wollen nicht, daß wir Ihrem Sohn helfen?«

»In der Tat.«

»Aber… *warum?*«

»Er ist in den besten Händen überhaupt«, sagte der Edemaner ruhig. »In den Händen von K'olkr. *Er* wird über sein Schicksal befinden, so wie Er alle Schicksale bestimmt.«

»Das ist doch Unsinn!« entfuhr es Bashir.

»Doktor ...«, warf Sisko in einem warnenden Tonfall ein.

Aber Bashir schenkte ihm keine Beachtung. »Erwarten Sie allen Ernstes von mir, daß ich einfach tatenlos zusehen, wie der Junge stirbt? Obgleich ich ihn retten könnte? Meine Güte, Sie sind kein Vater, sondern ein *Monstrum!*«

*»Doktor«*, wiederholte Sisko mit genug Nachdruck, um Bashirs Aufmerksamkeit zu wecken. In den Augen des jungen Arztes blitzte es, und er konnte sich kaum unter Kontrolle halten.

»Offenbar fällt es Ihnen schwer, diese Sache zu verstehen«, sagte Mas Marko. »Obwohl eigentlich alles ganz klar ist. Mit dem Prinzip der Nichteinmischung sollten Sie vertraut sein, Doktor. Was natürlich auch für Sie gilt, Commander. Ich bin kein Spezialist für die Föderation und Starfleet, aber einige der bei Ihnen geltenden Regeln sind mir bekannt. Wenn ich mich recht entsinne, sind Sie aufgrund Ihres wichtigsten Gesetzes verpflichtet, sich nicht in fremde Angelegenheiten einzumischen, oder?«

Sisko nickte.

»Es ist ein gutes Gesetz«, kommentierte der Edemaner. »Es ist ein vernünftiges Gesetz. Es soll verhindern, daß Sie anderen Leuten unerwünschte Hilfe aufzwingen. Mit folgenden Worten läßt es sich zum Ausdruck bringen: Wir nehmen keinen Einfluß auf Dinge, die wir vielleicht nicht ganz verstehen. Pflichten Sie mir bei?«

»Ich kann Ihnen nicht widersprechen«, sagte Sisko.

»Bei uns gibt es ähnliche Prinzipien, Commander. Erkrankungen und Gesundheit, Leben und Tod ... So etwas fällt in den Zuständigkeitsbereich von K'olkr. Wir dürfen Ihn nicht verleugnen. Und wir dürfen uns nicht in Seine Angelegenheiten einmischen. Alles Leben kommt von K'olkr. Er setzt uns in diese Sphäre. Und Er entscheidet, wann wir sie wieder verlassen müssen. Niemand – Sie ebensowenig wie meine geliebte Azira – hat das Recht, Seine Entscheidungen in Frage zu stellen.«

»Ich fordere Sie nicht auf, die Weisheit Ihres Gottes in Zweifel zu ziehen.«

»Er ist auch Ihr Gott, Doktor«, erwiderte Marko mit einer Gelassenheit, die nur aus tiefer Überzeugung wachsen konnte. »Sie sind sich dessen nur noch nicht bewußt geworden.«

»Meinetwegen. Aber wie ich schon sagte: Ich fordere Sie nicht auf, an K'olkr zu zweifeln oder Kompromisse in bezug auf Ihren Glauben einzugehen. Ich bitte Sie nur, Ihren Sohn zu retten.«

»K'olkr gab ihn uns«, intonierte Mas Marko. »Wenn Er jetzt beschließt, ihn uns zu nehmen, so ist das Seine Sache. Wir müssen darauf vertrauen, daß Er die richtigen Entscheidungen trifft, und zwar auf der Grundlage des Großen Plans.«

»Des Großen Plans?« platzte es aus Bashir heraus. »Sie wissen doch gar nicht, was es mit irgendeinem hypothetischen Plan auf sich hat!«

»Eben, Doktor. Wenn wir darüber Bescheid wüßten, wären wir wie K'olkr – was ganz offensichtlich nicht der Fall ist. Wir sind nur einfache Sterbliche, denen es nicht zusteht, Einfluß auf den Großen Plan zu nehmen.« Marko zögerte kurz und fügte mit einer Mischung aus Würde und Ernst hinzu: »Wenn wir dennoch einen solchen Versuch unternähmen, so gäben wir K'olkr dadurch zu verstehen, das Vertrauen in Ihn verloren zu haben und nicht mehr an den Großen Plan zu glauben. Wir würden direkt gegen Seine Wünsche handeln.«

»Auch ich habe einen Sohn, Mas Marko«, sagte Sisko. »Die Vorstellung, daß er bald sterben muß, wäre mir unerträglich.«

»Versuchen Sie nicht, Ihren Kummer mit meinem zu vergleichen, Commander. Meiner steht dem Ihren in nichts nach. Oder glauben Sie etwa, ich begegnete Rasa mit Gleichgültigkeit?«

»Er ist Ihr Sohn, verdammt!«

»Und er hat einen zweiten Vater namens K'olkr.« Mas Marko wirkte jetzt nicht mehr verärgert oder zornig, sondern nur noch traurig. Er schien es sehr zu bedauern, daß Sisko und Bashir etwas nicht verstanden, das für ihn zu den elementarsten und gleichzeitig wichtigsten Dingen der eigenen Existenz gehörte. »K'olkr liebt Rasa nicht weniger als ich. Er liebt ihn sogar noch mehr. Immerhin konnten Azira und ich nur darum bitten, einen Sohn zu bekommen – und K'olkr hat ihn uns gegeben. Jetzt möchte Er ihn zurück, und uns bleibt nichts anderes übrig, als dankbar zu sein für die Zeit, die Rasa bei uns verbringen durfte. Das ist alles, Commander. Mehr gibt es dazu nicht zu sagen.«

Bashir sah Azira an und führte einen inneren Kampf gegen die in seinem Herzen wuchernde Verzweiflung. »Stimmen Sie Ihrem Mann und seiner ... Philosophie zu? Der Junge ist in Ihnen gewachsen, Azira. Er ...«

»Das genügt, Doktor«, sagte Sisko.

»Ich bin meinen Überzeugungen ebenso treu wie Marko«, entgegnete Azira leise. »Ich halte daran fest, so wie Sie an Ihren Grundsätzen, Doktor. Es würde Ihnen gewiß nicht gefallen, von mir aufgefordert zu werden, Ihre Prinzipien zu vergessen. Ich respektiere Ihre Ansichten, und den gleichen Respekt erbitte ich für mich.«

Anschließend schwieg die Edemanerin.

Sie gingen durch den Korridor, und Bashir mußte sich beeilen, um mit dem energisch marschierenden Sisko Schritt zu halten. »Eigentlich sollten Sie der Fachmann dafür sein«, sagte der Kommandant nach einer Weile. »Sie kennen sich mit den Edemanern aus. Wieso wußten Sie nicht, daß ihre Religion eine Behandlung von Krankheiten verbietet?«

»Ich bin Arzt, kein Theologe«, erwiderte Bashir, und seine Stimme klang dabei ein wenig schärfer als sonst. »Sie wollen doch nicht zulassen, daß der Junge stirbt, oder?«

»Mir bleibt keine Wahl«, knurrte Sisko. »Das wissen Sie doch, Doktor.«

»Aber ...«

»Ohne die Genehmigung der Eltern dürfen Sie den Jungen nicht behandeln – das ist mir ebenso klar wie Ihnen.«

»Und wenn ich Rasa frage? Wenn ich ihm die Situation erkläre?«

»Ich spreche von den *Eltern*, Doktor. Und die Eltern haben sich ausdrücklich auf das Nichteinmischungsprinzip berufen.«

»Dabei wollen Sie es einfach belassen? Und wenn es um Jake ginge? Wenn ...«

Sisko blieb abrupt stehen und sah den Arzt an. In seinen Augen gleißte es. »Von Starfleet Command entsandte Offiziere haben immer eine gewisse Ermessensfreiheit, wenn es um die Erste Direktive geht, Doktor«, sagte er kühl und fast monoton. »In bestimmten Situationen kann jemand wie ich selbst beurteilen und entscheiden. Doch mit einer solchen Situation haben wir es hier *nicht* zu tun. Man hat uns klipp und klar aufgefordert, keine Einmischungsversuche zu unternehmen. Und als Grund dafür wurden kulturelle Prinzipien angeführt. Damit sind uns die Hände gebunden. Wir können uns nicht aussuchen, wann wir uns an die Erste Direktive halten und wann wir darauf verzichten, uns an sie gebunden zu fühlen. Um jeden Zweifel auszuräumen: Auch Sie unterliegen dem Nichteinmischungsprinzip, und Sie werden es akzeptieren. Haben Sie verstanden, Doktor?«

Bashir glaubte zu spüren, wie ihm Siskos Blick ein

Loch in den Kopf bohrte. Er riß sich zusammen und straffte die Schultern. »Ja, Sir.«

»Gut. Oh, und noch etwas: Ich bin nicht bereit, weitere taktlose Vergleiche mit meiner Rolle als Vater hinzunehmen.« Es war keine Frage.

»Ja, Sir«, sagte Bashir noch einmal.

Sisko nickte knapp und ging fort. Auch in ihm kochten Empfindungen namens Zorn und Hilflosigkeit – aber es gelang ihm besser als Bashir, diese Emotionen zu verbergen.

Er ging an einem rothaarigen Mann vorbei und betrat den nächsten Turbolift. Hinter ihm schloß sich die Tür.

Der Rothaarige sah ihm nach.

## KAPITEL 8

Kira sah von ihrer Station in der Zentrale auf, als zwei Personen aus dem Turbolift traten. Voller Abscheu verzog sie das Gesicht. »Bei allen kosmischen Dämonen, Quark – was führt Sie hierher? Und wer ist Ihr Begleiter?«

»Sie sollten auf Ihre Manieren achten, Major«, riet ihr der Inhaber des Spielkasinos. »Er könnte bald Ihr Vorgesetzter sein.«

Kira gab einen abfälligen Laut von sich und setzte ihre Arbeit fort. Quark und Glav traten näher – bis die Bajoranerin sie mit einem frostigen Blick darauf hinwies, daß die Minimaldistanz erreicht war.

»Das ist Major Kira Nerys, Glav«, sagte Quark nach einigen Sekunden, als klar wurde, daß sich der Erste Offizier von Deep Space Nine nicht vorstellen wollte. »Major, das ist Glav.« In einem triumphierenden Tonfall fügte er hinzu: »Mein Begleiter plant ein überaus wichtiges Geschäft.«

»Ferengi planen dauernd irgendwelche überaus wichtigen Geschäfte«, sagte Kira verächtlich. »Wenn ein Ferengi im Sterben liegt... Vermutlich bittet er den Tod um Geduld, weil er noch ein Geschäft abschließen muß.«

Glav und Quark wechselten einen erstaunten Blick. »Woher kennt sie die heiligen Todesrituale der Ferengi?« flüsterte Glav.

»Sie *kann* gar nicht darüber Bescheid wissen«, erwiderte Quark ebenso leise. »Bestimmt hat sie nur geraten.«

Dax ging an ihnen vorbei. »Wenn Sie auf den Commander warten… Ich weiß nicht, ob er in absehbarer Zeit zurückkehrt. Es wäre vermutlich besser, wenn Sie einen Termin vereinbaren.«

»Ja, und dann verschwinden Sie«, fauchte Kira. »Hier in der OPS stören Sie nur.«

Glav schenkte der Bajoranerin gar keine Beachtung mehr und starrte Dax an. Nach einer Weile bemerkte sie den an ihr klebenden Blick und drehte sich langsam um. »Kann ich Ihnen irgendwie helfen?« fragte sie höflich.

»O ja«, erwiderte Glav sofort. »Und zwar auf eine Weise, von der Sie bisher nicht einmal zu träumen wagten.«

»Das ist Lieutenant Dax«, stellte Quark vor. »Dax, das ist Glav.«

»Eine wunderschöne Dame«, staunte Glav. »Von Kopf bis Fuß bekleidet. Oh, ihr Starfleet-Frauen wißt, wie man Männerherzen höher schlagen läßt.«

Dax neigte verwundert den Kopf. »Kira ist ebenfalls vollständig bekleidet. Aber in ihrem Fall haben Sie auf eine derartige Bemerkung verzichtet.«

Die Bajoranerin sah überrascht auf, als sie diese Worte vernahm.

Glav ließ den Atem zischend entweichen. »Bajoranische Frauen sind Eisprinzessinnen – sie alle.« Er senkte die Stimme und fügte in einem verschwörerischen Tonfall hinzu: »Wissen Sie, warum die Nasen der Bajoranerinnen so und nicht anders aussehen? Sie rümpfen sie bei dem Gedanken an Sex….«

*»Das genügt!«* rief Kira. »Sicherheitswächter!«

Ein Uniformierter trat vor. Er schien ganz versessen darauf zu sein, die beiden Ferengi nicht nur aus der Zentrale zu vertreiben, sondern auch aus der nächsten Luftschleuse ins All zu stoßen.

Genau in diesem Augenblick kehrte Sisko zurück.

»Commander!« heulte Quark, als der Wächter auf ihn zutrat. »Wir wollten mit Ihnen sprechen!«

Der Sicherheitsbeauftragte blieb stehen und wußte nicht, ob er Kiras Befehl ausführen oder auf Anweisungen vom Kommandanten warten sollte. Sisko spürte die allgemeine Anspannung und erahnte einen Konflikt.

»Irgendwelche Probleme, Major?« fragte er Kira.

»Ich habe gerade angeordnet, die Ferengi fortzubringen.«

»Warum?«

»Weil sie nicht befugt sind, sich hier aufzuhalten. Weil sie die Offiziere von Deep Space Nine bei der Arbeit stören. Und weil ich sie nicht ausstehen kann.«

»Drei ausgezeichnete Gründe«, meinte Sisko. »Ich wünsche Ihnen noch einen guten Tag, meine Herren.«

Der Sicherheitswächter setzte sich wieder in Bewegung.

Quark deutete auf den Kommandanten. »Sie wissen gar nicht, was Sie verpassen!« kreischte er. »Die Chance Ihres Lebens! Eine einzigartige Gelegenheit, die sich in hundert Leben nicht wiederholt!«

Sisko verharrte auf dem Weg zum Büro und drehte sich noch einmal um. »Die Raumstation ist nicht zu verkaufen.«

Enttäuschung zeigte sich in den Mienen der beiden Ferengi, als der Wächter sie zum Turbolift schob. »Na schön!« zischte Quark plötzlich. »Was war er diesmal? Der Stuhl? Ein Glas? He, ich hab's – der Tisch! Verdammt! Es wunderte mich, daß er so neu aussah! Oh, ich hätte etwas darauf verschütten sollen, als sich mir Gelegenheit dazu bot. Kann ich überhaupt kein Gespräch mehr führen, ohne daß *er* dabei zuhört? Hat man in Ihrer verdammten Station kein Recht auf eine Privatsphäre, Sis ...«

Die zweite Silbe des Namens wurde zu einem

dumpfen Brummen, als die Transportkapsel des Lifts durch die Röhre davonglitt.

Kurze Zeit später traf Odo ein und betrat das Büro des Kommandanten. Sisko bestellte auch Kira zu sich und schloß dann die Tür.

Als Erster Offizier von DS Nine war Kira natürlich von dem Mord und den besonderen Umständen des Verbrechens informiert worden. Sie befürchtete negative Folgen für die ganze Raumstation, und das verkniffene Gesicht des Constables wies darauf hin, daß er keine erfreulichen Nachrichten brachte.

»Wir kontrollieren alle Personen in Deep Space Nine«, sagte er. »Unglücklicherweise haben wir derzeit ein volles Haus. Abgesehen von unseren Dauergästen befinden sich zweihundert weitere Personen an Bord: Reisende, die darauf warten, daß wieder ein Transfer durchs Wurmloch möglich wird – oder Leute, die den üblichen dunklen Geschäften nachgehen. Wir sollten unbedingt vermeiden, noch mehr Personen aufzunehmen und dem Mörder dadurch weitere potentielle Opfer anzubieten.«

»Nun, da bin ich Ihnen einen Schritt voraus«, ließ sich Kira vernehmen. »In den jüngsten Kom-Botschaften habe ich nicht nur die derzeitige Instabilität des Wurmlochs erwähnt, sondern auch darauf hingewiesen, daß unsere Kapazität ausgelastet ist und wir niemanden mehr aufnehmen können.« Die Bajoranerin unterbrach sich und sah Sisko an. »Ich hoffe, Sie sind damit einverstanden, Sir. Sie schienen beschäftigt zu sein, und ich gewann den Eindruck, daß es rasch zu handeln galt…«

»Sie hätten sich per Interkom mit mir in Verbindung setzen oder zumindest einen solchen Versuch unternehmen können«, erwiderte Sisko sanft. »Andererseits: Ich vertraue darauf, daß Sie auch in kritischen Situationen die richtigen Entscheidungen treffen. Und

Sie haben einmal mehr bewiesen, daß Sie mein Vertrauen verdienen.«

Kira bestätigte diese Worte mit einem knappen Nicken. Sie hatte inzwischen Gelegenheit gefunden, Sisko etwas besser kennenzulernen, aber sie wußte noch immer nicht genau, wie viele Freiheiten er ihr einräumte und wo er die Grenze zog. Mit anderen Worten: Er war ihr ein Rätsel. Wie die meisten Terraner. Und wie praktisch alle Männer.

Sie dachte daran, daß Glav mit seiner Bemerkung die Ehre aller bajoranischen Frauen verletzt hatte. Ärger wogte in ihr empor, doch es gelang ihr, dieses Empfinden sofort unter Kontrolle zu bringen.

Odo zögerte kurz und schaltete innerlich um. »In der Station breiten sich Gerüchte aus, Sisko. Haben Sie darüber nachgedacht, wann Sie unser kleines Problem bekanntgeben wollen?«

»Ja. Ich glaube, das erledige ich jetzt.«

»Hoffentlich wollen Sie den Leuten nicht vorschlagen, sich in ihren Unterkünften einzuschließen, bis alles vorbei ist.«

Sisko musterte den Sicherheitsoffizier neugierig. »Ich hatte tatsächlich die Absicht, eine solche Empfehlung auszusprechen.«

Kira wirkte ebenfalls verwirrt. »Die Quartiere bieten doch ein hohes Maß an Sicherheit, oder?«

»Ja, das sollte man meinen, nicht wahr?« Odo klang alles andere als begeistert. »Sisko, Major … In einem Punkt herrscht absolute Gewißheit: Die Tür von Lobbs Kabine war verriegelt. Der Mörder verschaffte sich irgendwie Zugang, brachte den Edemaner um und verließ den Tatort – ohne daß sich die Tür öffnete.«

»O nein.« Sisko beugte sich vor und schnitt eine Grimasse. »Nicht schon wieder.«

»Ich fürchte, darauf läuft es hinaus«, sagte Odo. »Wenn wir bekanntgeben, daß wieder jemand in einem verschlossenen Zimmer getötet wurde … Dann könnten sich die Ereignisse des letzten Monats wiederholen. Das wäre mir äußerst unangenehm. Haben Sie jemals versucht, bei einem Mordfall zu ermitteln, während alle Leute *Sie* für den Hauptverdächtigen halten?«

»Nein.«

»Nein, natürlich nicht. Aber *ich* konnte in dieser Beziehung einschlägige Erfahrungen sammeln. Und daher weiß ich: Unter solchen Umständen ist es sehr schwer, einen Verbrecher zu finden. Wenn Bewohner und Besucher in der Raumstation glauben, daß der Täter in Form einer gallertartigen Masse unter der Tür hindurchgekrochen ist, um anschließend wieder Gestalt anzunehmen und den Schädel des Edemaners zu zertrümmern... Dann fragen sie sich bestimmt, ob es in Deep Space Nine jemanden gibt, der mit entsprechenden Fähigkeiten ausgestattet ist. Anschließend kommt bestimmt jemand auf die Idee, meinen Kopf zu verlangen.«

»Worauf wollen Sie hinaus, Odo?« fragte Kira. »Sollen wir die Leute mit der Aufforderung in Gefahr bringen, so weiterzumachen wie bisher?«

»In was für eine Gefahr gerieten sie dadurch?« entgegnete Odo. »Lobb kam in seiner Kabine ums Leben. Wer oder... was auch immer für seinen Tod verantwortlich ist: Geschlossene Türen stellen für den Täter ganz offensichtlich kein Hindernis dar. Die Präsenz anderer Personen hingegen dürfte zumindest ein gewisses Maß an Sicherheit gewähren. Außerdem sollten wir keine Panik riskieren.«

Kira und Sisko sahen sich an.

»Er hat recht, Sir«, sagte die Bajoranerin.

»Ich weiß«, erwiderte der Kommandant. »Eigentlich widerspricht es meinem Instinkt, aber es ist wichtig, keine Belagerungsmentalität aufkommen zu lassen. Damit erreichen wir nichts, könnten uns sogar selbst Schaden zufügen.«

»Sie sollten eine möglichst schnelle Entscheidung treffen, Sisko«, riet Odo. »Wegen der Gerüchte.«

»Gerüchte lassen sich nie ganz vermeiden, Constable.« Sisko dachte einige Sekunden lang nach, bevor er aufstand. »Na schön. Bringen wir's hinter uns.«

Er verließ das Büro und schritt zur Kommandokonsole. »Achtung, an alle«, sagte er.

Siskos Stimme erklang überall in Deep Space Nine. Derartige Durchsagen waren selten genug, daß sie das Interesse fast aller Personen in der Raumstation weckten. Sie hörten so aufmerksam zu, als vernähmen sie die Stimme Gottes.

Es gab jedoch Ausnahmen, zum Beispiel die Edemaner. Sie wußten genau, wie die Stimme Gottes klang, und daher zweifelten sie nicht daran, daß nur die Worte eines einfachen Sterblichen ertönten. Mas Marko, seine Familie und der eine Novize saßen in Markos Quartier, beteten und erhofften sich dabei das innere Licht von K'olkrs heiligem Geist.

Alle anderen hörten Sisko zu.

»In DS Nine kam es zu einem Zwischenfall«, sagte er. »Im Habitatring – genauer gesagt: in einem Privatquartier der Sektion neunzehn – wurde eine Leiche gefunden. Es handelt sich um einen Edemaner namens Lobb. Sein Tod ...« Sisko suchte kurz nach den richtigen Worten. »Sein Tod geht nicht auf natürliche Ursachen zurück. Selbstmord läßt sich ebensowenig ausschließen wie ... Mord. Sicherheitsoffizier Odo hat bereits mit den Ermittlungen begonnen. Bitte wenden Sie sich direkt an ihn, wenn Sie sachdienliche Hinweise geben können. Ihre Hilfe wissen wir sehr zu schätzen. Das ist alles. Sisko Ende.«

Er wich von der Konsole fort und spürte Odos Blick auf sich ruhen. »Selbstmord ist nicht auszuschließen?« wiederholte der Constable. »Vermutlich wollten Sie vermeiden, Unruhe zu schaffen. Sie haben den Kopf des Mannes gesehen – beziehungsweise das, was davon übrigblieb. Wie soll er Selbstmord begangen haben? Indem er mit Warp eins gegen die nächste Wand lief?«

»Ich halte in diesem Zusammenhang eine gewisse Diskretion für angebracht.«

»Na schön«, sagte Odo. »Ich begebe mich jetzt zur Promenade. Dort sammelt sich der Abschaum des ganzen Sektors – was mir vielleicht die Möglichkeit gibt, etwas in Erfahrung zu bringen.«

»In Ordnung.«

Sisko wollte ins Büro zurückkehren, doch O'Brien hielt ihn auf. »Kann ich Sie kurz sprechen, Sir? Es geht um einige technische Angelegenheiten ...«

»Natürlich, Chief. Äh ... Constable ...!« rief er Odo nach, als der Gestaltwandler in den Turbolift trat. »Bei Ihren Ermittlungen ...«

Der Constable sah ihn an. »Ja?«

»Lassen Sie die gleiche Diskretion walten wie ich vorhin.«

Quark und Glav saßen entmutigt im Spielkasino. Glav musterte den anderen Ferengi, und sein Gesicht brachte deutliche Verachtung zum Ausdruck.

»Oh, Sie haben Ihren Einfluß auf wirklich vorzügliche Weise genutzt«, spottete. »Was ist eigentlich passiert? Sie sagten doch ...«

»Es ist Odos Schuld«, erwiderte Quark wütend. »Er haßt mich. Er hat mich immer gehaßt. Der verdammte Gestaltwandler erfuhr von unserer Absicht, sprach mit Sisko und sorgte dafür, daß der Kommandant unseren Vorschlägen ablehnend gegenübersteht. Es spielt gar keine Rolle, wieviel Einfluß ich habe. Wenn Sisko ablehnt, uns anzuhören, *können* wir gar keinen Erfolg erzielen.«

»Woher wissen Sie, daß Odo dahintersteckt?«

»Es ist *immer* Odo«, erwiderte Quark mit aufrichtiger Verzweiflung. »Offenbar hält er es für seine Aufgabe, mir das Leben so schwer wie möglich zu machen.«

»Warum denn?«

»Er verabscheut mich«, ächzte Quark. »Das ist der Grund. Er verabscheut mich einfach. Weil er ... weil er mich beneidet.« Er wandte sich von einer Seite zur anderen. »Haben Sie das gehört, Odo? Ich hoffe, Sie befinden sich in der Nähe, als irgend etwas getarnt. Sie sollen wissen, daß ich Sie durchschaut habe!« Er seufzte und fügte in einem normaleren Tonfall hinzu: »Eigentlich ist alles ganz klar. Wenn die Leute den Namen Quark hören, so denken sie an Spaß, angenehme Gesellschaft, gute Geschäfte, Spiel und Entspannung. Meine Kunden kommen aus allen Sektionen von Deep Space Nine, und warum auch nicht? Bei mir ist immer was los.

Aber Odo? Niemand freut sich, ihn zu sehen – weil man befürchten muß, von ihm verhaftet zu werden. Sein argwöhnischer Blick genügt, um in einem selbst dann Schuldgefühle zu wecken, wenn man überhaupt nichts ausgefressen hat.«

»Erstaunlich«, kommentierte Glav. »Gelingt es ihm tatsächlich, solche Empfindungen in Ihnen zu bewirken?«

»Nun, ich habe nicht speziell von mir gesprochen«, sagte Quark. »Ich meine, ich nehme es mit den Gesetzen nicht so genau, wenn die Möglichkeit besteht, Geld zu verdienen, aber ...« Er holte tief Luft. »Aber darum geht's auch gar nicht. Viel wichtiger ist: Solange er Gelegenheit hat, die Saat des Mißtrauens auszubringen, können wir kaum hoffen, unseren Plan zu verwirklichen.«

»Stellt Odo das einzige Problem dar?«

»Ja«, bestätigte Quark.

»Hm.« Glav kratzte sich am Kinn. »Nun, auch die Bajoranerin schien nicht viel von Ihnen zu halten.«

»O ja, schieben Sie alles mir in die Schuhe! Glauben Sie vielleicht, daß Sie Kira mit Ihrer Bemerkung in Hinsicht auf bajoranische Eisprinzessinnen begeistert haben?«

Glav brummte leise. »Ich gebe zu, daß es besser gewesen wäre, einen anderen Zeitpunkt zu wählen. Jene zweite Frau ... Wie hieß sie noch? Dax?«

»Der wissenschaftliche Offizier«, erklärte Quark. »Sisko bittet sie häufig um Rat. Ab und zu kommt sie hierher. Sehr zugänglich. Eine ausgezeichnete Zuhörerin.«

»Heeeh.« Glav lachte auf die für Ferengi typische Weise, heiser und meckernd. »Sie gefällt Ihnen.«

»Sie beansprucht einen nicht unbeträchtlichen Teil meiner Phantasie«, sagte Quark. Taktvollere Individuen behielten solche Dinge für sich, aber Ferengi schilderten ihre schmutzigsten sexuellen Vorstellungen und versuchten dabei, sich gegenseitig an Unanständigkeit zu übertreffen. »In einer imaginären Szene hülle ich sie von Kopf bis Fuß in mindestens dreißig Zentimeter dicke Umhänge. Man kann nichts von ihrer Haut sehen. Dann ...«

»Wir kommen vom Thema ab, Quark«, sagte Glav geduldig. »Gibt es sonst noch jemanden in der Zentrale, der eng mit Sisko zusammenarbeitet und zu einem Verbündeten werden könnte?«

Quark dachte darüber nach. »Nun, der wahrscheinlichste Kandidat wäre ...«

»Guten Tag«, sagte O'Brien, als er am Tisch vorbeiging.

Quark stand so schnell auf, daß er dabei fast seinen Stuhl umgestoßen hätte. »O'Brien!« rief er. »Wir haben gerade von Ihnen gesprochen! Kommen Sie, setzen Sie sich zu uns!«

»Das ist leider nicht möglich«, erwiderte der Chefingenieur. »Ich hab's eilig. Vielleicht später.«

»Ich spendiere Ihnen einen Drink.«

Miles lächelte schief. »Auf das Angebot komme ich gern zurück.«

Der Ire setzte den Weg fort, und Quark sah Glav an, rieb sich die Hände. »O'Brien ist ideal. Er kümmert sich um die technischen Aspekte der Raumstation. Sein Privatleben ist so problematisch, daß er hier mehr Zeit verbringt als seine Kollegen. Gelegentlich gebe ich ihm einen Rat.« Der Ferengi hing Erinnerungen nach und lachte. »Einmal hat er eine meiner Bemerkungen so ernst genommen, daß er sein Leben riskierte und sich fast erschießen ließ.«

»Er scheint regelrecht an Ihren Lippen zu hängen!«

»Er bietet uns einen guten Ansatzpunkt. Der Arzt, Dr. Bashir, könnte sich ebenfalls als nützlich erweisen: Er ist jung und leicht beeinflußbar. Die Redegewandtheit eines Ferengi bringt ihn sicher dazu, uns zu helfen.«

»Das klingt vielversprechend.« Glav lächelte. »Sogar *sehr* vielversprechend.«

Quark sah sich voller Unbehagen um, entdeckte ein leeres Glas auf dem nächsten Tisch und kniff die Augen zusammen. Niemand befand sich in der Nähe, und dadurch wirkte das Glas um so verdächtiger.

Der Inhaber des Spielkasinos sprang auf, packte das Glas und rief: »Haben Sie das gehört, Odo?« rief er laut genug, um die Aufmerksamkeit einiger Zecher zu erregen, die mehrere Meter entfernt saßen. »Belauschen Sie uns ruhig! Wir haben nichts zu verbergen! Sie werden es noch bereuen, mich nicht respektvoller behandelt zu haben! Hören Sie? Das werden Sie noch bereuen!«

»Ich höre Sie laut und deutlich«, sagte Odo.

Quark blinzelte und starrte auf das Glas hinab, bevor er langsam den Kopf drehte.

Der Sicherheitsoffizier stand in der Nähe und bedachte ihn mit einem durchdringenden Blick. »Sie haben so laut geschrien, daß man Sie vermutlich in der ganzen Raumstation hörte.«

Quark versuchte, sich einen Rest von Würde zu bewahren, griff nach einer Serviette und begann damit, das Glas zu säubern. »Es war nur ein Test«, sagte er.

Der Constable trat vor. »Ich möchte mit Ihnen reden.«

Etwas in Odos Stimme berührte das Gemeine in Quarks Wesen. »Ich bin hier. Sie sind hier. Sie haben einen Mund, um zu sprechen, und ich verfüge über Ohren, um zu hören. Wie darf ich dem baldigen Ex-Sicherheitsoffizier von Deep Space Nine zu Diensten sein?«

Odo ignorierte den Sarkasmus. »Bitte halten Sie die Augen offen.«

»Oh, ich halte sie fast immer offen«, erwiderte Quark ruhig. »Auf diese Weise vermeide ich es, gegen Einrichtungsgegenstände zu stoßen.«

»So meine ich das nicht«, sagte Odo unwirsch. »Ich gebe es nicht gern zu, aber ... Wer diese Station besucht, kommt früher oder später zu Ihnen, um hier irgend etwas Hinterhältiges und Unmoralisches vorzubereiten. Ihr Spielkasino ist eine Art Sammelplatz für den Dreck des ganzen Sektors.«

»Die hiesige Atmosphäre übt einen besonderen Reiz auf die Leute aus.«

»Wie Kadavergestank, der Aasfresser anlockt«, meinte Odo. »Nun, ich bitte Sie um folgendes, Quark: Halten Sie Ausschau nach einer Person, die normalerweise nicht hierherkommt, die sich von Ihren Stammkunden unterscheidet, weil sie nicht in eine Aura der Verderbtheit gehüllt ist. Mit anderen Worten: Achten Sie auf jemanden, der nicht hierherpaßt.«

Quark schien konzentriert zu überlegen – und plötzlich zeichnete sich so etwas wie Aufregung in seinem Gesicht ab. »Ich habe jemanden gesehen, der einer solchen Beschreibung entspricht!«

Odo konnte kaum glauben, daß es so einfach war. »Wer ist es?«

»Sie.«

Eine Sekunde später stimmte Quark ein lautes, meckerndes Ferengi-Lachen an. Auch Glav kicherte.

Odo schritt voller Abscheu fort. Ärger brodelte in ihm, und er galt vor allem dem Umstand, daß er tatsächlich sich selbst beschrieben hatte.

Kein Wunder, daß man ihm mißtraute – er war das verdächtigste Individuum in Deep Space Nine. Erneut stellte sich jenes Empfinden ein, das vor etwa fünfzig Jahren, unmittelbar nach seiner Ankunft auf Bajor, zum erstenmal in ihm entstanden war: Er fühlte sich allein, von allen anderen isoliert. Ganz deutlich wurde ihm seine *Andersartigkeit* bewußt.

Und er begriff, wie wenig sich in den vergangenen Jahrzehnten verändert hatte. Oh, es war ihm gelungen, sich etwas mehr Stil anzueignen, mit beißendem Sarkasmus und allgemeiner Verachtung allem Humanoiden gegenüber darüber hinwegzutäuschen, daß die eigene Isolation schmerzte. Damit machte er sein Leben ein wenig lebenswerter.

Trotzdem blieb er ein Sonderling. Und vielleicht ...

Vielleicht schuf er mit der demonstrativ zur Schau gestellten Kühle sogar noch etwas mehr Distanz.

Mit langen Schritten wanderte er durch die Promenade und passierte einen Seitengang. Er war bereits daran vorbei, als er begriff, daß er dort etwas gesehen hatte.

Einen Mann.

Mehr nicht. Nur einen Mann, der alles andere als außergewöhnlich zu sein schien. Das Erinnerungsbild zeigte Odo rötliches Haar und ein kantiges Gesicht.

Doch irgend etwas wirkte seltsam.

Die Augen.

Ein sonderbarer Blick ...

Normalerweise hätte Odo keinen Gedanken daran

vergeudet – immerhin war er an verwirrte und erstaunte Blicke gewöhnt. Sein Gesicht erweckte einen ›unfertigen‹ Eindruck, was manche Leute zum Anlaß nahmen, ihn verblüfft anzustarren und sich zu fragen, aus welchem Volk er stammte.

Ein sonderbarer Blick.

Für einen Sekundenbruchteil.

Das alles ging Odo durch den Kopf, als er erneut einen Fuß vor den anderen setzte. Das Trägheitsmoment trug ihn weiter, und als er nach dem nächsten Schritt verharrte, hatte er die Situation bereits analysiert.

Erkennen.

Es war nicht der typische, verwirrte Blick eines Mannes, der versuchte, den Sicherheitsoffizier zu klassifizieren, ihn einer bekannten Spezies zuzuordnen.

Nein. Jener Mann schien Odo *erkannt* zu haben.

Andererseits ... Für den Constable handelte es sich um einen Fremden, was angesichts seines phänomenalen Personengedächtnisses bedeutete: Er war ihm nie zuvor begegnet.

Diese Überlegungen dauerten nur etwa drei Sekunden. Zeit genug für Odo, um stehenzubleiben, sich umzudrehen und zum Seitengang zurückzukehren.

Er sah in einen leeren Korridor.

Odo trat langsam durch die Passage und behielt die Umgebung aufmerksam im Auge,

»Hallo?« fragte er. »Entschuldigen Sie bitte. Ich würde gern mit Ihnen sprechen.«

Der Constable folgte dem Verlauf des Korridors bis zur ersten Abzweigung; dort zögerte er, blickte nach links, dann geradeaus – vom Rothaarigen fehlte jede Spur.

Woraus folgte: Er konnte praktisch überall sein.

Für Odo gab es nicht den geringsten Grund, dem Unbekannten etwas zur Last zu legen. Er hatte keine drohende Haltung eingenommen und nichts Verdächtiges gesagt. Wenn der Sicherheitsoffizier ihn fand... Aus welchem Anlaß sollte er ihn verhören?

Aber Odo hatte schon vor langer Zeit gelernt, seinen Instinkten zu vertrauen. Und reiner Instinkt wies ihn nun darauf hin, daß mit dem rothaarigen Mann etwas nicht stimmte...

Er klopfte auf seinen Insignienkommunikator. »Odo an Sicherheitsabteilung. Suchen Sie nach einem rothaarigen Humanoiden mit dreieckigem Gesicht. Er trägt einen roten Overall mit schwarzem Kragen. Halten Sie den Mann fest, wenn Sie ihn finden. Ich möchte ihm einige Fragen stellen.«

Kurz darauf klang Boyajians Stimme aus dem kleinen Lautsprecher des Kommunikators. »Ist er ein Verdächtiger, Sir?«

»Er...« Odo dachte nach. »Ich bin nur neugierig und möchte mehr über ihn erfahren.«

Einige weitere Sekunden lang blieb er stehen, wandte sich dann um und schritt fort. Als er die nächste Ecke erreichte, drehte er ruckartig den Kopf und blickte noch einmal in die Richtung, aus der er kam.

Nichts. Niemand kam aus einem hypothetischen Versteck.

Odo seufzte enttäuscht und ging weiter.

Kurze Zeit später...

Eine zähflüssige Masse quoll aus einem Belüftungsgitter über der Abzweigung.

Sie rann an der Wand entlang und sammelte sich auf dem Boden. Niemand war in der Nähe, um zu beobachten, wie die Substanz zu einer Säule wuchs, die rasch Konturen gewann, sich zu einer Gestalt formte...

# KAPITEL 9

Keiko fragte sich, warum ihr Mann neben der Tür des Klassenzimmers wartete. Er hatte sie nie von der Schule abgeholt – was veranlaßte ihn nun dazu?

Seit einer Weile fiel es Keiko schwer, jemanden zu finden, der sich um Molly kümmerte. Deshalb hatte sie beschlossen, ihre Tochter mitzunehmen. Das Ergebnis dieser Entscheidung überstieg ihre optimistischsten Hoffnungen – Molly war vom Unterricht begeistert. Natürlich hatte sie einen eigenen Tisch, und dort beobachtete sie fasziniert, wie holographische Projektoren bunte Bilder vor ihr schufen. Innerhalb kurzer Zeit lernte sie, die entsprechenden Kontrollen mit großem Geschick zu bedienen.

Jake Sisko wahrte höfliches Interesse an Keikos Lektionen. Er war ein recht schwieriger Schüler, denn die offensichtliche Unzufriedenheit mit seinem Leben in der Raumstation bildete eine Art Barriere. Wenn es O'Briens Frau gelang, diese Hindernisse zu überwinden, Intelligenz und Phantasie des Jungen zu stimulieren ... Dann leistete er ausgezeichnete Arbeit. Keiko nahm Jakes Einstellung hin, ohne deshalb Vorwürfe gegen ihn zu erheben – in gewisser Weise teilte sie seine Unzufriedenheit über Deep Space Nine. Sie versuchte, darin eine Herausforderung für ihre pädagogischen Fähigkeiten zu sehen.

Nog hatte es an diesem Tag nicht für nötig gehalten, beim Unterricht zu erscheinen, und Jake entschuldigte seinen Freund, indem er auf eine plötzliche Erkrankung hinwies. Keiko glaubte allerdings, daß sich Nogs Krankheit in erster Linie auf die Schule bezog. Wie dem auch sei: Einen Aspekt dieser Situation fand sie ermutigend. Commander Sisko hatte ihr gegenüber besorgt davon gesprochen, daß der Ferengi Nog einen negativen Einfluß auf seinen Sohn haben mochte. Einerseits spielte Sisko mit dem Gedanken, Jake zu untersagen, auch weiterhin Umgang mit Nog zu pflegen. Doch andererseits ... Wie konnte er seinem Sohn verbieten, sich mit einem der wenigen Altersgenossen in Deep Space Nine zu treffen?

Aber wenn Nog die Schule schwänzte und Jake am Unterricht teilnahm ... Es bedeutete, daß sich Siskos Sohn nicht immer ein Beispiel an dem Ferengi nahm und durchaus imstande war, für sich selbst zu denken. Es bedeutete auch, daß sich der Commander – zumindest in dieser Hinsicht – nicht so viele Sorgen zu machen brauchte.

Andere Kinder kamen, wenn die Eltern nichts Besseres für sie zu tun hatten. Zu den Schülern, die regelmäßig erschienen, gehörte eine neunjährige Bajoranerin namens Dina. Ihre Mutter Bena war unverheiratet und hatte sich ihren Lebensunterhalt als Tagelöhnerin in den Bergwerken verdient. Jetzt arbeitete sie als Verladerin im Andockring. In Keiko regte sich tiefes Mitgefühl, wenn sie jene Frau am Ende ihrer Schicht sah, müde und erschöpft. Bei solchen Gelegenheiten wünschte sie sich, ihr nicht nur dadurch helfen zu können, indem sie ihre Tochter unterrichtete. Aber wenig war immer noch besser als gar nichts – von anderen Leuten empfing Bena überhaupt keine Hilfe.

Erneut sah Keiko zu Miles, der sich nonchalant und lässig gab. Gleichzeitig wirkte er auf eine seltsame Weise wachsam, als rechnete er jeden Augenblick mit der Möglichkeit eines Angriffs.

Die Lehrerin verdrängte alle Gedanken an ihren Mann, als sie sich erneut der Klasse zuwandte. »So, das wär's für heute. Ihr habt gut gearbeitet. Vergeßt die Hausaufgaben nicht. Wir sehen uns morgen wieder.«

Die Kinder verabschiedeten sich, und Miles O'Brien wich ein wenig zurück, als sie das Zimmer verließen. Keiko nahm Dina beiseite und fragte: »Du wirst nicht von deiner Mutter abgeholt, oder?«

Das Mädchen schüttelte den Kopf. »Nein. Aber das macht nichts, Mrs. O'Brien. Sie hat von Überstunden gesprochen. Und ich komme auch allein zurecht.«

»Wie wär's, wenn ich dich nach Hause begleite?« bot sich Miles an.

Jake Sisko hatte das Gespräch gehört und kam näher. »Schon gut. Ich bringe Dina heim. Sie wohnt nicht sehr weit von meinem Quartier entfernt.«

»Das ist sehr nett von dir, Jake«, sagte Keiko. »Herzlichen Dank.«

Der Junge griff nach der Hand des Mädchens. »Komm, ich zeige dir eine Abkürzung.« Er ging mit der kleinen Bajoranerin fort, und Keiko sah dem Pärchen lächelnd nach.

»Er ist ein guter Junge«, sagte sie. »Ja, das ist er wirklich.« Sie ging zu Molly und schaltete ihren Computer aus. »Nun, Miles ... Ich bin überrascht. Was führt dich hierher?«

Er wölbte wie erstaunt die Brauen. »Ist es etwa verboten, daß ich meine Ehefrau nach der Arbeit nach Hause bringe?«

»Nein, ich kann mich nicht an ein entsprechendes Verbot erinnern.« Keiko faßte Molly an der Hand und ging zur Tür. »Aber es gibt so etwas wie Angewohnheit. Bisher hast du mich noch nie von der Schule abgeholt.«

»Wo steht geschrieben, daß ein Mann seine Angewohnheiten nicht ändern darf?«

Keiko blieb stehen und musterte Miles, während sie auch weiterhin die Hand ihrer Tochter hielt. »Es hat etwas mit Commander Siskos Durchsage zu tun, nicht wahr?«

»Nein! Nein, natürlich nicht!«

»Du lügst, Miles.«

»Ich weiß.«

Die Situation mochte recht ernst sein, aber Keiko lächelte trotzdem. Manchmal geschah es, daß gewisse Umstände sie daran erinnerten, weshalb sie sich in O'Brien verliebt hatte. Zum Beispiel: Bei einer Pokerpartie konnte Miles selbst dann perfekt bluffen, wenn es um viel Geld ging, aber er war einfach nicht imstande, seine Frau zu belügen.

»Nun ...« Sie senkte die Stimme, um nicht von den Passanten gehört zu werden. »Wie schlimm ist es? Sei ganz ehrlich.«

»Ziemlich schlimm«, erwiderte Miles und legte ihr den Arm um die Schultern. »Schlimm genug, um in mir den Wunsch zu wecken, dich nach Hause zu begleiten. Und um dich zu fragen, ob du hiermit umgehen kannst.«

Er holte einen kleinen Phaser hervor.

Keiko schnappt unwillkürlich nach Luft. »Das ist doch nicht dein Ernst! Woher hast du ...«

»Ich habe eine Sondererlaubnis von Commander Sisko. Die Waffe ist auf Betäubung eingestellt, und die Justierung läßt sich nicht verändern. Damit solltest du dich auf wirkungsvolle Weise verteidigen können, wenn ... wenn etwas geschieht. Hier, nimm den Strahler.«

Er versuchte, den Phaser in Keikos Hand zu drücken, aber sie hielt ihn zwischen Daumen und Zeigefinger, wie einen schmierigen Beutel Abfall. »Mein Gott ...«, hauchte sie. »Was geht hier vor, Miles?«

»Einige Dinge, die dir sicher nicht gefallen«, antwortete O'Brien. »Und ich möchte sicherstellen, daß meiner Familie nichts zustößt.«

Auf dem Weg zum Habitatring plauderten Jake Sisko und Dina miteinander. Als sie sich Dinas Quartier näherten, ging der Sohn des Kommandanten etwas langsamer.

Ein kleines Mädchen kam ihnen entgegen und musterte sie neugierig. Es hatte kurzes rotes Haar und einen Schmollmund. Jake sah es jetzt zum erstenmal und vermutete, daß es mit einem der Raumschiffe gekommen war, die auf die Möglichkeit warteten, einen Transit durchs Wurmloch einzuleiten.

»Hallo«, sagte er. »Hast du dich verlaufen?«

Die Fremde sah ihn einige Sekunden lang an und schüttelte dann langsam den Kopf. Sie wandte sich an Dina und schien noch neugieriger zu werden.

»Ich bin Dina«, sagte Benas Tochter. »Und wie heißt du?«

»Meta«, erwiderte das Mädchen.

»Oh, ein interessanter Name«, meinte Dina. »Das ist Jake. Er begleitet mich nach Hause.«

»Sind deine Eltern hier in der Station, Meta?« fragte Jake.

»Ja.« Die Stimme der Fremden klang erstaunlich selbstsicher. »Ja, sie sind hier.«

»Komm mit«, forderte Dina das Mädchen auf. »Ich habe Spiele in meinem Zimmer.«

»Gern«, sagte Meta.

»Ja, gut, bleibt zusammen«, ließ sich Jake vernehmen. Er blieb stehen, als die beiden Mädchen Dinas Quartier betraten. »Oh, und noch etwas. Verriegelt die Tür. Bestimmt habt ihr die Durchsage meines Vaters gehört. Jemand ist umgebracht worden, und deshalb sollten wir alle sehr vorsichtig sein.«

»Das stimmt«, bestätigte Meta.

Vor Jake glitt das Schott zu, und der Junge zögerte nicht, setzte den Weg fort.

In der Kabine drehte sich Dina zu Meta um. »Was sollen wir zuerst spielen?«

Meta lächelte.

»Ha, ich habe schon wieder gewonnen!« jubelte Gotto.

Der Cardassianer strich seinen Gewinn ein, als sich die anderen Spieler am Glücksrad verärgert abwandten. Quark drückte die Hände zusammen – eine Ferengi-Geste, die Unterwürfigkeit zum Ausdruck brachte. »Sie scheinen heute gar nicht verlieren zu können, Gotto. Ihr Glück ist wirklich bemerkenswert.«

»Danke«, erwiderte der Cardassianer. »Übrigens ... Gul Dukat ist sehr an Ihnen interessiert.«

»Ach, tatsächlich?« Quark versuchte auch weiterhin, seiner Stimme einen demütigen Klang zu verleihen. »Was kann jemand wie ich vollbracht haben, um die Aufmerksamkeit einer so mächtigen Person wie Gul Dukat zu wecken?«

»Seine Erinnerungen an Sie betreffen insbesondere jene Zeit, als Deep Space Nine noch nicht der Föderationskontrolle unterlag«, erklärte Gotto. »Er kennt Sie als jemanden, der sich jederzeit bestechen läßt.«

»Ich bin stolz auf meinen Ruf«, entgegnete Quark.

Gotto sah nach rechts und links. »Gibt es einen Ort, wo wir uns ungestört unterhalten können?«

»Natürlich!« Quark bedeutete einem seiner Angestellten, ihn beim Glücksrad zu vertreten, ging dann mit Gotto fort.

Aus den Augenwinkeln sah er, wie sich Glav näherte und verharrte, als er sah, wer dem Inhaber des Spielkasinos Gesellschaft leistete. Unmittelbar darauf lächelte Glav, nickte und vollführte eine zustimmende, anerkennende Geste. Die Cardassianer bildeten den wichtigsten militärischen Machtfaktor im Sektor. Wenn sie damit einverstanden waren, daß Ferengi die Raumstation erwarben ...

Quark winkte kurz – ein stummer Gruß, der Glav

galt und ihn gleichzeitig aufforderte, auf Distanz zu bleiben, um Gotto nicht das Gefühl zu geben, in der Minderheit zu sein. Cardassianer verabscheuten so etwas. Es mochte unklug sein, nun einen weiteren Protagonisten zu präsentieren. Glav kannte sich mit Geschäftstaktik gut aus, und deshalb näherte er sich nicht, blieb im Hintergrund.

»Hier entlang«, sagte Quark. Er hielt besondere Vorsicht für angebracht – und er wollte unbedingt vermeiden, daß Odo auch dieses Gespräch belauschte.

Sie gingen die Treppe hoch und blieben vor einer der berühmt-berüchtigten Holo-Kammern stehen, in der besondere Kunden ganz besondere sexuelle Phantasien ausleben konnten. Quark wandte sich an Gotto und lächelte. »Odo kommt nie hierher. Erstens: Allein der Gedanke an irgendeine Art von sexueller Aktivität ist ihm zuwider. Und zweitens ...«

Sie traten ein. Das Zimmer war recht klein, wies schwarze Wände mit matt glühenden gelben Linien auf.

»Hier kann er sich nicht verstecken«, stellte Quark zufrieden fest. Hinter ihm schloß sich das Schott mit einem leisen Zischen. »Und nun ... Was kann ich für Sie tun?«

»Ich will ganz offen sein, Quark«, begann Gotto. »Als wir Cardassianer diese Raumstation verließen, wußten wir nicht, daß sie eine potentielle Goldmine darstellt.«

Quark schluckte. »Haben ... Haben Sie vor, Deep Space Nine wieder zu übernehmen?«

»Derzeit nicht«, antwortete Gotto. »Allerdings plane ich häufigere Besuche. Und ich benötige einen Kontaktmann. Jemanden, der Augen und Ohren offenhält. Jemanden, der uns mitteilt, was die Föderation unternimmt.«

»Sie möchten, daß ich für Sie spioniere?« vergewisserte sich Quark.

»›Spionieren‹ ist ein häßliches Wort«, entgegnete Gotto. »Hier kursieren doch immer Gerüchte, nicht wahr? Sie sollen uns nur mitteilen, worüber die Leute in Deep Space Nine reden. Dafür bezahlen wir Sie.«

»Sie wollen mich bezahlen?«

»Natürlich«, bestätigte Gotto. »Immerhin können wir nicht von Ihnen verlangen, daß Sie ...«

»... gratis arbeiten«, beendete Quark den Satz.

Der Cardassianer glaubte, seinen Ohren nicht trauen zu dürfen. »Habe ich richtig gehört? Sie ...«

»Ich biete Ihnen unentgeltliche Informationsdienste an«, sagte Quark. »Sie brauchen jemanden, der Sie über die Ereignisse in dieser Raumstation auf dem laufenden hält, und ich bin gern bereit, Ihnen in regelmäßigen Abständen Bericht zu erstatten.«

»O nein.« Mißtrauen klebte in Gottos Zügen. »Von einem Ferengi bekommt man nichts umsonst. Wo ist der Haken?«

Quark rieb sich die Hände. »Der Haken ... Nun, wir treffen eine ganz einfache Vereinbarung: Wir arbeiten mit Ihnen zusammen, und Sie arbeiten mit uns zusammen.« Er hielt es für angemessen, den Eindruck zu erwecken, daß mehrere Personen an dieser Sache beteiligt waren. »Eine Gruppe, zu der auch ich gehöre, bereitet sich darauf vor, die Station zu kaufen.«

»Zu kaufen?« Gotto lachte. »Von wem denn?«

»Von der Föderation.«

»Das ist doch absurd. Deep Space Nine gehört nicht dem interstellaren Völkerbund, sondern den Bajoranern. Sollen sie mit diesem Schrotthaufen glücklich werden. Vor unserem Abzug haben wir praktisch alles Wertvolle und Nützliche demontiert ...« Der Cardassianer schnaubte leise. »Andererseits: Wenn wir von der Existenz des Wurmlochs gewußt hätten ...«

»Aber ...« Quark konnte es kaum fassen. »Ich dachte, es hätten geheime Verhandlungen oder so stattgefunden.«

»Nein, nichts dergleichen. Bajor bat die Föderation, DS Nine zu verwalten, während sich der Planet um eine volle Mitgliedschaft im Völkerbund bewirbt.«

»Mitgliedschaft?« wiederholte Quark verwirrt. »Und das ist alles? Es geht dabei nur um eine Mitgliedschaft? Ich kann es nicht glauben. Bestimmt bezahlt Bajor der Föderation etwas.«

»Nichts«, erwiderte Gotto. »Das schwöre ich.«

»Soll das heißen, Sisko und die anderen Starfleet-Typen sind nur hier, *weil sie es gut meinen?*« Quark blinzelte verblüfft. Als es zum Machtwechsel kam, war er absolut sicher gewesen, daß ein überaus profitables Geschäft damit in Zusammenhang stand – mit solchen Dingen kannte er sich aus. Aber so etwas! »Zot! Sie sind noch viel dümmer, als ich dachte!«

»Typisch für die Föderation«, brummte der Cardassianer. »Wen wundert's, daß wir sie verachten? Man fragt sich, warum nicht viel mehr Leute unsere Verachtung teilen.«

»Ja. Danke, Gotto. Sie haben mir zu einer wichtigen Erkenntnis verholfen.«

»Nun, derzeit geht es den Bajoranern ziemlich schlecht. Sie kennen vermutlich die verheerende ökonomische Situation auf dem Planeten. Unter den gegenwärtigen Umständen wäre eine ... massive finanzielle Unterstützung sicher sehr willkommen.«

»Raten Sie mir, dem Föderationspersonal in Deep Space Nine keine Beachtung zu schenken und mich statt dessen auf die Bajoraner zu konzentrieren?«

»O nein, ganz und gar nicht. Die Bajoraner sind nach wie vor am Schutz der VFP interessiert. Sie legen großen Wert auf die Präsenz von Starfleet – oder zumindest einige von ihnen. Die Regierung ist in einzelne Fraktionen gespalten, zwischen denen es immer wieder zu heftigen Auseinandersetzungen kommt. Eigentlich können sich die Bewohner von Bajor nur auf eins einigen: ihre Uneinigkeit. Wie dem auch sei: Eine von Starfleet ausgesprochene Empfehlung könnte Ihnen sehr dabei helfen, Ihre Absichten zu verwirklichen. Sie hätte doppelte Wirkung. Erstens: Die Föderationsfreunde unter den Bajoranern würden sehr darauf achten, was Starfleet zu sagen hat. Und die Gegner des interstellaren Völkerbunds nähmen sicher eine Gelegenheit wahr, die Starfleet-Repräsentanten fortzuschicken.«

»Major Kira«, sagte Quark nachdenklich. »Sie ist von der Flotte nicht gerade begeistert. Während der ersten Wochen nach Siskos Ankunft war sie dauernd gereizt. Inzwischen hat sie sich ein wenig beruhigt. Aber ich schätze, zwischen ihr und dem Kommandanten gibt es weiterhin Spannungen.«

»Ah, ja. Kira. Die Bajoranerin.« Der Cardassianer lächelte. »Ich habe einige Erfahrungen mit bajoranischen Frauen gesammelt – wenn Sie verstehen, was ich meine.«

Quark nickte sofort, obgleich sich tief in seinem Innern etwas verkrampfte. Er versuchte, nicht darauf zu achten. »Nun, wenn unsere hiesigen Bemühungen schließlich von Erfolg gekrönt sind – können wir dann von den Cardassianern erwarten, daß sie...« Er ließ das Ende des Satzes ganz bewußt offen.

Gotto verstand und nickte. »Sie können auf uns zählen. Wir werden Sie nach besten Kräften unterstützen. Wissen Sie, Quark... Wir halten nichts von der Föderation. Es wäre uns lieber, mit jemandem zu verhandeln, der... Wie soll ich mich ausdrücken?«

»Der bestochen werden kann?«

»Ja, genau!« Gotto deutete auf Quark. »Sie haben's erfaßt. Alles ist soviel einfacher, wenn beide Seiten die gleiche Sprache sprechen, nicht wahr?«

»Oh, zweifellos.« Quark streckte die Hand aus, und der Cardassianer schüttelte sie. »Die geschäftliche Kooperation mit Ihnen wird mir ein Vergnügen sein.«

Bena sah aufs Chronometer und stöhnte. Es war später, als sie gedacht hatte.

Eine anstrengende Schicht im Andockring lag hinter ihr. Den Anfang bildeten Verzögerungen aufgrund des Umstands, daß derzeit keine Transite durchs Wurmloch stattfinden konnten. Kurze Zeit später kam es noch schlimmer, als bekannt wurde, daß niemand Deep Space Nine verlassen durfte. Man munkelte von besonders gründlichen Ermittlungen, die allen Personen in der Raumstation galten und beendet werden mußten, bevor es möglich war, den normalen Reiseverkehr wiederherzustellen. Die Föderationsleute suchten einen Verbrecher – und ganz offensichtlich wollten sie sich ihn nicht durch die Lappen gehen lassen.

Viele Durchreisende saßen nun in DS Nine fest, was die üblichen Zeit- und Arbeitspläne über den Haufen warf. Die meisten Andockplätze waren belegt, und es lagen bereits mehrere Dutzend Anträge auf den Transfer von empfindlicher Fracht in die reparierten Verwahrungskammern vor. Bena und die anderen Dockratten, wie sie sich nannten, hatten härter und länger gearbeitet als sonst. Nein, ein *leichter* Tag lag gewiß nicht hinter ihnen.

Aber selbst der schlimmste Tag ging einmal zu Ende. Die Bajoranerin wollte gerade aufbrechen, als sich ihr ein überaus seltsamer Anblick darbot.

Mehrere Edemaner betraten den Hangar, gefolgt von Benjamin Sisko und Dr. Bashir.

Sie gingen mit langsamen, gemessenen Schritten, näherten sich der großen, offenen Luke – ein druckneutrales Kraftfeld spannte sich darin und verhinderte, daß die Luft ins Vakuum des Alls entwich.

Der erste Edemaner stapfte direkt zur breiten Öffnung in der Außenhülle und blieb erst stehen, als ihn der nächste Schritt ins All gebracht hätte.

Eine Zeitlang schwieg er und starrte hinaus in die

Schwärze. »Können wir es von hier aus sehen, Commander?« fragte er schließlich. Seine tiefe, volle Stimme schien überall im Hangar widerzuhallen.

»Ja, Mas Marko«, erwiderte Sisko.

»Gut.« Der Edemaner blickte erneut in den Weltraum, und nach einigen Sekunden fügte er hinzu: »Beginnen wir.«

Der Kommandant klopfte auf seinen Insignienkommunikator. »Sisko an Major Kira. Sie können starten. Halten Sie sich vom Wurmloch fern. Sie wissen ja, wie temperamentvoll es geworden ist.«

Zunächst geschah nichts. Dann löste sich ein Flitzer von der Landestelle am Habitatring und sauste am Andockring vorbei. Er entfernte sich von der Raumstation, und Bena stellte fest, daß er etwas im Schlepptau hatte: einen alten Behälter oder etwas in der Art. Natürlich verfügte der Flitzer nicht über Traktorstrahlpotential. Doch in Deep Space Nine gab es bereits eine lange Tradition des Improvisierens und des Notbehelfs, und daran hatte sich jemand ein Beispiel genommen: Ein Kabel war am Flitzer befestigt worden, verband ihn mit dem Behälter.

»K'olkr führt uns ins Leben«, intonierte Mas Marko. »Und K'olkr führt uns in den Tod. Denn der Tod ist wie das Leben, und das Leben ist wie der Tod. Der Tod stellt nicht etwa das Ende der Existenz dar, sondern nur den Abschluß dieses besonderen Zyklus. Wie ein Leben zu Ende geht, spielt keine Rolle – es kommt darauf an, auf welche Weise wir es verbrachten. Lobb Sorbel lebte sein Leben als guter, treuer Diener K'olkrs. Möge K'olkr seine Seele liebevoll empfangen. Möge Er Lobbs Seele auch weiterhin geleiten, durchs Danach, auf daß er Seine volle Weisheit verstehe. Das wünschen wir uns für ihn.«

»Das wünschen wir uns für ihn«, wiederholten die anderen Edemaner.

Kurze Stille folgte, bevor Sisko erneut einen Kom-

Kanal öffnete. »In Ordnung, Major. Geben Sie ihn frei.«

Der Flitzer wendete plötzlich, und das Kabel riß. Der Behälter setzte den Flug fort, vom eigenen Trägheitsmoment angetrieben. Es trug ihn fort von Deep Space Nine und dem Wurmloch, dem interstellaren All entgegen.

»Gute Reise, Lobb«, hauchte die Edemanerin.

Bena bemerkte, daß jene Frau dem jüngsten Edemaner einen seltsamen, fast furchterfüllten Blick zuwarf. Den Grund dafür verstand die Bajoranerin nicht – und sie interessierte sich auch nicht sonderlich dafür. Immerhin hatte sie genug eigene Probleme.

Sie verließ den Hangar und schritt durch den breiten Verbindungsstutzen zum Habitatring. Unterwegs versprach sie sich, diesmal lange genug wach zu bleiben, um sich ein wenig ihrer Tochter zu widmen. Benas täglicher Zeitplan bestand zum größten Teil aus Arbeit, und anschließend kamen Essen und Schlafen. Für Dina blieb kaum Zeit übrig.

Leider konnte sie nichts daran ändern.

Meta starrte verwirrt in einen Spiegel, während Dina ihr das Haar kämmte.

»Du solltest es länger wachsen lassen«, sagte das Mädchen. »Dann wärst du sicher sehr hübsch. Dein Haar ist so dicht.«

»Was macht es für einen Unterschied?« fragte Meta. »Ob lang oder kurz ... Warum sollte so etwas wichtig sein?«

»Nun, du möchtest doch gut aussehen, oder?« erwiderte Dina.

»Darüber habe ich noch nicht nachgedacht.«

»Ha!« entfuhr es der kleinen Bajoranerin. »Und du willst ein Mädchen sein!«

»Nun, eigentlich nicht.« Meta drehte sich um und bedachte Dina mit einem seltsamen Blick. »Hast du was dagegen, wenn ich dich eine Zeitlang beobachte? Bisher hatte ich kaum Gelegenheit, Zeit mit einem Kind zu verbringen. Es ist eine … lehrreiche Erfahrung.«

»Ohhh«, seufzte Dina. Sie legte Kamm und Bürste beiseite, trat vor Meta und sah sie traurig an. »Wo du herkommst … Dort gibt es nicht viele Kinder, oder?«

»Nein, nicht viele.«

»Du kannst meine Freundin sein, solange du hier in Deep Space Nine bist«, sagte Dina fest.

Meta nickte langsam und überließ es Dina, ihr Haar in eine neue Form zu bringen. Die kleine Bajoranerin gab sich alle Mühe, einen Pferdeschwanz daraus zu formen, und anschließend deutete sie zu den zwei Spangen auf dem Tisch – eine war rot, die andere grün.

»Welche möchtest du?« fragte sie.

»Ich weiß nicht«, erwiderte Meta.

Dina zögerte kurz, zeigte dann abwechselnd auf die beiden Haarspangen. Meta sah und hörte interessiert zu, als Benas Tochter eine Art Sprechgesang anstimmte: »Eins und zwei, ich bin dabei. Wählen muß ich nun, nichts anderes bleibt zu tun. Wer soll's sein von euch zweien? Daß ich richtig wähle, bleibt zu hoffen – und jetzt ist die Entscheidung getroffen.«

Dinas Hand verharrte an der grünen Spange, nahm sie und steckte sie in Metas Haar.

Das fremde Mädchen sah genau zu, beobachtete alles.

Es prägte sich jedes einzelne Wort ein.

Es saugte die neuen Eindrücke auf, wie jemand, der nach Wissen gierte.

Dann bereitete sich Meta vor.

Das Quartier befand sich auf der anderen Seite des Habitatrings, was einen recht weiten Weg für Bena bedeutete. Sie ging mit langen Schritten und hatte ihr Ziel fast erreicht, als …

Als sie einem Alptraum aus ihrer Vergangenheit begegnete.

Bena schnappte nach Luft, blieb stehen und hob die Hand zur Brust. Sie brachte keinen Ton hervor – Abscheu und Entsetzen schnürten ihr die Kehle zu.

Der Cardassianer wirkte ebenfalls überrascht. »Na so was!« platzte es aus ihm heraus. »Und ich dachte schon, mich nur mit den angenehmen Erinnerungen begnügen zu müssen. Hallo, Bena. Wie lange ist es her? Zwei Jahre? Drei?«

Die Bajoranerin schob sich an ihm vorbei und ging weiter. Gotto schloß sich ihr an, und es fiel ihm nicht schwer, mit ihr Schritt zu halten. »Willst du mich überhaupt nicht grüßen?«

»Verbrenne in der Hölle.«

»Ich habe freundlichere Worte erwartet«, sagte der Cardassianer. »Warum die Feindseligkeit, Bena? Nach all dem, was ich für dich getan habe ...«

Sie verharrte abrupt und sah Gotto zornig an. »Laß mich in Ruhe!«

»Das ist wirklich nicht sehr nett«, tadelte der Mann. »Wer hat dir und deiner Tochter in der Not geholfen? Der bajoranische Mistkerl, der dich schwängerte, sicher nicht. Nein, *ich* habe mich um dich gekümmert. Von mir bemerkt zu werden ... Hättest du dir damals etwas Besseres wünschen können?«

Bena trat einen Schritt auf ihn zu und ballte die Fäuste. Haß blitzte in ihren Augen. »Du bist das Schlimmste, das mir jemals zugestoßen ist. Du ... du hast mich gedemütigt! Die ...« Sie unterbrach sich und schauderte vor Scham. »Die Dinge, die du mit mir angestellt hast ...«

»Ich dachte, sie hätten dir gefallen«, sagte Gotto leise und anzüglich.

*»Gefallen?«*

Bena holte mit der einen Hand aus und schlug mit ganzer Kraft zu. Doch die Haut des Cardassianers war fest und hart – der Hieb bereitete ihr mehr Schmerzen als Gotto. Er nahm ihn einfach hin, zuckte nicht zusammen.

Er schloß die Finger um ihren Unterarm und flüsterte ihr zu: »Ich habe dich vermißt.«

In diesem Augenblick glitt das Schott von Benas Quartier beiseite. Dina hatte die Stimmen im Korridor gehört und die Tür geöffnet. Neben ihr stand ein Mädchen, das Dinas Mutter nun zum erstenmal sah.

»Mami?« Dinas Gesichtsausdruck kam einem Fragezeichen gleich.

»Zurück ins Zimmer!« rief Bena. »Schließ die Tür ab, Dina! Und verständige die Sicherheitsabteilung!«

Aber der Cardassianer reagierte zu schnell und gab der Frau einen Stoß in Richtung Tür. Sie taumelte in die Kabine, stolperte über einen Stuhl und fiel zu Boden. Gotto folgte ihr, und hinter ihm schloß sich das Schott.

»Und nun …« Er lächelte. »Erinnern wir uns an die gemeinsam verbrachte Zeit.«

Dinas Züge offenbarten eine Mischung aus Verwirrung und Furcht. Die Miene des Mädchens neben ihr blieb neutral und ausdruckslos.

Die geschlossene Tür bedeutete für Bena: Es gab keinen Fluchtweg für sie. Gotto wollte auf Nummer Sicher gehen und rammte die Faust ins Kontrollfeld neben dem Schott – Funken stoben, deuteten auf einen Kurzschluß hin, der die Tür blockierte.

Dann wandte er sich Dina zu und lächelte auf eine Weise, die nichts Gutes verhieß. »Ich erinnere mich an dich«, sagte er. »Damals warst du noch viel kleiner. Du erkennst mich sicher nicht wieder, oder?«

Bena sprang auf. *»Rühr meine Tochter nicht an!«* rief sie und warf sich Gotto entgegen, krümmte die Finger dabei wie Klauen. Der Mann packte sie und hielt sie mühelos fest, zwang langsam ihre Arme nach unten.

Die Bajoranerin schrie, als heißer Schmerz in ihr entflammte.

»Hast du das vergessen?« fragte Gotto mit samtiger Stimme. »Das cardassianische Vorspiel ...«

Dina hämmerte mit ihren kleinen Fäusten auf seine Beine ein, und er stieß sie einfach beiseite.

Einige Sekunden später trat das rothaarige Mädchen vor. Gotto kannte es nicht, und es war ihm gleich. Achtlos griff er nach dem einen Arm, um die Unbekannte zur Seite zu ziehen.

Der Arm löste sich.

Besser gesagt: Er *schien* sich zu lösen.

Gotto riß erschrocken die Augen auf – und begriff plötzlich, daß Haut und Knochen irgendwie *geschmolzen* waren.

Dina kreischte. Bena wankte von dem Mann fort; der Schock, den dieser Anblick bewirkte, sorgte dafür, daß sie stumm blieb.

Das fremde Mädchen löste sich auf, metamorphierte zu einer roten, zähflüssigen Substanz. Gesicht, Haar, der Körper ... Alles verschwand in dem gallertartigen Etwas, und saugende Geräusche erklangen, als sich eine große Lache auf dem Boden bildete.

Gottos Hand steckte noch immer in der sonderbaren Masse, und er zog ihn nicht rechtzeitig zurück. Der rote Schleim kroch ihm über den Arm, erreichte die Schulter, begann damit, ihn ganz zu umhüllen.

Der Cardassianer schrie.

Was sich als Fehler erwies.

Der rote Brei drang ihm in Mund und Nase, verstopfte die Atemwege. Gotto begann zu husten, und sein Gesicht verfärbte sich.

Er taumelte an die Wand und ruderte mit den Armen, erweckte den Eindruck, nach einem unsichtbaren Gegner zu schlagen. Er pochte sich selbst auf die Brust, als wollte er in sie hineingreifen und das Fremde herausziehen, das in ihn eingedrungen war.

Gotto sank auf die Knie, tastete nach Bena und richtete einen flehentlichen Blick auf sie. *Hilf mir!* riefen seine Augen. *Bei allen Göttern – befrei mich von dem Etwas!*

Sein Wunsch ging in Erfüllung.

Das Wesen verließ ihn.

Und zwar abrupt.

Jake Sisko war ein wenig nervös.

Immer wieder dachte er daran, daß er seiner Aufgabe vielleicht nicht auf angemessene Weise gerecht geworden war. Oh, sicher, er hatte Dina nach Hause gebracht, aber zu jenem Zeitpunkt war ihre Mutter noch nicht von der Arbeit heimgekehrt. Außerdem war sie in der Gesellschaft eines völlig fremden Mädchens zurückgeblieben. Es handelte sich um ein Kind, ja. Und vermutlich wurde es schon bald zu Dinas bester Freundin.

Trotzdem ...

Jake lehnte sich zurück, starrte auf die Hausaufgaben und murmelte schließlich: »Nun, es kann sicher nicht schaden, nach dem Rechten zu sehen.« Er sträubte sich gegen die Erkenntnis, daß er damit nur eine Gelegenheit nutzte, den Schularbeiten zu entkommen.

Er verließ das Quartier, das er mit seinem Vater teilte, ging durch den Korridor und stand wenige Minuten später vor dem Schott von Dinas Unterkunft.

Er streckte die Hand nach dem Türmelder aus ...

Und hörte einen Schrei, gefolgt von einem Geräusch, das auf eine Explosion hindeutete.

»Dina!« rief er und drückte die Taste des Melders. Nichts geschah. »Dina!«

Er senkte den Kopf.

Blut quoll unter der Tür hervor.

Jake stürmte zum nächsten Interkom und schaltete es ein. »Sicherheitsabteilung! Alarm! Schicken Sie jemanden in den Habitatring, Ebene fünf, Korridor neununddreißig A! Und beeilen Sie sich!«

Die Stimme des Jungen klang auch aus den Lautsprechern in der Zentrale. Odo hörte sie – ebenso Sisko.

»Das war Jake!« entfuhr es dem Kommandanten.

»Sicherheitsgruppe zum Habitatring, Ebene fünf, Korridor neununddreißig A!« befahl Odo und eilte bereits zum Transporter. Sisko erwies sich als noch etwas schneller und erreichte die Transferstelle vor dem Constable.

»Ich werde allein damit fertig, Commander«, schnaufte Odo.

Sisko hörte gar nicht zu und trat auf die Transitfläche. »Chief! Beamen Sie uns zum genannten Bereich im Habitatring, und zwar *sofort!*«

O'Brien hatte gerade Keiko zu ihrem Quartier gebracht, und neuerliche Besorgnis wuchs in ihm – seine Unterkunft befand sich in der Nähe von Sektion 39A. Doch er schob das Pflichtbewußtsein in den Vordergrund seines Denkens und Empfindens: Als Odo neben Sisko stand, bediente er die Kontrollen und beobachtete, wie sich die beiden Gestalten in flirrende Transferenergie verwandelten.

Sicherheitsoffizier und Kommandant materialisierten nur einen Meter von Jake entfernt. Sisko stellte erleichtert fest, daß sein Sohn wohlauf war. Rasch trat er vor und fragte: »Was ist passiert?«

Der Junge streckte wortlos die Hand aus, und sein Vater sah es einen Sekundenbruchteil später: Dunkle Flüssigkeit glitt unter der Tür hervor.

Zwei Sicherheitswächter näherten sich, und Sisko aktivierte seinen Insignienkommunikator. »Krankenstation! Schicken Sie eine medizinische Einsatzgruppe in den Habitatring, Sektion neununddreißig A. Es ist dringend!«

Odo bemühte sich, die Tür zu öffnen. Nach einigen

vergeblichen Versuchen wirbelte er um die eigene Achse. »Der Kontrollmechanismus funktioniert nicht mehr, und dadurch ist das Schott blockiert.«

»Ihre Leute sollen uns mit den Phasern Zugang verschaffen«, erwiderte Sisko.

Drinnen ertönte ein weiterer Schrei, und Odo wandte sich an die Wächter. »Lassen Sie mir zehn Sekunden Zeit, um auf die andere Seite zu gelangen – machen Sie anschließend von Ihren Waffen Gebrauch.«

»Auf die andere Seite?« wiederholte Sisko. »Was haben Sie vor, Constable?«

Odo schenkte ihm keine Beachtung mehr, trat zur Tür ...

Und verflüssigte sich.

Bena wimmerte entsetzt. Dina saß reglos in der Ecke und verstand nicht, was geschah. Mutter und Tochter waren mit Blut bespritzt. Es klebte in ihren Haaren, an der Kleidung – überall.

Von der Hüfte abwärts bot der Cardassianer einen ganz normalen Anblick. Doch darüber ... Der Metamorph hatte den Mann regelrecht zerfetzt, als er sich im Innern des fremden Körpers jäh ausdehnte, den Brustkasten sprengte. Hier und dort gab es noch einige physische Komponenten, die sich identifizieren ließen. Aber es waren nur wenige, und sie befanden sich am falschen Platz.

Meta hatte unterdessen wieder die Gestalt des kleinen Mädchens angenommen. Ruhig und gefaßt malte sie eine Kreuzschraffierung an die Wand, gefolgt von einer Zahl: #2. Dicht darunter ließ sich etwas erkennen, das gewisse Ähnlichkeit mit einer cardassianischen Stirn aufwies.

Dina schluchzte leise, und der Mutterinstinkt veranlaßte Bena, ihre Tochter an sich zu drücken.

Meta drehte sich um, bedachte Bena und Dina mit einem traurigen Blick. Sie sprach mit kindlicher Unschuld – wodurch ihre Worte um so schrecklicher klangen.

»Ich schätze, mir bleibt keine andere Wahl, als euch ebenfalls zu töten«, sagte sie. »Es tut mir leid. Ich habe nichts gegen euch persönlich. Es liegt an meinem Wesen – ich muß meiner Natur gehorchen. Und die verlangt, daß ich töte. Wenn ich beobachte, wie meine Opfer sterben... Dadurch erscheint mir das Leben wertvoller. Nun, die Frage lautet: Wen von euch beiden bringe ich zuerst um?«

Bena schlang die Arme um ihre Tochter, als könnte sie auf diese Weise jedes Unheil von ihr fernhalten. »Bitte ...«, brachte sie hervor und spürte, wie ihr Tränen in die Augen quollen. »Bitte nicht ...«

Meta dachte kurz nach und deutete auf Bena. Die Bajoranerin schrie.

Und das rothaarige Mädchen begann: »Eins und zwei, ich bin dabei. Wählen muß ich nun, nichts anderes bleibt zu tun. Wer soll's sein von euch zweien? Daß ich richtig wähle, bleibt zu hoffen – und jetzt ist die Entscheidung ge ...«

Meta unterbrach sich und drehte den Kopf.

Etwas schob sich unter der Tür her ins Zimmer. Die Fuge war schmal, und daher bewegte sich die zähflüssige Masse recht langsam.

Meta wich einen Schritt zurück und riß die Augen auf. Sie blickte sich um, und in ihrem Gesicht zeigte sich dabei so etwas wie Verzweiflung. Dann sprang sie, und einen Sekundenbruchteil später löste sich ihr Körper auf. Sie schien nach oben hin zu explodieren – der Vorgang erinnerte an die Eruption eines Vulkans, der Magma gen Himmel schleuderte.

Der Metamorph erreichte eine Belüftungsöffnung in der Decke, kroch hinein und verschwand.

Bena wußte nicht, weshalb das Wesen plötzlich die Kabine verließ. Sie begriff nur eins: Es war verschwunden. Die Bajoranerin hatte nicht die geringste Ahnung, warum sie und ihre Tochter noch lebten.

Dann sah sie, wie etwas unter der Tür hervorquoll.

Zuerst blieb sie stumm – ihre Stimmbänder schienen regelrecht gelähmt zu sein. Einige Sekunden später wimmerte sie, und dadurch gelang es ihr, sich aus der inneren Starre zu lösen. Bena holte tief Luft und schrie aus vollem Hals, als die Lache – das Geschöpf – wuchs und sich ausdehnte.

In der Mitte des Zimmers wuchs das gallertartige Etwas nach oben und nahm Gestalt an, wodurch die Bajoranerin ganz und gar der Hysterie anheimfiel. Sie griff nach nahen Objekten und schleuderte sie dem Wesen entgegen, das vor ihr Struktur gewann.

Odo richtete sich auf – und zog den Kopf ein, als eine kleine Statue über ihn hinwegsauste. »Madam!« sagte er steif. »Bitte beherrschen Sie sich.«

Bena starrte sprachlos und wagte es offenbar nicht, ihren Augen zu trauen. Schließlich erwiderte sie: »Es ist ein Trick! *Ein Trick!*«

Ihr Gebaren blieb ohne Wirkung auf den Sicherheitsoffizier. Er näherte sich Bena, um festzustellen, ob das an ihr und dem Mädchen klebende Blut von ihnen selbst stammte. Das war nicht der Fall. »Wer hat das hier angestellt? Wo ist er?«

Bena schwieg jetzt wieder, zitterte am ganzen Leib und starrte Odo entsetzt an. Sie erweckte den Eindruck, in ihren eigenen Körper fliehen zu wollen.

*»Wo ist er?«* wiederholte der Constable mit etwas mehr Nachdruck. Innerhalb weniger Sekunden stellte er sich der Erkenntnis, daß er nicht hoffen durfte, von der Bajoranerin etwas zu erfahren. Sie erlag nun dem Schock, und das Mädchen blickte wie komatös ins Leere.

Er klopfte auf seinen Insignienkommunikator. »Sisko: Mit der Frau und dem Kind ist soweit alles in Ordnung. Aber ...« Er sah zur Leiche. »Aber dem hier anwesenden Cardassianer scheint es schon besser gegangen zu sein. Ich schlage vor, Sie schicken Ihren Sohn fort – es sei denn, er mag den Anblick zerfetzter Körper.«

Es dauerte nur wenige Sekunden, in der Kontrolleinheit eine neue elektrische Verbindung herzustellen und die Tür zu öffnen. Als das Schott beiseite glitt, blockierte Odo den Zugang. »Computer!« sagte er laut. »Separation des Korridors neununddreißig A, Habitatebene fünf!«

»Separation bestätigt«, ertönte eine ruhig klingende Sprachprozessorstimme.

Odo wandte sich den Sicherheitswächtern zu. »Lassen Sie äußerste Vorsicht walten«, riet er ihnen. »Der Eindringling scheint verschwunden zu sein, aber wenn er über eine individuelle Tarnvorrichtung verfügt, so wie Tosk… Vielleicht verbirgt er sich irgendwo im Quartier. Carstairs, Hicks – nehmen Sie eine gründliche Sensorsondierung vor. Selbst wenn es dem Täter irgendwie gelingt, die Unterkunft zu verlassen: Aufgrund der Separation sitzt er in diesem Korridor fest.«

Die Wächter nickten und hielten ihre Waffen bereit, als sie die Kabine betraten. Bashir und sein Medo-Team folgten ihnen. Sisko bildete den Abschluß – er hatte Odos Rat beherzigt und Jake fortgeschickt.

Er blickte auf das hinab, was von dem Cardassianer übriggeblieben war. »Lieber Himmel«, hauchte er. »Was ist passiert?«

»Allem Anschein nach starb er als gebrochener Mann«, bemerkte der Sicherheitsoffizier.

»Mein Gott, Constable…«

»Verschonen Sie mich mit Ihren Göttern, Sisko«, erwiderte Odo scharf. »Ich hatte immer wieder Gelegenheit zu erfahren, zu welchen Gemeinheiten die Cardassianer fähig sind, und deshalb bin ich nicht bereit, für einen von ihnen Tränen zu vergießen. Andererseits...« In den nächsten Worten kam unerschütterliche Entschlossenheit zum Ausdruck. »Es spielt keine Rolle für mich, wer einem Verbrechen zum Opfer fiel. Wenn ein Verbrechen verübt wurde, so muß der Täter gefunden und bestraft werden. Es wird Gerechtigkeit geben – selbst für die Ungerechten.« Bei den letzten Worten kehrte Odos Blick zum Cardassianer zurück.

Carstairs näherte sich mit dem Tricorder und schüttelte den Kopf. »Nichts, Sir«, sagte er. »Selbst wenn der Mörder unsichtbar wäre... Wir müßten die Emissionen einer Tarnvorrichtung beziehungsweise Bio-Signale entdecken.« Einige Sekunden später meldete Hicks ebenfalls ein negatives Ergebnis der Sondierung.

»Der Killer kann sich nicht einfach in Luft aufgelöst haben!« zischte Odo wütend.

»Vielleicht doch«, spekulierte Sisko. »Zum Beispiel mit Hilfe eines mobilen Transporters. Aber in dem Fall hätte er eine energetische Spur hinterlassen – einige Ionen, die uns Hinweise auf die Transferrichtung geben.«

Bashirs Gruppe führte die beiden Bajoranerinnen aus dem Zimmer. »Geben Sie ihnen ein Beruhigungsmittel«, wies der Arzt seine Mitarbeiter an. »Außerdem brauchen sie eine Möglichkeit, sich zu waschen und die Kleidung zu wechseln.«

Im Anschluß an diese Worte beugte sich Bashir über die Leiche und untersuchte sie mit seinem medizinischen Tricorder.

»Ich möchte so bald wie möglich mit Mutter und Tochter reden«, sagte Odo.

Der Arzt nickte, wirkte jedoch geistesabwesend. »Nichts«, murmelte er und betrachtete die Anzeigen des Medo-Instruments. »Absolut nichts. Die Sache ist mir ein Rätsel. Es lassen sich nicht einmal DNA-Spuren feststellen. Wie kann jemand eine solche Tat vollbringen, ohne etwas zurückzulassen? Hier gibt es weder winzige Gewebefragmente noch Follikel oder etwas in der Art.«

Ein weiterer Schrei erklang.

Sie stürmten in den Korridor und rechneten mit dem Schlimmsten.

Aber sie sahen nur Bena. Der anfängliche Schock schien allmählich nachzulassen, und die Bajoranerin versuchte nun, sich aus dem Griff der beiden Medo-Techniker zu befreien. Das Bemühen der beiden Männer, die Frau zu beruhigen, blieb ohne Erfolg. Bashir holte einen Injektor hervor und lud ihn mit einem Sedativ.

Bena achtete gar nicht auf ihn, deutete mit einem zitternden Finger auf Odo, als er hinter Bashir das Zimmer verließ.

»Er war's!« rief sie. »Er!«

Sisko hatte die Bajoranerin mehrmals bei Verladearbeiten im Hangar gesehen. Er kannte sie flüchtig und sprach nun im Tonfall der Vernunft. »Bena ... Odo kann es unmöglich gewesen sein. Er war die ganze Zeit über bei mir. Erst in der Zentrale und dann hier. Mindestens zehn Personen haben ihn gesehen.« Er griff nach den Armen der Frau. »Haben Sie gehört? Halten Sie mich vielleicht für einen Lügner?«

Benas von Angst geprägter Blick eilte zwischen Sisko und Odo hin und her. »Der Mörder war ... genau wie er ...«

Odo widerstand der Versuchung, sich Bena zu nähern. Er wahrte einen taktvollen Abstand und fragte: »Soll das heißen, der Täter ähnelte mir? Hatte er das gleiche Erscheinungsbild wie ich jetzt?«

Die Bajoranerin schüttelte den Kopf. »Nein, er ... Er war rot und schleimig. Und dann verwandelte er sich in ein kleines Mädchen. Und dann ...« Plötzlich schluchzte sie und drückte den Kopf an Siskos Brust. Bashir setzte möglichst behutsam den Injektor an und verabreichte ihr das Sedativ. Es wirkte fast sofort, und die Medo-Techniker führten Bena durch den Korridor. Dina hatte die ganze Zeit über keinen Laut von sich gegeben und das allgemeine Geschehen mit ausdrucksloser Miene beobachtet.

Sisko sah auf seinen Uniformpulli, an dem nun Blut klebte. Er sprach langsam und verlieh jedem einzelnen Wort zusätzliche Bedeutung, als er sagte: »Offenbar haben wir einen zweiten Gestaltwandler an Bord, Constable.«

Odo nickte nur, ohne daß seine Züge etwas verrieten.

Und in der Decke ...

Meta floß durch die Belüftungsschächte von Deep Space Nine.

## KAPITEL 10

Mas Marko stand mitten in der Zentrale. Sein Gesicht brachte eine gewisse Verdrießlichkeit zum Ausdruck, und er wirkte wie jemand, der sich von nichts und niemandem aufhalten lassen wollte. Del wartete wie ein Schatten in der Nähe.

Kira mußte den Kopf ein ganzes Stück nach hinten neigen, um zu ihm aufzusehen. »Sir ... Ich gebe mir alle Mühe, entgegenkommend zu sein, aber leider weiß ich nicht, wann Commander Sisko zurückkehrt. Unbefugten Personen ist der Aufenthalt in der Zentrale untersagt. Wenn Sie also vermeiden möchten, daß ich die Sicherheitsabteilung verständige ...«

Der große Edemaner blickte auf sie hinab. »Ich schätze, derzeit müssen sich die hiesigen Sicherheitswächter um wichtigere Dinge kümmern«, grollte er. »Zum Beispiel sollten sie versuchen, einen Mörder zu finden.«

»Sir ...«

Genau in diesem Augenblick öffnete sich der Turbolift, und Sisko betrat die Einsatzzentrale der Raumstation. Odo begleitete ihn nicht – er war zurückgeblieben, um nach Spuren des Mörders zu suchen. Als er Mas Marko sah, ahnte der Kommandant, daß ihm eine unangenehme Begegnung bevorstand.

»Sie haben keinen besonders passenden Zeitpunkt gewählt, um hierherzukommen«, sagte Sisko.

»Mag sein, Commander. Ich verstehe Ihre Situation. Bitte haben Sie auch Verständnis für meine. Einer meiner Gefährten wurde umgebracht. Ich möchte wissen, was Sie in dieser Hinsicht zu unternehmen gedenken.«

»Na schön. Bitte begleiten Sie mich in mein Büro.«

Kurze Zeit später nahm Sisko hinter seinem Schreibtisch Platz. Marko blieb stehen und verzichtete darauf, sich in einen für ihn zu kleinen Sessel zu zwängen. Del verharrte an der Tür: Er schwieg die ganze Zeit über, schien allein damit zufrieden zu sein, sich in Mas Markos Gesellschaft zu befinden und an der frommen Aura des religiösen Oberhaupts teilzuhaben.

»Wie laufen die Ermittlungen?« fragte der hünenhafte Edemaner. »Haben sich bereits konkrete Resultate ergeben?«

*Und ob,* dachte Sisko. *Wir wissen, daß der Mörder ein Gestaltwandler ist, der ohne ersichtliches Motiv tötet.*

»Nein, noch nicht«, erwiderte er. »Allerdings gibt es einige vielversprechende Anhaltspunkte.«

»Diesen Hinweis habe ich schon einmal von Ihnen gehört. *Wie* vielversprechend sind die Anhaltspunkte?«

»Sehr.«

Mas Marko musterte den Kommandanten der Raumstation einige Sekunden lang. »Wissen Sie ... Vielleicht bilde ich es mir nur ein, aber mir scheint, daß Sie in diesem Zusammenhang eher ausweichende Antworten geben.«

»Sie haben recht«, bestätigte Sisko. »Das bilden Sie sich tatsächlich nur ein.«

Marko lächelte dünn. »Nun, bitte lassen Sie mich folgendes betonen, Commander: Ein schreckliches Verbrechen wurde verübt, und ihm fiel ein edemanischer Missionar zum Opfer. Ich hoffe, daß Sie in bezug auf die Frage, wie mit dem Täter zu verfahren ist, die richtige Entscheidung treffen.«

»Ich halte es für verfrüht, daß wir uns schon jetzt mit solchen Dingen befassen. Immerhin muß der Schuldige erst noch gefaßt werden.«

»Was jedoch nur eine Frage der Zeit sein kann – immerhin gibt es ›vielversprechende Anhaltspunkte‹, nicht wahr? Commander, die Edemaner erwarten von Ihnen, daß Sie auf ihre besonderen Bedürfnisse eingehen. Wir glauben fest an die Gerechtigkeit. K'olkrs Lehren sind klar und lassen überhaupt keinen Interpretationsspielraum. Mit anderen Worten: Sie müssen uns den Mörder ausliefern, sobald Sie ihn gefunden haben. Ihnen bleibt gar nichts anderes übrig.«

»Ich verstehe«, erwiderte Sisko. Ärger erwachte in ihm, und er versuchte, ihn unter Kontrolle zu halten. »Nun, Sie haben Ihre Meinung geäußert, und ich nehme sie hiermit zur Kenntnis. Denken Sie daran, daß dies eine bajoranische Raumstation ist – sie gehört Bajor und wird von der Föderation verwaltet. Daraus ergeben sich einige Zuständigkeitsprobleme.«

Plötzlich sah Mas Marko gefährlicher aus als jemals zuvor.

»Zuständigkeiten und so weiter sind mir gleich«, knurrte er. »Mir geht es um Richtig und Falsch. Es ist richtig, den Mörder auf der Grundlage des edemanischen Rechts zu bestrafen. Und es ist falsch, einen solchen Anspruch zu ignorieren.«

»Ich ignoriere Ihren Standpunkt keineswegs«, entgegnete Sisko. »Ich kann Ihnen nur nichts versprechen.«

Die Spannung zwischen den beiden Männer gewann eine deutlich spürbare Intensität. Einige Sekunden lang herrschte Stille, und dann brummte Mas Marko: »Im Gegensatz zu Ihnen bin ich durchaus imstande, etwas zu versprechen. Zum Beispiel: Sie würden es bedauern, nicht auf das berechtigte Anliegen meiner Gruppe einzugehen.«

Kira erschien in der Tür des Büros. »Sir …« Sorge zeigte sich in ihrem Gesicht. »Gul Dukat möchte Sie sprechen.«

*Das hat mir gerade noch gefehlt,* dachte Sisko. Doch er

ließ sich nichts anmerken, als er erwiderte: »Danke, Major. Mas Marko… Ich muß mich jetzt um andere Angelegenheiten kümmern.«

Der große Edemaner neigte kurz den Kopf. »Wie Sie meinen, Commander.«

Er verließ das Büro und duckte sich, als er durch die Tür trat. Del folgte ihm wortlos. Sisko wartete, bis die beiden Edemaner außer Hörweite waren. »Also gut«, sagte er dann. »Öffnen Sie den Kom-Kanal.«

Gul Dukats Gesicht erschien auf dem Schreibtischmonitor.

Wie üblich wirkte Dukat entspannt und sogar unbeschwert, aber inzwischen wußte Sisko, daß dieser Eindruck täuschte. Der cardassianische Commander war außerordentlich clever und schien immer auf alles vorbereitet zu sein. Darüber hinaus gelang es ihm oft, die Rolle des ungerecht Behandelten zu spielen – selbst dann, wenn er direkte Verantwortung für die Entwicklung einer kritischen Situation trug.

In diesem Fall jedoch hatte er allen Grund zur Klage. Es sei denn, er setzte sich aus einem ganz anderen Anlaß mit Deep Space Nine in Verbindung…

»Commander…«, sagte er.

Sisko erwiderte den Gruß und fügte hinzu: »Womit kann ich zu Diensten sein?«

»Nun, eine Auskunft genügt mir«, erwiderte Dukat. »Ich habe den Kontakt zu meinem Gesandten Gotto verloren.«

»Tatsächlich?«

»Ja. Er sollte in regelmäßigen Abständen Bericht erstatten, und die nächste Meldung ist längst überfällig. Ich habe auf direktem Wege versucht, mich mit ihm in Verbindung zu setzen – leider ohne Erfolg. Daraufhin beschloß ich, mit Ihrem Ersten Offizier zu sprechen, der reizenden Major Kira – die übrigens keinen Hehl daraus macht, die Cardassianer im allgemeinen und mich im besonderen zu verachten. Sie sollten darüber mit ihr reden.«

»Ja«, sagte Sisko würdevoll. »Ich werde sie bitten, ihre Verachtung in Zukunft besser zu verbergen.«

»Das wäre sehr nett von Ihnen. Wie dem auch sei: Major Kira meinte, ich sollte mich an Sie wenden, wenn ich Fragen in bezug auf Gotto hätte.«

Sisko sah zum bajoranischen Ersten Offizier. Kira erwiderte seinen Blick und beobachtete ihn aufmerksam. Zwar hatte der Kommandant nicht den geringsten Beweis – und Kira wäre sicher nicht bereit gewesen, so etwas zuzugeben –, aber einmal mehr stellte er sich seine Stellvertreterin als erfahrene Lippenleserin vor. Fragend wölbte er die Braue, und Kira vollführte eine knappe Geste, die folgende Botschaft vermittelte: *Was sollte ich ihm denn sonst sagen?*

»Commander Sisko...« Eine gewisse Schärfe ließ sich nun in Dukats Stimme vernehmen und wies darauf hin, daß er eine Gefahr darstellte, die man besser nicht ignorierte. »Wo ist Gotto?«

Einige Sekunden lang überlegte Sisko, ob er lügen oder sich unwissend stellen sollte, um Zeit zu gewinnen. Doch wenn Dukat Bescheid wußte, wenn seine Frage nur einen Schachzug darstellte, mit dem er Sisko auf die Probe stellen wollte... Dann stand er mit einer offensichtlichen Lüge nicht besonders gut da.

Und selbst wenn Dukat die Wahrheit nicht kannte – früher oder später fand er sie bestimmt heraus. Und dann mochte er die Einzelheiten aus einer anderen Quelle erfahren – was Sisko vermeiden wollte. *Es ist besser, ihn jetzt zu informieren,* dachte der Kommandant.

»In Ihrer kleinen Raumstation gibt's dauernd irgendwelche Überraschungen«, sagte Dukat. »Was ist diesmal passiert?«

Sisko räusperte sich.

»Es kam zu einem... Unglück«, begann er.

Ein frustrierter Bashir wanderte durch die Promenade und versuchte, wieder einen klaren Kopf zu bekommen.

Was für ein Geschöpf war zu derart entsetzlichen Verbrechen fähig? Teilte der Täter Odos Fähigkeit, die Gestalt zu wechseln? Der Arzt hatte den Gesichtsausdruck des Sicherheitsoffiziers gesehen, als diese Möglichkeit zur Sprache kam – von Freude konnte dabei kaum die Rede sein.

Es waren keine Spuren zurückgeblieben. Nicht die geringsten. Der Mangel an konkreten Indizien schien auf ein Phantom hinzudeuten...

Bashir erwachte aus den Grübeleien, als er die Stimme einer Frau hörte. Vertraute Worte erklangen: »Kommt und erfahrt von K'olkrs Weisheit!«

Die Edemaner standen an ihrem üblichen Platz. Nur Rasa saß, wirkte erschöpft und ausgelaugt, schenkte seiner Umgebung überhaupt keine Beachtung. Azira wandte sich an Passanten und versuchte, sie für K'olkr zu interessieren.

Der Arzt blieb abrupt stehen, als er feststellte: Außer Mutter und Sohn waren keine anderen Edemaner zugegen. Del fehlte ebenso wie Mas Marko.

Azira unterbrach sich mitten im Satz, als sie Bashir sah.

Einige Sekunden lang sahen sie sich stumm an, und dann wandte die Edemanerin den Blick ab.

Der Doktor glaubte, in ihren Augen etwas erkannt zu haben, etwas, das ihn rief. Er wußte nicht genau, worum es sich handelte, war nicht einmal sicher, ob er der eigenen Imagination erlag oder *tatsächlich* etwas gesehen hatte. Was auch immer der Fall sein mochte: Er fühlte sich verpflichtet, aktiv zu werden.

Er näherte sich Azira, ohne eine klare Vorstellung davon, was es zu unternehmen galt.

Sie mied nun seinen Blick, und gleichzeitig deutete ihre Haltung auf Anspannung hin. Zweifellos hatte sie ihn gesehen, und sie wußte auch, daß er zu ihr kam; trotzdem lehnte sie einen neuerlichen Blickkontakt ab.

Aus Furcht? Aus ... Verlegenheit?

»Azira«, sagte er.

Zuerst reagierte sie nicht und gab keine Antwort. Bashir wiederholte ihren Namen, und daraufhin sah sie ihn kurz an. »Doktor ...«, sagte sie respektvoll. »Kann ich Ihnen irgendwie helfen?«

*Gib ihr eine passende Antwort,* dachte Bashir. Er lächelte besonders freundlich und erwiderte: »Nein. Aber ich kann *Ihnen* helfen.«

»Ach? Und wobei?«

»Ich bin in der Lage, Ihrem Sohn das Leben zu retten«, sagte er bewußt scharf.

Die Edemanerin seufzte. »Mein Sohn ist bereits gerettet, Doktor.« Sie klang ruhig und zufrieden. »Er glaubt ebenso fest an K'olkr wie ich. Und solange er an seinem Glauben festhält, ist ihm das *ewige* Leben sicher. Das kann ihm Ihre Medizin sicher nicht bieten.«

Azira zweifelte an ihren eigenen Worten.

Bashir war absolut sicher. Er verstand die Frauen, und daher wußte er die subtilen Hinweise in Aziras Gesicht und Körpersprache zu deuten: Tief in ihrem Innern zitterte Verzweiflung angesichts der Vorstellung, daß ihr Sohn bald sterben mußte.

»Sind Sie sicher?« fragte er.

»Ja.«

»Nun, das freut mich für Sie«, sagte Bashir mit speziellem Nachdruck. »Denn wenn Sie sich irren ... Es würde bedeuten, daß Sie das Leben Ihres Jungen einfach wegwerfen. Das ist Ihnen hoffentlich klar.«

»Ich werfe nichts weg.«

»Vielleicht haben Sie recht«, fuhr der Arzt fort. »Vielleicht haben Sie das große Los gezogen. Vielleicht ist ausgerechnet Ihre Religion die richtige – obgleich es in der Galaxis Tausende gibt.«

In der Zwischenzeit hatte sich Bashir etwas besser

über die edemanische Kultur informiert. An seinen physiologischen Kenntnissen gab es nichts auszusetzen; doch diese genügten kaum, um das *Verhalten* von Edemanern zu verstehen. Für eine Ergründung der Gebarensmuster brauchte er zusätzliches Wissen, das den kulturellen Kontext und die Psychologie betraf. »Vielleicht findet Rasas Seele tatsächlich zur Funkelnden Welt. Vielleicht sieht Ihr Sohn dort die natürliche Pracht K'olkrs, um fortan Sein Licht und Seine Wärme zu genießen. Vielleicht nimmt ihn K'olkr zu sich, um ihn zu segnen und anschließend auf die Reise zur kosmischen Einheit zu schicken.«

Bashir legte eine kurze Pause ein, und als er fortfuhr, sprach er betont schroff. Ein Teil von ihm verabscheute es, diese Art von verbalem Druck auf die Frau auszuüben, doch ein anderer wies darauf hin, daß ihm keine Wahl blieb. »Aber vielleicht irren Sie sich. Stellen Sie sich vor, daß Rasas Seele nach dem Tod überhaupt keine Reise antritt. Stellen Sie sich vor, wie sich der Körper einfach nur in eine leblose Fleischmasse verwandelt. Stellen Sie sich eine Kombination aus Leib und Seele vor, die keine Gelegenheit erhält, heranzuwachsen und zu reifen...«

»Hören Sie auf«, stöhnte Azira.

»...weil Sie bereit sind, das Leben Ihres Sohns zu opfern, obgleich ich ihn heilen könnte. Glauben Sie, darauf stolz sein zu können?«

»Sie sollen *aufhören!*«

Azira preßte sich die Hände an die Ohren, aber Bashir sprach erbarmungslos weiter und hob die Stimme. »Und dann... Ein kleiner Sarg für den kleinen Jungen. Wollen Sie ihn dem Weltraum überlassen, so wie das, was von Lobb übrigblieb? Wollen Sie, daß Rasas Leiche durch die Leere fliegt, bis er ins Gravitationsfeld eines Planeten gerät und wie ein Meteorit in der Atmosphäre verglüht? Oder ein klingonischer Schlachtkreuzer ortet den Sarg und verwendet ihn als Ziel für

Schießübungen. Auf diese Weise vertreiben sich Klingonen häufig die Zeit – indem sie auf sogenannten ›Raumschutt‹ feuern. Rasas Körper, von Explosionen zerrissen, von Energiestrahlen verbrannt...«

Aziras Schrei hallte durch die ganze Promenade.

*»Aufhören! Aufhören! AUFHÖREN!«*

Rasa rührte sich nicht von der Stelle, schien überhaupt nichts gehört zu haben.

Der Arzt hingegen verharrte nicht in Reglosigkeit. Ganz im Gegenteil: Er wurde abrupt herumgewirbelt, als Mas Marko hinter ihm erschien. Kalte Wut loderte in den Augen des Edemaners, und er schien sich eine Möglichkeit zu wünschen, Bashir allein mit dem Blick das Herz aus der Brust zu reißen.

Der Doktor sprach die ersten Worte aus, die ihm in den Sinn kamen. »Bitte lassen Sie meine Hände unverletzt.«

Mas Marko hob ihn hoch, hielt ihn mit nur einer Hand ein ganzes Stück über dem Boden. Del stand hinter ihm und beobachtete das Geschehen erstaunt – er hatte das Oberhaupt der Gruppe noch nie so zornig gesehen.

»Was machen Sie hier?« grollte Marko und schüttelte Bashir mühelos.

»Ich... ich spreche mit Ihrer Frau.«

»Wer gibt Ihnen das *Recht* dazu? Wie können Sie es *wagen*, meine Autorität zu untergraben und unseren Gott zu verspotten?«

Erinnerungsbilder zogen durchs Zentrum von Bashirs Ichs, und er gelangte zu dem Schluß, daß sein bisheriges Leben recht kurz gewesen war.

Eine Sekunde später schloß sich Odos Hand um Mas Markos Unterarm.

Der Edemaner war sehr groß, und deshalb hätte es dem Sicherheitsoffizier nicht so leicht fallen dürfen, nach seinem Arm zu greifen. Bashir vermutete, daß Odo bei solchen Gelegenheiten auf subtile Weise wuchs, um den Nachteil der geringeren Größe auszugleichen – ein Umstand, den er nun sehr begrüßte.

Langsam ließ Marko den Arzt zu Boden. Bashir schwankte kurz, straffte dann die Schultern und sah zu Azira.

Während der Auseinandersetzung hatte sie keinen Ton von sich gegeben und mied nun den Blick des Doktors. Sie starrte an die Wand und befürchtete vielleicht, die Fassung zu verlieren, wenn sie Bashir ansah.

»Sie!« donnerte Marko, und Zorn vibrierte in seiner Stimme. »Sie erweisen sich immer mehr als ein Ärgernis!«

Bashir rieb sich die Kehle. »Ärgern Sie sich etwa darüber, daß ich den Tod Ihres Sohns verhindern möchte?«

Marko trat einen Schritt vor, doch Odo versperrte ihm sofort den Weg. Der Constable wirkte sehr entschlossen.

»Ich bin durchaus bereit, Sie wegen Körperverletzung einzusperren, Mas Marko«, sagte Odo. Die Wut des riesenhaften Edemaners prallte einfach von ihm ab. »Dadurch bekäme der Doktor Gelegenheit, ganz nach Belieben mit Ihrer Frau zu reden – ohne daß Sie in der Lage wären, etwas dagegen zu unternehmen. Wenn das Ihrem Wunsch entspricht …« Der Constable wich beiseite. »Nur zu. Versuchen Sie, ihn zu schlagen.«

Der nervöse Bashir sah erst Odo und dann Mas Marko an. Der Sicherheitsoffizier stand mit verschränkten Armen, wie die personifizierte Gelassenheit. »Na los«, sagte er. »Versuchen Sie's ruhig. Wenn Sie glauben, daß Sie ihm einen Hieb versetzen können, *bevor* ich reagiere … Aber seien Sie gewiß: Ich *werde* reagieren. Übrigens braucht Ihre Faust gar nicht das Ziel zu treffen. Das Bestreben allein genügt für eine Verhaftung. Nun, worauf warten Sie noch?«

Mas Marko dachte einige Sekunden lang nach, und

in Bashir nahm die Unruhe immer mehr zu. Schließlich wich er zurück und bemühte sich dabei, einen möglichst würdevollen Eindruck zu erwecken.

Er durchbohrte Bashir mit einem grimmigen Blick, hob die Stimme und sang ein Lied, das den Ruhm des heiligen K'olkr pries.

Schaulustige hatten sich eingefunden, vermutlich in der Erwartung, daß Mas Marko Bashirs Gehirn in der ganzen Promenade verteilte. Es waren Wetten darüber abgeschlossen worden, wie weit der Kopf des Arztes rollen mochte, wenn der Edemaner ihn von den Schultern stieß. Als die Neugierigen nun feststellten, daß nichts dergleichen geschah und die Gruppe wieder versuchte, Interesse an irgendeinem langweiligen Gott zu wecken ... Daraufhin wandten sie sich ab und gingen fort.

Odo zog Bashir mit sich und schritt in Richtung seines Büros. Der Arzt war dem Sicherheitsoffizier dankbar, aber ganz offensichtlich legte Odo keinen Wert darauf, entsprechende Worte zu hören. Er zerrte den Arzt eher unsanft ins Büro und schloß die Tür hinter ihm

»Würden Sie mir bitte erklären, was Sie sich dabei gedacht haben?« fragte er scharf.

Bashir atmete tief durch. »Ihr Ton gefällt mir nicht sonderlich, Odo«, erwiderte er.

»Mein *Ton* gefällt Ihnen nicht? Wissen Sie, was *mir* nicht gefällt? Ich kann es nicht ausstehen, wenn Starfleet-Angehörige während einer bereits sehr gefährlichen Situation zusätzliche Schwierigkeiten verursachen. Glauben Sie vielleicht, Commander Sisko freut sich, wenn er von dieser Sache erfährt? Wenn ich mich recht entsinne, hat er Sie aufgefordert, sich nicht in die edemanischen Angelegenheiten einzumischen. Nun?«

Bashir brummte zustimmend. »Der Kommandant wäre sicher alles andere als begeistert. Ich kann mir gut vorzustellen, was er dazu sagen würde ...«

»Das ist unerhört! Einfach *unerhört!*«

Diese Worte stammten nicht von Sisko, sondern vom cardassianischen Commander Gul Dukat. Er schien bereit zu sein, die Faust durch den Bildschirm zu rammen.

»Ich teile Ihren Ärger angesichts der besonderen Situation, Commander«, sagte Sisko.

»Situation? Commander Sisko, es handelt sich nicht um eine *Situation,* sondern um einen *Zwischenfall,* der für alle Beteiligten sehr ernste Konsequenzen zur Folge haben kann.«

»Drohen Sie mir?« fragte der Kommandant von Deep Space Nine gefährlich ruhig.

Dukat ging nicht darauf ein. »Ich möchte einen vollständigen Bericht, aus dem alle Einzelheiten hervorgehen – und zwar bis morgen um diese Zeit. Darüber hinaus verlange ich die Auslieferung des Mörders, sobald er gefaßt ist. Er soll auf der Grundlage des cardassianischen Rechts verurteilt werden.«

»Verurteilt? Meinen Sie damit eine Hinrichtung?«

»Das geht Sie nichts an«, erwiderte Gul Dukat. Die Freundlichkeit war von ihm abgefallen – der gewaltsame Tod seines Gesandten erfüllte ihn mit Zorn. »Wir sehen in dieser Angelegenheit eine direkte Provokation.«

»Nein, Commander«, widersprach Sisko sofort und sprach nun etwas lauter. »Was die Cardassianer betrifft, steckt nicht mehr dahinter als ein bedauerlicher Zufall: Ihr Mann befand sich zur falschen Zeit am falschen Ort. Außerdem deuten die bisherigen Aussagen von Mutter und Tochter darauf hin, daß Gotto die Bajoranerin vergewaltigen wollte. Der Killer scheint ohne irgendein Motiv aktiv zu werden – ihm genügt die Gelegenheit. Was bedeutet: Wenn Ihr Gesandter nicht zugegen gewesen wäre, hätte der Unbekannte eine bajoranische Frau sowie ihre kleine Tochter umgebracht. Und ich nehme an, dann fände dieses Gespräch nicht statt.«

»Nun, ich darf Ihnen versichern, daß ich mich immer sehr darüber freue, mit Ihnen zu sprechen«, kommentierte Dukat mit unüberhörbarem Sarkasmus. »Sie erwähnten eben die Möglichkeit einer Vergewaltigung. Ich bitte Sie, Commander… Soll ich etwa den Verleumdungen einer bajoranischen Hure glauben? Bestimmt war mein Gesandter vollkommen unschuldig. Er fiel nicht nur einem Mord zum Opfer, sondern auch einer bajoranischen Verschwörung.«

»Na schön«, brummte Sisko. »Gehen wir einmal von Gottos Unschuld aus. Nun, Unschuldige müssen manchmal leiden – so etwas passiert. Es ist eine bittere Realität. Sie können Gottos Ermordung nicht als einen Affront gegen Sie persönlich interpretieren.«

»In diesem Punkt sehe ich mich außerstande, Ihnen zuzustimmen, Commander. In einem anderen haben Sie recht: Wenn es allein um Bajoraner ginge, hätte die *Situation* überhaupt keine Bedeutung für uns. Warum sollten wir Gedanken an das Schicksal von *Bajoranern* vergeuden? Der Himmel weiß: Sie nutzen praktisch jede Gelegenheit, um uns anzugreifen und aufzulauern, um Krieg gegen uns zu führen. Wenn solche Terroristen sterben, so weinen wir ihnen keine Tränen nach. Allerdings: In diesem Fall starb ein Cardassianer, Commander – noch dazu jemand, der einen hohen Rang bekleidete und in *meinem* Auftrag unterwegs war. Sie behaupten, daß er gewissermaßen aus Zufall starb, und vielleicht haben Sie recht. Um Ihretwillen hoffe ich, daß Sie den Schuldigen bald finden und verhindern, daß er weitere Personen umbringt.«

Gul Dukat legte eine kurze Pause ein, bevor er schärfer fortfuhr: »Andererseits ist es mir völlig gleich, wenn Ihr Psychopath alle Bajoraner von Deep Space Nine tötet, bis hin zum Ersten Offizier. Nur eins interessiert mich. Es gibt einen toten Cardassianer in Ihrer Raumstation, und das dürfen wir nicht ignorieren. Wir verlangen Gerechtigkeit, und ich rate Ihnen, sich diesem Anspruch zu beugen. Liefern Sie uns den Mörder aus. So schnell wie möglich.«

»Andernfalls ...?«

»Wenn der Täter nicht innerhalb einer vertretbaren Zeit gefunden und uns übergeben wird, bleibt uns keine andere Wahl, als Ihnen einen Besuch abzustatten und selbst Ermittlungen einzuleiten.«

»Ausgeschlossen«, sagte Sisko. »Diese Sache fällt in den Zuständigkeitsbereich der Föderation.«

»Es hängt davon ab, welchen Blickwinkel man sich zu eigen macht. Für uns ist es eine cardassianische Angelegenheit. Niemand bringt ungestraft einen Cardassianer um.«

»Gul Dukat, wir legen großen Wert auf friedliche Beziehungen mit den Cardassianern. Aber wir können nicht erlauben, daß Ihre Leute für Unruhe in Deep Space Nine sorgen, indem sie eigene Untersuchungen anstellen. Dadurch würde alles nur noch schlimmer.«

»Das wäre nur dann der Fall, wenn Sie sich einmischen«, knurrte Dukat. »Und wenn Sie sich weigern, uns an Bord kommen zu lassen, um den Mörder einer gerechten Strafe zuzuführen ... Nun, dann müssen wir auf Nummer Sicher gehen.«

»Wie meinen Sie das?«

Der cardassianische Commander entspannte sich wieder, und Sisko sah kein gutes Zeichen darin. »Wir möchten einer Flucht des Täters vorbeugen. Deshalb wären wir bereit, ganz Deep Space Nine zu vernichten. Das hätte den Tod mehrerer hundert Bajoraner sowie anderer Lebensformen zur Folge – unter ihnen auch Menschen –, aber wir könnten wenigstens sicher sein, daß es auch den Mörder erwischt.«

»Das ist Wahnsinn!« Sisko schrie fast und sammelte seine ganze Willenskraft, um sich wieder unter Kontrolle zu bringen.

»Stellen Sie meine geistige Gesundheit in Frage, Commander?«

»Ich zweifle an der Zweckmäßigkeit Ihrer Taktik. Um ein Individuum zu töten, würden Sie Hunderte von Unschuldigen ins Jenseits schicken …«

Sisko hatte die Worte gerade erst ausgesprochen, als er bereits den Wortlaut von Gul Dukats Antwort kannte. Er hatte sich selbst eine verbale Falle gestellt.

»Sie überraschen mich, Commander.« Der Cardassianer drehte jetzt den Spieß um. »Unschuldige müssen manchmal leiden – so etwas passiert. Es ist eine bittere Realität. Sie können das nicht als einen Affront gegen Sie persönlich interpretieren.«

»Sehr komisch«, murmelte Sisko.

Dukat lächelte dünn. »Sie dürften bemerkt haben, daß ich nicht lache.«

Das Bild des cardassianischen Commanders verschwand vom Schirm. Sisko lehnte sich zurück, hob die Hände und begann, seine Schläfen zu massieren.

Dax sah ins Büro. »Probleme, Benjamin?«

»Frag nicht, alter Knabe«, erwiderte der Kommandant müde. »Frag bloß nicht.«

Odo nahm Platz und legte die Hände flach auf seinen Schreibtisch. »Dieses Mal verzichte ich darauf, Sisko Bericht zu erstatten, Doktor. Ich bitte Sie jedoch darum, meine Arbeit nicht noch schwieriger zu machen. Derzeit habe ich schon genug Probleme.« Er schüttelte den Kopf. »Alle verfügbaren Leute durchkämmen die Raumstation: Sie stellen Fragen; sie sondieren Objekte, um herauszufinden, ob sich Bio-Signale feststellen lassen; sie suchen nach jenen geringfügigen energetischen Emissionen, zu denen es kommt, wenn der fremde Gestaltwandler seine Körperstruktur auf die gleiche Weise verändert wie ich …« Der Sicherheitsoffizier legte eine kurze Pause ein, fügte dann bitter hinzu: »Auf die gleiche Weise …«

Bashir musterte ihn neugierig. »Glauben Sie, der

Mörder ist wie Sie? Ich meine… Vermuten Sie, er stammt aus Ihrem Volk?«

Odo winkelte nun die Arme an, stützte die Ellenbogen auf den Tisch und beugte sich vor. »Was wissen Sie von mir, Doktor?«

»Ich kenne nur den Inhalt Ihrer Personalakte«, meinte der Arzt. »Mit anderen Worten: Ich weiß, wie und wo man Sie gefunden hat, daß Ihnen der eigene Ursprung ein Rätsel ist und so weiter.«

»Personalakten und vergleichbare Unterlagen enthalten nur das Wesentliche«, entgegnete Odo. »In den meisten Fällen spiegeln solche Informationen nur einen Bruchteil dessen wider, was das Leben des Betreffenden prägt. In meinem Fall ist es anders. In meinem Fall enthalten die Personalakten *alle* auch mir bekannten Fakten. Mehr weiß ich nicht von mir selbst.« Odos Stimme gewann einen fast verzweifelten Klang. »Daß es ausgerechnet so passieren muß…«

»Daß es so passieren muß?« wiederholte Bashir verwirrt.

Einige Sekunden lang schien der Constable mit sich selbst zu ringen. Normalerweise sprach er nicht von seinen Wünschen, Sehnsüchten und Ängsten, doch er spürte das dringende Bedürfnis, sich *jemandem* anzuvertrauen. Kira neigte kaum dazu, anderen Personen Mitgefühl entgegenzubringen – die schlechten Erfahrungen in ihrer Vergangenheit hatten sie abgehärtet. Dem Kommandanten Sisko vertraute Odo noch immer nicht ganz. Dax blieb rätselhaft. O'Brien ging ihm seit einiger Zeit auf die Nerven. Und Quark…

»Bitte lachen Sie nicht«, sagte er.

»Was?«

»Schon gut.« Der Sicherheitsoffizier schüttelte erneut den Kopf. »Ich weiß nicht, ob der Mörder aus meinem Volk kommt. Immerhin gibt es andere Gestaltwandler-Spezies in der Galaxis. Aber wenn es sich tatsächlich um einen Artgenossen handelt… Nun, es ist typisch für mein Glück, daß mir ausgerechnet ein Psychopath den ersten Hinweis auf meine Heimat liefern könnte.« Odo zögerte kurz, bevor er fortfuhr: »Ich habe überhaupt keine Ahnung, wo ich nach ihm suchen soll. Diese Station hat fünfunddreißig Etagen, Doktor, und ihr Durchmesser beträgt eins Komma vier Kilometer. Wenn der Mörder die gleichen Fähigkeiten hat wie ich … Es würde bedeuten: Irgendwo im Labyrinth von Deep Space Nine verbirgt sich ein Wesen, das jedes beliebige Erscheinungsbild annehmen kann. Oder es tarnt sich als irgendein Einrichtungsgegenstand, vielleicht auch als Schott – praktisch *alles* ist möglich.«

Bashir nickte voller Mitgefühl. »Eine sehr schwierige Situation. Und eine frustrierende noch dazu.«

»Ja, allerdings.«

»Fast wie …« Bashir runzelte demonstrativ die Stirn, um zu zeigen, daß er konzentriert nachdachte. »Fast wie … die Begegnung mit einem kranken Jungen, dem der Tod droht – obwohl man ihm mit der richtigen Behandlung das Leben retten könnte.«

Odo wirkte alles andere als amüsiert. »Doktor, einige von uns sind imstande, persönliche Gefühle zu verdrängen, wenn es um die Pflicht geht.«

»Wie schön für ›einige von uns‹«, erwiderte Bashir trocken.

»Sicherheitsabteilung an Odo!« Meyers Stimme tönte aus dem Insignienkommunikator des Gestaltwandlers.

»Hier Odo.« Unbehagen erfaßte ihn – er ahnte, was ihm Meyer mitteilen wollte.

»Frachtsektion, Etage zweiundzwanzig, Sir!«

Der Constable hielt sich nicht damit auf, Fragen zu stellen. »Ich bin unterwegs.« Er stand auf. »Ich fürchte, Sie werden gebraucht, Doktor.«

»Und *ich* fürchte, wir kommen zu spät«, entgegnete Bashir.

»Jonglieren?« Sisko bedachte Dax mit einem skeptischen Blick. »Meine Güte, warum sollte ich ausgerechnet damit anfangen?«

»Du brauchst eine Möglichkeit, dich zu entspannen, Benjamin«, sagte Dax so ruhig wie immer. »Und ich habe gehört, wie O'Brien neulich vom Jonglieren sprach.«

Sisko schüttelte den Kopf. »Ich bezweifle, ob so etwas nötig ist. Gelegentlich lenke ich mich mit einem Baseballspiel ab ...«

»Ja, ich weiß. In der Holo-Kammer trittst du gegen Baseball-Berühmtheiten an. Aber dabei setzt du dich einer Wettkampf-Situation aus. Ich schlage eine Aktivität vor, die dir nur Freude bereitet und keinen anderen Zweck erfüllt. Außerdem wird das Jonglieren deiner gegenwärtigen Situation gerecht.«

»Meiner gegenwärtigen Situation?« Sisko breitete die Arme aus und vollführte eine Geste, die der ganzen Raumstation galt. »Willst du damit andeuten, ich befände mich in einer Art Zirkus?«

»Nein. Diesen Vergleich stellst du an. Ich weise nur darauf hin, daß derzeit viele Dinge geschehen. Du mußt mit vielen verschiedenen Individuen und ihren Ansprüchen fertig werden. Anders ausgedrückt...«

»Ich muß versuchen, mehrere Bälle gleichzeitig in der Luft zu halten.« Der Kommandant lächelte schief. »Eine interessante Parallele, Dax. Ich verspreche dir, darüber nachzudenken, wenn auch nicht besonders ernsthaft. Aber ...«

»Odo an Commander Sisko.«

Er klopfte auf seinen Insignienkommunikator. »Hier Sisko, Constable.«

»Frachtsektion«, meldete der Sicherheitsoffizier. Knapper konnte er sich gar nicht ausdrücken. »Etage zweiundzwanzig.«

»Ich bin gleich bei Ihnen.«

Niemand kannte ihren Nachnamen – alle nannten sie einfach nur ›die alte Kelsi‹. Man munkelte, sie hätte diesen Namen schon als Teenager getragen, um ihm im Laufe der Zeit immer mehr zu entsprechen.

Die alte Kelsi regelte das Geschehen im Frachtbereich. Sie sorgte dafür, daß alles glatt lief, daß es beim Transfer von Containern und so weiter nie zu Verzögerungen kam. Sie schien immer im Dienst zu sein, gewissermaßen zur *Ausstattung* der Frachtsektion zu gehören. Manche Leute spekulierten sogar, daß die Raumstation Deep Space Nine *um sie herum* erbaut worden war.

Etwas mußte befördert werden? Man wende sich an die alte Kelsi. Es ging darum, etwas zu finden? Man bitte die alte Kelsi um Hilfe. Das Frachtvolumen spielte ebensowenig eine Rolle wie die Anzahl der Schiffe am Andockring von DS Nine – die Bajoranerin wußte immer, wo sich was befand. Sie brauchte nicht einmal die Computeraufzeichnungen einzusehen, um sich zu erinnern. Die alte Kelsi gehörte zu jenen wenigen Bajoranern, die sogar von den Cardassianern respektiert wurden – unter anderem auch deshalb, weil sie ihnen weder Haß noch Verachtung entgegenbrachte. Sie schien über der Politik zu stehen. Oder sie scherte sich einfach nicht darum. Die Frachtsektion von Deep Space Nine schien ihr ganzer Lebensinhalt zu sein.

Mehrere Schlüsse ließen sich daraus ziehen. Zum Beispiel: Kelsi war eher anspruchslos, wenn es um die Frage ging, was sie vom Leben erwartete. Wie dem auch sei: Sie hatte sich eine Existenz geschaffen und hielt mit energischer Entschlossenheit daran fest.

Darüber hinaus erledigte sie ihre Arbeit besser als sonst jemand.

Viele glaubten, daß Deep Space Nine ohne die alte Kelsi gar nicht funktionieren konnte. Man hielt sie für einen integralen Bestandteil der Raumstation.

In gewisser Weise war das jetzt tatsächlich der Fall.

Kelsis Blut klebte an den Wänden und schien sich mit ihnen vereinen zu wollen – sicher konnte selbst wiederholtes Schrubben nicht alle Flecken entfernen. Was den Körper betraf... Nur noch Fetzen waren davon übrig. Niemand hatte einen Schrei gehört. Wer oder was auch immer für den Tod der alten Kelsi die Verantwortung trug: Das Opfer war gestorben, ohne einen Laut von sich geben und jemanden um Hilfe rufen zu können.

Schreie erklangen erst später, als man die zerrissene Leiche fand. Ein Verlader stolperte darüber – im wahrsten Sinne des Wortes. Er rückte einige Behälter zurecht und stieß dabei gegen ein Bein, das nicht mehr mit dem Körper verbunden war.

Der Rest lag hier und dort in roten Pfützen. Und an der Wand zeigte sich ein scheußlicher, unübersehbarer Hinweis: #3.

»Wie bei den anderen«, flüsterte Bashir und sah auf die Anzeigen des medizinischen Tricorders.

Odo konnte seine Wut kaum in Zaum halten. »Untersuchen Sie den ganzen Bereich«, wies er seine Leute an. »Ich möchte, daß der Täter – das *Monstrum* – so schnell wie möglich gefunden wird.« Er wandte sich den Sicherheitswächtern zu. »Seien Sie bei den Ermittlungen gründlicher als jemals zuvor. Überprüfen Sie jedes einzelne *Molekül* in der Station. Haben Sie verstanden? Beginnen Sie *jetzt sofort!*«

Einige Arbeiter näherten sich, bemerkten das Blut... Sie rissen entsetzt die Augen auf, sprachen leise miteinander und deuteten immer wieder zu den Leichenteilen.

Schließlich drehte sich Sisko zu ihnen um. »Schon gut, Leute. Die Show ist vorbei.«

»Die *Show?*« brachte ein Verlader ungläubig hervor. Doch als er den Gesichtsausdruck des Kommandanten sah, klappte er den Mund zu und schwieg.

»Unser Problem ist gerade noch viel schwieriger geworden, Sisko«, sagte Odo leise. »Die anderen Morde geschahen in Unterkünften – deshalb blieb das Wissen um die Einzelheiten auf uns beschränkt. Aber jetzt ... Jetzt ist es nur noch eine Frage der Zeit, bis alle Personen an Bord von Deep Space Nine die Details des Verbrechens kennen.«

»Ja«, erwiderte Sisko grimmig. »Ja, da haben Sie recht.« Er senkte die Stimme. »Wie beurteilen Sie die Lage, Constable? Gibt es irgendwelche Indizien? Besteht die Aussicht, den Fall *bald* zu lösen?«

»Wir haben praktisch nichts in der Hand«, erwiderte Odo zornig. »Aber eins steht fest: Ich finde den Mörder. Das ist kein Versprechen, sondern eine Gewißheit. Ich finde den Schuldigen, und jede verstreichende Sekunde bringt mich jenem Zeitpunkt näher.«

»Es freut mich, daß Sie so sehr davon überzeugt sind«, sagte Sisko. Doch seine Stimme klang grimmig. »Ich hoffe nur, wir finden den Mörder nicht deshalb, weil ihm die Opfer ausgehen.«

# KAPITEL 11

Panik breitete sich aus.

Dutzende von Personen eilten auf dem Promenadendeck hin und her, wetteiferten um Aufmerksamkeit und versuchten, nicht hysterisch zu werden – was nur wenigen von ihnen gelang.

Sisko stand am Geländer des oberen Decks, blickte auf die Menge hinab und wirkte wie jemand, der zu seinen Untertanen sprechen wollte.

Unter normalen Umständen wäre er gar nicht imstande gewesen, sich Gehör zu verschaffen. Aber er hatte seinen Insignienkommunikator aktiviert, und ein spezieller Kom-Kanal sorgte dafür, daß die Stimme des Kommandanten aus den überall angebrachten Lautsprechern drang.

»Es sind Ermittlungen im Gange«, sagte er, und jede einzelne Silbe schien von den Wänden widerzuhallen.

»Von mir aus können Sie ermitteln, soviel Sie wollen!« rief jemand. »Ich will diese verdammte Station verlassen!«

»Ich ebenfalls!«

Weitere Männer und Frauen verkündeten lautstark ihre Absicht, Deep Space Nine den Rücken zu kehren. Sisko hob die Arme und trachtete danach, die Leute zu beruhigen. »Das ist nicht möglich.«

»*Warum* nicht?«

Bevor Sisko diese Frage beantworten konnte, rief jemand anders: »Es heißt, der Mörder sei ein Gestaltwandler wie Odo! Stimmt das?«

Benjamin zögerte. Er sah den Sicherheitsoffizier in

der Promenade – Odo bemühte sich, die Ordnung wiederherzustellen. Der Constable hatte die Frage gehört, sah zu Sisko empor und wartete neugierig auf die Antwort des Commanders.

»Eine solche Möglichkeit müssen wir zumindest in Erwägung ziehen«, erwiderte Sisko.

Sofort wichen die Leute vor Odo zurück. Man ging auf Distanz von ihm – als litte er plötzlich an einer schrecklichen, ansteckenden Krankheit.

Sisko holte tief Luft. »Ich lasse nicht zu, daß man erneut Vorwürfe gegen den Constable erhebt«, sagte er. Eine Mischung aus Ärger und Zorn vibrierte in seiner Stimme, wies deutlich darauf hin, wie ernst er es meinte. »Ich erinnere in diesem Zusammenhang an die angebliche Ermordung von Ibudan. So etwas wird sich auf keinen Fall wiederholen. Sicherheitsoffizier Odo steht *nicht* unter Verdacht. Mehrere Zeugen – auch ich selbst – können bestätigen, daß er sich zum Tatzeitpunkt an einem ganz anderen Ort aufhielt. Außerdem: Wenn Sie ihm mit Argwohn begegnen, so erschweren Sie seine Aufgabe, die darin besteht, diese Sache aufzuklären. Wir brauchen volle Kooperationsbereitschaft von Ihnen. Ich möchte darauf hinweisen, daß es in der Galaxis mehrere Spezies mit der Fähigkeit des Gestaltwandelns gibt. Es besteht kein Grund, Odo automatisch für einen Verdächtigen zu halten. Ganz im Gegenteil: Er hat mehrmals bewiesen, auf welcher Seite er steht – auf der Seite des Gesetzes.«

Der Kommandant legte eine kurze Pause ein, um Luft zu schnappen. Jemand nutzte die Gelegenheit und rief: »Wir wollen die Station trotzdem verlassen! Sie können uns nicht zwingen, in Deep Space Nine zu bleiben! Hier sind wir ständig in Gefahr!«

»Sie zwingen uns, den Kopf ins Maul des Drachen zu stecken«, fügte jemand anders hinzu.

»Zwei Gründe veranlassen mich, Sie aufzufordern, in DS Nine zu bleiben«, entgegnete Sisko. »Erstens:

Wir müssen verhindern, daß der Mörder während einer Massenflucht aus der Raumstation entkommt.«

»Das ist *Ihr* Problem!« erklang es.

Sisko stellte fest, daß die Leute weitaus mehr Mut zu haben schienen, wenn sie große Gruppen bildeten – dadurch fühlten sie sich sicherer.

»Nein«, widersprach er. »Es ist *Ihr* Problem. Und damit komme ich zum zweiten Grund. Nehmen wir einmal an, der Täter ist tatsächlich ein Gestaltwandler. Es bedeutet, er kann sich als einer von Ihnen tarnen. Er wäre imstande, sich als Copilot Ihres Shuttles oder als Besatzungsmitglied Ihres Schiffes auszugeben. Oder er versteckt sich zwischen der Fracht beziehungsweise unter Ihren persönlichen Gegenständen.«

Diese Vorstellungen weckten ausgeprägtes Unbehagen in den Zuhörern. Sie musterten sich gegenseitig und blickten an der eigenen Kleidung hinab, als befürchteten sie, die Schuhe könnten sich plötzlich selbständig machen.

»Wenn ich Ihnen gestatte, die Station zu verlassen, so besteht eine hohe Wahrscheinlichkeit dafür, daß der Mörder Sie begleitet«, erklärte Sisko. »Sie nähmen ihn bei Ihrer ›Flucht‹ mit. Hier in der Raumstation sind Sie in Gesellschaft und somit sicherer. Draußen im All hingegen, insbesondere an Bord jener Frachter und Transporter, deren Crew nur aus ein oder zwei Personen besteht… Sie wären allein. Allein mit sich selbst und der Angst vor einem gräßlichen Tod.«

Völlige Stille herrschte nun.

»Nun, wer von Ihnen möchte riskieren, auf eine solche Weise zu sterben?« fragte Sisko ruhig. »Ich bitte um Ihr Handzeichen.«

Alle Hände blieben unten.

»Gut.« Sisko nickte. »Das ist alles. Wenn Sie weitere Fragen haben… Ich bin gern bereit, Ihnen Auskunft zu geben. Falls Sicherheitsoffizier Odo Ihre Hilfe braucht, so zögern Sie bitte nicht, ihm Ihre volle Unterstützung zu gewähren. Ich danke Ihnen.«

Er drehte sich um und schritt zum Turbolift, um zur Zentrale zurückzukehren. Als die Tür hinter ihm zuglitt, lehnte er sich an die Wand und seufzte tief.

»Es muß leichtere Methoden geben, sich einen Lebensunterhalt zu verdienen«, murmelte Sisko.

In der Zentrale wandte er sich sofort an O'Brien. »Können Sie die Zugänge zu allen Schiffen am Andockring blockieren, Chief?«

»Soll das ein Witz sein?« erwiderte der Chefingenieur. »Die technische Struktur von Deep Space Nine ist in einem so schlechten Zustand, daß es an ein Wunder grenzt, wenn die betreffenden Luftschleusen richtig funktionieren. Es wäre ein Kinderspiel, sie zu schließen. Mit dem Öffnen sind weitaus mehr Probleme verbunden.«

»Gut. Bitte kümmern Sie sich sofort darum.«

»Wollen Sie auf Nummer Sicher gehen, Commander?« fragte Kira.

»Ja, Major. Erinnern Sie sich an Captain Jaheel? Eine solche Fast-Katastrophe darf sich auf keinen Fall wiederholen. Er versuchte, ohne Erlaubnis zu starten, und nur eine Menge Glück verhinderte, daß wir den halben Andockring verloren. Wir lernen aus unseren Fehlern, Major.«

»Ja, Sir.« Kira schien diesen Worten noch etwas hinzufügen zu wollen.

»Major?« drängte er.

Sie schüttelte den Kopf. »Nun, als ich hier eintraf… Die alte Kelsi gehörte zu den ersten Leuten, die ich auf Deep Space Nine kennenlernte. Sie hat so etwas nicht verdient.«

»*Niemand* verdient, was sich hier während der letzten Tage ereignet hat«, erwiderte Sisko.

Kiras Gesichtsausdruck wies in aller Deutlichkeit darauf hin, wem sie einen solchen Tod wünschte.

Cardassianern.

Sisko verzichtete auf eine weitere Erörterung dieses Themas, trat zur Kommandokonsole und nahm dort einige routinemäßige Statusberichte entgegen.

Anschließend ließ er den Blick durch die Zentrale der Raumstation gleiten und dachte: *Der Mörder könnte hier sein, in unmittelbarer Nähe von uns, als irgendein Objekt oder Einrichtungsgegenstand getarnt*.

Sisko suchte sein Büro auf und hatte dort gerade erst am Schreibtisch Platz genommen, als O'Brien zu ihm kam. »Bitte entschuldigen Sie die Störung, Sir, aber der Unterricht ist bald zu Ende, und ich...«

Sisko fühlte eine an Wut grenzende Verärgerung, und er schlug mit der Faust auf den Tisch. »Den Dienst zu unterbrechen, um die Familie von der Schule abzuholen... Ist das eine neue Angewohnheit von Ihnen? Was kommt als nächstes? Wenn Ihre Frau in der Promenade einkaufen möchte – wollen Sie dann in die Rolle ihres persönlichen Leibwächters schlüpfen? Haben Sie so etwas auch an Bord der *Enterprise* für nötig gehalten?«

»Nein, Sir«, erwiderte O'Brien. »An Bord der *Enterprise* fühlten wir uns sicher.«

»Tatsächlich? Wann denn, Chief? Als die Borg angriffen? Während der Auseinandersetzungen an der Neutralen Zone? Beim Kampf gegen Cardassianer? *Wann* hatten Sie das Gefühl, in Sicherheit zu sein?«

O'Briens Phantasie schuf ein entsetzliches Bild vor seinem inneren Auge: Er kehrte ins Quartier zurück, fand dort das Blut von Frau und Tochter an den Wänden... Diese Vorstellung führte fast dazu, daß er aus der Haut fuhr.

»Wann?« wiederholte er aufgebracht. »Zum Beispiel während unserer Freizeit – in der *Enterprise* brauchte ich nach Dienstschluß nicht zu befürchten, eine dringende Mitteilung zu bekommen, weil irgend etwas repariert werden mußte. Wir konnten mit unseren

Freunden zusammensein. Damals *hatten* wir noch welche. Ebenso wie anständige Luft zum Atmen. Hier hingegen weiß man gar nicht, *was* man atmet – die entsprechenden Regulatoren sind nach wie vor auf cardassianische Bedürfnisse eingestellt, und ich habe noch keine Gelegenheit gefunden, sie alle zu rejustieren. Ganz gleich, was wir brauchten: An Bord der *Enterprise* gab es immer genug. Dort konnte man leben. *Deshalb* fühlten wir uns sicher.«

Stille folgte.

Sisko und O'Brien stellten fest, daß die übrigen Offiziere in der Zentrale schwiegen. Der Kommandant sah durch die Tür und begegnete mehreren erstaunten Blicken. Eine Sekunde später wandten sich die Männer und Frauen ab, setzten ihre Arbeit fort.

Bis auf Dax. Ihre Aufmerksamkeit galt auch weiterhin Sisko.

Der Commander erinnerte sich, ihr gegenüber von seinen Empfindungen gesprochen, ein Ventil für Ärger, Enttäuschung und Kummer geöffnet zu haben. Er glaubte nun, seine eigene Stimme zu hören: »Wenn ich doch nur bei Jennifer gewesen wäre … Ich hätte sie retten können. Meine Entscheidung, die berufliche Laufbahn bei Starfleet fortzusetzen, brachte sie um. Wenn wir auf einem Planeten geblieben und nicht ins All gezogen wären …«

Jakes Augen, der Vorwurf in ihnen …

O'Brien senkte den Kopf. »Bitte entschuldigen Sie, Sir. Es ist nur … Wenn es zu einem Notfall kommt, wenn die Gefahr besteht, daß Deep Space Nine explodiert oder ins Wurmloch gezerrt wird – dann bin ich voll bei der Sache. Aber die gegenwärtige Situation … Solange der Mörder nicht gefaßt ist, muß ich immer wieder ans Schlimmste denken. Und wie wir inzwischen wissen, kann das Schlimmste *sehr* schlimm sein. Molly wird bald drei, und ich … ich möchte, daß sie ihren dritten Geburtstag erlebt.«

Sisko nickte. »Ich verstehe«, sagte er leise. »Was halten Sie davon, wenn wir eine Vereinbarung treffen?«

»Eine Vereinbarung, Sir?«

»Nehmen Sie sich fünfzehn Minuten Zeit, um Keiko und Molly von der Schule zum Quartier zu begleiten. Und Sie brauchen mich nicht jedesmal um Erlaubnis zu bitten – wenn Sie dafür sorgen, daß auch Jake sicher nach Hause gelangt.«

O'Brien lächelte erfreut. »Einverstanden, Sir.«

»Machen Sie sich sofort auf den Weg, Chief«, sagte Sisko fest. »Das ist ein Befehl.«

»Ja, Sir.«

Der Chefingenieur eilte fort, und Sisko schmunzelte. *Wenn sich alle Probleme so einfach lösen ließen …*

Julian Bashir arbeitete in der Krankenstation und nahm Kelsis Gewebeprobe aus dem Zellscanner. Es waren *nur* Gewebeproben von ihr übriggeblieben, dachte der Arzt düster.

Schwester Latasa sah ihm über die Schulter und bemerkte die Erschöpfung in den Zügen des jungen Mannes. »Doktor, es geht mich zwar nichts an, aber … Wann haben Sie zum letztenmal geschlafen?«

»Geschlafen?« wiederholte Bashir. Er gab sich verwirrt und schien zu überlegen. »Oh, jetzt fällt es mir wieder ein. Schlaf. Ja, man schläft, wenn man nicht arbeitet, wenn man nicht nach irgendwelchen Hinweisen sucht, die der Sicherheitsabteilung helfen, den Mörder zu finden.« Er bedachte Latasa mit einem durchdringenden Blick.

»Stimmt was nicht, Doktor?« fragte sie.

Bashir betätigte einige Tasten, öffnete damit ein neues Analysefenster auf dem Bildschirm. »Bitte legen Sie die Hand auf den Abtaster.«

Die verwunderte Krankenschwester kam der Aufforderung nach. Kolonnen aus Zahlen und Buchstaben wuchsen im Projektionsfeld, und Bashir verglich die

Daten mit den Angaben der elektronischen Medo-Akte. »Alles in Ordnung.«

»Doktor ...?«

Der Arzt begriff plötzlich, wie seltsam sein Verhalten wirken mußte. »Wir haben es mit einem Wesen zu tun, das sein Erscheinungsbild verändern kann. Allein dieser Aspekt des Killers genügt, um Alpträume zu verursachen. Wir brauchen eine Art Identifizierungscode.«

Latasa lachte unsicher. »Doktor, ich glaube kaum, daß so etwas notwendig ist.«

»Da bin ich anderer Ansicht«, erwiderte der Arzt. »Ich hoffe, meine Untersuchungen führen recht bald zu konkreten Ergebnissen. Aber wenn ich Sie um Berichte und dergleichen bitte, so muß ich sicher sein, daß ich mit *Ihnen* rede und nicht mit einem Gestaltwandler, der versucht, meine Bemühungen mit falschen Informationen zu sabotieren.«

»Wie Sie meinen, Doktor.« Latasas Tonfall wies darauf hin, daß sie derartige Maßnahmen für übertrieben hielt. Andererseits: Die bisherigen Todesfälle vermittelten eine deutliche Botschaft, und man mußte jede Möglichkeit nutzen, um zusätzliche Sicherheit zu schaffen.

»Als Codewort schlage ich vor ...« Bashir dachte einige Sekunden lang nach. »Präganglien. Haben Sie verstanden, Schwester? Wenn ich Sie darum bitte, sich zu identifizieren, so antworten Sie: ›Präganglien.‹« Er zögerte, als er Latasas Lächeln sah. »Was finden Sie so komisch?«

»Oh, ich muß zugeben, daß ich mit einer anderen ... Parole gerechnet habe. Zum Beispiel mit ... ›Küß mich, du Narr‹ oder so. Sie fragen: ›Wie lautet das Kennwort?‹ Und ich antworte: ›Küß mich, du Narr.‹«

Zwar waren die Umstände alles andere als erfreulich, aber die Worte der Krankenschwester entlockten dem Arzt ein Lachen. »Solche Vorschläge erwartet man normalerweise von Teenagern, aber ... Nun, ich wünschte, etwas in dieser Art wäre mir rechtzeitig eingefallen.« Er seufzte. »Ich schätze, jetzt ist es zu spät.«

Widerstrebend wandte sich Bashir erneut den Gewebeproben zu und hoffte, bei der ersten Untersuchung irgendwelche Aspekte übersehen zu haben, die ihm nun auffielen und wichtige Hinweise lieferten.

»Das mit Kelsi ist schrecklich«, sagte Latasa.

»Schrecklich ist auch der Tod der anderen Opfer«, fügte Bashir hinzu. Er hatte Bena und Dina vor einigen Stunden aus der Behandlung entlassen. Von Odo war ihnen ein Wächter zugewiesen worden, der rund um die Uhr Sicherheit gewährleisten sollte – nur unter diesen Umständen erklärte sich Bena dazu bereit, die Krankenstation zu verlassen. *Selbst die Überlebenden sind Opfer,* dachte Bashir.

»Ich denke dabei vor allem an Kelsi«, erwiderte die Krankenschwester. »Ich bin ihr begegnet, habe sie kennengelernt.« Latasa zögerte kurz, suchte nach den richtigen Worten. »Ich ... ich gebe es nicht gern zu, aber es war eine große Erleichterung für mich, daß ich bei der Autopsie nicht assistieren mußte. Wissen Sie, ich behalte sie lieber so im Gedächtnis, wie sie gewesen ist. Wenn ich mich an sie erinnere, möchte ich keine ... blutigen, zerfetzten Körper sehen.«

»Ich verstehe«, sagte Bashir. »Man hat bestimmte Bilder von Personen im Kopf. Man denkt nicht daran, daß sie ...«

Er sprach nicht weiter und sah vom Bio-Scanner auf. »Interessant«, murmelte er. »Es könnte klappen ...«

»Was meinen Sie, Doktor? Haben Sie einen Anhaltspunkt gefunden?«

»Nein. Nein, noch nicht. Es geht dabei um etwas anderes, das mir Sorgen bereitet. Danke, Schwester. Sie haben mir sehr geholfen – mehr als Sie ahnen.«

»Oh ...« Verwirrungsfalten bildeten sich in Latasas

Stirn, und mehr aus einem Reflex heraus entgegnete sie: »Gern geschehen, Doktor.« Als Bashir aufstand und zur Tür ging, rief sie ihm nach: »Präganglien.«

Der Arzt lächelte. »Küß mich, du Narr«, antwortete er und verließ das Zimmer.

## KAPITEL 12

Die beiden Sicherheitswächter Boyajian und Meyer wanderten langsam über Deck 15 im zentralen Bereich der Raumstation. Boyajian hatte das Gefühl, während der vergangenen achtundvierzig Stunden Hunderte von Kilometern zurückgelegt zu haben. Anspannung begleitete jeden einzelnen Schritt, denn ständig mußten sie damit rechnen, dem Mörder zu begegnen. Alle Schatten in Deep Space Nine schienen sich zu bewegen, wenn man sie aus den Augenwinkeln beobachtete; alle Ecken wirkten bedrohlich. Wem auch immer die Wächter begegneten: Sie musterten die betreffenden Personen mit besonderer Wachsamkeit – und selbst dann konnten sie nicht sicher sein, ob sie dem äußeren Erscheinungsbild trauen durften. Damit noch nicht genug: Vermutlich hatte der Mörder auch die Möglichkeit, sich als irgendein Gegenstand zu tarnen. Deshalb mußten Boyajian und sein Kollege Objekte sondieren, um festzustellen, ob Bio-Signale von ihnen ausgingen.

Plötzlich tropfte eine rötliche Masse von der Decke des Korridors herab.

Kaum mehr als einen Meter vor den beiden Sicherheitswächtern klatschte die Substanz auf den Boden. Meyer reagierte sofort und klopfte auf seinen Insignienkommunikator. »Odo! Wir haben ihn gefunden! Zentraler Bereich, Gang neun!«

Odo war nicht in der Nähe.

Ganz im Gegenteil: Er befand sich im Andockring

und befragte dort diverse Personen, in der Hoffnung, *irgend etwas* Nützliches in Erfahrung zu bringen. Als er Meyers Meldung hörte, öffnete er sofort einen Kom-Kanal. »Odo an Einsatzzentrale! Notfall! Richten Sie den Transferfokus aus und beamen Sie mich zum Kernbereich, Korridor neun!«

»Der Mörder ist gefunden, Benjamin!« rief Dax. Sie sprang für O'Brien ein und bediente die Transporterkontrollen, als Sisko sein Büro verließ. »Ich beame Odo zum entsprechenden Ort.«

»Transferiere mich ebenfalls«, sagte der Kommandant und trat auf die kleine Plattform.

Ein oder zwei Sekunden lang spielte Dax mit dem Gedanken, Einwände zu erheben und darauf hinzuweisen, daß Sisko in der Zentrale besser aufgehoben war.

Aber sie wußte es besser. Sie *kannte* Benjamin.

»Energie«, sagte sie schlicht, und Sisko verschwand in energetischem Flirren.

Miles näherte sich dem Turbolift, um zur Zentrale zurückzukehren, als eine Stimme hinter ihm erklang. »O'Brien! Ich habe Sie gesucht!«

»Ich bin sehr in Eile, Quark«, erwiderte der Chefingenieur und blieb nicht stehen.

Zwei Ferengi schlossen sich ihm an: Quark auf der einen Seite, Glav auf der anderen. »Kommen Sie, O'Brien – *ich* habe immer Zeit für Sie. Können Sie nicht einige wenige Minuten für uns erübrigen? Erinnern Sie sich daran, daß ich Ihnen einen Gratisdrink in Aussicht stellte?«

Miles zögerte. »Na schön. Zehn Sekunden. Um was geht's? Was soll ich reparieren? Heraus damit – ich muß so schnell wie möglich zur Zentrale.«

»Oh, ich wollte Sie keineswegs bitten, etwas zu reparieren! Ich schlage vielmehr vor, daß Sie Ihren Horizont erweitern, O'Brien! Sie sollten ...«

»Ihnen bleiben noch fünf Sekunden.«

»Wir möchten Deep Space Nine kaufen.«

Der Ire lachte. »Gut«, sagte er schlicht. »Meine Stimme haben Sie.« Und damit eilte er weiter.

»Ha!« Quark wandte sich an Glav. »Na bitte! Der Chefingenieur unterstützt uns!«

»Ich weiß nicht«, erwiderte Glav skeptisch. »Es ist mir nie sehr leicht gefallen, den menschlichen Sarkasmus zu deuten. Vielleicht hat er es nicht ernst gemeint.«

»*Natürlich* war es sein Ernst«, behauptete Quark. »Das geht aus dem Hinweis hervor, wir hätten seine Stimme. Solche Dinge spielen für Terraner eine große Rolle. Sie neigen dazu, dauernd zu diskutieren, das Für und Wider zu erörtern und schließlich abzustimmen. Es ist praktisch eine Religion für sie! Glauben Sie mir: Für O'Brien gibt es überhaupt keinen Grund, Starfleet zu lieben. Immerhin mußte er eins der berühmtesten Raumschiffe verlassen, um ausgerechnet *hier* zu arbeiten. Und die Versetzung fand statt, bevor jemand von der zukünftigen Bedeutung dieser Raumstation wußte. Kein Zweifel: O'Brien ist auf unserer Seite. Mit seiner Hilfe können wir Sisko unter Druck setzen – dem Chefingenieur gelingt es bestimmt, ihn zu überzeugen. Für Sisko wiederum dürfte es recht einfach sein, eventuelle Vorbehalte der Bajoraner auszuräumen. O ja, alles deutet darauf hin, daß unsere Bemühungen bald zu einem Erfolg führen.« Er senkte die Stimme. »Die gegenwärtigen Ereignisse sind zweifellos schrecklich, aber dadurch dürfte der Erwerb von Deep Space Nine einfacher sein. Nach all dem, was hier geschehen ist... Es würde mich keineswegs überraschen, wenn sich die Föderation und Bajor *wünschen,* die Raumstation loszuwerden.«

Glav lächelte. »Sie haben recht, Quark! Tod, Chaos, Entsetzen... Und Sie finden trotzdem etwas Positives! Ihr Verstand läuft dauernd auf Hochtouren – bewundernswert. Nun, Gottos Ermordung bedeutet einen Rückschlag für uns, aber ich bin nach wie vor optimistisch! Eigentlich ist sogar eine Feier angebracht! Trinken Sie was mit mir?«

»Sie wollen mit Getränken feiern?« erwiderte Quark. »Ich habe einen besseren Vorschlag. Möchten Sie eine meiner Holo-Kammern kennenlernen? Normalerweise dienen sie dazu, sexuelle Phantasien auszuleben.«

Glavs Lächeln wuchs in die Breite, wurde zu einem Grinsen. »Jaaa ...«

»Nun gut.« Quark klopfte ihm auf den Rücken. »Begleiten Sie mich.«

Die beiden Ferengi schritten fort und kicherten leise.

Sie gingen an einem rothaarigen Bajoraner vorbei, ohne ihm Beachtung zu schenken. Er sah Quark und Glav neugierig nach.

Und folgte ihnen ...

Odo schien kaum überrascht zu sein, als er nach dem Retransfer feststellte, daß Sisko neben ihm stand. Sie hielten sich nicht damit auf, Worte zu wechseln – ihre Aufmerksamkeit galt einzig und allein der roten gallertartigen Masse, die aus einem Riß in der Korridordecke herabtropfte.

Meyer und Boyajian hatten ihre Phaser gezogen, wußten jedoch nicht, worauf sie schießen sollten. Die beiden Sicherheitswächter waren alles andere als zimperlich und unsicher, aber eine Konfrontation dieser Art erlebten sie nun zum erstenmal. Als sie das Sirren des Transporterfelds hörten, drehte sich Meyer um. Sofort erkannte er Sisko und den Constable. »Passen Sie auf!«

Immer mehr von der roten Substanz tropfte zu Boden und vergrößerte die dortige Lache. Meyer und Boyajian wichen zurück, als der abscheuliche Haufen wuchs – sie wollten vermeiden, daß die Masse ihre

Stiefel berührte. Sie dachten daran, auf welche Weise die bisherigen Opfer gestorben waren, und jene Vorstellungen ließen sie schaudern.

»Sir!« rief Boyajian.

Sisko runzelte verwirrt die Stirn, denn Odo rührte sich nicht von der Stelle. Der Sicherheitsoffizier starrte einfach nur auf die Substanz hinab. Ein oder zwei Sekunden lang hing der Kommandant seltsamen Gedanken nach, die ihn mit Verlegenheit erfüllten. Widerstrebte es Odo, gegen ein Wesen anzutreten, das ihm ähnelte? Es handelte sich um einen Mörder, aber fühlte sich der Constable trotzdem zu jenem Geschöpf hingezogen, weil er es für einen Artgenossen hielt?

Sisko verbannte diese Vermutungen sofort aus seinem bewußten Denken. Odo mochte arrogant, selbstgefällig und manchmal sogar herablassend sein, aber niemand wurde den Erfordernissen seiner Arbeit besser gerecht als er.

Doch warum zögerte er?

Die rote Lache durchmaß schon mehr als anderthalb Meter und dehnte sich weiter aus. Jeden Augenblick mochte sie ihre Struktur verändern und Gestalt annehmen…

Plötzlich trat Odo vor, schob die beiden Sicherheitswächter beiseite, ging in die Hocke und betrachtete die zähflüssige Masse aus unmittelbarer Nähe. Die Substanz quoll ihm entgegen, gluckerte an den Füßen vorbei…

»Constable!« entfuhr es Sisko.

Odo berührte das rote Etwas, rieb es zwischen den Fingern, hob die Hand und schnupperte daran.

»Kühlflüssigkeit«, sagte er. »Mit einem Verdickungsmittel gemischt.«

»*Wie* bitte?«

Der Sicherheitsoffizier ignorierte Siskos Frage, trat zurück und blickte zur Decke empor.

Sein Körper ... veränderte sich.

Sisko schnappte unwillkürlich nach Luft. Bisher hatte er nie direkt gesehen, wie Odo die Gestalt wechselte. Er wußte natürlich, daß der Constable dazu fähig war, aber es zu wissen und einen solchen Vorgang zu beobachten ... Das waren zwei verschiedene Dinge.

Der Verwandlungsprozeß begann am Kopf und setzte sich nach unten hin fort. Die Beine wurden zuletzt erfaßt, und bevor sie sich ebenfalls auflösten, spannten sie noch einmal die Muskeln und katapultierten den bereits transformierten Körper in Richtung Decke, aus der noch immer die rote Masse herabtropfte.

»Hier entlang«, sagte Quark.

»Ich bin schon einmal in diesem Raum gewesen«, erwiderte Glav, als sie die Holo-Kammer betraten. »Wir haben hier ein Gespräch geführt, erinnern Sie sich?«

»Ja, aber *jetzt* bekommen Sie Gelegenheit, ein höchst beeindruckendes holographisches Kunstwerk kennenzulernen.« Etwas lauter fügte Quark hinzu: »Computer, starte Programm XXX-drei.«

Die Luft schien zu schimmern, und jähe Hitze wogte den beiden Ferengi entgegen.

Sie befanden sich in einem großen, üppig verzierten Zelt. Auf mehreren Tischen standen Schüsseln, die eine Vielzahl von Köstlichkeiten enthielten. Geflügel briet am Spieß: Fett tropfte ins Feuer, und ein herrlicher Duft ging vom garenden Fleisch aus. Alles schien vollkommen echt zu sein; nichts deutete darauf hin, daß es sich nur um holographische Projektionen handelte.

»Diese Technik erstaunt mich immer wieder«, sagte Glav.

»Es kommt noch besser.« Quark ließ sich auf mehrere weiche Kissen sinken, streckte den Arm aus und zog Glav zu sich herab. »Passen Sie auf.«

Kleine Glocken läuteten, und jemand schob den Vorhang im Eingang des Zelts beiseite. Zwei Tänzerinnen traten ein, gekleidet in bunten Flor. Der halbdurchsichtige Stoff ließ körperliche Einzelheiten zumindest erahnen und alle Wölbungen recht deutlich erkennen. Schleier verhüllten die Gesichter der beiden Frauen.

Sie posierten vor Glav und Quark, schienen plötzlich zu erstarren.

Glav nickte anerkennend. »Sie sehen beeindruckend aus«, sagte er.

»Das ist noch nicht alles«, entgegnete Quark und klatschte in die Hände.

Die Frauen bewegten sich wieder und nahmen die Schleier ab.

Glav riß die Augen auf. »Donnerwetter! Das ist ...«

»Jaaa.« Quark lachte glucksend. »Es dauerte eine Weile, bis alle Details stimmten. Die Ähnlichkeit ist enorm, finden Sie nicht?«

Die Hologramme von Major Kira Nerys und Lieutenant Jadzia Dax sahen die beiden Ferengi an und lächelten verlockend.

»Es ist mir gelungen, Einblick in ihre elektronischen Akten zu nehmen«, fuhr Quark fort. »Die Ergebnisse der letzten medizinischen Routineuntersuchungen; die Maße für ihre Uniformen ... Ich versichere Ihnen: Alles entspricht dem Original.«

»Sind jene Informationen nicht streng vertraulicher Natur?«

»Ha!« juchzte Quark. »Das sind sie tatsächlich – aber nicht für die richtigen Leute. Die richtigen Leute verfügen über die richtigen isolinearen Chips, um Antworten auf alle ihre Fragen zu bekommen.« Er senkte die Stimme und kicherte. »Warten Sie nur, bis Sie jenes Muttermal sehen, das eine der beiden Frauen ... Nein, ich verrate es Ihnen nicht. Finden

Sie es selbst heraus. Und nun, meine Damen ...« Er klatschte erneut.

Kira und Dax – beziehungsweise ihre holographischen Ebenbilder – begannen zu tanzen. Im Takt der Musik, die aus verborgenen Lautsprechern erklang, wiegten sich ihre Leiber hin und her. Gleichzeitig legten sie nach und nach einzelne Streifen des hauchdünnen Flors ab.

In der untersten Etage von Quarks Spielkasino schob sich ein rothaariger Bajoraner durch die Menge. Die Gäste wirkten nicht so fröhlich und ausgelassen wie sonst. Eine subtile Art von Paranoia haftete ihnen an; Mißtrauen und Argwohn waren in vielen Gesichtern zu erkennen. Trotz der allgemeinen Nervosität achtete niemand auf den Bajoraner.

Er sah die Treppe zu den Holo-Kammern hoch und brachte die ersten Stufen hinter sich.

Über den Verkleidungsplatten restrukturierte sich eine formlose Masse, als Odo eine neue Gestalt wählte.

Sofort bemerkte er einen großen, zur Seite gekippten Bottich neben einem schmalen Riß im Boden, der die Decke des Korridors bildete. Der Rest des Inhalts tropfte gerade in den Gang hinab.

Weiter vorn im horizontalen Wartungsschacht verschwanden zwei Stiefel hinter einer Ecke.

Unter normalen Umständen vermied es Odo, zweimal kurz hintereinander die Gestalt zu wechseln. Jede Verwandlung kostete Energie, und er brauchte auch Kraft, um ein bestimmtes Erscheinungsbild – meistens das eines Humanoiden – über Stunden hinweg zu stabilisieren. Das war einer der Gründe dafür, warum er einmal pro Tag zu seiner natürlichen Daseinsform zurückkehren mußte. Wenn er seinen Leib öfter als sonst in eine neue Struktur zwang, so lief er Gefahr, sich zu überanstrengen.

Und akute Überanstrengung führte zu eher häßlichen Konsequenzen.

Trotzdem beschloß Odo nun, eine neue Gestalt anzunehmen. Er schrumpfte, wurde kleiner und kleiner, metamorphierte innerhalb weniger Sekunden zu einer Ratte.

So schnell wie möglich lief er durch den Schacht. Eine echte Ratte wäre sicher schneller gewesen als er, weil sie weitaus weniger wog. Odo hingegen mußte in diesem Zusammenhang den Gesetzen der Physik gehorchen: Er konnte kleiner und größer werden, aber an seiner Masse änderte sich dadurch nichts. Er hatte nun das Erscheinungsbild einer Ratte, doch keinen entsprechenden Körperbau – andernfalls wären sowohl das Skelett als auch die inneren Organe vom Gewicht zermalmt worden. Nun, so etwas brauchte der Sicherheitsoffizier Odo nicht zu befürchten.

Zwar mußte er eine vergleichsweise große Masse bewegen, aber in seiner gegenwärtigen Gestalt kam er im Wartungsschacht schneller voran als jene Person, die er verfolgte. Er glaubte bereits zu wissen, um welches Individuum es sich handelte ...

Nicht weit vor ihm kratzten Ellenbogen und Knie über den Boden, und als Odo um die Ecke sauste, sah er einen Humanoiden. Der Anblick bestätigte seine Vermutungen: ein Ferengi. Ein Ferengi, den er bereits gut kannte.

Der Fliehende hörte ein Geräusch hinter sich, drehte den Kopf und seufzte erleichtert, als er die Ratte sah. Unmittelbar darauf setzte er den Weg fort.

Doch das vermeintliche Nagetier wollte ihn nicht entkommen lassen, biß in den Hosenaufschlag – und hielt den Humanoiden fest.

Es ließ nicht locker.

Der Ferengi sank flach auf den Bauch und versuchte vergeblich, das rechte Bein anzuziehen. Er reckte den Hals und stellte erschrocken fest, daß ihn ein wahres

Schwergewicht an Ratte attackierte. Wütend trat er nach dem Tier, doch es schien die Tritte einfach zu ignorieren.

»Verdammt, was für eine Art von Ratte bist du?« Die Stimme des Ferengi klang fast schrill.

Und dann schwoll das Tier an. Der junge Humanoide riß die Augen auf, als er begriff, was geschah. Zwei hastige Atemzüge später sah er sich dem Sicherheitsoffizier von Deep Space Nine gegenüber.

»O nein!«

»Ich heiße nicht ›O nein‹, sondern Odo«, meinte der Constable. »Seltsam: Wir treffen uns häufig unter recht ungewöhnlichen Umständen. Und meistens sind für dich unangenehme Folgen damit verbunden.«

Nog stöhnte leise und ließ den Kopf mehrmals gegen die Wand des Schachtes pochen.

Die holographische Dax drehte sich um die eigene Achse. Kira neigte den Oberkörper weit nach unten, woraufhin sich die Bauchmuskeln deutlich abzeichneten. Inzwischen lagen bereits viele hauchdünne, halbdurchsichtige Tücher auf dem Boden, und die Bekleidung der beiden Frauen wurde immer spärlicher. Ein dünner Schweißfilm glänzte auf ihrer Haut, und die Hände blieben ständig in Bewegung: Kleine Glocken erklangen an den Fingern, woben die akustischen Gespinste verführerischer Melodien.

»Ooohh, Quark ...« Glav konnte sich kaum mehr beherrschen. »Die perfekte Simulation ausgerechnet dieser beiden Frauen... Ich muß Ihnen gratulieren. Sie sind wahrhaft unanständig.«

»Danke«, erwiderte Quark und gab sich bescheiden, während Dax und Kira ihren Tanz fortsetzten, dabei jede Scham vergaßen.

Unterdessen quoll roter Schleim durch eine schmale Fuge zwischen den beiden Schotthälften ins Innere der Holo-Kammer...

Sisko richtete einen finsteren Blick auf den jungen Ferengi, der vor ihm stand und keinen besonders zerknirschten Eindruck erweckte.

»Es war nur ein Scherz«, sagte er mürrisch.

»Ein Scherz?« wiederholte Sisko zornig. Es fiel ihm schwer, sich zu beherrschen.

Odo gelang es nicht, sich unter Kontrolle zu halten. Er packte Nog an einem großen Ohr und zischte: »Was hältst du davon, wenn ich mir ebenfalls einen Scherz erlaube und deinen viel zu großen Schädel wie eine Nuß knacke?«

Nog hörte gar nicht zu. Seine Augen wirkten glasig, und er atmete immer schneller.

Sisko begriff sofort den Grund für die seltsam anmutende Reaktion des Jungen. »Constable ...«, sagte er langsam. »An Ihrer Stelle würde ich loslassen. Ferengi mögen es, wenn man an ihren Ohren zieht. Das wissen Sie doch, oder?«

Odo ließ Nog mit solchem Abscheu los, als hätte er Kot berührt. »Wie konnte ich das vergessen ...«

Meyer und Boyajian starrten verlegen auf die Lache. Die Mischung aus Kühlflüssigkeit und Verdickungsmittel begann bereits zu erstarren. »Bitte entschuldigen Sie, Sir«, sagte Boyajian. »Ich schätze, wir haben uns ziemlich dumm angestellt.«

»Ihnen ist ein verzeihlicher Fehler unterlaufen«, erwiderte Odo. Er schloß die eine Hand um Nogs Oberarm. »*Nicht* zu verzeihen ist, daß sich jemand auf diese Weise über die Furcht an Bord von Deep Space Nine lustig macht.«

Nog zuckte mit den Schultern. Er ließ sich nicht einmal zu der unaufrichtigen Behauptung hinreißen, den Zwischenfall zu bedauern – was bei Sisko das Feuer des Zorns schürte. »Constable ... Schaffen Sie ihn fort. Bringen Sie ihn zu seinem Vater zurück.«

»Ja, Sir«, bestätigte der Sicherheitsoffizier. Er gab dem Jungen einen Stoß. »Los geht's.«

Rom arbeitete mit Dabo am Rad und versuchte, Interesse an einem der wichtigsten Glücksspiele in Quarks Spielkasino zu wecken.

An diesem Tag ging das Geschäft ziemlich schlecht. Die meisten Gäste begnügten sich damit, irgend etwas zu trinken und immer wieder mißtrauische Blicke durch den Saal schweifen zu lassen. Vermutlich gingen allen Anwesenden ähnliche Gedanken durch den Kopf: *Warum sollte ich um Geld spielen? Wahrscheinlich lebe ich gar nicht lange genug, um den Gewinn zu genießen.*

Eine derartige Atmosphäre ließ nicht gerade die Kassen klingeln.

»Neues Spiel, neues Glück!« rief Rom betont fröhlich. »Nun, wer von Ihnen möchte reich werden?«

»Halt die Klappe«, brummte ein Tellarit.

Der Ferengi beherzigte diesen Rat nicht, denn er sah jemanden, dem sich vielleicht Geld abknöpfen ließ. »Doktor!« rief er und winkte Bashir zu. »Sie wirken einsam und verloren. Sie sehen aus wie jemand, der ein wenig Glück braucht – hier sind Sie genau richtig.«

»Das Leben steckt auch so schon voller Zufälle. Warum sich ganz bewußt welchen aussetzen?« Der Arzt sah sich um. »Wo ist Quark?«

»Das Glücksrad gibt Ihnen Antwort«, entgegnete der Ferengi.

Bashir rollte mit den Augen. »Na schön.« Er setzte etwas Geld.

Rom drehte das Rad. Die Kugel begann zu rollen und blieb genau dort zu verharren, wo das Geld des Arztes lag. Der Ferengi riß fassungslos die Augen auf. »Sie brauchen kein Glück – Sie haben es bereits.«

Bashir winkte ab. »Vergessen Sie meinen Gewinn. Sagen Sie mir einfach, wo Quark steckt.«

»Nun, Sie wissen sicher, daß ich nicht dazu neige, meinem Chef nachzuspionieren«, sagte Rom. »Doch einer der vielen Zufälle im Leben, die Sie eben erwähnten, ließ mich aus den Augenwinkeln erkennen, wie Quark die Holo-Kammer B betrat.«

»Danke.« Bashir wandte sich ab.

»Doktor! Ich bezweifle, daß Quark ausgerechnet jetzt gestört werden möchte. Vermutlich ist Ihnen bekannt, wozu die Holo-Kammern dienen …«

»Keine Sorge«, erwiderte Bashir. »Ich bin Arzt. Ganz gleich, was dort oben geschieht: Bestimmt habe ich es schon einmal gesehen, in der einen oder anderen Form.«

Jake Sisko langweilte sich.

Nach der Schule wollte er durch die Raumstation wandern und sich vergnügen, doch Chief O'Brien begleitete ihn zu seinem Quartier, nachdem er Keiko und die kleine Molly heimgebracht hatte.

Der Junge gab sich alle Mühe, den Erwartungen des Vaters zu genügen, aber immer häufiger stellte er fest, daß er in den Spiegel blickte und nicht wußte, womit er sich die Zeit vertreiben sollte. Natürlich gab es Hausaufgaben, die erledigt werden wollten, aber zu was für einer Art von Leben führte das? Schule und Hausaufgaben. Schule und Hausaufgaben. O ja – jede Menge Spaß.

Außerdem erinnerte sich Jake an eine wichtige Wahrheit: Seine Mutter und er selbst waren brav in ihrer Kabine an Bord der *Saratoga* geblieben, als der Kampf gegen die Borg stattfand.

»Und was hat uns das genützt?« murmelte Jake.

Zum Teufel damit. Es brachte überhaupt nichts, wenn er einfach nur herumsaß. Außerdem fühlte er sich einsam, unter anderem deshalb, weil Nog schon seit zwei Tagen nicht mehr am Unterricht teilnahm. Sein Vater Rom hatte versichert, ihn regelmäßig zur Schule zu bringen – und einmal mehr bewiesen, daß man dem Wort eines Ferengi nicht so ohne weiteres vertrauen durfte.

Wo befand sich Nog jetzt? Bestimmt nicht in seinem Quartier. Nog steckte voller Tatendrang – er war nicht der Typ, der irgendwo in einem Zimmer hockte, als Gefangener väterlicher Sorgen. Nein, Nog ließ sich bestimmt keine Fesseln anlegen, gleich welcher Art. Nog hielt sich immer dort auf, wo es rundging. Nog …

Wahrscheinlich war er in der Promenade, vielleicht in Quarks Spielkasino.

Jake beschloß, seinen Ferengi-Freund zu suchen und dadurch der Langeweile zu entkommen.

Er trat in den Korridor, blickte dort nach rechts und links, um festzustellen, ob O'Brien irgendwo auf der Lauer lag – vielleicht hatte er die Anweisung erhalten, dafür zu sorgen, daß der Sohn des Kommandanten im Sisko-Quartier blieb. Doch vom Chefingenieur war weit und breit nichts zu sehen. Jake atmete erleichtert auf und eilte in Richtung des Verbindungssegments; es ermöglichte ihm, die Promenade und das Herz von Deep Space Nine zu erreichen.

## KAPITEL 13

Kira und Dax trugen nur noch die Arm- und Fußreifen.

Die beiden holographischen Frauen drehten sich vor den Ferengi. Das lange Haar des wissenschaftlichen Offiziers Dax reichte über die Schultern hinweg und fungierte als natürlicher Schleier, der teilweise die Brüste verbarg. Kira hatte wesentlich kürzeres Haar, und deshalb waren alle Einzelheiten ihrer Weiblichkeit deutlich zu erkennen. Bei den beiden Beobachtern wuchs die Erregung immer mehr. Glav streckte die Hand aus, und seine Finger tasteten nach dem sich hin und her neigenden Leib jener Frau, in der ein wurmartiger Symbiont steckte. Doch *daran* dachte der Ferengi jetzt nicht ...

Direkt hinter ihm und Quark wuchs eine Säule aus rotem Protoplasma und gewann klar ausgeprägte Konturen, verwandelte sich rasch in den unscheinbaren rothaarigen Bajoraner. Die Ferengi bemerkten nichts – ihre Aufmerksamkeit war viel zu sehr von den so realistisch wirkenden Hologrammen in Anspruch genommen.

Die Hände des Eindringlings verschwanden, wichen großen, hammerartigen Gebilden, aus denen Metalldorne herausragten. Er hob die Arme, holte zu einem tödlichen Hieb aus ...

Und draußen, im Kosmos jenseits der holographischen Phantasien, erklang eine Stimme: »Medizinische Priorität, Computer. Öffne das Schott.« Sofort glitt die Tür beiseite, und Bashir kam herein. »Bitte entschuldigen Sie die Störung, Quark«, begann er. »Aber ich muß eine wichtige Angelegenheit mit Ihnen be ...«

»Raus!« heulte Quark. Er versuchte aufzustehen, um Bashir den Blick auf die beiden Hologramme zu versperren.

Der Arzt wußte nicht, wohin er zuerst sehen sollte.

Natürlich bemerkte er zunächst Dax und Kira, die splitterfasernackt tanzten, zur Unterhaltung und zum Vergnügen von zwei Ferengi. Niemand hatte das Programm angehalten, was bedeutete: Die holographischen Frauen setzten den aufreizenden Tanz fort, ohne auf Bashirs Präsenz zu reagieren.

Nur eine Sekunde später bewies der Arzt enorme Willenskraft, indem er den Blick von Dax und Kira abwandte, ihn auf etwas richtete, das in dieser Holo-Szene fehl am Platz zu sein schien.

Ein Bajoraner mit Hämmern anstelle von Händen. Und er holte damit aus, um Quarks Schädel zu zertrümmern.

Haß irrlichterte in den Augen des Bajoraners, als er begriff, daß er entdeckt worden war.

*»Quark!«* rief Bashir. *»Hinter Ihnen!«*

Ein Mensch hätte sich vielleicht nicht von der Stelle gerührt. In solchen Situationen zeigen Menschen eigenartige Reaktionsmuster: Sie sehen verwirrt die Person an, von der sie den warnenden Ruf vernommen haben, erkundigen sich vielleicht nach dem Grund dafür. Sie stellen Fragen wie »Was ist denn los?« oder »Was meinen Sie?« Besonders geistesgegenwärtige Exemplare der Spezies Homo sapiens drehen den Kopf und sehen sich nach dem Anlaß für die plötzliche Aufregung um.

In diesem Fall hätte ein solches Verhalten den sicheren Tod bedeutet.

Doch Quark war kein Mensch, sondern ein Ferengi, und Ferengi besaßen den besten Selbsterhaltungstrieb in der ganzen Galaxis. Wenn man einen Ferengi warnte, so duckte er sich erst und stellte später Fragen.

Der Inhaber des Spielkasinos ließ sich allein von seinen Reflexen leiten. Er vergaß den Ärger, der Bashir und seinem unwillkommenen Besuch galt – das konnte warten. Quarks Körper setzte sich in Bewegung, noch bevor das Bewußtsein den Hinweis auf drohende Gefahr verarbeitet hatte. Er sprang vor, stieß ein Tablett mit Tellern und Schüsseln um, war nur bestrebt, dem Etwas weiter hinten zu entkommen.

Diese Reaktion rettete ihm das Leben.

Die Hammerfäuste des vorgeblichen Bajoraners trafen genau die Stelle, an der Quark eben noch gelegen hatte. Kissen zerrissen zu holographischen Fetzen.

Glav schrie und kroch zur Seite, stieß dabei gegen das Hologramm von Jadzia Dax – ihren Mangel an Kleidung schien er jetzt gar nicht mehr zur Kenntnis zu nehmen. »Es ist der Gestaltwandler!« heulte er.

Der Metamorph drehte sich und knurrte, wandte sich der Gestalt zu, die gerade von ihm fortgesprungen war. Quarks Stimme klang eine Oktave höher, als er rief: »Computer! Starte Programm XXX-vier – *jetzt sofort!*«

Nebelschwaden wallten. Irgendwo in dem dichten Dunst lachte eine Frau.

Bashir wußte nicht, welche Bedeutung die neue Szene hatte und was überhaupt passierte, aber eins war ihm klar: Sie mußten die Holo-Kammer so schnell wie möglich verlassen.

Der Ausgang befand sich direkt hinter ihm. Er wirbelte herum.

Das Schott hatte sich automatisch geschlossen, und der Arzt prallte gegen das Hindernis. Er taumelte zurück, stieß gegen jemanden und schrie, ebenso wie die andere Person, die sich als der von Panik erfaßte Quark erwies.

»Woher soll ich wissen, daß Sie es sind?« fragte Quark besorgt.

»Woher soll ich wissen, daß Sie es sind?« erwiderte Bashir.

Und dann sah er das Wesen: Es näherte sich, und an seinen Absichten konnte kein Zweifel bestehen. Wieder hob das Geschöpf eine Hand, die wie ein großer Hammer mit dicken Nägeln wirkte.

Der Arzt stieß Quark zur einen Seite und warf sich selbst zur anderen. Es krachte, als die Hammerfaust das Schott traf und Stahl zerfetzte. Ein Loch entstand, und dahinter glühte das matte Licht des Korridors.

»Quark!« rief Glav. Und noch lauter: »Quaaark!«

»Jeder Ferengi bringe sich selbst in Sicherheit!« rief Quark, als Bashir ihn nach draußen zerrte.

Doch die Gefahr war keineswegs überstanden. Der Metamorph folgte ihnen, und sein Gesicht kam einer wutverzerrten Fratze gleich.

Sisko begleitete Odo zum Spielkasino, und der Sicherheitsoffizier zog den niedergeschlagenen Nog mit sich. Er hatte nie viel von der Freundschaft zwischen seinem Sohn und dem Ferengi gehalten, und in dieser Meinung fühlte er sich nun bestätigt. Deshalb wollte er zugegen sein, wenn Odo Nog der Obhut des Vaters übergab – um mit seiner Anwesenheit darauf hinzuweisen, wie ernst er die Sache nahm. Außerdem vermittelte seine Präsenz die subtile Botschaft, daß er weitere Kontakte zwischen den beiden Jungen ablehnte.

Rom sah vom Spieltisch auf, als sein Sohn hereinkam. Und er runzelte die Stirn, als er sah, wer ihn begleitete. Der Ferengi seufzte resigniert und fragte: »Was hat er diesmal angestellt?«

»Ihr Sohn hat sich einen ›Scherz‹ erlaubt, der ihn in Lebensgefahr brachte«, erwiderte Odo steif.

Rom dachte zwei oder drei Sekunden lang darüber

nach. »Waren irgendwelche Aussichten auf Profit damit verbunden?«

»Nicht die geringsten«, antwortete Sisko.

Daraufhin versetzte Rom seinem Sohn eine Ohrfeige, was Nog zu einem schmerzerfüllten Heulen veranlaßte. »Idiot!« grollte der Vater. »Wie oft soll ich es dir noch sagen? Man riskiere nie das Leben, wenn es sich nicht lohnt!« Er schüttelte den großen Kopf und wandte sich an Sisko. »Ach, Kinder … Man redet und redet, aber sie hören nie zu. Die Worte der Vernunft scheinen sie überhaupt nicht zu erreichen.«

Sisko mußte sich beherrschen, um nicht zustimmend zu nicken. Er räusperte sich und sagte scharf: »Der Sicherheitsoffizier hat nicht übertrieben. Der ›Scherz‹ Ihres Sohns hätte ihm das Leben kosten können. Er sorgte dafür, daß eine zähflüssige Substanz von der Korridordecke tropfte; sie sollte mit dem Gestaltwandler verwechselt werden. Wenn die Sicherheitswächter mit ihren Phasern geschossen hätten, anstatt Odo zu benachrichtigen und auf ihn zu warten …«

»Ja, ja, natürlich. Ich verstehe, was Sie meinen. Du Narr!« Er holte erneut aus, und das Heulen des Jungen wiederholte sich.

Unbehagen regte sich in Sisko. Er hielt Rom am Unterarm fest. »Es nützt überhaupt nichts, den Jungen zu schlagen«, sagte er in einem tadelnden Tonfall.

»Die Ohrfeigen sollen gewährleisten, daß er sich erinnert«, erwiderte Rom.

»Er wird sich höchstens daran erinnern, daß er Grund hat, seinen Vater zu fürchten.«

Rom musterte Sisko skeptisch. »Wollen Sie etwa behaupten, daß Sie Ihren Sohn nie schlagen?«

»In der Tat«, bestätigte der Commander. »Ich schlage Jake nicht. Wir benutzen andere Formen der Kommunikation, zum Beispiel gegenseitiges Verständnis.«

»Und wo ist Ihr Sohn derzeit, wenn ich fragen darf?«

»In unserem Quartier und damit in Sicherheit«, entgegnete Sisko.

»Glauben Sie? Nun, für mich sehen die Menschen alle fast gleich aus, aber ... Der Junge dort drüben erscheint mir vertraut.«

Sisko drehte sich um, sah in die entsprechende Richtung. Und tatsächlich: Am anderen Ende der Promenade stand Jake und beobachtete gerade eine Frau von zweifelhaftem Ruf. Sie lächelte und bedachte ihn mit einem einladenden Blick.

Rom beugte sich vor. »Vielleicht sollten Sie die Möglichkeit erwägen, ihm ab und zu eine Ohrfeige zu geben.«

Und bevor Sisko zu seinem Sohn gehen konnte ...

Plötzlich brach die Hölle los.

*»Der Mööörrrder!«* erklang eine hysterische Stimme, die zweifellos Quark gehörte.

Sisko hob den Kopf. Auf dem oberen Absatz der Treppe, die zu den Holo-Kammern führte, sah er Quark und Bashir. Beide sprinteten, und der Arzt ging in Führung.

Und dann bemerkte Sisko das Wesen.

Es handelte sich um einen rothaarigen, eigentlich unscheinbaren Bajoraner. Er folgte den Fliehenden, und plötzlich verwandelte sich sein rechter Arm in einen langen, peitschenartigen Riemen, der nach Quark tastete und sich ihm um die Taille schlang. Auch der linke Arm metamorphierte zu einem Tentakel, wickelte sich um den Hals des Ferengi und schnürte ihm die Luft ab.

Der Killer schickte sich an, Quark in Stücke zu reißen.

Die treuen Gäste im Spielkasino reagierten auf eine Weise, die niemanden überraschte.

Sie schrien und stürmten davon.

Panik erfaßte die ganze Promenade. Alle Anwesenden dachten nur noch daran, zu fliehen und dem Mörder zu entkommen, der sich nun ganz offen zeigte.

Bashir drehte sich um und stellte fest, daß sich Quark in einer wenig beneidenswerten Lage befand. Der Arzt verschwendete keinen Gedanken daran, daß er sich selbst großer Gefahr aussetzte, als er zu dem Ferengi zurückkehrte und ausholte. Er hoffte inständig, die Hand nicht zu verletzen, als er sie zur Faust ballte und sie ins Gesicht des Angreifers rammte.

Jenes Wesen, das sich Meta genannt hatte, sah den Hieb kommen. Eine Öffnung bildete sich in seinem Kopf, und Bashirs Faust traf nur Leere. Unmittelbar darauf schloß sich das Loch wieder – und die Hand des Arztes saß fest.

»Sicherheitsabteilung!« rief Odo und setzte sich in Bewegung. Ein erster Schritt, dann ein zweiter... Der Körper erbebte und schrumpfte. Gleichzeitig dehnte sich der Rücken, und etwas Großes wuchs daraus hervor.

Der Constable verschwand im Durcheinander der Fliehenden – alle liefen von dem Ort fort, den Odo zu erreichen versuchte. Sisko hielt nach Jake Ausschau, aber es erwies sich als unmöglich, den Jungen in der Menge zu erkennen.

Drei Schritte, vier, fünf... Odo war nur noch halb so groß wie vorher, als er sich aus dem Chaos löste und dabei mehrere Personen zur Seite stieß. Glänzende Schwingen ragten ihm nun aus dem Rücken, hoben und senkten sich, trugen den Sicherheitsoffizier zum Spielkasino.

Bashir schlug mit der freien Hand nach Metas Kopf. Der Mörder ignorierte ihn einfach, schien ihm erst nach Quarks Tod Beachtung schenken zu wollen.

Quark versuchte vergeblich, sich zu befreien, und aus den Augenwinkeln sah er, wie Glav die Holo-Kammer verließ. Seine Züge brachten Entsetzen zum

Ausdruck, und er nahm die typische Verteidigungshaltung ein – die sogenannte Ferengi-Hocke.

Es rauschte, und plötzlich war Odo da, stieß gegen Meta.

Sowohl die beiden Gestaltwandler als auch Quark und Bashir gingen zu Boden. Der Mörder begriff, daß Odo eine echte Gefahr für ihn darstellte. Er ließ Quark und den Arzt los, um sich ganz dem neuen Gegner zu widmen.

Sie musterten sich gegenseitig. Odo faltete die Schwingen, und sie vereinten sich mit seinem Leib, als er wieder zu einem Humanoiden wurde. Während dieses Vorgangs, der nur wenige Sekunden in Anspruch nahm, wandte er den Blick nicht vom Killer ab.

Zum erstenmal in seinem Leben stand Odo einem Wesen gegenüber, das aus seinem eigenen Volk stammen mochte. Er war nun mit jemandem konfrontiert, der imstande sein könnte, die Fragen nach seiner Herkunft zu beantworten.

Seit fünf Jahrzehnten sehnte sich Odo eine solche Begegnung herbei.

Doch er sagte nur: »Sie sind verhaftet.«

Metas Arme verschmolzen miteinander, wurden zu einem Speer, der blitzartig zustieß. Der Sicherheitsoffizier wankte zurück, als sich ihm die Lanze durch den Brustkasten bohrte und in der Wand steckenblieb.

Der Kopf des Mörders verwandelte sich in eine mit Stacheln bewehrte Kugel. Der Hals dehnte sich wie eine Feder und schleuderte den Schädel nach vorn, dem Widersacher entgegen.

Doch der Kopf traf nicht das Ziel. Odo verflüssigte sich und glitt zu Boden, um eine Kollision mit dem Morgenstern-Kopf des Kontrahenten zu vermeiden.

Sofort restrukturierte er seinen Leib, verfestigte ihn, sprang und stieß gegen den Metamorph, bevor der Gelegenheit bekam, die Gestalt zu wechseln.

Der heftige Aufprall warf Meta vom Treppenabsatz.

Er ruderte mit den Armen, suchte nach Halt, fiel dann dem Boden entgegen, der sich zwei Etagen weiter unten erstreckte. Während des Sturzes verformte sich der Körper.

Odo beobachtete, wie sein Gegner anscheinend mühelos zu einem Gummiball wurde und über den Boden des Spielkasinos hüpfte.

Sisko zog den Phaser und schoß. Doch der Ball setzte über den Strahl hinweg und rollte unter den Boja-Tisch.

Odo lehnte sich an die Wand.

»Ist alles in Ordnung mit Ihnen?« rief ihm Bashir zu.

»Ja. Ich brauche nur eine kleine Verschnaufpause.«

Von einem Augenblick zum anderen kippte der Boja-Tisch zur Seite, und ein Mugato kam zum Vorschein. Das Gesicht glühte rot, und der affenartige Leib erbebte, als das Tier brüllte.

»Damit ist die Pause zu Ende«, sagte Odo.

Er trat am nach wie vor zitternden Quark vorbei und lief die Treppe hinunter. Der Mugato kreischte herausfordernd, und der Constable blieb einige Schritte davor stehen. »Sie beeindrucken niemanden«, behauptete er.

Sisko feuerte seinen Phaser aus einer Entfernung von etwa drei Metern ab. Er hatte die Waffe auf fächerförmige Emissionen justiert, was zu einer Reduzierung des Wirkungspotentials führte. Aber es bedeutete auch, daß es für den Metamorph keine Möglichkeit gab, dem Strahl auszuweichen oder ihn durch ein Loch in seinem Körper passieren zu lassen.

Der Mugato taumelte, fiel jedoch nicht. Er schrie überrascht, als Odo jäh vortrat und die Arme ausstreckte: Diesmal hatte er sie in Speere verwandelt, die den Mörder durchbohrten.

Der Abstand zwischen den beiden Gestaltwandlern schrumpfte auf wenige Zentimeter.

»Was dem einen recht ist ...«, brummte Odo.

Der Mugato senkte den Kopf, rammte dem Sicherheitsoffizier das Horn in die Stirn.

Odo schwankte, und für eine Sekunde konnte er nichts mehr sehen. Dann ließ er sich aus dem Hinterkopf Augenstiele wachsen und drehte sie wie Radarantennen.

Allerdings bekam Meta dadurch Zeit genug, noch einmal mit dem Horn zuzustoßen und den Schädel des Constable zu zertrümmern, der dadurch völlig die Orientierung verlor.

Er verflüssigte sich wieder. Der Mugato wandte sich dem Kommandanten von Deep Space Nine zu, und Sisko hob den Phaser, drückte erneut ab.

Das vorgebliche Tier neigte sich zur Seite, und seine mit langen Klauen ausgestatteten Füße verwandelten sich in Räder.

Der Mörder raste durch die Promenade, in der sich jetzt nicht mehr annähernd so viele Personen aufhielten wie vorher. Sisko schoß noch einmal, doch wieder gelang es dem Mugato, der Entladung auszuweichen.

Er prallte gegen Jake Sisko.

*»Jake!«* rief der Vater des Jungen.

Meta war sofort auf den Beinen, gab die Mugato-Gestalt auf und präsentierte sich wieder als rothaariger Bajoraner. Aber das Gesicht wirkte jetzt eingefallen und hohlwangig – die vielen Transformationen so schnell hintereinander erschöpften ihn ebenso wie Odo.

Er hatte jedoch Kraft genug für eine teilweise Verwandlung, von der er sich Gelegenheit erhoffte, etwas Zeit zu gewinnen.

Der Mörder packte Jake Sisko, zerrte ihn auf die Beine und preßte ihm die rechte Hand an den Hals – eine Hand, die sich nun in Form einer scharfen Klinge darbot.

*»Kommt nicht näher!«* rief er.

Odo hatte sich von der rechten Seite her genähert,

und nun verharrte er. Sisko kam der Aufforderung ebenfalls nach und blieb stehen. Aber er hielt den Phaser in der Hand und zielte damit auf den Killer.

»Kommt nicht näher«, wiederholte Meta.

»Sie können nicht entkommen«, sagte Odo. »Sie sind hier in einer Raumstation. Wohin wollen Sie fliehen?«

»Nichts kann mich aufhalten«, erwiderte der Mörder.

Sisko hielt den Phaser auch weiterhin auf den fremden Gestaltwandler gerichtet. »Lassen Sie den Jungen los!« befahl er.

»Nein.« Meta war ebenso ruhig wie Sisko zornig. »Und ich schlage vor, daß Sie nicht länger auf mich zielen, Commander. Sonst wird dieser Mensch hier zur Nummer vier.«

»Warum?« fragte Sisko. »Warum töten Sie?«

»Es gibt meiner Existenz einen Sinn«, lautete die Antwort.

Er drückte die Klinge noch etwas fester an den Hals des Jungen, und Jake stöhnte. Blut quoll aus einer kleinen Schnittwunde dicht unterhalb des Kinns.

»Lassen Sie … den Phaser … sinken«, sagte Meta. »Besser noch: Werfen Sie ihn weg.«

Sisko ahnte, daß der Metamorph müde war und versuchte, seine Energien zu erneuern. Wenn er ihn jetzt traf – noch dazu mit einem gebündelten Strahl –, so war es vielleicht möglich, ihn zu betäuben. Vorausgesetzt natürlich, dem Geschöpf blieb nicht genug Zeit, an der betreffenden Stelle eine Öffnung in seinem Leib zu schaffen.

Das Wesen hielt Jake wie einen Schild und gab sich keine Blöße.

Odo stand weiter rechts und befand sich somit in einer wesentlich besseren Schußposition – aber er trug nie einen Phaser bei sich. Sisko verfluchte diesen Umstand und warf einen kurzen Blick in Richtung des Sicherheitsoffiziers.

Odo leitete eine neuerliche Verwandlung ein, restrukturierte seine Moleküle und wurde zu ...

Der Commander blinzelte verblüfft und glaubte, seinen Augen nicht trauen zu können. Odo metamorphierte zu einem fast zwei Meter hohen Spiegel.

Sisko fragte sich, was der Constable damit bezweckte – und sofort fiel ihm die Antwort ein.

*O mein Gott,* dachte er.

Die Vorstellung ließ ihn innerlich erzittern, und gleichzeitig wußte er, daß ihm keine Wahl blieb.

Mit dem Daumen berührte er einen Regler an der Waffe, veränderte damit ihre Justierung. »Na schön«, sagte er. »Ich ziele nicht länger auf Sie. In Ordnung? Es besteht kein Anlaß für Sie, dem Jungen ein Leid zuzufügen.«

Sisko hielt den Arm ausgestreckt, als er den Phaser langsam – ganz langsam – zur Seite bewegte. Meta beobachtete ihn und achtete nicht darauf, wohin die Mündung der Waffe deutete. Er wußte auch nicht, daß der Commander gerade die Justierung verändert hatte.

Einige Sekunden später zielte Sisko genau auf Odo.

Irgend etwas – vielleicht eine Art sechster Sinn – schien Meta zu warnen. Er blickte in die Richtung, in die der Phaser deutete.

Der Kommandant betete zu allen Göttern, die bereit waren, ihn zu erhören. *Wenn ich jetzt versage, verzeihe ich mir das nie,* dachte er – und drückte ab.

Ein Strahl zuckte zum Spiegel und wurde dort reflektiert.

Metas Kopf platzte auseinander, als der Strahl hindurchraste. Wo eben noch der Schädel gewesen war, zeigte sich nun eine rötliche Masse, ein Halsstumpf, in dem es kochte und brodelte.

Jake riß sich mit einem plötzlichen Ruck los, hechtete nach vorn und landete bäuchlings auf dem Boden.

Sisko feuerte noch einmal, um dem Metamorph

keine Gelegenheit zu geben, sich von der Überraschung zu erholen und erneut in die Offensive zu gehen. Der energetische Blitz riß Meta von den Beinen. Zwei Meter weiter hinten prallte er aufs Deck – und löste sich prompt auf.

Das Wesen glitt zu einer Öffnung im Boden und floß schnell hinein.

»*Nein!*« rief Odo, der jetzt nur noch zur Hälfte ein Spiegel war. Seine Stimme klang heiser, bot damit einen deutlichen Hinweis auf Erschöpfung.

Der Constable taumelte vor, verlor das Gleichgewicht und fiel, versuchte sofort, sich wieder in die Höhe zu stemmen. Als ihm dazu die Kraft fehlte, schob er sich übers Deck und streckte die Hand nach dem fliehenden Meta aus.

Er war zu langsam. Der andere Gestaltwandler entkam durch die Öffnung.

»Bleiben Sie hier!« rief Sisko, als er zu Jake eilte, um sich zu vergewissern, daß ihm nichts fehlte. »Der Mörder flieht durch die Belüftungsschächte, und sie bilden ein wahres Labyrinth – ohne konkrete Hinweise finden Sie ihn nicht. Und selbst wenn Sie ihn entdecken: Sie benötigen dringend eine Ruhepause.«

»Wir müssen ihm unbedingt das Handwerk legen, Sisko!«

Der Commander hatte den Sicherheitsoffizier selten so zornig gesehen. »Wir *werden* ihm das Handwerk legen, Constable. Verlassen Sie sich drauf.«

Odo nickte knapp und verwandelte die letzten Spiegel-Teile seiner Körpers, integrierte sie in die humanoide Gestalt.

Einige Sicherheitswächter erreichten den Ort des Geschehens, und zwar viel zu spät. Sie hatten sich einen Weg durch den massiven Flüchtlingsstrom bahnen müssen und dadurch viel Zeit verloren.

Odo stampfte wütend mit dem Fuß auf. »Wir müssen nicht nur die Korridore mit Kraftfeldern abschirmen, sondern auch alle Wartungs- und Belüftungsschächte«, stieß er hervor. »Bisher schienen solche Maßnahmen nicht notwendig gewesen zu sein – wer hätte so etwas voraussehen können?« Er unterbrach sich kurz und fügte hinzu: »*Ich* hätte es voraussehen müssen. Meine Pflicht besteht daran, an alles zu denken, keine Möglichkeit außer acht zu lassen.«

Sisko wollte auf keinen Fall, daß sich der Sicherheitsoffizier Selbstvorwürfen hingab. Er hielt einen Versuch für notwendig, Odos Stimmung zu verbessern. »Das mit dem Spiegel war eine ausgezeichnete Idee. Ich verdanke Ihnen das Leben meines Sohns.«

Jake stand auf. Der jüngste Zwischenfall hatte ihm einen Schock versetzt, aber er erholte sich rasch davon. »He, das war nicht übel, Dad. Mit dem Phaser kannst du wirklich gut umgehen.«

»Weißt du nicht Bescheid?« Odo verlieh seiner Stimme wieder den üblichen sarkastischen Klang. »Während seines Studiums an der Akademie nannte man deinen Vater Adlerauge. Um ganz ehrlich zu sein, Sisko... Ich habe meine ganze Hoffnung darauf gesetzt, daß Sie bei jenem Gespräch die Wahrheit sagten. Ein Teil von mir fürchtete, daß Sie ein wenig übertrieben – in Hinsicht auf Ihre Schießkünste, meine ich.«

»Äh, nun...« Der Commander holte tief Luft. »Wenn ich ebenfalls ganz ehrlich sein soll: Ich habe tatsächlich gelogen, von vorne bis hinten. Es gab nie jemanden, der mich Adlerauge nannte. Und es gab nie einen Spiegel, der meinen Phaserstrahl reflektierte.« Er zögerte kurz und fügte hinzu: »Bis heute.«

# KAPITEL 14

Quark stand hinter der Theke des Spielkasinos, und seine Hände zitterten, als er sich das vierte Syntho-Bier innerhalb einer Stunde genehmigte. Vorsichtig hob er das Glas zum Mund und achtete darauf, nichts zu verschütten. Glav saß auf der anderen Seite und schüttelte den Kopf. »Ich habe Sie für tot gehalten.«

»*Sie* haben *mich* für tot gehalten?« Quark seufzte hingebungsvoll. »Niemand war von meinem Tod mehr überzeugt als ich selbst. Außerdem war ich völlig sicher, daß Sie nicht mehr unter den Lebenden weilten.«

»Ohne den Nebel hätte es mich sicher erwischt. Übrigens: Woher stammte er?«

»Meinen Sie das Original? Von Dantus Drei. Dort lichtet sich der Nebel nie, und die Einheimischen kommunizieren allein mit Hilfe des Tastsinns.«

»Klingt interessant.«

»Oh, es kann tatsächlich recht interessant sein – unter den richtigen Voraussetzungen.« Quark trank. »Meine Güte, Glav ... Wenn man nur knapp dem Tod entronnen ist – dadurch wird einem die eigene Sterblichkeit richtig bewußt.«

»Wir können wirklich von Glück sagen«, erwiderte Glav. »Wenn der Starfleet-Arzt nicht gewesen wäre ...«

»Ja, das stimmt«, erklang eine andere Stimme.

Die beiden Ferengi blickten zur Seite und erkannten den in der Nähe sitzenden Bashir. Die Lippen des jungen Mannes deuteten ein zuversichtliches Lächeln an.

»Doktor!« rief Quark. »Es freut mich sehr, Sie hier zu sehen! Kommen Sie! Setzen Sie sich zu uns! Glav, bitte machen Sie Platz für unseren besten Freund!«

Bashir grinste fast, als er diese Worte hörte, und er nahm an der Theke Platz. Glav klopfte ihm auf den Rücken. »Sie sind unser Retter, Verehrtester!«

»Ja, da hat Glav völlig recht«, bestätigte Quark. »Ich muß zugeben, daß ich nicht gerade begeistert war, als Sie die Holo-Kammer betraten und uns bei ... bei einer privaten Angelegenheit störten. Aber aus offensichtlichen Gründen kann ich deshalb keine Vorwürfe gegen sie erheben. Ein Drink, auf Kosten des Hauses!«

»Das ist sehr freundlich von Ihnen«, sagte Bashir.

Quark reichte ihm eine Syntho-Bier und fragte: »Halten Sie es für möglich, daß der Mörder ... hierher zurückkehrt?«

»Ich hoffe, er hält sich von der Promenade fern«, entgegnete Bashir. »Nun ... Ich möchte etwas mit Ihnen besprechen, Quark. So wie ich die Sache sehe – Sie stehen in meiner Schuld.«

Der Ferengi runzelte die Stirn. »Ich habe Ihnen gerade einen Drink spendiert. Sind wir dadurch nicht quitt?«

Der Arzt musterte ihn verblüfft. »Ist Ihnen das eigene Leben nur ein Syntho-Bier wert?«

Glav und Quark wechselten einen Blick. »Ich muß ihm zustimmen«, ließ sich Glav vernehmen. »Vielleicht sollten Sie ihm einen zweiten Drink anbieten.«

Bashir schob das Glas beiseite. »Es geht mir nicht um kostenlose Getränke.«

»Worum dann?« fragte Quark. Plötzlich kniff er die Augen zusammen und wich mißtrauisch zurück. »He, Moment mal ... Woher soll ich wissen, daß Sie wirklich Dr. Bashir sind und nicht ... jenes Wesen?«

»Wenn ich der Gestaltwandler wäre, hätte ich inzwischen längst Gelegenheit gefunden, Sie umzubringen«, erwiderte der Arzt. »Immerhin sitze ich in Ihrer unmittelbaren Nähe. Hinzu kommt: Wenn ich nicht Dr. Bashir bin, so können Sie ruhig irgendwelche Vereinbarungen mit mir treffen – ohne sich später daran gebunden zu fühlen.«

Quark dachte darüber nach. »Na schön. Es klingt vernünftig. Was wollen Sie, Doktor?«

»Ich möchte, daß Sie eine Ihrer Holo-Kammern nach meinen Wünschen programmieren.«

Der Ferengi befeuchtete sich die Lippen. »Wie ... anzüglich ist das Programm? Wenn Sie mir erlauben, es nachher selbst zu verwenden oder meinen Kunden zur Verfügung zu stellen ...«

Bashir sah ihn so groß an, als sei dem Inhaber des Spielkasinos plötzlich ein drittes Auge gewachsen. »Mit Sex hat die Sache überhaupt nichts zu tun. Es geht mir nur darum, etwas Gutes zu bewirken.«

»Pah«, schnaubte Quark abfällig. »Wissen Sie eigentlich, wie schwer es ist, ein ganz neues Programm für holographische Simulationen zu entwickeln? Man braucht viel Zeit dazu, und Zeit ist kostbar – insbesondere meine. Außerdem bin ich nicht sicher, ob ich riskieren soll, den guten Ruf meiner Holo-Kammern mit etwas Makellosem zu beflecken.«

»Ich habe Ihnen das Leben gerettet, Quark!«

»Na schön.« Der Ferengi seufzte erneut. »Ich biete Ihnen freie Getränke für ein Jahr, wobei zu beachten ist, daß Sie höchstens einen Drink pro Tag beanspruchen dürfen. Nun, was halten Sie davon?«

Glav nickte anerkennend. »Wenn ich Ihnen einen Rat geben darf, Doktor: Geben Sie sich damit zufrieden.«

»Ich muß schließlich meinen Maßstäben treu bleiben«, sagte Quark.

Bashir preßte die Lippen zusammen, so daß sie nur noch einen dünnen Strich bildeten. »Gehören dazu auch erotische Darstellungen von Offizieren dieser Raumstation?«

»Ich weiß gar nicht, wovon Sie reden«, erwiderte Quark und gab sich unschuldig – er spielte seine Rolle gut.

Aber nicht gut genug. »Quark ...« Der Arzt zog das Wort in die Länge. »Wie würden Lieutenant Dax und Major Kira Ihrer Meinung nach reagieren, wenn sie von dem Holo-Programm Kenntnis erhielten?«

Der Ferengi bedachte Bashir mit einem fast flehentlichen Blick. »Doktor, Sie wollen doch nicht ... Es war nur ein harmloser Zeitvertreib. Mehr steckte überhaupt nicht dahinter. Und wenn man genauer darüber nachdenkt: Die betreffenden Damen hätten allen Grund, sich deshalb geschmeichelt zu fühlen.«

»Ach? In dem Fall sollte ich Dax und Kira sofort mitteilen, wie sehr Sie ihnen schmeicheln.«

Bashir wollte aufstehen, doch Quark hielt ihn am Arm fest. »Warten Sie!«

»Worauf?«

Quark murmelte einen Ferengi-Fluch. »In Ordnung, Doktor. Sie wissen, wie man richtig verhandelt. Ich frage mich, ob vielleicht auch Ferengi-Blut in Ihren Adern fließt ... Wie dem auch sei: Ich erstelle eine Simulation für Sie. Ohne daß Ihnen dadurch Kosten entstehen. Sie können das Programm benutzen, solange Sie wollen. Benutzen Sie es, bis Sie daran ersticken!« fügte Quark zornig hinzu.

»Danke. Ich nenne Ihnen alle erforderlichen Einzelheiten. Oh, und noch etwas ...«

»Ja?« fragte Quark müde. Er verabscheute es, bei einem Geschäft den kürzeren zu ziehen – selbst wenn es den Mann betraf, der sein feiges Leben gerettet hatte.

»Wie lautet die Codebezeichnung des Programms mit Dax und Kira?«

Quark sah auf und schöpfte neue Hoffnung. »Ah. XXX-drei. Es gehört zu meiner privaten Sammlung, aber wenn Sie ...«

»Löschen Sie es.«

*»Doktor!«*

»Ich meine es ernst, Quark. Das Programm soll verschwinden, und zwar für immer. Und wenn Sie noch einmal versuchen, holographische Kopien von Personen anzufertigen, die zur regulären Besatzung von Deep Space Nine gehören ... Dann gilt unsere Übereinkunft nicht mehr. Dann plaudere ich alles aus. Und eins versichere ich Ihnen: Wenn Dax und Kira – vor allem Kira – mit Ihnen fertig sind, dann wünschen Sie sich, der Metamorph hätte Sie erwischt. Verstanden?«

»Verstanden«, brummte Quark.

»Gut. Übrigens: Ich vertraue nicht einfach Ihrem Wort. Ich überprüfe alles.«

Quark starrte den Arzt finster an. »Ja, das dachte ich mir.«

»Zentrale an Dr. Bashir«, klang Kiras Stimme aus dem Insignienkommunikator des Arztes. »Haben Sie etwas Zeit, Doktor?«

»Ich bin unterwegs zu Ihnen.«

Er nickte Quark noch einmal zu, erhob sich und schritt in Richtung Turbolift.

Glav wandte sich vorwurfsvoll an den anderen Ferengi. »Sie haben nicht einmal unsere Absicht erwähnt, die Raumstation zu kaufen.«

»Ach, seien Sie still«, schnaufte Quark verärgert.

»Verdammt!« entfuhr es Sisko. »Ich habe volles Verständnis dafür, daß die Leute Deep Space Nine verlassen wollen!«

Sie standen an der Kommandokonsole: Sisko, Kira, Dax, Odo, O'Brien und Bashir. Zorn blitzte in den Augen des Kommandanten, als er die Offiziere musterte.

»Zuerst dachten wir, alles unter Kontrolle halten zu können«, fuhr er fort. »Aber Sie haben ja gesehen, wozu das Wesen fähig ist ...«

»Ich wäre Ihnen dankbar, wenn Sie damit aufhören würden, in diesem Zusammenhang von einem ›es‹ zu sprechen«, sagte Odo scharf. Offenbar fühlte er sich persönlich beleidigt und versuchte gleichzeitig, sich davon nichts anmerken zu lassen – es gelang ihm nur unvollkommen.

Sisko nickte. »Entschuldigen Sie bitte, Constable. Nun, wir alle haben gesehen, wozu jene Person fähig ist. Der fremde Gestaltwandler verursachte eine Panik in der Promenade, und es grenzt an ein Wunder, daß dabei niemand niedergetrampelt wurde. Die derzeitige Situation verlangt meiner Ansicht nach eine Evakuierung.«

»Was auch dem Metamorph Gelegenheit gäbe, aus Deep Space Nine zu entkommen«, sagte Kira.

»Nicht unbedingt«, warf Bashir ein. »Wir könnten die Shuttles und Raumschiffe mit Lebensdetektoren sondieren, bevor wir ihren Start erlauben. Auf diese Weise sorgen wir dafür, daß sich der Gesuchte nicht als irgendein Objekt tarnen kann.«

»Das dürfte kaum ausreichen«, bemerkte Odo. »Der Mörder ist schlau und gerissen. Vielleicht fände er eine Möglichkeit, sich *nach* der Sondierung an Bord eines Schiffes zu verstecken. Er könnte sogar zu einem Scanner werden und Ihnen mitteilen, daß sich keine fremden Organismen an Bord befinden.«

»Wenn die Entfernung nach Bajor nicht so groß wäre...«, spekulierte Dax. »Bei einer Evakuierung per Transporter ergäben sich kaum Probleme.«

Sisko richtete einen fragenden Blick auf O'Brien.

Der Chefingenieur schnitt eine Grimasse. »Sie wollen mich doch nicht auffordern, die Station in den Orbit des Planeten zurückzusteuern, oder?« Er schauderte bei dieser Vorstellung. »Sir... Für solche Belastungen ist die Station einfach nicht vorgesehen. Es besteht eine Wahrscheinlichkeit von vierzig Prozent dafür, das DS Nine auseinanderplatzt, wenn wir eine Beschleunigungsphase einleiten.«

»Das würde unser Problem lösen«, meinte Odo sarkastisch. »Wenn auch auf eine ziemlich endgültige Art und Weise.«

»Nun, vielleicht erübrigen sich solche Überlegungen«, sagte Sisko. »Hätten wir die Gewißheit, daß beim Einsatz des Transporters nicht auch der Metamorph auf den Planeten transferiert wird? Die Bajoraner wären wohl kaum begeistert, von einem solchen ... Individuum Besuch zu erhalten.«

»Wir müßten die Identität jedes einzelnen Evakuierten überprüfen«, überlegte Bashir laut. »Derartige Verifizierungen sind nur bei den Personen einfach, deren Medo-Daten gespeichert sind und somit eine Vergleichsgrundlage bieten.«

»Ich nehme an, damit meinen Sie insbesondere Starfleet-Angehörige«, sagte Sisko.

»Ja. Bei allen anderen ist eine Identitätsbestätigung weitaus schwieriger.«

»Wundervoll«, kommentierte Odo. »Das Starfleet-Personal verläßt Deep Space Nine, während sowohl die Bajoraner als auch alle Durchreisenden an Bord bleiben müssen.«

»Möchten Sie lieber ›das Gesicht wahren‹ oder Leben retten?« fragte Bashir.

»Wenn sich Starfleet in diesem Sektor behaupten und hier einen guten Ruf erwerben will, so dürfen wir uns nicht einfach aus dem Staub machen, sobald die Lage brenzlig wird«, brummte Sisko. »Aber aus reiner Neugier ... Wären Sie bereit, DS Nine zu verlassen, Doktor? Würden Sie die Möglichkeit nutzen, den Planeten aufzusuchen, um dort sicher zu sein?«

Der Arzt senkte den Kopf. »Nein«, erwiderte er leise. »Nein, das brächte ich nicht fertig.«

»Und unser wissenschaftlicher Offizier?«

Dax lächelte andeutungsweise, und in den Augen

kam weitaus mehr Weisheit zum Ausdruck, als es dem Alter der attraktiven Frau entsprach. »Du kennst die Antwort, Benjamin.«

»Major?«

»Ein bekannter Freiheitskämpfer aus der bajoranischen Vergangenheit hieß Ayvon von den Sieben«, sagte Kira. »Man legt ihm viele berühmte Aussprüche in den Mund, und einer von ihnen ließe sich folgendermaßen übersetzen: Ich gehöre nicht zu Starfleet; ich bin kein Feigling; ich bleibe hier.«

Sisko sah zu O'Brien. »Chief?«

»Es ist keineswegs meine Angewohnheit, vor irgend etwas wegzulaufen, Sir«, erklärte der Chefingenieur. »Oh, ich hätte nichts dagegen, meine Familie auf den Planeten zu beamen. Aber wenn Keiko weiß, daß ich hierbleibe ... Dann würde sie es bestimmt ablehnen, Deep Space Nine zu verlassen.«

»Sonst noch jemand?« Siskos Blick wanderte durch den Kontrollraum, und zufrieden stellte er fest, daß die übrigen Anwesenden den Kopf schüttelten. *Wer zu Starfleet gehört, hält durch,* dachte er stolz. »Also gut. Dann sind wir uns also einig – wir bringen diese Sache gemeinsam hinter uns. Womit wir wieder bei der ursprünglichen Frage wären: Wie schnappen wir den Gestaltwandler?«

»Er scheint die Belüftungsschächte zu bevorzugen, um von einem Ort zum anderen zu gelangen«, sagte O'Brien. »Angenommen, wir legen die ganze Station still: Andockring, Habitatsektion und so weiter. Wir bringen alle Personen in den oberen Etagen des zentralen Bereichs unter – unter solchen Bedingungen müßte ein Fremder sofort auffallen. Anschließend setzen wir den Rest von Deep Space Nine – mitsamt den Luftschächten – dem Vakuum des Alls aus. Auch der Metamorph muß atmen, so wie wir alle. Und wenn er das Bewußtsein verloren hat oder gar tot ist ... Dann dürfte es nicht weiter schwer sein, ihn zu finden.«

»Vielleicht irren Sie sich«, wandte Odo ein. »Wenn der Gestaltwandler ebenso beschaffen ist wie ich, so macht ihm das Fehlen einer Atmosphäre überhaupt nichts aus. Ich habe keine inneren Organe, zumindest nicht in einem für Sie verständlichen Sinne. Bei mir gibt es keine Lungen, die in regelmäßigen Abständen Luft aufnehmen, um das Blut mit Sauerstoff anzureichern – die Luft durchdringt meine ganze Masse und verbleibt dort für eine Weile; vielleicht unterliegt die entsprechende Zeitspanne keinen Beschränkungen. Es wäre also durchaus denkbar, daß der Metamorph im Vakuum überlebt, bis wir den normalen Zustand in der Station wiederherstellen.«

»In einem Punkt hat O'Brien zweifellos recht«, meinte Sisko. »Der Mörder benutzt tatsächlich die Belüftungsschächte, um verschiedene Orte aufzusuchen. Wenn wir diesen Weg blockieren könnten, wären wir schon ein ganzes Stück weiter.«

Der Chefingenieur konzentrierte sich auf das neue Problem, überlegte und runzelte dabei die Stirn. »Nun... Ich könnte einige neue Schaltverbindungen schaffen und andere so verändern, daß Verbindungen zu den Generatoren entstehen, mit denen wir lokal begrenzte Schutzfelder schaffen. Auf diese Weise müßte sich eine Ionisierung der Luft in den Schächten bewerkstelligen lassen. Anders ausgedrückt: Es wäre möglich, dem Metamorph den einen oder anderen elektrischen Schlag zu verpassen. Was halten Sie davon, Odo?«

»Mir würde so etwas nicht gefallen«, entgegnete der Sicherheitsoffizier.

»Gut.« O'Brien gestattete sich ein kurzes Lächeln, als sein natürlicher Optimismus erwachte. Er dachte nicht gern über irgendwelche Alternativen nach, von denen eine gräßlicher zu sein schien als die andere. Wenn es hingegen um technische Probleme ging, so fühlte er sich ganz in seinem Element. »Natürlich müßte ich die

Luftumwälzungsanlage desaktivieren – was kein großes Problem wäre, wenn sie innerhalb einer gewissen Zeit wieder eingeschaltet wird. Die größere Schwierigkeit besteht darin, daß alle Schaltkreisverbindungen manuell manipuliert werden müssen. Das dauert eine Weile, selbst dann, wenn ich alle zur Verfügung stehenden Leute einsetze.«

»Wie lange?«

»Nun...« O'Briens Enthusiasmus ließ ein wenig nach. »Genau da liegt der Hase im Pfeffer. In Deep Space Nine gibt es über zweihundert verschiedene Verteilerkästen, und zwei Drittel davon befinden sich in einem ziemlich schlechten Zustand. Das ist einer der Gründe dafür, warum es immer wieder zu Defekten kommt. Die notwendigen Veränderungen nähmen mindestens zwölf Stunden in Anspruch.«

»Je eher Sie anfangen, desto schneller werden Sie fertig.«

»Ja, Sir.«

»Bevor Sie gehen...« Sisko wandte sich an den Arzt. »Dr. Bashir wird Sie mit einem Medo-Tricorder untersuchen, um Ihre Identität zu verifizieren. Anschließend sondiert er auch uns – wir dürfen kein Risiko eingehen.«

Alle nickten, bis auf Odo, der die Stirn runzelte. »Sie gehen von der Annahme aus, daß der fremde Gestaltwandler das Erscheinungsbild ganz bestimmter Humanoiden nachahmen kann. Dazu bin *ich* nie in der Lage gewesen.«

»Wir müssen mit allem rechnen, Constable.«

»Ja, Sisko. Aber wenn die Transformationsfähigkeiten des Metamorphs tatsächlich so gut ausgeprägt sind...« Odo seufzte. »Hoffentlich gibt er mir den einen oder anderen Tip, nachdem ich ihn gefaßt habe.«

Nach den Bio-Sondierungen in der Zentrale kehrte Bashir zur Krankenstation zurück. Latasa sah fragend von einem Medo-Computer auf, und der Arzt sagte: »Präganglien.«

»Küß mich, du Narr – aber denken Sie daran, daß es sich nur um ein Kennwort handelt«, erwiderte die Krankenschwester und lächelte. Dann deutete sie zum Terminal. »Das Ding funktioniert nicht mehr.«

»Ich weise den Chefingenieur darauf hin. Allerdings dürfte er eine Zeitlang mit anderen Dingen beschäftigt sein. Was ist hiermit?« Bashir zeigte auf das zweite Computerterminal.

»Damit scheint alles in Ordnung zu sein.«

Der Arzt nickte. »Na schön. Kopieren Sie die Datei mit den medizinischen Daten des edemanischen Jungen Rasa. Fügen Sie alle uns zur Verfügung stehenden Informationen über Panoria hinzu. Ich meine die Symptome, metabolischen Auswirkungen und alles weitere.«

Latasas Finger huschten über die Tasten. Sie schob einen isolinearen Chip in ein Peripheriegerät und wartete einige Sekunden lang.

»Kopie vollständig«, meldete der Computer.

Die Krankenschwester nahm den Chip und reichte ihn Bashir. »Danke«, sagte er.

»Keine Ursache. Darf ich fragen, wofür Sie die Daten benötigen?«

Der Doktor hob den Chip. »Derzeit denken die meisten Personen in Deep Space Nine an den Tod, aber dies hier könnte Leben ermöglichen.«

Er sah sich in der Krankenstation um. »Heute ist es ruhig. Wo sind die anderen?«

Latasa seufzte. »Die meisten bajoranischen Schwestern und Pfleger haben sich krank gemeldet. Vermutlich schließen sie sich in ihren Unterkünften ein und wollen dort bleiben, bis alles vorbei ist.«

»Ich weiß sehr zu schätzen, daß Sie genug Mut aufbringen, um den Dienst fortzusetzen«, sagte Bashir. »Keine Sorge, Schwester. Bestimmt dauert es nicht mehr lange, bis wir alles überstanden haben.«

»Wie Sie meinen, Doktor«, erwiderte Latasa.

Bashir schenkte ihr sein schon berühmt gewordenes Lächeln und verließ die Krankenstation.

Latasa nahm erneut vor dem defekten Terminal Platz und drückte eine Taste. Nichts geschah.

»Verdammter Schrotthaufen«, murmelte sie und schlug mit der flachen Hand an die Seite des Geräts.

Der Computer schlug zurück.

## KAPITEL 15

»Verstehen Sie jetzt, was ich von Ihnen erwarte?« fragte Bashir. Er hockte hinter der Theke des Spielkasinos, um von niemandem gesehen zu werden.

Nog und Rom leisteten dem Arzt Gesellschaft. Die beiden Ferengi musterten ihn neugierig. »Ja, ich verstehe«, erwiderte Rom. »Und ich weiß, daß Sie versprochen haben, als Gegenleistung für unsere Hilfe bei Odo ein gutes Wort für Nog einzulegen.«

»Eins ist mir noch immer ein Rätsel«, murmelte Nog. »Warum das alles? Was steckt dahinter?«

»Ich habe meine Gründe. Mehr brauchst du nicht zu wissen.«

Er spähte über die Theke hinweg und sah das gleiche Bild wie während der vergangenen Tage.

Die Edemaner standen an ihrem üblichen Platz in der Promenade. Doch ihr Bemühen, Interesse an K'olkr zu wecken, schien heute noch weniger Sinn zu haben als sonst. Nur noch wenige Passanten waren unterwegs. Die meisten Leute versteckten sich in ihren Quartieren oder versuchten, in kleinen Gruppen Sicherheit zu finden. Niemand schlenderte entspannt umher.

Rasa wanderte allein umher. Seine Mutter hatte es ihm zunächst verbieten wollen, sich zu entfernen, doch Mas Marko widersprach ihr. »Du solltest den Jungen nicht verzärteln, Azira«, sagte er. »Gib ihm Gelegenheit, den Rest seines Lebens so für K'olkrs Werk zu verwenden, wie er es für richtig hält.« Nach kurzem Zögern fügte er grollend hinzu: »Aber halte nach Dr. Bashir Ausschau. Er respektiert unseren Glauben nicht, und vielleicht führt er erneut etwas im Schilde.«

Azira fügte sich ihrem Mann. Doch gleichzeitig behielt sie Rasa im Auge, um sicherzustellen, daß er sich nicht zu weit von der Gruppe entfernte.

»Kommt!« rief Mas Marko den vergleichsweise wenigen Personen in der Promenade zu. »Kommt und vernehmt K'olkrs Botschaft!« Nach einer Weile bemerkte er, daß sich ein Ferengi näherte – ja, das betreffende Individuum kam direkt auf ihn zu. Nun, Ferengi und Religion schienen einander auszuschließen, aber wie hatte sich Commander Sisko ausgedrückt? *K'olkr beschreitet unerforschliche Wege, um Seine Wunder zu vollbringen,* wiederholte Mas Marko in Gedanken.

»K'olkr führt Sie zu mir«, sagte er.

»Das bezweifle ich«, erwiderte Rom. »Commander Sisko führt mich zu Ihnen. Er möchte Sie sprechen.« Der Ferengi senkte die Stimme und fügte in einem verschwörerischen Tonfall hinzu: »Ich glaube, er möchte Sie über die neuesten Entwicklungen in Hinsicht auf den Gestaltwandler informieren.«

Marko nickte anerkennend. »Es freut mich, daß er bereit zu sein scheint, auf uns Edemaner einzugehen. Wenn das tatsächlich der Fall ist ... Dann habe ich vielleicht voreilig gehandelt.«

Rom musterte ihn. »Voreilig gehandelt? Wie meinen Sie das?«

»Schon gut.« Marko winkte ab. »Der Mas kann jederzeit eine neue Entscheidung treffen. Du bleibst hier, Del.«

»Ich glaube, der Commander erwartet Sie beide«, sagte Rom. Das Improvisieren fiel ihm nicht leicht.

»Er wird sich mit mir begnügen müssen«, stellte Marko fest. »Falls Bashir hier erscheinen sollte, Del ...

Bitte sorg dafür, daß er meine Gemahlin nicht belästigt.«

»Ja, Mas Marko«, bestätigte der Novize.

Das Oberhaupt der Gemeinschaft rückte den langen Umhang zurecht. Seine Aura aus Würde, Erhabenheit und einer gehörigen Portion Finsternis schien sich zu verdichten, als er zum Turbolift schritt.

Azira fühlte sich von plötzlicher Nervosität heimgesucht. Zwar blieb Del bei ihr, aber sie glaubte sich trotzdem isoliert. Deep Space Nine konfrontierte sie mit einer fremden, ungewohnten Umgebung, und jetzt war die Raumstation zu einem Ort des Schreckens geworden.

Sie behielt ihre Zweifel und Ängste für sich, weil ihr Mann nichts von solchen Dingen hören wollte. Aber in letzter Zeit ...

In letzter Zeit ...

Sie gewann immer mehr den Eindruck, daß der allmächtige K'olkr DS Nine übersah.

War das möglich? Mochte diese Pustel von Raumstation K'olkrs Aufmerksamkeit entgangen sein?

Vielleicht hatten Mas Marko und seine Anhänger einen falschen Weg gewählt – einen Pfad, der direkt in die Hölle führte.

Hölle ... Dieses Wort hörte Azira immer häufiger. Die Angehörigen vieler Völker glaubten an einen solchen Ort, der Sünder aufnahm und sie mit ewigem Leid bestrafte.

Die Edemaner hingegen lehnten ein solches Konzept ab. Für sie gab es das E'bon – eine Art Unterwelt, die jene Edemaner aufnahm, deren Tod während einer Phase des Zweifels an K'olkr stattgefunden hatte. Im E'bon wurden sie für ihren Mangel an Glauben bestraft – auf daß die armen, gepeinigten Seelen Reue empfanden. Für unbestimmte Zeit mußten sie im E'bon bleiben, bis der Läuterungsprozeß weit genug fortgeschritten war, um eine neue Inkarnation zu ermöglichen. Die betreffenden Individuen bekamen keine Gelegenheit, in die leuchtende Sphäre von K'olkr zu gelangen – sie mußten noch einmal leben.

Man ging von folgender Annahme beziehungsweise Hoffnung aus: Die Erinnerung an den seelischen Läuterungsschmerz begleitete die Wiedergeborenen während ihrer sterblichen Existenz. Man spekulierte, daß die frommsten Edemaner einen Aufenthalt im E'bon hinter sich hatten und nun versuchten, die Fehler ihres früheren Lebens nicht zu wiederholen. Was bewies, daß wahrer Ruhm von jenen erlangt werden konnte, die ihn sich wirklich wünschten.

Aziras dachte an die schrecklichsten aller schrecklichen Möglichkeiten. Wer wußte von der Beschaffenheit des E'bon? Vielleicht… vielleicht existierte die Raumstation gar nicht. Vielleicht waren Mas Marko und seine Begleiter während der Reise zum Wurmloch irgendeinem Unglück zum Opfer gefallen. Vielleicht befanden sie sich nun im E'bon, um bizarren Qualen ausgesetzt zu werden. Vielleicht starben sie, ganz langsam, Stück für Stück…

Markos Gemahlin verbannte diese Überlegungen aus ihrem bewußten Ich. Solche Vorstellungen waren absurd. Die Realität mochte entsetzlich sein – aber es handelte sich um die *Realität*. Ihre Phantasien änderten nichts daran. *Ich bin hier,* dachte Azira. *Marko ist hier. Und mein Sohn…*

Sie sah sich um.

Von Rasa fehlte jede Spur.

Furcht prickelte in der Mutter. Sie rief den Namen des Sohns, bekam jedoch keine Antwort.

»Hast du Rasa gesehen, Del?« wandte sie sich an den Novizen.

»Nein«, erwiderte er höflich. »Ich glaube, er ging in jene Richtung.« Er deutete zum Spielkasino. »Soll ich…«

»Nein, ich suche ihn«, sagte Azira. »Falls er während meiner Abwesenheit zurückkehren sollte … Sorg dafür, daß er hierbleibt. Die gegenwärtigen Umstände erlauben es nicht, daß er die Station allein durchstreift.«

Del nickte verständnisvoll, und Azira schritt zum Kasino.

Das Etablissement erfüllte sie mit Abscheu. Nun, eigentlich galt das auch für den Rest von Deep Space Nine. Allein ihr Sohn spendete ihr Trost.

Ihr Sohn, der in spätestens einem Jahr starb, um von K'olkr empfangen und Teil Seiner Heiligkeit zu werden …

Azira fand keinen Gefallen an diesem Gedanken, und deshalb verdrängte sie ihn rasch, als sie sich Quarks Spielkasino näherte. Der Inhaber höchstpersönlich stand hinter der Theke und versuchte, ein Glas zu säubern – was ihm sicher leichter gefallen wäre, wenn er einen sauberen Lappen verwendet hätte. Neugierig sah er zu der Edemanerin auf. »Wie kann ich zu Diensten sein?«

»Ich …« Aziras Hände zitterten und vollführten nervöse Gesten. »Ich suche meinen Sohn. Wissen Sie vielleicht, wo er sich aufhält?«

»Ihr Sohn?«

»Unsere Gruppe steht seit einigen Tagen dort drüben«, erklärte Azira. Sie streckte den Arm aus und zeigte zur anderen Seite der Promenade.

»Ah, ja.« Quark gab sich den Anschein, langsam zu verstehen. »Die religiösen Leute. Nun, eins steht fest: Sie haben für eine gewisse Abwechslung gesorgt. Ihren Sohn suchen Sie, wie?« Mit dem Handballen klopfte er sich an die Stirn. »Ach, wie konnte ich das vergessen? Ich habe ihn mit Nog gesehen.«

»Nog?« Der Name bedeutete Azira nichts.

»So heißt der Sohn eines Angestellten von mir. Wenn ich mich recht entsinne, verschwanden die beiden Jungen nach oben.« Er deutete zur Treppe, die zu den Holo-Kammern führte.

»Danke.« Die Edemanerin wandte sich von der Theke ab und ging die Treppe hoch.

Quark sah ihr nach, und sein Gesichtsausdruck veränderte sich. »Jetzt sind wir quitt, Bashir«, murmelte er. »Sogar mehr als nur quitt. Ich weiß nicht, was schlimmer ist: auf die Forderungen eines unerfahrenen, naiven Starfleet-Arztes eingehen zu müssen – oder die Löschung von XXX-drei. Ach...« Er seufzte und lächelte dann, zeigte spitze Zähne. »Immerhin bleibt mir XXX-fünf.«

Unterdessen erreichte Azira das Ende der Treppe und sah dort durch den Flur. Die feuchte Luft roch muffig, weckte einen Hauch von Übelkeit in der Mutter. Auf der rechten Seite sah sie mehrere Türen.

Niemand befand sich in der Nähe. »Rasa?« fragte sie eher leise und behutsam. Als sie keine Antwort erhielt, wiederholte sie etwas lauter: »Rasa!«

»Mutter?«

Es war seine Stimme – aber sie klang anders als sonst: heiser, schwach. Ohne Kraft. Azira dachte dabei an den Wind, der über eine leblose Wüste wehte.

Die Edemanerin eilte zur mittleren Tür, doch sie öffnete sich nicht. »Rasa!« rief sie und klopfte ans Schott. »Was ist los? Was passiert dort drin? Laß mich herein!« Sie drehte sich um. »Mr. Quark! Diese Tür...«

Das Schott glitt beiseite. Azira wirbelte um die eigene Achse, und argwöhnisch blickte sie in die Kammer. Dunkelheit herrschte dort, verhüllte alle Konturen.

»Mutter... es tut so weh...« Rasas Stimme, kein Zweifel. Aber sie sah ihn nirgends.

Aziras Herz klopfte immer schneller, und ein Teil von ihr wollte weglaufen, so weit wie möglich. Hier stimmte etwas nicht. Hier ging etwas nicht mit rechten Dingen zu. Die Edemanerin spielte mit dem Gedanken, die Sicherheitsabteilung zu verständigen, Del zu holen, Marko Bescheid zu geben...

Aber dazu hätte sie fortgehen und Rasa jenen Dingen überlassen müssen, die hier geschahen. Sie versetzte sich in die Lage des Jungen: allein, hilflos dem in der Finsternis lauernden Entsetzen ausgeliefert.

Sie nahm ihren ganzen Mut zusammen und versuchte, die eigene Stimme fest und selbstsicher klingen zu lassen. »Rasa! Wo bist du! Komm sofort hierher!«

Licht erglühte an der Decke des Zimmers. Der Schein einer einzelnen Lampe fiel aufs Bett in der Mitte des Raums.

Einige Meter trennten sie von der Liege, an der leise verschiedene medizinische Geräte summten. Ein dumpfes, rhythmisches Pochen drang aus einem Lautsprecher, der sich irgendwo in der Dunkelheit verbarg – der Herzschlag des Jungen.

Azira lauschte dem Geräusch einige Sekunden lang, und Erinnerungen regten sich in ihr. Sie dachte an jenen Tag, als sie den Herzschlag ihres Sohns zum erstenmal gehört, nein, *gespürt* hatte. Ganz still war er gewesen, gab überhaupt keinen Ton von sich – zuerst befürchtete sie gar, er sei totgeboren. Doch der kleine Rasa schwieg einfach nur, schien bestrebt zu sein, niemandem zur Last zu fallen.

Man legte ihr das Kind auf den nackten Bauch, und dadurch fühlte sie das Pochen: Das Herz des Säuglings schlug so schnell, als sei es bestrebt, die kleine Brust zu sprengen.

Es hatte damals so schnell geschlagen wie jetzt das Herz der Mutter.

Eigentlich kein Wunder, daß sie sich nun an die Geburt des Sohns erinnerte, denn die Gestalt auf dem Bett war... Rasa.

Allerdings: Es handelte sich um einen *anderen* Rasa.

Azira trat langsam und unsicher näher. Sie konnte

kaum glauben, was ihr die Augen mitteilten. »Rasa?« flüsterte sie.

Hinter ihr schloß sich die Tür, aber sie achtete gar nicht darauf. Die Aufmerksamkeit der Edemanerin galt einzig und allein dem reglosen Jungen.

Eine zweite Lampe erstrahlte, und in ihrem Licht sah Azira den Arzt Bashir, der neben dem Bett stand.

Aus einem Reflex heraus wich sie zurück – wie ein Vampir, der das Kruzifix fürchtet. »Was geht hier vor?« zischte sie. »Mein... mein Mann hat Sie aufgefordert, sich von uns fernzuhalten.«

»Ich bin nicht zu Ihnen gekommen, sondern Sie zu mir«, erwiderte der Arzt mit einer Gelassenheit, zu der er sich zwingen mußte. Er hatte alles mit kühler Rationalität geplant, aber jetzt, während der entscheidenden Phase seines Plans, krampfte sich tief in ihm etwas zusammen.

»Es ist ein Trick!« Azira richtete wie anklagend den Zeigefinger auf ihn und wich noch einen Schritt zurück. »Sie haben mich hierhergelockt! Wo befindet sich mein Sohn?«

»Rasa? Hier liegt er.« Bashir strich mit der einen Hand über die Gestalt auf dem Bett, wirkte dabei fast wie ein Zauberkünstler, der sich anschickte, ein Kaninchen aus dem Hut zu ziehen.

Mas Marko verließ den Turbolift, doch Major Kira bereitete ihm nicht gerade einen herzlichen Empfang. »Ich verstehe Ihre Besorgnis«, sagte sie streng. »Aber wir können nicht zulassen, daß hier dauernd irgendwelche unbefugten Personen herumlaufen.«

»Ihre Situation ist mir durchaus klar«, erwiderte Mas Marko ruhig. »Es liegt mir fern, Sie zu stören und bei der Wahrnehmung Ihrer Pflichten zu behindern. Ich bin gekommen, weil mich der Kommandant zu sprechen wünscht.«

»Was?« Kira runzelte die Stirn, drehte sich zum Büro

um und rief: »Commander, haben Sie Mas Marko hierhergebeten?«

Sisko trat durch die Tür aufs Oberdeck und wirkte verwirrt. »Nein. Was veranlaßt Sie zu einer solchen Annahme?«

In Mas Markos Kopf läutete eine Alarmglocke. »Ein Ferengi behauptete, daß Sie mir etwas mitteilen möchten.«

»Nun, das dürfte die Erklärung sein«, entgegnete Sisko. »Die Ferengi haben einen recht seltsamen Sinn für Humor.«

»Er paßt gut zu ihrem Gefühl für Anstand«, murmelte Kira, die nicht einmal wußte, *wie* recht sie damit hatte.

»Wer auch immer Sie hierherschickte ...«, sagte Sisko. »Er hielt das offenbar für einen überaus lustigen Scherz. Welcher Ferengi steckt dahinter?«

»Ich weiß es nicht, Commander«, antwortete Mas Marko. »Um ganz ehrlich zu sein: Für mich sehen alle Ferengi gleich aus.«

»Ebenso wie wir für sie«, entgegnete Sisko. »Ich bedauere, daß Sie Ihre Zeit vergeudet haben.«

»Nun, da ich schon einmal hier bin ...«

»Mas Marko ...«

»Haben Sie inzwischen beschlossen, den Mörder der edemanischen Justiz zu überlassen?«

»Ich fürchte, da muß ich Sie enttäuschen.« Sisko sprach nun etwas schärfer als vorher. »Um es noch einmal zu betonen: Dies ist eine bajoranische Raumstation. Und zu den Opfern gehört auch ein bajoranischer Bürger. Die Bajoraner zeichnen sich durch einen großen Hang zur Spiritualität aus, aber sie sind gewiß nicht bereit, Mord zu tolerieren. Sie wollen den Täter. Und da die Verbrechen hier auf ihrem Territorium verübt wurden – in dieser Station –, haben ihre Wünsche Vorrang.«

»Das ist Pech für Sie, Commander«, sagte Mas Marko düster.

Irgend etwas in seiner Stimme wies Sisko darauf hin, daß sich Probleme für ihn ankündigten. »Entschuldigen Sie bitte, aber das klang wie eine Drohung.«

Marko schwieg.

»Ich mag es nicht, wenn man mir droht«, fuhr Sisko fort. »Dem Starfleet-Offizier namens Sisko gefallen Drohungen ebensowenig wie dem Kommandanten von Deep Space Nine.«

Plötzlich sah Dax von ihrer Station auf. »Die Sensoren registrieren ein Raumschiff, das sich uns nähert, Benjamin. Es hat gerade den Warptransfer beendet und fliegt mit halber Impulskraft.«

Sisko wandte den Blick von Mas Marko ab, verließ das Oberdeck und ging zur Kommandokonsole. »Warn das Schiff«, sagte er. »Teil der Crew mit, daß Deep Space Nine derzeit nicht angeflogen werden darf. Die Station steht unter Quarantäne, und Transite durchs Wurmloch sind nach wie vor unmöglich.«

»Die Fremden ignorieren unsere Kom-Signale.«

»Auf den Schirm.« Sisko trat einen Schritt vor und blickte neugierig zum großen Bildschirm.

Ein Raumschiff erschien dort, und seine Form ... Es sah aus wie ein explodierender Stern. Überall ragten Waffenmodule aus der Außenhülle. Wer auch immer sich an Bord befand – er schien bestens auf den Kampf vorbereitet zu sein.

»Bitte verlassen Sie den Kontrollraum, Mas Marko«, sagte Sisko. Er drehte nicht den Kopf, um festzustellen, ob Marko der Aufforderung nachkam. Statt dessen sah er zu Kira. »Haben wir Informationen über Raumschiffe dieser Art?«

Er bekam sofort Antwort – aber nicht von Major Kira.

»Es ist ein edemanischer Kreuzer des Heiligen Krieges«, verkündete Mas Marko. »Der Name lautet *Eifrig*. Ich habe das Schiff hierherbeordert.«

Sisko wandte sich um und starrte den Edemaner so an, als sei er ein besonders exotisches Insekt, über dem eine große Fliegenklatsche schwebte. »*Sie* haben das Schiff hierhergerufen?«

»In der Tat, Commander.«

Sisko sammelte seine ganze innere Kraft, um sowohl sich selbst als auch die Situation unter Kontrolle zu halten. »Darf ich mich nach dem Grund dafür erkundigen?«

»Sie dürfen«, erwiderte Marko. Er war die Ruhe selbst. »Obwohl ich glaube, daß Sie die Antwort bereits kennen. Der Kreuzer ist hier, um sicherzustellen, daß Sie den Wünschen des Mas Marko entsprechen.«

Siskos Hände schlossen sich so fest um den Rand der Konsole, daß sich die Fingerknöchel fast aus ihren Gelenken lösten. »Sie sind … *nicht* … der Kommandant … dieser Raumstation.«

»Das stimmt«, pflichtete der Edemaner dem Commander bei. »Aber ich bin in der Lage, dem Schiff dort draußen Befehle zu erteilen. Und es ist mit genug Destruktionspotential ausgestattet, um Deep Space Nine zu vernichten.«

»Sie scheinheiliger Mistkerl!« stieß Sisko wütend hervor. »Sie bezeichnen sich selbst als heiligen Mann – und drohen damit, die Raumstation zu zerstören und Hunderte von Unschuldigen an Bord zu töten, wenn ich Ihre Forderungen zurückweise?«

»Oh, es käme mir nie in Sinn, die Zerstörung Ihrer Station zu befehlen, Commander.« Mas Marko klang enttäuscht. »Aber ich könnte die *Eifrig* anweisen, Zielübungen zu veranstalten und dabei auf eine Stelle direkt hinter DS Nine zu feuern. Ich möchte niemandem ein Leid zu fügen. Doch wenn die Raumstation durch *Zufall* vom einen oder anderen Strahlblitz getroffen wird … Es wäre tragisch, ja, aber so was passiert. *Mich* träfe keine Schuld. Auch ich käme dabei ums Leben, aber wenigstens sterbe ich mit der Gewißheit, daß

K'olkr meine Seele empfängt. Womit Sie als Ungläubige nicht rechnen dürfen.«

Sisko blieb stumm.

»Versuchen Sie einmal, die Dinge aus meiner Perspektive zu sehen, Commander. Sie bezeichnen die hiesigen Personen als Unschuldige. Für mich sind es blinde Narren, die keine Ahnung haben von K'olkrs Weisheit und Größe ...«

Der Kommandant klopfte auf seinen Insignienkommunikator. »Sicherheitsgruppe zur Zentrale. Sofort!«

Mas Markos Gesicht zeigte Neugier. »Warum brauchen Sie hier eine Sicherheitsgruppe, Commander? Haben Sie vielleicht das Gefühl, Schutz zu benötigen?«

Der Turbolift erschien, und zwei Wächter betraten den Kontrollraum. Sisko deutete auf den Edemaner. »Bringen Sie diesen Mann in einer Arrestzelle unter. Durchsuchen Sie ihn gründlich und sorgen Sie dafür, daß ihm keine Kommunikationsgeräte irgendeiner Art zur Verfügung stehen.«

Die beiden Sicherheitswächter ergriffen Mas Marko an den Armen, und daraufhin verlor der dunkle Hüne zum erstenmal die Beherrschung. »Was soll das, Commander?«

»Ihr Fanatismus ist unübertrefflich, doch in Hinsicht auf richtiges Timing müssen Sie noch eine Menge lernen«, sagte Sisko. »Glauben Sie etwa, daß ich Ihnen die Möglichkeit lasse, ganz nach Belieben mit dem Kreuzer dort draußen zu kommunizieren, um ihn als Druckmittel uns gegenüber zu verwenden? Nein, auf keinen Fall.«

»Das ist unerhört!« ereiferte sich Mas Marko. »Ich bin die Stimme des allmächtigen K'olkr!«

»Schön«, sagte Sisko schlicht. »Wenn K'olkr irgend etwas von mir will, so schicken Sie ihn hierher, damit wir über alles reden können. Bis das geschieht, bleiben Sie in der Arrestzelle.« Er bedeutete den Wächtern mit einem Wink, Mas Marko fortzubringen.

Der Edemaner geriet nun völlig aus dem Häuschen. »Sisko!« donnerte er. »Sie beleidigen mich! Auf diese Weise behandelt man keinen edemanischen Großen Mas! Sie begehen einen schweren Fehler, Sisko! Die Folgen und Konsequenzen ...«

Der Kommandant von Deep Space Nine erfuhr nicht, welche Folgen und Konsequenzen sich aus seinem »Fehler« ergeben mochten, denn die übrigen Worte verloren sich im Zischen des davongleitenden Turbolifts.

»Das fremde Schiff ignoriert auch weiterhin unsere Kom-Signale«, sagte Kira. »Die Geschwindigkeit der *Eifrig* beträgt nun Relativnull.« Sie sah von den Anzeigen der Instrumente auf. »Der Kreuzer des Heiligen Kriegs hat offenbar beschlossen, zunächst einmal abzuwarten und zu beobachten.«

»Soll er ruhig«, erwiderte Sisko. »Überwachen Sie das energetische Potential des Schiffes. Leiten Sie defensive Maßnahmen ein, sobald Schilde oder Waffensysteme aktiviert werden. Wenn die *Eifrig* darauf verzichtet, kann sie von mir aus bis zum Nimmerleinstag warten. Übrigens: Finden Sie heraus, welcher Ferengi Mas Marko zu uns schickte. Bestimmt geht es dabei um mehr als nur einen ›Scherz‹, und ich möchte Bescheid wissen.«

»Ich bedauere sehr, daß ich Ihnen während der vergangenen Tage Anlaß gegeben habe, sich über mich zu ärgern«, sagte Bashir. »Auf diese Weise möchte ich Sie nun um Verzeihung bitten.«

Widerstrebend gab Azira der Neugier nach, näherte sich langsam dem Bett und starrte entsetzt darauf hinab.

Der Arzt bemühte sich, ganz ruhig zu sprechen, so als beträfe ihn die Sache gar nicht. Seine wahren Empfindungen durfte er jetzt auf keinen Fall zeigen. »In einem knappen Jahr müssen Sie sich von Ihrem Sohn verabschieden. Ich nehme an, Sie möchten stark für ihn sein. Bestimmt wollen Sie dem Jungen helfen, ihm während der letzten Stunden Kraft geben, anstatt... nun, Kummer und Verzweiflung zum Opfer zu fallen. Um Ihnen jene schwere Prüfung zu erleichtern, habe ich diese Simulation geschaffen. Ich versichere Ihnen: Sie ist keineswegs reine Phantasie, sondern spiegelt die Wirklichkeit selbst in den Einzelheiten wider. Meine medizinischen Daten sind genau. Darüber hinaus gibt es detaillierte Aufzeichnungen in bezug auf die letzten Phasen der Krankheit Panoria.«

Eine Decke reichte Rasa bis zum Kinn. Seine Augen glühten jetzt kaum mehr, wirkten trübe und stumpf. Außerdem schienen sie geschrumpft zu sein, lagen tief in den Höhlen. Die Haut erweckte einen regelrecht ausgedörrten Eindruck, und der Atem rasselte. Der Junge versuchte, sich die Lippen zu befeuchten, doch die Zunge verursachte ein kratzendes Geräusch, als riebe Sandpapier aneinander.

»Der Körper kann überhaupt keine Flüssigkeit mehr binden«, erklärte Bashir. Er wahrte den kühlen Tonfall, dozierte wie bei einer Vorlesung. Kein einziger Aspekt seines Gebarens deutete darauf hin, daß Aziras Gesichtsausdruck für ihn einem Dolchstoß mitten ins Herz gleichkam. Er wußte, daß die Frau litt, daß er direkte Verantwortung für ihr Leid trug. Ein nicht geringer Teil von ihm sah darin einen direkten Widerspruch zu seiner Aufgabe als Arzt, doch das bewußte Ich erinnerte sich immer wieder daran, welchen Zweck er damit verfolgte. »In diesem Stadium der Krankheit hat es keinen Sinn mehr, den Patienten mit Wasser zu versorgen. Sehen Sie nur.«

Er zog die Decke fort, und Azira gab einen erstickten Schrei von sich. Von der Taille aufwärts war das Kind nackt, und deutlich zeichneten sich die Rippen ab. Die Haut sah aus wie trockenes Pergament, und die Finger glichen Klauen.

»Mut ... ter«, krächzte der Knabe. Mühsam streckte er eine Hand aus, tastete damit umher. »Ich ... kann dich nicht sehen.«

»Hören Sie auf«, flüsterte Azira. Sie bebte am ganzen Leib. »Dies ist ... ein holographischer Trick. Wo befindet sich mein Sohn?« Plötzlich hob sie die Stimme und kreischte: *»Wo befindet sich mein Sohn?«*

»Es geht ihm gut, Madam«, sagte Bashir. Eine Sekunde später fügte er wie nachdenklich hinzu: »Zumindest jetzt noch. Aber in einigen Monaten ...« Er beendete den Satz nicht und deutete aufs Hologramm.

Das sterbende Kind setzte sich auf und sah in die Richtung, aus der Aziras Stimme kam. »Mut ... ter.« Jede Silbe war eine enorme Anstrengung. Der Junge klang so, als sei die Zunge angeschwollen. »Es ... tut so weh. Bitte ... bitte sorg dafür, daß ... es nicht mehr so weh tut ...«

Azira zitterte immer heftiger, und Bashir befürchtete schon, daß sie in Ohnmacht fallen würde. Mitleid zerriß ihn innerlich, und er fühlte sich wie der gemeinste aller Schurken. Doch jetzt gab es kein Zurück mehr. Er schien eine Einkaufsliste vorzulesen, als er fortfuhr: »Wichtige Organe versagen. Hinzu kommen: hohes Fieber, Dehydratation, Blindheit und heftige Schmerzen. Der Körper funktioniert einfach nicht mehr.« Er zögerte kurz und sah zum Hologramm. »Ich schätze, gleich hat er's hinter sich.«

*»Dieses Ding ist* nicht *mein Sohn!«*

»Azira ...«, erwiderte Bashir vorwurfsvoll. »So wird Ihr Sohn aussehen. Es sind keine Vermutungen oder Spekulationen. Es handelt sich um eine *Gewißheit*. Wenn Sie nicht beabsichtigen, an Rasas Seite zu weilen, wenn er stirbt, so bleibt diese Simulation sinnlos. Wenn Sie aber zugegen sein wollen, während er vom Diesseits ins Jenseits wechselt ... In dem Fall schlage ich vor, Sie nutzen diese Gelegenheit, um den Abschied zu üben. Oder glauben Sie vielleicht, Rasa möchte ›Das ist nicht mein Sohn!‹ von Ihnen hören, wenn er sein Leben aushaucht?«

»Mutter«, stöhnte der Junge. »Es tut so weh... Alles tut schrecklich weh. Warum... befreit mich... K'olkr nicht von den Schmerzen? Warum muß ich... so sehr leiden? Warum haßt Er mich?«

Aus einem Reflex heraus murmelte Azira: »K'olkr... K'olkr haßt niemanden. Er l... liebt uns. Alles...« Sie schluckte. »Alles hat einen Sinn, und...« Mehr brachte sie nicht hervor.

»Bitte halt mich... halt mich fest...« Der Junge streckte ihr die Arme entgegen.

Azira wich zurück, war einfach nicht fähig, sich dem holographischen Jungen zu nähern. »Bitte...«, wimmerte sie, und ihr Worte galten Bashir. »Bitte hören Sie auf. Ich... ich flehe Sie an: Beenden Sie die Simulation.«

Rasa zuckte, erlitt einen Schüttelkrampf. Azira schrie, und ihre rechte Hand flog zum Mund. Die Konvulsionen wurden immer stärker, erfaßten den ganzen Körper. Bashir trat ans Bett, stützte den Knaben und ließ ihn langsam auf die Matratze sinken. Rasa neigte den Kopf nach hinten, und ruderte mit den Armen, und dann rasselte der letzte Atemzug in seiner Kehle. Als er starb, murmelte er ein unverständliches Wort – vielleicht lautete es ›Mutter‹.

Das restliche Glühen verschwand aus den Augen, und die Seele verließ den Leib. Der Kopf rollte zur Seite, doch die Hände wiesen auch weiterhin nach oben. Bashir drückte sie sanft nach unten und faltete sie auf der nun reglosen Brust.

Aziras Schultern hoben und senkten sich in unregelmäßigen Abständen, und sie schluchzte immer lauter. Bashir zog die Decke über den Kopf des toten Jungen, drehte sich dann zu der Frau um und musterte sie scheinbar verwirrt. »Das verstehe ich nicht. In diesem Augenblick ist das Selbst Ihres Sohns unterwegs zu

K'olkr. Darüber sollten Sie sich doch freuen, oder? Da fällt mir ein ... Sie haben sich überhaupt nicht richtig von ihm verabschiedet. Ich schlage vor, wir versuchen es noch einmal. Computer, starte das Programm erneut.«

Das Bett erschimmerte kurz, und dann lebte der Junge wieder – wenn man in diesem Zusammenhang überhaupt von »Leben« sprechen konnte.

»Die Realität bietet Ihnen natürlich nur eine Chance«, sagte Bashir. »Sie erhalten keine zweite, wenn Sie die erste nicht nutzen. Aber hier ... Mit Hilfe der Simulation können Sie sich auf Rasas Tod vorbereiten.«

»Mutter?« erklang einmal mehr die heisere, fast tonlose Stimme des Jungen.

Azira trat abrupt vor und holte so schnell aus, daß der Doktor nicht rechtzeitig reagieren konnte. Sie schlug mit aller Kraft zu, traf die eine Hälfte von Bashirs Gesicht. Feuer brannte dort, doch der Arzt machte keine Anstalten, sich die Wange zu reiben.

»Ganz gleich, welche Schmerzen Sie mir zufügen ...«, sagte Bashir. »Die Wahrheit bereitet Ihnen noch weitaus mehr Pein.«

»Sie ... Sadist!« fauchte Azira. Sie drehte sich um und wollte aus der Holo-Kammer fliehen.

Der Arzt hätte sie am liebsten gepackt und ihr ins Ohr geschrien: *Sie wollen eine Mutter sein? Obgleich Sie bereit sind, Ihren Sohn einer solchen Krankheit auszuliefern, ihn hilflos sterben zu lassen? Geben Sie mir die Möglichkeit, ihm das Leben zu retten! Erlauben Sie mir, meinen medizinischen Pflichten gerecht zu werden! Zwingen Sie mich nicht, tatenlos zuzusehen, wie Ihr Sohn leidet! Im Namen der Menschlichkeit ...*

Aber Azira war kein Mensch, und ganz abgesehen davon: Hysterie nützte nichts. Gebrüll ließ sich viel leichter überhören als die ruhigen Worte der Wahrheit. Bashir schien vollkommen gefaßt zu sein, als er entgegnete: »Ich soll ein Sadist sein? Werte Dame, nicht *ich* habe beschlossen, so etwas geschehen zu lassen. *Sie* trafen die Entscheidung, Ihrem Sohn die Zukunft zu nehmen. Ich zeige Ihnen nur die Konsequenzen.«

Schluchzend lief Azira hinaus.

Als sie fort war, fiel die Gelassenheit vom Arzt ab. Jetzt offenbarten seine Züge, was er empfand; jetzt zeigte sich im Gesicht des jungen Mannes ganz deutlich, wie sehr er das Leid der Edemanerin teilte.

»Computer, beende das Programm«, sagte er leise. Das holographische Bild verschwand.

Bashir wußte, daß er zu einem schrecklichen Mittel gegriffen hatte, um sein Ziel zu erreichen – nur ein Verzweifelter handelte auf diese Weise. Und er *war* verzweifelt. Unter anderem deshalb, weil er sich nicht so ohne weiteres mit dem Tod eines Patienten abfinden konnte. Weil er sich wünschte, in jedem Fall helfen zu können.

Er überlegte, ob er irgendwann einmal weniger Anteil nehmen würde, wenn es ihm nicht gelang, jemanden vor dem Tod zu bewahren... Diese Vorstellung genügte, um seinen ganzen emotionalen Kosmos mit Grauen zu füllen. Der Gedanke, keine Möglichkeit zu bekommen, Rasa das Leben zu retten, war eine offene Wunde im Herzen des Arztes. Und die Weigerung der Eltern, den kranken Knaben behandeln zu lassen, streute Salz in jene Wunde.

Die Frage lautete: Genügte das Hologramm, um die Mutter zur Vernunft zu bringen?

Rasa starrte verblüfft auf das Holo-Bild in Nogs Hand. Die Darstellung zeigte zwei Orionerinnen, und sie stellten Dinge miteinander an, die Rasa bisher nicht für möglich gehalten hätte.

»Donnerwetter«, hauchte er schließlich.

Nog grinste. »Bekommst du so etwas in der Religionsschule zu sehen?«

Rasa schüttelte den Kopf.

Und plötzlich hörte er seine Mutter. *»Raaasaaa!«* Ihre Stimme schien überall in der Promenade widerzuhallen.

Die beiden Jungen hatten sich in einem von Quarks großen Vorratsschränken versteckt. Rasa stand so schnell auf, daß er mit dem Kopf ans obere Regal stieß. »Das verheißt nichts Gutes«, sagte er.

Nog schnaufte abfällig – typisch für einen Ferengi. »Hast du etwa Angst vor deiner Mutter?«

»Ja«, antwortete Rasa ehrlich.

»Oh. Na schön.« Nog trat die Tür auf, und Rasa kletterte nach draußen ins Licht. Er drehte sich noch einmal um und sah zu dem Ferengi. »Könnte ich vielleicht … äh … Ich meine, hast du noch mehr solche Bilder?«

»Nein«, erwiderte Nog. »Sie sind nur schwer zu beschaffen. Und nicht zu verkaufen – es sei denn, es wird genug Geld dafür geboten. In dem Fall kämen wir ins Geschäft.«

»Tut mir leid«, sagte Rasa in einem entschuldigenden Tonfall. »Geld habe ich leider nicht.«

»Dann mußt du auf Bilder dieser Art verzichten.«

»Na schön. Trotzdem – vielen Dank. Es war … interessant mit dir.«

Er wandte sich ab und eilte zum Platz der Edemaner. Nog lehnte sich zurück, reaktivierte den kleinen Holo-Projektor und schloß die Tür, um ungestört zu sein.

Unterdessen wurde Azira immer hysterischer. »Raaasaaa!« rief sie noch einmal.

Del versuchte, sie zu beruhigen. »Bitte … Bestimmt kommt er gleich.«

*»Raaasaaa!«* So schrie eine Frau, die auf einer hohen Klippe stand und hilflos beobachtete, wie ihr Geliebter in die Tiefe stürzte.

Ein Sicherheitswächter näherte sich. »Was ist geschehen, Ma'am?« fragte er besorgt. »Kann ich Ihnen irgendwie helfen?«

In diesem Augenblick geriet Rasa in Sicht. »Mutter?« rief er. Aziras Hysterie verwirrte ihn ganz offensichtlich.

Sie lief los, durchquerte die Promenade innerhalb weniger Sekunden, packte ihren Sohn und drückte ihn so fest an sich, daß seine Rippen knackten.

»Mutter ...«, sagte er verwirrt. »Was ist denn los?«

»Nichts«, murmelte sie. »Nichts. Alles ist in bester Ordnung.«

Der Sicherheitswächter und Del wechselten einen Blick. »Frauen«, sagte der Novize leise, so als sei das Erklärung genug. »Der geringste Anlaß genügt, um sie außer sich geraten zu lassen.«

Der Wächter nickte. »O ja, ich weiß.« Seine Stimme brachte Mitgefühl zum Ausdruck.

Während Azira ihren Sohn an sich preßte, sah sie, wie Bashir die Holo-Kammer verließ. Sie beobachtete ihn, als er die Treppe herunterkam, ohne der Edemanerin auch nur einen einzigen Blick zuzuwerfen. Doch als er die letzte Stufe erreichte ... Da hob er den Kopf.

Sein Gesicht verriet nichts, doch der Glanz in den Augen vermittelte eine deutliche Botschaft: *Halten Sie ihn, solange Sie können. Sie haben nur noch für kurze Zeit Gelegenheit dazu.*

Wortlos ging der Arzt fort.

Bashir fühlte sich schmutzig, glaubte seine Seele befleckt.

*Füge kein Leid zu.* So lautete die erste Regel seines Berufs. Doch er hatte Azira regelrecht gequält. Seine Pflicht bestand nicht nur darin, für das physische Wohlergehen von Personen zu sorgen; er trug auch Verantwortung für ihr psychisches Heil. Und in dieser Hinsicht hatte er die Edemanerin gerade durch die Mangel gedreht.

Immer wieder erinnerte er sich daran, daß es richtig war, jedes Mittel zu nutzen, um dem Jungen das Leben zu retten. Aber es klang … falsch, selbst für ihn. Azira und ihr Mann hatten in bezug auf die Krankheit ihres Sohns eine Entscheidung getroffen, und zwar auf der Grundlage ihrer besonderen Kultur. Bashir sah sein eigenes Verhalten aus dieser Perspektive. Er hatte die Frau unter enormen moralischen Druck gesetzt, einen Gewissenskonflikt in ihr ausgelöst, ihren Glauben erschüttert – nur aufgrund des letztendlich egoistischen Bestrebens, dort Hilfe zu gewähren, wo man sie ablehnte.

Um Azira späteres Leid zu ersparen, hatte er sie mit einer Pein konfrontiert, die weit über alles hinausging, was die Wirklichkeit für sie bereithalten mochte. Ohne sein Eingreifen wäre sie in gnädiger Unwissenheit verharrt und fähig gewesen, während der letzten Monate mit ihrem Sohn glücklich zu sein.

Doch die holographische Szene sorgte dafür, daß sie von jetzt an ständig daran dachte, was die Zukunft brachte. In diesem Sinne hatte Bashir sie nicht getäuscht – die Darstellungen waren präzise und keineswegs übertrieben. Aber dieses schreckliche Wissen begleitete sie nun auf Schritt und Tritt. Nie wieder konnte sie Rasa ansehen, ohne an den Jungen auf der Liege zu denken, an den Sterbenden, der die Hände nach ihr ausstreckte …

In dem Versuch, ein Leben zu retten, hatte Bashir der Mutter die Möglichkeit genommen, sich über das Zusammensein mit ihrem Sohn zu freuen.

Und was noch schlimmer sein mochte: Bashir hätte nicht gezögert, die gleiche Maßnahme noch einmal zu ergreifen.

»Schwester«, sagte er müde und fühlte sich hundert Jahre älter. Seine Stimme verhallte in der Krankenstation, und Stille folgte. »Schwester Latasa«, wiederholte er.

Keine Antwort.

Unruhe erfaßte den Arzt, und seine Niedergeschlagenheit verlor an Bedeutung. »Schwester?« In der Stimme ließ sich nun ein Hauch von Wachsamkeit vernehmen.

Langsam schritt er von einem Zimmer zum anderen. Um ihn herum wirkte plötzlich alles größer und irgendwie bedrohlich. Bashir überlegte, ob er die Sicherheitsabteilung verständigen sollte, entschied sich jedoch dagegen. Wenn er falschen Alarm gab… Odo und seine Leute hatten auch so schon genug zu tun.

»Schwester?«

Dann fiel es ihm plötzlich ein, und fast hätte er laut gelacht. »Oh, wie konnte ich das vergessen?« platzte es aus ihm heraus. »Präganglien.«

Er trat um die nächste Ecke – und blieb so abrupt stehen, als sei er gegen eine unsichtbare Wand geprallt.

Latasas Blut bildete große Flecken an der Wand. Ihr Kopf ruhte auf einem Computerterminal, und der erstarrte Gesichtsausdruck zeigte eine Mischung aus schockierter Verblüffung und Schrecken.

Hinter und über dem Kopf hatte jemand mit dem Blut der Ermordeten etwas an die Wand geschmiert: #4. Und noch etwas anderes… Vier Worte, die einzelnen Buchstaben ebenfalls aus Blut geformt: »Küß mich, du Narr.«

## KAPITEL 16

»Miles?«

O'Brien legte die Instrumente beiseite und kroch aus dem Verteilerkasten. Schweiß glänzte im schmutzigen Gesicht des Chefingenieurs, und erschöpft wandte er sich der besorgten Keiko zu.

»Was ist denn?« Seine Stimme war kaum mehr als ein Krächzen, was ihn nicht sonderlich überraschte: Seit Stunden stand er in Kom-Verbindung mit den anderen Technikern, erörterte Probleme bei der Modifizierung einzelner Schaltsysteme und stimmte die jeweiligen Veränderungen aufeinander ab.

Keiko stand vor ihm, wie verunsichert von den beiden Sicherheitswächtern, die auf beiden Seiten im Korridor warteten und aufmerksam Ausschau hielten. »Ich habe dir Reistee gebracht«, sagte sie.

O'Brien war gerührt, dankte ihr und nahm die Tasse entgegen. Er trank einen Schluck und fühlte sich sofort viel besser, als ihm der warme Tee durch die Kehle rann.

»Du hast so hart gearbeitet, und ich … ich wollte dir irgendwie helfen.« Keiko sah sich um. »Seit einiger Zeit sieht man die Angehörigen der Sicherheitsabteilung überall.«

Der Chefingenieur nickte. »Odo setzt sie alle ein. Und offenbar hält er es für erforderlich, mir besonderen Schutz zu gewähren.«

»Vielleicht deshalb, weil dir besondere Gefahr droht«, erwiderte Keiko.

O'Brien nickte erneut, diesmal widerstrebend. »Ja«,

räumte er ein. »Das läßt sich nicht leugnen.« Er zögerte kurz. »Keiko… Erinnerst du dich daran, als Molly geboren wurde?«

Der plötzliche Themawechsel verwunderte sie. »Was? Ja, natürlich. Immerhin war ich dabei zugegen, nicht wahr?«

»Und *wo* warst du?«

Die Wächter wechselten einen argwöhnischen Blick, richteten ihre Aufmerksamkeit dann auf Keiko.

Verwirrung zeigte sich in ihrer Miene. »Was?« Dann verstand sie und lachte – es klang ein wenig gezwungen. »Oh. Natürlich. Ich befand mich im Gesellschaftsraum des zehnten Vorderdecks, Miles. Und Worf half bei der Entbindung.« Sie versuchte, den Baß des Klingonen nachzuahmen: »Sie können nun gebären.«

»Jetzt besteht kein Zweifel mehr daran, daß *du* es bist.« O'Brien trank erneut einen Schluck Tee, und die beiden Wächter entspannten sich. »Wenn du dich in unserem Quartier aufhältst… Denk an den Phaser, den ich dir gegeben habe. Und achte darauf, daß er immer voll geladen ist.«

»Ja, Miles. Bitte sei vorsichtig.«

»Und ob.« Er senkte die Stimme, damit ihn die Sicherheitswächter nicht hörten. »In der Zentrale haben wir über die Möglichkeit einer Evakuierung gesprochen. Meine Meinung dazu…«

Keiko sah ihn fragend an. »Was hast du gesagt?«

»Ich habe gesagt, daß mir nichts daran liegt, einfach wegzulaufen. Und daß du nicht bereit bist, Deep Space Nine zu verlassen, wenn ich hierbleibe.« Wieder legte O'Brien eine kurze Pause ein. »Stimmt das? Oder möchtest du fort von hier?«

»Fort von hier?« Keiko vollführte eine Geste, die der ganzen Raumstation galt. »Glaubst du etwa, ich bin bereit, dies alles aufzugeben? Ach, sei nicht dumm.«

Sie hauchte ihrem Mann einen Kuß auf die Lippen

und eilte fort. Einige Sekunden später hörte Miles die Stimme des Sicherheitsoffiziers Odo – wie üblich kam darin eine recht ungewöhnliche Mischung aus Erheiterung und Verachtung zum Ausdruck. »Verbessert sich die Lage daheim, Chief?«

O'Brien drehte den Kopf – und stellte fest, daß die Anspannung der Sicherheitswächter wieder wuchs. Der Constable wandte sich ihnen halb zu und sagte: »Gamma Zeta Alpha.«

Die Wächter antworteten sofort: »Alpha Omikron Delta.«

»Kennworte?« fragte der Chefingenieur,.

»Nein, wir bereiten uns auf ein Quiz vor, bei dem es ums griechische Alphabet geht«, erwiderte Odo sarkastisch.

»Hier.« O'Brien bot dem Constable die Tasse mit dem restlichen Reistee an. »Das verbessert vielleicht Ihre Stimmung.«

»Rechnen Sie nicht damit.«

»Keine Sorge – das käme mir nie in den Sinn.« Miles machte Anstalten, in den Verteilerkasten zurückzuklettern, doch nach einigen Sekunden drehte er sich noch einmal um. »Die Sache mit dem Kartentrick ... Ich bin ganz sicher gewesen, die von Ihnen ausgewählte Karte gefunden zu haben.«

»Das stimmt auch«, bestätigte Odo.

O'Brien schnappte nach Luft. »Aber ... Sie behaupteten das Gegenteil!«

»Nein. Ihre Frage lautete: ›Ist das Ihre Karte?‹ Und deshalb mußte ich ›nein‹ antworten. Es war nicht *meine* Karte, sondern Ihre. Das Kartenspiel gehörte Ihnen. Es wäre falsch gewesen, in irgendeiner Art und Weise Anspruch darauf zu erheben.«

Miles stöhnte. »Und ich habe mir stundenlang den Kopf darüber zerbrochen, wieso der Trick nicht funktionierte! Ich wollte schon damit beginnen, einen anderen einzuüben ...«

»Sie sollten einsehen, daß die Zauberkunst nicht Ihre starke Seite ist, O'Brien.«

»Aber ich möchte Molly bei der Geburtstagsparty eine Freude bereiten.« Der Chefingenieur musterte Odo nachdenklich. »Angesichts Ihrer speziellen Fähigkeiten ... Molly wäre bestimmt begeistert, wenn Sie ...«

»Ich trete nicht als Unterhalter bei Kindergeburtstagen auf, O'Brien«, sagte der Sicherheitsoffizier. »Ich finde keinen großen Gefallen an menschlichen Kindern.«

»Ebensowenig wie an menschlichen Erwachsenen«, warf Miles ein.

»Das versteht sich von selbst.«

Odos Insignienkommunikator summte, und er aktivierte das kleine Gerät. »Ja?«

»Bashir an Sicherheitsabteilung.« Die Stimme des Arztes klang entsetzt. »Odo, hier ...«

Er brauchte den Satz nicht einmal zu beenden. »Wo sind Sie, Doktor?« fragte der Constable sofort.

»In der Krankenstation.«

»Ich bin gleich bei Ihnen.« Und zu O'Brien. »Ich schlage vor, Sie setzen die Modifizierung der Relais so schnell wie möglich fort, Chief. Offenbar ist der Mörder entschlossen, weitere Verbrechen zu verüben.«

Azira stand vor der Arrestzelle ihres Mannes und hielt Rasas Hand so fest, als fürchtete sie, der Junge könnte sich in Luft auflösen, wenn sie losließ.

»Es ist unerhört«, grollte Mas Marko. Er schien nicht zu wissen, ob er wütend oder amüsiert sein sollte. »Siehst du, was die Ungläubigen angestellt haben, Gemahlin?«

»Du ...« Azira zögerte.

»Ja?«

»Nun, als der Kreuzer des Heiligen Krieges erschien ... Der Kommandant dieser Raumstation muß der Ansicht gewesen sein, daß ihm gar keine andere Wahl blieb, als dich unter Arrest zu stellen.«

»Ich muß zugeben, daß mir in dieser Hinsicht ein Fehler unterlaufen ist«, brummte Mas Marko. »Ich war so sehr davon überzeugt, im Recht zu sein, daß ich überhaupt nicht an die Möglichkeit von Vergeltungsmaßnahmen dachte. Wie dumm von mir! Du bist glücklicherweise nicht verhaftet worden, Azira.«

»Ich habe die hier geltenden Regeln beachtet«, erwiderte die Edemanerin. »Man hat keine Gefahr in mir gesehen und deshalb auch nichts gegen mich unternommen.«

»Dann solltest du dich auf eine Weise verhalten, die deinen gegenwärtigen Status bewahrt«, sagte Mas Marko fest. »Was mich betrifft: Bestimmt bin ich bald wieder frei. Wenn die *Eifrig* nichts von mir hört, wird sie versuchen, einen Kontakt herzustellen. Und wenn entsprechende Bemühungen erfolglos bleiben, setzt sie sich zweifellos mit Commander Sisko in Verbindung, um von ihm Auskunft zu verlangen. Vermutlich bekommen unsere Leute dabei keine zufriedenstellenden Antworten, was sie sicher zum Anlaß nehmen, dem Commander ein Ultimatum zu stellen: Entweder läßt er mich frei, oder er riskiert die Vernichtung von Deep Space Nine. Es dürfte offensichtlich sein, welche der beiden Möglichkeiten Sisko wählt, nicht wahr?«

»Wie du meinst.« Azira nickte respektvoll.

»Und du, Rasa...« Mas Marko wandte sich seinem Sohn zu. »Wie geht es dir?«

»Gut, Vater.«

»Freut mich. Freut mich sehr.« Marko sah Azira an. »Der Junge scheint nicht mehr so krank zu sein. Ja, bei K'olkr, ich bin ganz sicher: Er sieht viel gesünder aus. Findest du nicht?«

»Wie du meinst«, wiederholte die Edemanerin unverbindlich.

»Na schön.« Marko rieb sich die Hände. »Verkündet

auch weiterhin K'olkrs Botschaft. Bald bin ich wieder bei euch.«

»Marko...« Azira zögerte einmal mehr, gab sich dann einen inneren Ruck und straffte die Gestalt. »Ich möchte nur, daß du folgendes weißt: Ich liebe dich und bringe dir großen Respekt entgegen. Daran ändert sich nichts, was auch immer geschieht.«

Sie stand auf der anderen Seite des Kraftfelds. Mas Marko erhob sich, schritt zur energetischen Barriere und musterte seine Frau neugierig. »Selbstverständlich empfinde ich ebenso für dich.«

Azira drehte sich um und ging fort. Mas Markos nachdenklicher Blick folgte ihr, und er spürte, wie sich Unbehagen in ihm regte.

Odo betrachtete stumm die Reste der Krankenschwester Latasa, sah dann zu den mit Blut geschriebenen Schriftzeichen an der Wand.

Auch Kira war zugegen – Sisko hatte sie geschickt, damit sie einen Eindruck von der Lage gewann und anschließend Bericht erstattete. Sie beobachtete den Sicherheitsoffizier aufmerksam, als Odo durchs Zimmer schritt und zu hoffen schien, daß sich der fremde Gestaltwandler zu erkennen gab.

Natürlich geschah nichts dergleichen. Eine hohe Wahrscheinlichkeit sprach dafür, daß sich der Mörder nicht einmal in der Nähe befand.

Bashir saß wie benommen in einem Sessel, und sein Gesicht wirkte wesentlich blasser als sonst.

»Ich... ich habe erst vor kurzer Zeit mit ihr gesprochen«, brachte er heiser hervor. »Warum ausgerechnet sie? Warum nicht ich? In der Holo-Kammer habe *ich* den Mörder daran gehindert, die Ferengi umzubringen. Er sollte es also auf *mich* abgesehen haben.«

»Dieses neue Verbrechen gibt uns erneut einen Hinweis darauf, daß der Killer ohne ein bestimmtes Motiv zuschlägt«, sagte Kira. »Es ist ihm völlig gleich, daß

Sie ihm in der Holo-Kammer in die Quere gekommen sind. Er tötet schlicht und einfach, wenn ihm der Sinn danach steht.«

»Ja«, zischte Odo. »Ja, erinnern Sie mich ruhig daran, Major. Betonen Sie immer wieder, daß der Mörder *ganz nach Belieben* handelt, ohne daß ich ihn daran hindern kann!« Er holte aus und schlug mit der Faust an die blutverschmierte Wand.

Kira und die Sicherheitswächter rissen verblüfft die Augen auf. Nicht nur der für Odo untypische Wutausbruch erstaunte sie, sondern auch der Umstand, daß die Faust durch den Aufprall flach wurde – sie schien sich in einen Amboß verwandelt zu haben.

Odo starrte so auf seine Hand, als sei er mindestens ebenso überrascht wie die übrigen Anwesenden. Er konzentrierte sich, und wenige Sekunden später wuchsen wieder Finger. Der Constable bewegte sie versuchsweise.

»Ist Ihnen nichts aufgefallen, Doktor?« fragte er im Plauderton.

»Oh, mir fiel sogar eine ganze Menge auf, Mr. Odo«, erwiderte Bashir grimmig. »Zum Beispiel habe ich ein defektes Computerterminal bemerkt – damit meine ich jenes Exemplar, das jetzt fehlt. Das Original lag im Regal der Ersatzteilkammer. Der Metamorph hat hier auf der Lauer gelegen, als Medo-Computer getarnt.«

»Durchsuchen Sie das Zimmer«, wies Odo die Wächter an. »Stellen Sie fest, ob sich das Wesen ... ob sich der Mörder irgendwo in der Nähe versteckt.«

Kira sah, wie der Constable angesichts des Versprechers eine Grimasse schnitt. Anschließend schwieg er, verschränkte die Arme und wartete darauf, daß die Sicherheitswächter seine Vermutungen bestätigten – Odo war davon überzeugt, daß sich der Metamorph nicht mehr in der Krankenstation aufhielt.

»Nichts, Sir«, sagte Meyer nach einer Weile. »Alles

Lebendige hier drin hat ein Recht darauf, lebendig zu sein.«

Odo überlegte, ob er Bashir um eine Autopsie bitten sollte, entschied sich jedoch dagegen. Bei einer derartigen Untersuchung gewannen sie wahrscheinlich keine zusätzlichen Informationen. Außerdem schien Bashir kaum in der richtigen Verfassung zu sein, um die Leiche der Krankenschwester zu zerschneiden und festzustellen, *welche* der vom Mörder verursachten Verletzungen zum Tod geführt hatten. Nein, für eine Autopsie gab es später noch Zeit genug.

Er teilte Kira seinen Beschluß mit, und sie pflichtete ihm bei. »Wir hüllen die Leiche in ein Stasisfeld«, sagte sie. »Ich gebe der Wartungsabteilung Bescheid, damit hier alles ... in Ordnung gebracht wird.« Sie meinte die Blutflecken an der Wand. »Bei den Göttern: Es ist ein Alptraum. Ein besonders schrecklicher Alptraum.«

»Ich wünschte, Sie hätten recht«, erwiderte Odo. »Dann könnte ich hoffen, bald zu erwachen.«

Er verließ die Krankenstation, öffnete und schloß dabei die Hand, die sich eben in einen Amboß verwandelt hatte.

»Das ist unerhört!«

Sisko musterte das zornige Gesicht eines Edemaners, der Mencar hieß und Kommandant der *Eifrig* war. Der Kreuzer des Heiligen Krieges hatte sich endlich dazu herabgelassen, die Kom-Signale von Deep Space Nine zu beantworten – weil er keine Anweisungen mehr von Mas Marko empfing, nahm Sisko an. Die Wächter hatten den Verhafteten durchsucht und tatsächlich ein Kommunikationsgerät gefunden. Sicherheitshalber waren ähnliche Kontrollen bei den anderen Edemanern durchgeführt worden, mit negativem Ergebnis. Das überraschte Sisko nicht: Er hielt es für typisch, daß jemand wie Mas Marko Wert darauf legte, als einziger in der Lage zu sein, die Truppen zu rufen.

*Dies ist heute nicht mein erstes ›Unerhört‹, und sicher wird's auch nicht das letzte sein,* dachte Sisko. Laut sagte er: »Es tut mir leid, Sie empört zu haben. Allerdings möchte ich darauf hinweisen, daß Sie sich im bajoranischen Raumgebiet befinden. Ihre Präsenz ist nicht willkommen, und ich fordere Sie hiermit auf, schleunigst von hier zu verschwinden.«

»Ich gebe Ihnen den guten Rat, mich mit unserem Mas sprechen zu lassen«, erwiderte Mencar.

»Ihr Mas ist derzeit mit anderen Dingen beschäftigt«, meinte Sisko. »Es liegt in Ihrem eigenen Interesse, nichts zu unternehmen, das sein Wohlergehen gefährden könnte.«

»Drohen Sie uns, Commander?«

»*Wir* sind nicht in fremdes Territorium vorgedrungen«, stellte Sisko fest. »Außerdem sind wir kein waffenstarrendes Kriegsschiff, nur eine friedliche Raumstation. Wir haben keine Möglichkeit, Sie zu irgend etwas zu zwingen. Allerdings sind wir durchaus imstande, den Arrest Ihres Mas für unbegrenzte Zeit zu verlängern – bis er die Bereitschaft zeigt, auf eine zivilisierte Art und Weise mit uns zu diskutieren.«

»Lobb stammte aus meiner Familie!« stieß Mencar zornig hervor. »Als Vettern wuchsen wir zusammen auf. Er war das jüngste Familienmitglied, und seine Fähigkeit, an den einfachsten Dingen Gefallen zu finden, erfreute uns immer wieder.«

»Ich spreche Ihnen hiermit mein Beileid aus«, sagte Sisko ernst.

»Wir wollen den Mörder! Er soll sich vor einem edemanischen Gericht verantworten!«

»Mencar, Sie vergeuden nicht nur Ihre Zeit, sondern auch meine. Wenn sich etwas Neues ergibt, so benachrichtigen wir Sie. Bis dahin erlauben Sie uns bitte, unsere Pflicht zu erfüllen. Sisko Ende.«

Mencar öffnete den Mund, aber er kam nicht mehr

dazu, etwas zu sagen – sein Bild verschwand vom Schirm.

»Offenbar haben wir gerade ein neues Problem bekommen«, ließ sich der wissenschaftliche Offizier vernehmen.

»Ich füge es der Liste hinzu.«

Dax runzelte die Stirn und sah von den Anzeigen der Sensoren auf. »Benjamin…« Ihre Stimme klang besorgt. »Ein zweites Raumschiff nähert sich. Es ist…« Sie legte eine kurze Pause ein. »Lieber Himmel! Es ist ein cardassianisches Kriegsschiff. Anflugvektor drei acht eins Komma vier.«

»Auf den Schirm«, sagte Sisko und seufzte schwer. »Sehen wir es uns an.«

Das Bild im großen Projektionsfeld wechselte und zeigte einen großen cardassianischen Raumer. Er war nicht nur groß, sondern geradezu riesig: Deep Space Nine mußte schon dann mit der Vernichtung rechnen, wenn die Crew jenes Kreuzers in Richtung Raumstation nieste.

»Es findet ein Kontaktversuch statt, Benjamin«, sagte Dax.

»Hier spricht Commander Sisko. Können wir Ihnen irgendwie helfen?« Er sprach locker und lässig, als geschähe es jeden Tag, daß große cardassianische Schlachtschiffe zu Besuch kamen.

Ein Mann erschien auf dem Bildschirm. Er bot einen vertrauten Anblick – Sisko hatte erst vor kurzer Zeit mit ihm gesprochen.

»Ich grüße Sie«, begann Gul Dukat. »Unsere letzte direkte Begegnung liegt viel zu lange zurück.«

»Oh, ich verstehe«, erwiderte der Commander. »Es handelt sich also nur um einen Höflichkeitsbesuch. Für die Reise benutzen Sie ein ziemlich eindrucksvolles Schiff.«

Gul Dukat sah sich um, so als nähme er den Raumer jetzt zum erstenmal bewußt zur Kenntnis. »Ja«, bestätigte er nicht ohne Stolz. »Es ist nicht schlecht, oder? Ich befinde mich hier an Bord der *Verheerer,* die zur Zweiten Kategorie gehört. Sie hat genug Feuerkraft, um eine Sonne vom G-Typ zur Seite zu stoßen.« Der Cardassianer lächelte freundlich.

»Sie übertreiben«, entgegnete Sisko.

»Glauben Sie? Wie dem auch sei: Sie haben noch andere Gesellschaft, abgesehen von den Schiffen, die derzeit Ihren Andockring zieren.«

»Wenn Sie damit den edemanischen Kreuzer *Eifrig* meinen – ja.«

»Und die Angelegenheiten der Edemaner ...?«

»Gehen nur sie etwas an.«

»Ah, ja.« Gul Dukat nickte. »Kommen wir zu *unseren* Angelegenheiten. Seit unserem letzten Gespräch ist viel Zeit verstrichen, Commander. Und die Seele des toten Gotto verlangt noch immer Rache.«

»Wir versuchen nach wie vor, den Mörder zu finden«, gab Sisko zurück. »Was halten Sie davon, wenn wir den Stand der Ermittlungen hier in DS Nine besprechen?«

»O nein, lieber nicht, Commander«, sagte Gul Dukat. »Mir liegt nichts daran, meinen Namen der Liste ermordeter Cardassianer hinzuzufügen. Ebensowenig habe ich Interesse daran, wie Mas Marko Ihr ›Gast‹ zu sein – das würde die Aufgabe der *Verheerer* erschweren.«

»Sie haben die edemanischen Kom-Kanäle angezapft«, spekulierte Sisko.

»Ja.« Etwas schärfer fügte der Cardassianer hinzu: »Wir wollen Gottos Mörder.«

»Wir ebenfalls«, erwiderte Sisko. »Es ist nur noch eine Frage der Zeit, bis er gefaßt wird. Wir sind gerade dabei ...«

Dukat hob die Hand, winkte dann ab. »Bitte ersparen Sie mir die Einzelheiten. Für Sie mögen die Details interessant sein, aber ich versichere Ihnen: Für mich ist so etwas langweilig. Für uns Cardassianer spielt nur das Ergebnis eine Rolle. Zum Beispiel das Wann – wie in der Frage: ›Wann fassen Sie den Mörder?‹ Und das Wie – ›Wie wollen Sie ihn ausliefern?‹«

»Einen genauen Zeitpunkt kann ich Ihnen nicht nennen«, sagte Sisko.

»Das ist der Unterschied zwischen uns – *ich* bin sehr wohl dazu imstande. Wenn Sie uns nicht in spätestens sechs Stunden den Täter übergeben, schicke ich eine Gruppe zu Ihnen. Eine *große* Gruppe. Dann übernehmen wie die Ermittlungen, sogar die ganze Station, falls das notwendig werden sollte. Sie gehörte uns, Commander – Sie sind nur in Deep Space Nine, weil wir Sie dort dulden.«

»Ich sehe mich außerstande, dieser Einschätzung zuzustimmen. Und ich rate Ihnen davon ab, ohne meine Erlaubnis Cardassianer an Bord zu bringen.«

»Wie wollen Sie mich daran hindern?« Gul Dukat gab sich erstaunt. »Sie haben wie viele Leute? Fünfzig oder sechzig Starfleet-Angehörige? Und doppelt so viele Bajoraner? Commander, an Bord dieses Schiffes gibt es genug Leute, um jede Person in Ihrer Station durch zwei Cardassianer zu ersetzen. Trotzdem blieben noch genug übrig, um die volle Gefechtsbereitschaft der *Verheerer* zu gewährleisten. Wenn ich *Ihnen* einen Rat geben darf, Commander: Gehen Sie gerade in dieser Sache auf unsere Wünsche ein. Bisher hatten wir eine *so* gute Beziehung. Ich würde es sehr bedauern, wenn sie jetzt ein – noch dazu blutiges – Ende fände.«

Gul Dukat fügte seinen letzten Worten ein Lächeln hinzu, bei dem es Sisko kalt über den Rücken lief. Dann unterbrach er die Verbindung.

Einige Sekunden lang herrschte Stille im Kontrollraum von DS Nine.

»Benjamin ...«, sagte Dax leise. »Möchtest du, daß ich die Morde gestehe?«

Sisko warf ihr einen bitteren Blick zu. »Wenn uns kein anderer Ausweg bleibt ... Danke für deine Opferbereitschaft, alter Knabe.«

## KAPITEL 17

Odo grübelte in seinem Büro und sah nicht auf, als Kira hereinkam. Sie blieb in der Tür stehen, bis er schließlich den Kopf hob. »Kai«, brummte er.

»Opaka«, erwiderte sie und nahm Platz. »Wenn sich die gegenwärtige Situation nicht bald ändert, überlaste ich meine Gehirnzellen mit dem Versuch, mir all die vielen Kennworte zu merken.« Kira zögerte und musterte den Sicherheitsoffizier. »Sie fühlen sich noch schlimmer als neulich, nicht wahr?«

»Erinnern Sie sich an meine Bemerkung in der Krankenstation?« fragte Odo. »Ich habe den Metamorph ›Wesen‹ genannt. Wie soll ich Anstoß daran nehmen, daß man mich für einen exotischen Sonderling hält, wenn ich einen Artgenossen als ›es‹ bezeichne?«

»Glauben Sie tatsächlich, daß der Mörder aus … aus Ihrem Volk stammt?«

»Oh, ich weiß nicht.« Odo rieb sich die Augen. »Ein Teil von mir lehnt derartige Vorstellungen ab und möchte nicht mit so einem … Psychopathen verwandt sein. Doch ein anderer Teil klammert sich an dieser Möglichkeit fest und hofft, nach fünf Jahrzehnten etwas über meinen Ursprung zu erfahren.«

Er ließ die Hände sinken und merkte, daß Kira ihn groß anstarrte. »Was ist los?«

»Ihre … äh …« Die Bajoranerin klopfte sich an die Stirn.

Der Constable hob die eine Hand zu den Brauen und ertastete dort einige kleine Dellen. Mit einem gedanklichen Befehl an die biologische Struktur glättete er sie. »Besser?«

»Odo...« In Kiras Stimme vibrierte ein Hauch Anteilnahme. »Nie zuvor habe ich gesehen, daß Sie auf diese Weise die Kontrolle über sich verloren. Ist wirklich alles in Ordnung mit Ihnen?«

»Nein, das ist es nicht«, entgegnete der Sicherheitsoffizier verärgert. »Sie wissen, daß ich alle achtzehn Stunden zu meiner natürlichen Daseinsform zurückkehren muß. Nun, die letzten Ruheperioden habe ich vorzeitig abgebrochen. Wenn ich im Kübel liege, muß ich dauernd daran denken, wo *er* sich befindet, was er anstellt, wen er gerade umbringt. Jeder neue Mord beweist, daß ich versage. Verstehen Sie, Major?« Odo beugte sich vor und unterstrich seine Worte, indem er mit der Faust auf den Schreibtisch pochte – diesmal blieb sie stabil, zerfloß nicht. »Diese Sache fällt in den Zuständigkeitsbereich der Sicherheitsabteilung – die *ich* leite. Die Verantwortung ruht also auf meinen Schultern. Jeder neue Todesfall belastet mein Gewissen. Weil es mir noch immer nicht gelungen ist, den verdammten Kerl zu schnappen.«

Kira schüttelte den Kopf. »Nein, Odo. Das sehen Sie falsch. Sie trifft keine Schuld.«

»Ich *fühle* mich schuldig, Major – und nur das zählt. So bin ich eben. Verdammt! Ich wünschte, Quark hätte irgend etwas damit zu tun.«

»Wie bitte?« entfuhr es Kira verblüfft.

»Quark«, wiederholte Odo. »Ich kann fast immer einen baldigen Ermittlungserfolg erwarten, wenn ich mit den Untersuchungen bei Quark beginne. In neun von zehn Fällen steckt er dahinter, wenn in Deep Space Nine Probleme entstehen.«

»Diesmal nicht«, sagte Kira in einem Tonfall, der jeden Zweifel ausschloß. »Mord ist mehrere Nummern zu groß für ihn. Außerdem wäre er dem Mörder fast selbst zum Opfer gefallen.«

»Ja, das stimmt...«

Der Insignienkommunikator des Sicherheitsoffiziers piepte. Er aktivierte ihn. »Hier Odo.«

»Constable...« Sisko klang viel älter. »Bitte sagen Sie mir, daß Sie etwas in der Hand haben.«

»Ich habe vier Leichen und jede Menge Ärger, Sisko.«

»Oh, an Ärger mangelt es auch mir nicht«, erwiderte der Kommandant. »Ein großer Teil davon geht auf die Präsenz eines cardassianischen Kriegsschiffs zurück. Gul Dukat verlangt Resultate.«

»Lenken Sie ihn irgendwie ab, Sisko«, sagte Odo scharf. »Richten Sie seine Aufmerksamkeit auf etwas anderes. Bitten Sie Chief O'Brien, die Cardassianer mit Zauberkunststücken zu unterhalten. Seine Tricks...«

Er unterbrach sich und wurde sichtlich blaß.

»Constable?« fragte Sisko.

Keine Antwort. Der Blick des Sicherheitsoffiziers kehrte sich nach innen.

»Odo?« Dünne Falten bildeten sich in Kiras Stirn, während sie den Gestaltwandler musterte.

»Constable?« In der Stimme des Commanders erklang nun deutliche Besorgnis.

»Sisko...«, sagte Odo langsam. »Mir ist gerade etwas eingefallen. Es handelt sich um eine... bizarre, vielleicht sogar absurde Idee. Aber sie stellt auch eine Möglichkeit dar, die wir nicht außer acht lassen sollten. Ich gebe Ihnen Bescheid, wenn ich mehr weiß. Oh, und noch etwas: Fragen Sie O'Brien, wie lange es noch dauert, bis die Relais modifiziert sind. Wenn alles klappt, sollten wir unserem unwillkommenen Gast keine Chance geben, erneut zu entkommen.«

»Das klingt so, als hätten Sie eine vielversprechende Spur gefunden, Constable.«

»Vielleicht ist das tatsächlich der Fall, Sisko. Ja, es könnte sein.«

Julian Bashir verspürte den dringenden Wunsch, seinen Kummer in Alkohol zu ertränken.

Leider – oder zum Glück – brachte er es nicht fertig, die Krankenstation zu verlassen. Er saß einfach nur da und starrte immer wieder dorthin, wo Schwester Latasa gearbeitet hatte.

Irgendwie schien er den inneren und äußeren Halt zu verlieren. Er glaubte zu spüren, wie er die Kontrolle über jenes Leben verlor, das er eigentlich führen wollte. In seinen Wunschträumen sah er sich als berühmter Arzt, umgeben von ebenso fähigen wie freundlichen Mitarbeitern. Leute kamen zu ihm und baten um Hilfe; bereitwillig behandelte und heilte er die Kranken, freute sich dabei über die Gelegenheit, anderen Personen zu helfen.

Eine Situation wie die gegenwärtige hatte er sich in seinen Visionen von der Zukunft nie vorgestellt. Überall gab es Tod, und eine mentale Kontamination ging davon aus, vergiftete seine Seele. Eine seiner Krankenschwestern umgebracht. Drei andere Opfer des Mörders. Ein Junge, der ganz langsam starb, obwohl es in seiner Macht läge, ihm das Leben zu retten…

»Dr. Bashir.«

Er drehte sich um und sah Azira in der Tür. Der Arzt war so sehr mit sich selbst beschäftigt gewesen, daß er nicht einmal gehört hatte, wie sich das Schott öffnete. »Ja?«

Die Edemanerin trug Rasa in den Armen. Das Gewicht ihres Sohns schien sie kaum zu belasten: Entweder wog der Junge nicht viel, oder sie war stärker, als es den Anschein hatte. Bashir hielt die zweite Möglichkeit für wahrscheinlicher – immerhin schmerzte noch immer die Wange und erinnerte ihn an eine ziemlich heftige Ohrfeige.

Rasa schlief, und der Arzt hörte das leise Rasseln tief in Kehle und Brust. Es war nicht so schlimm wie beim holographischen Jungen, aber es wies deutlich auf die Krankheit hin.

»Er schläft recht tief«, sagte Azira. »Er hat *immer* tief und fest geschlafen. Er ...« Sie sah zu Bashir auf. »Bitte helfen Sie ihm, Doktor. Ich ... ich möchte nicht, daß er stirbt.«

Bashir glaubte seinen Ohren nicht trauen zu dürfen. Er trat einen Schritt vor. »Sind Sie sicher?«

Die Edemanerin lachte bitter. »*Jetzt* fragen Sie mich, ob ich sicher bin? Nein, Doktor. Nein, ich bin nicht sicher. Das gilt sowohl für meinen Sohn als auch für alles andere. Ich lehne es ab, Rasa auf der Grundlage einer solchen Ungewißheit zu opfern, und deshalb ... Helfen Sie ihm.«

Sie streckte die Arme aus, und Bashir nahm den Jungen entgegen. »Ich kann ihm das Leben retten«, betonte er noch einmal.

»Genau das hoffe ich«, sagte Azira.

»Haben Sie mit Ihrem Mann darüber gespr ...«

*»Behandeln Sie ihn, verdammt!«*

Der plötzliche Zorn in Aziras Stimme verblüffte Bashir, doch er faßte sich sofort wieder und nickte. »In Ordnung. Hier entlang.«

Er trug Rasa zu einer Diagnoseliege und ließ ihn aufs Polster sinken. Die Medo-Sensoren aktivierten sich automatisch, und der Monitor zeigte die gleichen relativ niedrigen Bio-Werte wie bei der ersten Untersuchung. Jetzt sah der Arzt eine Herausforderung darin. »Ich habe mir die Freiheit genommen, das notwendige Medikament für die Heilung von Panoria herzustellen«, erklärte er. »Die Arznei heißt Tricyclidin.«

Azira bedachte ihn mit einem durchdringenden Blick. »Sie scheinen sehr sicher gewesen zu sein, daß ich Ihnen meinen Sohn bringe.«

»Nein, ganz und gar nicht. Ich habe nur gehofft. Nun, es kommt zunächst darauf an, den Flüssigkeitshaushalt des Körpers sowie die metabolischen Funktionen zu stabilisieren. Während ich damit beschäftigt bin, verabreiche ich Rasa die erste Tricyclidin-Dosis.«

»Wirkt die Medizin sofort?«

»Nun, es ist kein Wundermittel. Nach etwa achtundvierzig Stunden wird er sich etwas kräftiger fühlen. Achten Sie bitte darauf, daß er sich nicht überanstrengt. Sobald er auf dem Weg der Besserung ist, gebe ich Ihnen genug Tricyclidin, um die Behandlung allein fortzusetzen – falls Sie Glück haben und die Möglichkeit bekommen, Deep Space Nine zu verlassen. Die Arznei läßt sich leicht verabreichen, aber der Junge muß sie jeden Tag bekommen, und zwar einundzwanzig Tage lang. Damit gehen wir auf Nummer Sicher. Anschließend hat er die Krankheit überstanden.«

»Bestimmt?«

»Ja.« Bashir hatte das Gefühl, zum erstenmal seit einer Ewigkeit zu lächeln. »Ja, bestimmt. K'olkr wird sich damit zufriedengeben müssen, Ihre Freude über den *lebendigen* Rasa zu teilen. Wenn Er den Knaben zu sich holen möchte, so bleibt Ihm nichts anderes übrig, als sich noch ein wenig zu gedulden.«

Azira strich mit den Fingerkuppen über die Wangen ihres Sohns. »Ja, Rasa soll leben.«

Hinter ihnen schnappte jemand entsetzt nach Luft.

Del war hereingekommen, und in seinem Gesicht zeigte sich Abscheu. Der Novize reagierte so extrem, als hätte er Azira und Bashir gerade dabei überrascht, wie sie auf einer Diagnoseliege kopulierten.

»Ich ... ich habe dich gesehen, als du die Krankenstation betreten hast«, flüsterte er und starrte dabei zur Edemanerin. »Ich fasse es nicht ...«

»Geh fort, Del«, sagte Azira schlicht. Sie klang müde und gleichzeitig entschlossen.

»Du ... du bist verrückt!«

In den Augen der Mutter blitzte es. »Wenn du ›verrückt‹ im Sinne von ›übergeschnappt‹ meinst, so muß ich dich enttäuschen. Aber ich bin zornig! Ja, ich bin wütend auf K'olkr, weil Er einen Jungen krank werden ließ, der niemandem ein Leid zufügte. Ich bin wütend auf einen Glauben, der die Behandlung meines Sohns verbietet, ihn um die Zukunft betrügt! Ich bin wütend auf mich selbst, weil ich nicht schon viel früher beschlossen habe, ärztliche Hilfe in Anspruch zu nehmen!« Sie wandte sich Bashir zu. »Ich bin auch wütend auf Sie, Doktor – weil Sie mir etwas gezeigt haben, das ich nicht sehen wollte. Sie nahmen mir die Unwissenheit, und dadurch bin ich nun außerstande, an jenen Überzeugungen festzuhalten, die das Fundament meines Lebens bildeten! Ich muß sie aufgeben – weil ich die Vorstellung nicht ertragen kann, daß mein geliebter Sohn auf so qualvolle Weise stirbt. *Ich bin wütend auf das ganze Universum!* Nun, Doktor, Sie haben damit begonnen – und deshalb sollen Sie es auch zu Ende bringen. Was dich betrifft, Del: Geh jetzt!«

»Nein«, knurrte der Novize. »Ich wende mich nicht von K'olkrs Willen ab! Ich verweile im Licht! Und ich werde diesen Frevel verhindern. Ich bewahre dich vor dir selbst und deinem Wahn!«

Er lief zu Rasa und wollte den Jungen von der Liege reißen. Azira reagierte sofort und stieß Del zurück, doch einige Sekunden später trat der Novize wieder vor. Die Mutter schlang die Arme um ihn und versuchte, den Mann festzuhalten. Hin und her wankten sie, während der Edemaner danach trachtete, sich zu befreien. Sie taumelten gegen die Liege, wodurch Rasa fast zu Boden gefallen wäre.

Dann zischte es plötzlich – das Geräusch stammte von einem Injektor.

Del blickte erstaunt auf seinen Arm hinab, sah dann zum Arzt, der ihm gerade eine Injektion gegeben hatte.

»Träumen Sie schön«, sagte Bashir.

Der Novize schob Azira beiseite und näherte sich dem Doktor. Allerdings kam er nicht sehr weit. Nach zwei Schritten wirkte das Sedativ, und er griff Bashir nicht etwa an, sondern sank bewußtlos in seine Arme.

»Ein reizender Kerl, nicht wahr?« kommentierte der Arzt. Er hob Del hoch und trug ihn zu einer anderen Liege. »Er schläft jetzt einige Stunden, und wenn er erwacht … Dann sollte er vernünftiger sein.«

»Wenn er erwacht, eilt er sofort zu meinem Mann und erzählt ihm alles«, sagte Azira mit kühler Gewißheit.

»Und wenn schon. *Wir* haben ebenfalls die Möglichkeit, Ihren Gemahl zu besuchen. Del hat ihm sicher jede Menge religiöse Leidenschaft anzubieten, aber wir können Mas Marko seinen Sohn zeigen – einen Rasa, dessen Augen wieder leuchten, der nicht mehr so krank ist wie vorher.« Der Gedanke daran weckte Zuversicht in Bashir. »Mas Marko wird nicht verurteilen, daß Sie eine solche Entscheidung getroffen haben. Nein, vermutlich dankt er K'olkr dafür, daß Er Ihre Gruppe hierherbrachte, zu einem Ort, der die Heilung Ihres Sohnes ermöglicht.«

»Glauben Sie?«

»Ja.« Bashir hatte das Behandlungsmodul über dem Jungen zurechtgerückt und eingeschaltet – schon jetzt zeigte der Monitor etwas höhere Bio-Werte als vorher. Der Arzt fügte dem Gerät eine Kapsel mit Tricyclidin hinzu, und daraufhin filtrierte das Medikament nach und nach in den Blutkreislauf des Patienten. Er warf noch einen Blick auf die Medo-Anzeigen, nickte zufrieden und wandte sich dann wieder an Azira. »Zweifeln Sie daran?«

»Erkundigen Sie sich jetzt nach meiner Meinung?« erwiderte die Edemanerin bitter. »Beschränken Sie sich nicht mehr darauf, mir *Ihre* Ansicht aufzuzwingen, meinen Glauben zu erschüttern, unsere Religion zu kritisieren?«

»Azira, ich …«

Sie hob die Hand, unterbrach Bashir mitten im Satz.

»Es wäre reine Zeitverschwendung, Ihnen meine Meinung zu sagen, Doktor. Was auch immer geschehen wird – es wird geschehen. Ich habe mich entschieden und muß die Konsequenzen tragen. Wie leicht oder schwer mir die Entscheidung fiel, spielt dabei überhaupt keine Rolle.«

Azira schwieg, als der Arzt die Behandlung ihres Sohns fortsetzte.

## KAPITEL 18

Gul Dukat vom cardassianischen Schiff *Verheerer* setzte sich erneut mit Deep Space Nine in Verbindung. Auch diesmal präsentierte er eine Maske aus Freundlichkeit, doch dahinter ließen sich Strenge und Entschlossenheit erahnen.

»Nun, Commander?« fragte er. »Gibt es Neuigkeiten?«

»Die Frist ist noch nicht verstrichen, Gul Dukat«, erwiderte Sisko. »Oder wollen Sie sich jetzt über die von Ihnen selbst formulierten Bedingungen hinwegsetzen?«

»Ihnen bleibt tatsächlich noch etwas Zeit – aber nicht mehr viel. Daran wollte ich Sie erinnern.«

»Ihnen dürfte klar sein, daß es in dieser Raumstation Chronometer gibt. Zahlreiche Uhren weisen uns darauf hin, wie spät es ist.«

»Das freut mich für Sie. Oh, und noch etwas, Commander... Ich hoffe, Sie unternehmen nichts, um den derzeitigen Status quo zu verändern.«

»Zum Beispiel?«

»Nun, ich rate Ihnen dringend davon ab, die Deflektoren zu aktivieren, offensive Maßnahmen zu ergreifen oder zuzulassen, daß irgendwelche Schiffe vom Andockring ablegen – solche Dinge meine ich.«

»Wir aktivieren die Schilde nur im Falle eines Angriffs, Gul Dukat«, entgegnete Sisko. »Das gilt auch für eventuelle offensive Aktionen unsererseits. Was die Schiffe am Andockring betrifft... Viele unserer derzeitigen Probleme gehen auf den Umstand zurück, daß ich Deep Space Nine unter Quarantäne gestellt habe: Niemand darf die Station verlassen.«

»Dann verstehen wir uns.«

»Ja«, brummte Sisko.

»Da fällt mir ein... Bitte teilen Sie dem edemanischen Kreuzer mit, daß er sichere Distanz zu uns wahren soll. Religiöse Fanatiker sind immer lästig – gegenüber solchen Leuten habe ich nicht viel Geduld.«

»Kom-Signale«, sagte Dax plötzlich. »Von der *Eifrig*.«

»Sprechen Sie selbst mit den Edemanern, Gul«, wandte sich Sisko an den Cardassianer. »Ich habe keine Lust, Ihnen gegenüber zuvorkommend zu sein – und das gilt auch für die Leute an Bord der *Eifrig*. Sowohl Sie als auch die Edemaner kommen bis an die Zähne bewaffnet hierher, um uns unter Druck zu setzen. So etwas gefällt mir nicht. Ich kümmere mich um meine Angelegenheiten, und Sie dürfen sich den Ihren widmen. Sisko Ende.« Als Gul Dukats Abbild aus dem Projektionsfeld verschwand, fügte der Kommandant hinzu: »Und nun zu K'olkrs Jüngern...«

Mencar blickte vom großen Bildschirm. Er schien ebenso schlecht gelaunt zu sein wie beim ersten Gespräch. »Commander! Wir haben noch immer nichts vom Mas gehört.«

»Vielleicht liegt es daran, daß wir ihm keine Kontakte mit dem Rest des Universums erlauben«, erwiderte Sisko.

»Wir warten auf Anweisungen von ihm!«

»Nun, in dem Fall gereicht es mir zum Vorteil, Ihnen keine Gelegenheit zu geben, mit ihm zu reden.«

»Das ist...«

»Unerhört«, sagte Sisko. »Ja, ich weiß.«

Mencar zögerte und versuchte offenbar, die Situation einzuschätzen. »Commander...«, begann er. »Ich muß nicht unbedingt passiv bleiben, wenn mir der Mas keine Befehle übermittelt. Außerdem: Die Präsenz des cardassianischen Schiffes ist mir ein Dorn im Auge.«

»Wir sind davon auch nicht gerade begeistert. Wenn Sie die Cardassianer auffordern möchten, von hier zu verschwinden... Ich habe nichts dagegen. Ich bezweifle jedoch, ob sie bereit sind, einer solchen Aufforderung von Ihnen nachzukommen.«

Mencar runzelte die Stirn. »Bis diese Angelegenheit geregelt ist... Unternehmen Sie nichts, um den gegenwärtigen Status quo zu verändern.«

Ärger entflammte in Sisko. »Wissen Sie, Mencar... Ich habe es allmählich satt, daß mir dauernd von Bewaffneten gesagt wird, was ich zu tun und zu lassen habe. Hiermit teile ich Ihnen folgendes mit: Geben Sie den Subraum-Kanal frei und erlauben Sie mir, mich um wichtigere Dinge zu kümmern! Sisko Ende.« Er unterbrach die Verbindung.

»Hast du während der Akademie-Ausbildung jene Lektion versäumt, bei der es um Diplomatie ging, Benjamin?« fragte Dax.

»Sei still, alter Knabe«, erwiderte Sisko müde. Die dauernde Anspannung belastete ihn immer mehr. Hinzu kam der Umstand, daß er seit einiger Zeit keine Gelegenheit mehr bekam, an der Matratze zu horchen.

Der Turbolift traf ein, und ein erschöpfter Miles O'Brien betrat den Kontrollraum. Schweiß glänzte auf der Stirn, und das normalerweise lockige Haar klebte feucht am Kopf. Schmutz bildete hier und dort große Flecken an der Uniform; einige verbrannte Stellen erinnerten an Kurzschlüsse in den Schaltungsstellen. Einer davon schien besonders schlimm gewesen zu sein: Sisko bemerkte, daß die linke Braue des Chefingenieurs halb versengt war.

»Chief...?« Er wagte es kaum, die Frage laut auszusprechen.

O'Brien nickte. »Fertig«, sagte er schlicht und schritt zur technischen Station. In der Armbeuge trug er einen schwarzen Kasten, aus dem ein altmodischer Kippschalter ragte. Als er Siskos neugierigen Blick bemerkte, erklärte O'Brien: »Wir müssen mit dem vorliebnehmen, was zur Verfügung steht.«

»In der Tat«, bestätigte der Kommandant.

Miles stellte den Kasten auf die Konsole seiner Station und verband ihn mit einigen Schaltkreisen. Anschließend betrachtete er die veränderten Anzeigen, nahm mehrere Rejustierungen vor und nickte. »Na schön. Entweder klappt es jetzt, oder ...«

»Oder was?« fragte Sisko. Aus irgendeinem Grund fürchtete er die Antwort.

»Oder es kommt zu einer energetischen Überladung, die alle Systeme an Bord dieser Station lahmlegt«, sagte O'Brien.

»Mit anderen Worten: alles oder nichts.«

»So ungefähr.«

»Freut mich, das zu hören, Chief. Möge Gott verhüten, daß wir uns in diesem Zusammenhang etwas Neues einfallen lassen müssen. Aber falls wir doch in eine solche Lage geraten, wenn die von Ihnen vorgenommenen Modifizierungen der Relais ohne den angestrebten Erfolg bleiben ... Nun, dann weiß ich wenigstens, daß wir *alles* versucht haben.«

O'Brien musterte ihn aus trüben Augen. »Wenn Sie nach Alternativen suchen ...«

Sisko deutete zum Bildschirm, der die beiden Kriegsschiffe zeigte.

»Selbst wenn es welche gäbe – ich fürchte, uns bleibt nicht mehr Zeit genug.«

Glav hatte Quark schon seit einer ganzen Weile nicht mehr gesehen, und allmählich regte sich Besorgnis in ihm. Er wanderte durch die Promenade und hielt aufmerksam Ausschau, doch Quark blieb verschwunden.

Ebenso wie die meisten anderen Leute.

Normalerweise herrschte in diesem Bereich von

Deep Space Nine immer lautes Durcheinander, und die stille Leere weckte Unbehagen in Glav. Er seufzte unwillkürlich, als er Rom sah, der gerade eine Lagerkammer verließ – mit einer leckeren Portion Seenash. Er legte sie auf den Tresen und hob den Kopf, als sich Glav näherte.

»Wo steckt Quark?«

»Wie bitte?« erwiderte Rom. »Wissen Sie denn nicht Bescheid?«

»Worüber sollte ich Bescheid wissen?« Plötzlich riß Glav die Augen auf. »Ist er etwa ...? Hat ihn das *Wesen* ...?«

»O nein, keine Sorge.« Rom lächelte und vollführte eine Geste, die dem Spielkasino galt. »Willkommen in meinem Etablissement.«

Glav starrte ihn groß an. *»Was?«*

»Sie haben mich richtig verstanden. Quark hat mir das Kasino vor einer knappen Stunde verkauft. Und zwar für ein Lied. Er ist fest entschlossen, Deep Space Nine so bald wie möglich zu verlassen.«

Glav konnte es kaum fassen. »Wieviel... wieviel haben Sie bezahlt?«

»Wie ich schon sagte: Er bekam ein Lied von mir. In meiner Freizeit schreibe ich Songs, und Quark hat immer großen Gefallen an ihnen gefunden. Für das Kasino gab ich ihm ein Lied, zusammen mit allen Rechten daran. Es klingt so ...« Rom holte tief Luft und begann zu heulen: »O Baby, o Baby, warum das Glück suchen fern von hier, wenn ich es gern schenke dir? Sei nur nicht bange vor meiner Stange. O Baby ...«

»Klingt sehr beeindruckend!« rief Glav, um das Geheul zu übertönen.

»Finden Sie?« erwiderte Rom. »Es gibt noch achtzehn weitere Strophen.«

»Hören Sie ...«, sagte Glav hastig. »Ich verstehe das nicht. *Warum* will Quark die Station verlassen? Und ... wie?«

»Angeblich ist er zu dem Schluß gelangt, daß Deep Space Nine keine Zukunft hat. Ich glaube, er hat einen Platz an Bord eines Schiffes am Andockring gebucht. Derzeit befindet er sich in seinem Quartier und packt.« Rom seufzte. »Ach, ich werde ihn vermissen.«

»*Ich* vermisse ihn schon *jetzt*«, behauptete Glav. »Wenn Sie mich bitte entschuldigen würden ... Ich möchte mich von ihm verabschieden.«

Er verließ das Kasino und eilte fort, lief so schnell, wie es seine krummen Beine erlaubten.

Rasa öffnete die Augen.

Er gähnte herzhaft und streckte sich. Das heißt: Er *versuchte* sich zu strecken, doch die medizinische Behandlungseinheit schränkte seine Bewegungsfreiheit ein.

Er blinzelte überrascht und sah ein vertrautes, lächelndes Gesicht. »Mutter?« brachte er hervor.

»Ja, Schatz.« Azira beugte sich vor und küßte ihren Sohn. »Wie fühlst du dich?«

»Es tut ein bißchen weh«, erwiderte Rasa. »Aber nicht so wie vorher. Es geht mir jetzt ... besser.« Diese Erkenntnis schien ihn zu überraschen. »Mutter ... Erhole ich mich?«

Sie nickte. »Ja. Dr. Bashir behandelt dich. Er gibt dir Medizin, und schon bald hast du dich ganz erholt. Dann fühlst du dich so gut und kräftig wie früher.«

Rasa ließ den Kopf aufs Kissen sinken und schloß die Augen. Er atmete leichter und regelmäßiger. Bashir warf einen Blick auf den Monitor, der ihm zufriedenstellende Bio-Werte zeigte.

Auf der anderen Diagnoseliege lag Del und schnarchte leise.

Glav mußte durch den halben Habitatring laufen, um Quarks Quartier zu erreichen. Er hielt dabei eine Leine in der Hand und zog einen Koffer auf Rollen hinter sich her.

Die Tür der Unterkunft war verriegelt. Glav schenkte dem Melder keine Beachtung, hämmerte statt dessen mit der Faust ans Schott. »*Quaaark!*« rief er. »Sohn einer verdammten Raumkuh! Lassen Sie mich eintreten! Lassen Sie …«

Die Tür glitt mit einem leisen Zischen beiseite.

Diffuses Halbdunkel herrschte in dem Zimmer und verbarg die meisten Konturen. Glav glaubte, eine Bewegung zu erkennen, und er rief erneut: »Quark! Was geht hier vor?«

Der frühere Inhaber des Spielkasinos präsentierte sich als Schemen, während er durch sein Quartier hastete. Hier und dort standen einige Reisetaschen – Quark packte ganz offensichtlich. Als Glav hereinkam, erweckte Quark den Eindruck, als hätte man ihn bei der Plünderung einer fremden Kabine ertappt. »Was wollen Sie?«

Glav zog den Koffer herein, und hinter ihm schloß sich die Tür. »Was *ich* will? Ich dachte, wir sind Partner! *Geschäfts*partner! Ich dachte …«

»Nein.« Quark schüttelte den Kopf und wirkte kummervoll. »Nein, *ich* dachte das – wenigstens zuerst. Sie wollten, daß ich uns für Geschäftspartner hielt. Oh, Sie gingen bei Ihrem Plan sehr geschickt vor. Aber ich habe Sie trotzdem durchschaut.«

»Mich durchschaut?« Glav lachte unsicher. »Wovon reden Sie da? Sie verkaufen Ihr Spielkasino. Sie wollen sich an Bord eines Raumschiffs begeben, um Deep Space Nine zu verlassen – ohne mich zu fragen, ob ich mitkommen möchte. Und jetzt sprechen Sie in Rätseln.«

Er trat einen Schritt vor. Quark wich sofort zurück, hob die Arme vors Gesicht, duckte sich in eine Ecke und nahm die als Ferengi-Hocke bekannte Haltung ein.

»Was ist denn nur los mit Ihnen, Quark?«

»*Sie* stecken dahinter«, lautete die leise Antwort. Quark kauerte auch weiterhin in der Ecke. »Es ist alles *Ihre* Schuld.«

»Was ist meine Schuld?« Glav klang jetzt nicht mehr empört, nur noch neugierig.

»Sie wollten nicht gegen das Ferengi-Gesetz verstoßen. Eins unserer juristischen Prinzipien lautet: Wenn ein bestimmtes Geschäft legal zustande gekommen ist, so darf man deshalb keine Rache anstreben – erst recht keine Vergeltung, die nicht einmal dazu dient, Profit zu erzielen. Aber Sie wünschten sich trotzdem meinen Tod. Zwar sind Sie reich geworden, unermeßlich reich, aber das genügt Ihnen nicht. Sie wollen, daß ich sterbe.

Irgendwann begegneten Sie dem Gestaltwandler. O nein, Sie trafen keinen Irren, den eine besondere Form von Wahnsinn dazu treibt, Leben auszulöschen. Er erwies sich als jemand, der im Auftrag tötet – für Geld. Und er schien bestens dafür geeignet zu sein, die schmutzige Arbeit für Sie zu erledigen. Feigheit hinderte Sie daran, die Sache selbst in die Hand zu nehmen. Außerdem wollten Sie gewährleistet wissen, daß Sie unmöglich mit meiner Ermordung in Zusammenhang gebracht werden können.«

»Eine interessante Spekulation, Quark«, kommentierte Glav. »Bitte fahren Sie fort.«

»Der Rest ist eigentlich ganz einfach. Als Sie Deep Space Nine erreichten, brachten Sie den Gestaltwandler mit, als irgend etwas getarnt. Der von Ihnen engagierte Killer begann anschließend damit, wahllos unschuldige Personen umzubringen. Auf diese Weise sollte davon abgelenkt werden, auf wen er es wirklich abgesehen hatte – auf mich. Sie geraten natürlich nicht in Verdacht, denn Sie scheinen ebensosehr in Gefahr zu sein wie alle anderen an Bord der Raumstation. Der Mörder bringt einige Leute um, schickt mich ins Jenseits, tötet noch ein paar Personen ... Und verschwindet dann. Quarks Ermordung – ein Fall von vielen. Niemand käme auf den Gedanken, deshalb zusätzliche Ermittlungen anzustellen. Darüber hinaus haben Sie mich beschäftigt gehalten: mit dem Unsinn von Ihrer angeblichen Absicht, Deep Space Nine zu kaufen.«

Glav schwieg eine Zeitlang.

Quark duckte sich nach wie vor, schien mit den Schatten zu verschmelzen. Im Halbdunkel bot er ein eher undeutliches Ziel – was jedoch kaum eine Rolle spielte.

»Ich bitte Sie, Glav ... Lassen Sie mich gehen. Ich ... ich verrate niemandem etwas.«

»So einfach ist das leider nicht, Quark«, erwiderte der Ferengi.

Sein Koffer schmolz, wurde zu einer gallertartigen roten Masse, die unmittelbar darauf neue Struktur gewann. Sie verdichtete sich zu einem Geschöpf, das über vier Gliedmaßen verfügte.

Meta hatte nun zwei Arme, zwei Beine und einen Kopf, doch der Leib bestand aus einem wie massiv wirkenden roten Etwas. Hier gab es keinen Grund für ihn, das humanoide Erscheinungsbild in allen Einzelheiten nachzuahmen. Hier ging es nur darum, den Tod zu bringen.

Er näherte sich Quark, der entsetzt kreischte und um sein Leben flehte. Der Mörder schenkte den hastig hervorgestoßenen Worten keine Beachtung.

»Eigentlich schade«, sagte Glav im Plauderton. »Ich habe tatsächlich damit begonnen, Sie zu mögen. Aber was soll's? Geschäft ist Geschäft.«

Der Metamorph trat zwei rasche Schritte vor, und seine Arme verwandelten sich in Lanzen. Er zögerte nicht, rammte sie erbarmungslos in die Brust des schreienden Quark. Eine Sekunde später winkelte er die Arme an, riß dadurch den Oberkörper des Ferengi auf.

Quark taumelte zurück, zuckte heftig und bebte am ganzen Leib. Blut strömte aus der klaffenden Wunde, als der tödlich Verletzte röchelnd zu Boden sank.

Glav lachte triumphierend.

## KAPITEL 19

Doch er lachte nicht lange.

Quarks Brust schloß sich.

Blutlachen gerieten in Bewegung, krochen zum Körper und vereinten sich mit ihm, wobei gurgelnde, plätschernde Geräusche ertönten. Quark stand auf und wandte sich dem Metamorph zu, der ihn groß anstarrte und so verblüfft war, daß er nicht rechtzeitig auswich – eine Faust traf ihn, geformt wie ein Vorschlaghammer.

Der Hieb schleuderte Meta durch die Luft und an die gegenüberliegende Wand.

»Licht«, sagte Quark. Seine Stimme klang jetzt nicht mehr entsetzt, sondern fest, selbstsicher und auch arrogant.

Es wurde hell im Zimmer.

Die Wunde in Quarks Brust hatte sich inzwischen vollständig geschlossen, aber... Glav schnappte erschrocken nach Luft: Zwar sah er die vertraute Form eines Ferengi-Kopfes, doch das Gesicht offenbarte nicht etwa Quarks Züge, sondern – Odos.

»Überraschung«, sagte der Sicherheitsoffizier.

Die beiden Gestaltwandler standen einander gegenüber, mit Glav in der Mitte.

»Töte ihn!« heulte der Ferengi und deutete auf Odo. »Töte ihn! Dafür bezahle ich dich schließlich! Töte...«

Der Metamorph bewegte sich. Sein rechter Arm zuckte in Form einer rasiermesserscharfen Klinge vor und schnitt durch Glavs Hals, ohne dabei langsamer zu werden. Der Ferengi klappte den Mund auf und wieder zu, schien gar nicht zu begreifen, daß er bereits tot war. Dann rutschte ihm der Kopf von den Schultern, und der Rest des Körpers fiel ebenfalls zu Boden.

Odo betrachtete die Leiche einige Sekunden lang, bevor sein Blick zum anderen Gestaltwandler zurückkehrte. »Sie haben Glav getötet, weil er Ihren Plan ruinierte.«

»Nein«, widersprach Meta ruhig. »Ich hatte von Anfang an vor, ihn umzubringen. Er hat mir nie gefallen, doch zunächst fand ich seine Mischung aus Habgier und Rachsucht recht… unterhaltsam. Ich mag unterhaltsame Dinge.« Er musterte Odo neugierig. »In dieser Hinsicht könnten Sie sich als besonders interessant erweisen.«

Der Constable kam einen Schritt näher. Meta neigte den Kopf ein wenig zur Seite, schien auf diese Weise zu versuchen, Odo aus einem anderen Blickwinkel zu sehen. »Nun… Was machen wir jetzt?«

»Wer sind Sie?« fragte der Sicherheitsoffizier.

Meta lachte leise. »Wissen Sie das nicht?«

»Nein.«

»Oh«, gurrte der Metamorph. »Jetzt wird mir die Sache klar. Sie haben keine Ahnung, wer Sie sind. Leiden Sie an einer Art Amnesie?«

Odo antwortete nicht.

»Sicher erhoffen Sie sich Auskunft von mir«, fuhr Meta fort. »Über Ihre Vergangenheit, Ihren Ursprung. Es mangelt Ihnen an Gewißheit: Vielleicht bin ich wie Sie – vielleicht auch nicht.«

»Nein, Sie sind nicht wie ich«, stellte Odo fest. »Ich glaube an Gerechtigkeit – sie kommt für mich an erster Stelle. Der Respekt dem Gerechten gegenüber durchdringt mein ganzes Wesen, und daher nehme ich an, daß auch die übrigen Angehörigen meines Volkes dieses Empfinden teilen.«

»Sie scheinen ziemlich egozentrisch zu sein«, meinte Meta. »Wie heißen Sie, egozentrisches Geschöpf?«

»Odo.«

»Wenn Ihr Name von jemandem ausgesprochen wird, der an einer starken Erkältung leidet... dann klingt er fast wie ›ohne‹. Was mir angemessen erscheint: ohne Erinnerungen, ohne Heimat.«

Odo ging nicht darauf ein. »Und Sie sind ...?«

Meta zuckte mit den Schultern. »Namen sind eine Last. Wenn man einen Namen mit sich herumschleppt, so nimmt man auch viele vorgefaßte Meinungen mit. Ich ziehe die Freiheit vor.«

»Auf die Freiheit werden Sie von jetzt an verzichten müssen«, sagte Odo.

»Hm.« Meta sah zur Tür. »Gehe ich recht in der Annahme, daß dort draußen Sicherheitswächter und vielleicht auch noch andere Personen warten?«

»In der Tat«, bestätigte der Constable. »Sie können nicht entkommen.«

»Nun, es dürfte faszinierend sein herauszufinden, ob das stimmt«, entgegnete Meta und lächelte zufrieden. »Übrigens: Sie brauchen nicht zu befürchten, daß ich mich dazu hinreißen lasse, Ihre Gestalt anzunehmen. Sie waren clever genug, um mir auf die Schliche zu kommen. Was bedeutet: Bestimmt sind Sie so vorsichtig gewesen, irgendein codiertes Identifizierungssystem zu entwickeln.«

»Allerdings«, sagte Odo.

»Na schön. Wenn das so ist... Gehen wir nach draußen, um Ihre Wächter zu begrüßen.«

Meta schlenderte so durch die Tür, als hätte er alle Zeit der Welt. Odo folgte ihm dichtauf.

Sie traten in den Korridor. Der Mörder blickte nach rechts und links, wirkte amüsiert.

An beiden Enden der Passage glühten Kraftfelder, und dahinter standen Sicherheitswächter. Commander Benjamin Sisko leistete der rechts postierten Gruppe Gesellschaft, und auch er war mit einem Phaser bewaffnet.

»Ich sitze also in diesem Korridor fest«, meinte Meta. Es klang alles andere als besorgt. »Die Erg-Schilde hindern mich daran, ihn zu verlassen.«

»Gehen Sie nach links«, sagte Odo. »Die einzelnen Schilde werden desaktiviert, damit wir den Weg fortsetzen können. Vor uns entstehen neue Kraftfelder, und hinter uns reaktiviert man jene energetischen Barrieren, die wir passiert haben. Es gibt also keine Fluchtmöglichkeit für Sie.«

»Sehr schlau von Ihnen«, kommentierte Meta. »Sagen Sie, Odo... Hatten Sie es lieber mit einem irren Monstrum zu tun, mit einem entarteten, anomalen Exemplar Ihrer Spezies? Vorausgesetzt natürlich, ich stamme aus dem gleichen Volk wie Sie. Oder bevorzugen Sie mich auf diese Weise? Mögen Sie mich als intelligente und kultivierte Person? Vielleicht gelänge es Ihnen sogar, mich sympathisch zu finden – wenn Sie einfach vergessen, daß ich getötet habe.«

»Die angenehmste Vorstellung von Ihnen zeigt mir, wie Sie in einer mit Energiefeldern abgeschirmten Arrestzelle stecken. Gehen Sie jetzt.«

Meta rührte sich nicht von der Stelle und musterte den Sicherheitsoffizier nachdenklich. »Die anderen warten *jenseits* der Schilde. Damit sie nicht in meine Reichweite geraten? Eine kluge Maßnahme, Odo. Sie wissen, mit welcher Mühelosigkeit ich töten kann, und deshalb sorgen Sie dafür, daß Ihre Gefährten außerhalb der unmittelbaren Gefahrenzone bleiben. Das ist rücksichtsvoll von Ihnen. Ja, sehr rücksichtsvoll. Sie haben alles gut vorbereitet. Nur wir beide befinden uns zwischen den Erg-Barrieren. So ist es richtig – die Sache betrifft in erster Linie uns.«

»Sie sollen gehen, und zwar nach links«, betonte Odo noch einmal.

Meta blieb auch weiterhin stehen. »Das Spiel mit Quark ist vorbei«, sagte er wie im Singsang. »Es diente nur dazu, die Langeweile aus meiner Existenz zu vertreiben. Sind nicht auch Sie dauernd auf der Suche nach Herausforderungen, um die Langeweile zu besiegen? Eigentlich ist *alles* ein Spiel, nicht wahr? Wir haben nur entschieden, dabei auf unterschiedlichen Seiten zu stehen.«

»Man wählt die Seiten nicht«, erwiderte Odo scharf. »Es verhält sich genau umgekehrt.«

»Und wenn schon. Jetzt wird es Zeit für eine neue Herausforderung, ein neues Spiel. Wir beide, Odo. Wir beide treten nun gegeneinander an.«

Der Sicherheitsoffizier trat auf den Metamorph zu und verharrte so dicht vor ihm, daß sich fast ihre Nasen berührten. »Ich warne Sie zum letztenmal«, fauchte er. »Entweder setzen Sie sich jetzt in Bewegung – oder ich schlage Sie nieder und *trage* Sie anschließend.«

Das rötliche Gesicht des anderen Gestaltwandlers erweckte inzwischen einen fast kristallinen Eindruck, und die Lippen verzogen sich nun zu einem Lächeln. »Ich schlage Ihnen etwas vor, Odo. Ich erzähle Ihnen von Ihrer Herkunft. Von Ihrem Volk, von Ihrer Abstammung. Ich erkläre Ihnen, wie Sie Ihre Fähigkeit des physischen Strukturwandels wesentlich verbessern können. Ich beantworte alle Ihre Fragen – und als Gegenleistung bitte ich Sie nur darum, mir einen einzigen Wunsch zu erfüllen.«

»Ich treffe keine Vereinbarungen mit Mördern.«

»Es ist keine Vereinbarung. Ich habe schon einmal darauf hingewiesen: Es handelt sich um eine neue Herausforderung. Wenn Sie Auskunft von mir wollen... Schnappen Sie mich.«

Meta verflüssigte sich und sprang zur Decke.

Sisko brauchte seinen Insignienkommunikator nicht erst zu aktivieren. Er hatte bereits einen internen Kom-Kanal zum Kontrollraum geöffnet, als Meta und Odo aus der Kabine kamen. *»Jetzt, Chief!«* rief er.

Elektrische Entladungen knisterten durch den Luftschacht, als Meta hineinkroch. Er zuckte, während die Energie nach ihm tastete, und mit einem lauten, unangenehm klingenden Platschen fiel er auf den Boden. Nur wenige Schritte vor Odo blieb er liegen.

Der Sicherheitsoffizier trat näher – was sich als Fehler erwies.

Eine Pseudopodie wuchs aus der roten Substanz, schlang sich um Odos Beine und zerrte. Der Constable verlor das Gleichgewicht, kippte nach hinten.

Noch im Fallen verwandelte er sich in eine deforme Masse. Sisko und die Sicherheitswächter beobachteten sprachlos, wie eine Auseinandersetzung zwischen zwei Geschöpfen stattfand, die nun keine humanoiden Aspekte mehr aufwiesen. Zwei strukturlose Körper schienen miteinander zu verschmelzen. Es entstand ein Durcheinander, in dem es kochte und brodelte. Wer sich wem gegenüber durchsetzte, ließ sich kaum feststellen, weil man die beiden Gestaltwandler schon nach wenigen Sekunden nicht mehr unterscheiden konnte.

Die Kraftfelder flackerten. »Halten Sie die energetischen Barrieren stabil!« rief Sisko.

O'Briens Stimme klang aus dem Lautsprecher des Insignienkommunikators. »In den Schaltungsstellen kommt es zu Überladungen, wenn in den Luftschächten auch weiterhin eine Ionisierung erfolgen soll!«

»Verzichten Sie auf die elektrischen Entladungen in den Schächten – die Schilde in den Korridoren sind wichtiger! Aber halten Sie sich für weitere Ionisierungen bereit.«

Auf dem Boden des Gangs präsentierte sich ein überaus seltsamer Anblick. Gelegentlich glaubte Sisko, einen Arm und die Konturen eines Beins zu erkennen. Die beiden Massen wogten hin und her, gingen Verbindungen ein, lösten sich wieder voneinander und verschmolzen erneut. Nach wie vor gab es keine Hinweise darauf, auf welche Weise der Kampf stattfand und wer dabei zu unterliegen drohte.

Plötzlich wichen die beiden breiigen Lachen so abrupt voneinander fort, daß die jähe Trennung wie eine Explosion anmutete. Der eine Haufen prallte gegen das nächste Kraftfeld, und prasselnde energetische Finger schienen den amorphen Leib zu kneten. Die Masse glitt zu Boden, restrukturierte sich … Und Sisko erkannte Odo.

Der Metamorph nahm etwas schneller Gestalt an und nutzte den Vorteil, um sofort anzugreifen. Mit einem fast ohrenbetäubenden Brüllen stürmte er vor. Dutzende von langen Dornen ragten ihm aus dem Leib, und damit versuchte er nun, Odo zur Erg-Barriere zurückzutreiben.

Der Sicherheitsoffizier *rollte* herum. Seine Füße hatten sich in Räder verwandelt, und damit sauste er nun davon. Es ging ihm darum, größere Distanz zu schaffen und Gelegenheit zu finden, sich wieder zu fassen.

Meta stieß sich ab. Mitten in der Luft gewann die untere Hälfte seines Körpers eine neue Form und wurde zu einer Sprungfeder. Er landete wieder auf dem Boden – und sauste einen Sekundenbruchteil später wie von einem Katapult geschleudert fort. Odo konnte nicht rechtzeitig ausweichen, und mehrere Dorne bohrten sich ihm in den Körper, nagelten ihn an die Wand des Korridors.

Die Hände des Angreifers schlossen sich um Odos Hals.

Aber der Hals löste sich auf. Zusammen mit dem Kopf schrumpfte er in den Torso, und die Finger des Mörders ertasteten nur Leere.

»Ich bin hier unten.«

Meta senkte den Kopf.

Odos Kopf ragte nun unter dem Arm hervor.

Der Metamorph blinzelte überrascht, und Odo ließ sich einen weiteren Arm wachsen, rammte die Faust ins Gesicht seines Kontrahenten.

Meta taumelte zurück.

»Das ist doch Wahnsinn!« brachte ein Sicherheitswächter hervor. »Die beiden Gestaltwandler können sich gar nicht verletzen, oder?«

»Sie können sich gegenseitig zermürben«, erwiderte Sisko ernst. »Es ist anstrengend, dem Körper immer wieder eine neue Struktur zu geben. Der Trick besteht darin, nur jene Veränderungen vorzunehmen, die unbedingt nötig sind und möglichst wenig Kraft erfordern. Ich schätze: Wer zum Schluß steht, hat den Sieg errungen.«

Metas rechter Arm gewann eine neue Form – eine große Streitaxt ragte plötzlich aus der Schulter des Killers. Damit holte er aus, traf Odo am Bauch und schnitt ihn in zwei Teile. Der Sicherheitsoffizier verflüssigte sich wieder, glitt zur Seite, gab dem Leib Festigkeit – und hob einen Arm, der nun einen Schild bildete.

Mit lautem Krachen schmetterte die Streitaxt dagegen, rutschte ab und bohrte sich in eine Verkleidungsplatte der Wand.

Eine Öffnung entstand.

Für Meta war sie gerade groß genug. Er sprang, verwandelte sich in eine dünne Säule, die durchs Loch sauste.

Auf einen solchen Zwischenfall konnte O'Brien natürlich nicht vorbereitet sein. Es hatte lange genug gedauert, die Relais so zu modifizieren, daß sich in den Luftschächten eine Ionisierung herbeiführen ließ. Eine Absicherung der Wände wäre noch weitaus aufwendiger gewesen.

Meta verschwand innerhalb einer Sekunde.

*»O nein, ich lasse dich nicht entwischen!«* entfuhr es Odo, und er folgte dem Mörder durch die Öffnung.

»Sie sind in den Wänden!« rief Sisko. »Können wir ihren Weg verfolgen, Zentrale?«

»Negativ«, tönte Kiras Stimme aus dem Insignienkommunikator. »Ich wiederhole: negativ! Es befinden sich keine Sensoren in den Wänden.« Die Bajoranerin schien auf sich selbst wütend zu sein, als sie hinzufügte: »Meine Güte, wer installiert in *Korridorwänden* ein Netz aus Sicherheitssensoren?«

»Wir«, antwortete Sisko. »Wenn wir diese Sache überleben.«

Keiko O'Brien hielt sich in ihrem Quartier auf und hörte etwas in der Wand.

Molly schlief, und ihre Mutter plante die Lektionen für den nächsten Tag. Sie versuchte dabei, sich an eine Zeit zu erinnern, die sie nicht ständig mit Angst um das Leben ihrer Tochter konfrontiert hatte. Seit sie sich an Bord von Deep Space Nine befand, fühlte sie sich ständig von Besorgnis und Furcht begleitet.

Keiko beugte sich nun vor und horchte verwundert. Ja, in der Wand knisterte, knirschte und pochte es. Ungeziefer? Kleine Tiere? Sie erinnerte sich an ihr Schaudern, als sie Mäuse in einem Korridor der Raumstation gesehen hatte. Doch diese Geräusche erschienen ihr zu laut, um von solchen Nagern verursacht zu werden.

Vielleicht gingen sie auf jene Rohrleitungen und Kabel zurück, die Energie durch DS Nine transportieren. Unbehagen erfaßte Keiko, als sie sich vorstellte, daß es hinter der Wand ihres Quartiers zu einem energetischen Leck kam.

Sie trat zum Interkom und schaltete das Gerät ein. »Keiko an Chief O'Brien. Miles?«

Der Chefingenieur klang nervös. »Worüber auch immer du mit mir reden willst – hat es bis später Zeit?«

»Ich ... ich denke schon. In der Wand unserer Unterkunft scheint sich etwas zu bewegen. Aber wenn damit keine Gefahren verbunden sind ...«

Offenbar verstand Miles nicht sofort, was seine Frau meinte. Er schwieg zunächst, und Keiko führte seine Begriffsstutzigkeit auf den Streß während der vergangenen Tage zurück. »In der Wand...«, wiederholte er langsam. Und dann, erschrocken und lauter: »Keiko! *Verlaß das Quartier! Sofort!*«

Es vibrierte fast so etwas wie Panik in O'Briens Stimme, und seine Frau vergeudete keine Zeit mit Fragen. Sie reagierte sofort und eilte zum Nebenzimmer, um Molly zu holen.

Direkt vor ihr wölbte sich die Wand nach innen, und das Metall quietschte unter der starken Belastung. Keiko keuchte unwillkürlich und versuchte, sich an dem plötzlich entstandenen Hindernis vorbeizuschieben, doch es ließ ihr nicht genug Platz – sie war von ihrer Tochter abgeschnitten.

Zwei oder drei Sekunden später platzte die Wand auf, und zwei Wesen taumelten durch die Öffnung.

Das eine wies gewisse Ähnlichkeit mit Odo auf. Das andere ließ sich kaum als Humanoide erkennen.

Sie kämpften voller Entschlossenheit und schienen bestrebt zu sein, sich gegenseitig in Stücke zu reißen. Meta versetzte Odo einen Hieb, der ihn an die gegenüberliegende Wand schleuderte. Unmittelbar im Anschluß daran riß der Mörder ein Stück Stahl aus der beschädigten Wand und warf sich damit dem Sicherheitsoffizier entgegen. Odo konnte nicht ausweichen, und die Stahlplatte wirkte wie eine Presse, die ihn platt drückte. In halbflüssiger Form tropfte er darunter hervor, doch dieser Vorgang dauerte recht lange – ein Zeichen von Müdigkeit?

Meta fügte seiner Gestalt deutlicher ausgeprägte Einzelheiten hinzu, als er sich zu Keiko umwandte. Er grinste, während sie zum Schreibtisch zurückwich.

»Hallo«, sagte er. »Ein hübsches Zimmer.«

Dann kam er näher, und ein Knurren entrang sich seiner Kehle – oder jenem Körperteil, das bei ihm dem gleichen Zweck diente.

Keiko nahm den Phaser vom Tisch und schwang die Waffe schneller herum, als sie es für möglich gehalten hätte. Sie zögerte nicht, betätigte sofort den Auslöser.

Wenn dem Metamorph volle psychisch-physische Energie zur Verfügung gestanden hätte, wäre er vermutlich imstande gewesen, dem Strahl mit einem raschen Strukturwandel auszuweichen. Aber die vielen Veränderungen führten auch bei ihm zu Ermüdung, und deshalb gab es keine Möglichkeit für ihn, dem Strahl auszuweichen. Die Entladung traf ihn mitten auf der Brust und stieß ihn in Richtung Tür. Er verflüssigte sich, rann durch den schmalen Spalt zwischen den beiden Schotthälften und verschwand.

Aus den Augenwinkeln sah Keiko eine Bewegung. Sie schrie und wirbelte um die eigene Achse, zielte mit dem Phaser. Eine zweite gallertartige Masse wuchs und verfestigte sich dabei, wurde zum Sicherheitsoffizier Odo. Er hob die Hand und versuchte zu sprechen. An seiner Erschöpfung konnte kein Zweifel bestehen – aber er war auch entschlossen.

Keiko eilte zur Tür und gab den Öffnungscode ein. Odo taumelte zu ihr, und sie bot ihm den Strahler an. »Hier, nehmen Sie.«

Der Constable schüttelte den Kopf. »Nein«, erwiderte er und klang außer Atem. »Ich benutze keine Waffen.«

Er wankte in den Korridor, sah nach rechts und links.

Nichts. Leere.

Vom Metamorph fehlte jede Spur.

Der Mörder war entkommen.

Odo lehnte sich an die Wand und trachtete danach, das bewußte Denken von allem Ballast zu befreien, konzentriert zu überlegen. Es fiel ihm nicht leicht, denn heißer Zorn loderte in ihm. Seine Stimme hallte durch den Gang und ließ sich vermutlich im ganzen Habitatring vernehmen, als er rief: *»Feigling! Das ›Spiel‹ ist noch nicht vorbei, Feigling! Schon wieder läufst* *du fort und fliehst, Feigling! Wovor hast du Angst? Fürchtest du vielleicht, nicht ganz so stark zu sein, wie du gern glaubst?«*

Er trat einen Schritt vor – und vernahm dabei ein seltsames Geräusch. Es hörte sich nach einem Saugnapf an, der sich ganz langsam von einer glatten Fläche löste.

Odo hob die Hände und betrachtete sie entsetzt.

Die Haut glitt von ihnen herunter.

Sie verlor ihre Festigkeit und tropfte zu Boden. Und das Phänomen beschränkte sich nicht nur auf die Hände, betraf auch Brust und Beine. Er betastete das Gesicht... Ja, auch dort kam es zu einem zunehmenden Strukturverlust. Der ganze Körper schmolz wie eine Kerze.

Die Anstrengungen der letzten Tage, der Mangel an Ruhe und Regeneration, die vielen Gestaltveränderungen... Die Konsequenzen machten sich immer deutlicher bemerkbar. Odo hielt sein Erscheinungsbild nur noch mit Willenskraft stabil, doch auch sie ging allmählich zur Neige. Wenn er den Killer nicht innerhalb kurzer Zeit fand und in einer speziell abgesicherten Arrestzelle unterbrachte, wurde er trotz seiner Entschlossenheit zu hilfloser Gelatine und konnte erst dann wieder aktiv werden, wenn sein physisches Wesen genug neue Kraft gesammelt hatte.

Aber noch war es nicht soweit. Nein, noch nicht.

Odo konzentrierte sich, mobilisierte letzte energetische Reserven und lehnte es hartnäckig ab, den Bedürfnissen des Körpers nachzugeben. Derzeit kam das Verlangen des Geistes an erster Stelle – und sein Selbst wollte den Mörder *auf keinen Fall* entkommen lassen.

Er stabilisierte den Leib in der vertrauten humanoiden Form, warf einen Blick auf die Hände und stellte voller Genugtuung fest, daß sie nicht mehr die Haut verloren.

»*Feeeiiigling!*« rief er noch einmal und hoffte, daß ihn der Metamorph hörte.

Plötzlich piepte sein Insignienkommunikator, und Kiras aufgeregte Stimme erklang.

»Wir haben ihn lokalisiert, Odo!« Die Bajoranerin schrie fast. »Das Überwachungssystem funktionierte kaum, wenn er sich ein humanoides Erscheinungsbild gab oder als halbflüssige Masse durch Luftschächte glitt. Aber jetzt ...«

»Wo, Major? Wo steckt er?«

»Er ist zwei Sektoren von Ihnen entfernt! Korridor achtzehn A.«

»Computer!« sagte Odo scharf. »Isoliere Korridor achtzehn A.«

»Isolierung bestätigt«, ertönte eine ruhige Sprachprozessorstimme.

Weiter vorn flackerte ein Kraftfeld. Der Metamorph warf sich gegen die energetische Barriere, und Odo hörte das Knistern von Entladungen.

Von einem Augenblick zum anderen trübte sich das Licht im Gang, und leises, unregelmäßiges Zischen deutete auf einen Kurzschluß hin. Es roch nach verbranntem Kunststoff.

Im Kontrollraum schlug O'Brien mit der flachen Hand auf eine Konsole.

»Das Sicherheitssystem in Habitatebene fünfzehn ist ausgefallen«, knurrte er. »Betroffen sind die Korridore achtzehn bis vierundzwanzig. Es kommt zu Überlastungen in den modifizierten Relais! In einigen Bereichen bricht die Energieversorgung zusammen! Die Kompensatoren halten nicht stand! Zum Teufel mit der cardassianischen Technik – auf sie ist nie Verlaß!«

»Der Metamorph muß enormen Druck auf das Kraftfeld ausgeübt haben, um ...« Kira unterbrach sich, als sie das Geschöpf auf dem Bildschirm sah, wenn auch nur für einen Sekundenbruchteil – dann flackerte es im Projektionsfeld, und graues Flimmern verschlang alle Einzelheiten. »Odo! Passen Sie auf! Der Mörder nähert sich Ihnen!«

Odo hörte ihn. Besser gesagt: Er *fühlte* ihn. Als er seinen Gegner kurz darauf sah, riß er verblüfft die Augen auf.

Der Boden zitterte, und wenige Sekunden später rollte Meta in Sicht – er kam mit der Unaufhaltsamkeit eines außer Kontrolle geratenen Bulldozers.

Er hatte sich in einen großen Felsblock verwandelt, der alles unter sich zu zermalmen drohte.

*»Für einen Feigling hältst du mich?«* ertönte es irgendwo im Donnern und Grollen.

Odo lief los.

Er wollte nicht erneut die Gestalt verändern – anschließend erlag er vielleicht der Erschöpfung und mußte die nächsten Stunden in der Regeneration verbringen, ohne eine Möglichkeit, aktiv in das allgemeine Geschehen einzugreifen. Inzwischen strengte es ihn sogar an, die Struktur jenes Humanoiden stabil zu halten, der seinem Ich seit vielen Jahren eine körperliche Hülle verlieh. Er kannte sich gut mit diesem Leib aus, und daher kostete ihn die Beibehaltung des betreffenden Erscheinungsbildes normalerweise kaum Mühe.

Er lief, taumelte, fiel, stand wieder auf und lief erneut. Einmal mehr spürte er, wie sich sein Körper hier und dort aufzulösen begann. Die Füße neigten plötzlich dazu, am Boden festzukleben, und bei jedem Schritt erklangen saugende Geräusche.

Der Felsblock kam näher, und Odo glaubte, im Grollen amüsiertes Lachen zu hören. Oder bildete er sich das nur ein?

Zorn entflammte in ihm, und er gab sich diesem Empfinden bereitwillig hin, ließ sich davon neue Kraft geben. Er sprang – und verwandelte sich.

Der Felsen rollte heran, doch jetzt war Odo nicht

mehr Odo, sondern ein sirrender, sich rasend schnell drehender Bohrkopf.

Mit schrillem Kreischen begann der Bohrer damit, ein schnell tiefer werdendes Loch in den vermeintlichen Granit zu fräsen.

Die Felskugel brüllte und verflüchtigte sich schlagartig. Der Bohrkopf fiel zu Boden.

Beide Gestaltwandler gaben sich wieder ein humanoides Äußeres.

»Du bist verhaftet«, sagte Odo. Wie zuvor verzichtete er darauf, den Mörder zu siezen.

Meta schlug ihn.

Einfach so.

Er schlug zu.

Mit einem Amboß am Ende des Arms.

Das Ding prallte an Odos Brust. Der Sicherheitsoffizier taumelte, und eine tiefe amboßförmige Delle blieb im Torso zurück. Er ging jäh in die Hocke, als Meta ausholte. Arme und Beine dehnten und teilten sich...

Innerhalb von ein oder zwei Sekunden war Odo verschwunden und wurde zu einer wirren Tentakelmasse ohne zentralen Körper. Die Pseudopodien wiesen messerscharfe Kanten auf, zuckten hin und her, trafen den Mörder mehrmals. Ganz gleich, wohin sich Meta auch wandte – die Tentakel erreichten ihn, schnitten in seinen Leib...

Odos Gegner öffnete den Mund, öffnete ihn immer weiter. Der Körper schrumpfte, während der Rachen anschwoll. Lange Reißzähne wuchsen in ihm, und eine peitschenartige rote Zunge glitt zwischen ihnen hervor. Kurze Zeit später war Meta nur noch ein riesiges Maul.

Es schnappte zu, versuchte dabei, möglichst viele Tentakel auf einmal zu erwischen, kaute genüßlich...

Die im Rachen gefangenen Pseudopodien verhärteten sich, stachen durch den hinteren Bereich des Mauls. Unmittelbar im Anschluß daran gaben die beiden Gestaltwandler ihre derzeitigen Körper auf und flossen ineinander...

Stiefel klackten übers metallene Deck – Hinweis darauf, daß sich Sicherheitswächter näherten. Meta wandte sich abrupt ab, sprang und segelte als Protoplasma-Fladen durch die Luft. Bevor er zu Boden fiel, wurde er zu einem Ball und rollte fort.

Odo verdichtete seine molekulare Struktur, konzentrierte sich dabei erneut auf den Zorn, um die Erschöpfung zu besiegen.

Doch als er wieder stand... Schwäche ließ ihn taumeln. Meyer und Boyajian stützten ihn. »Ist alles in Ordnung mit Ihnen, Sir?« fragte Meyer.

»Oh, es geht mir bestens«, erwiderte Odo. »Ich habe mich nie besser gefühlt. Ich komme gerade erst in Fahrt. Begleiten Sie mich – aber bleiben Sie hinter mir. Den Kampf führe ich. Greifen Sie nur ein, wenn sich der Gegner eine Blöße gibt.«

Die beiden Sicherheitswächter nickten.

»Na schön. Brechen wir auf!«

Meta hatte mehr als nur genug.

Das »Spiel« verlor plötzlich seinen Unterhaltungswert.

Er war jetzt wieder in humanoider Gestalt unterwegs, weil es ihm dadurch leichter fiel, sich zu orientieren. Allerdings kam er dadurch langsamer voran, und außerdem bewirkten die vielen Strukturwechsel auch bei ihm Erschöpfung. Doch er hielt an der Überzeugung fest, nicht so müde zu sein wie Odo – was ihn zu einem stolzen Lächeln veranlaßte. Andererseits...

Und dann sah er das gesuchte Schild. Es hing an der Wand, und ein Pfeil deutete zur Seite: ZU DEN LUFTSCHLEUSEN UND WARTUNGSHANGARS.

Meta freute sich über diesen klaren Hinweis und eilte sofort in die entsprechende Richtung. Kurz darauf erreichte er einen Raum, der Zugang zu drei Luftschleusen erlaubte: Dahinter befanden sich die Hangars mit den sogenannten Flitzern, kleinen Raumschiffen, die dem Starfleet-Personal von Deep Space Nine zur Verfügung standen.

Der Metamorph beabsichtigte, sich eins davon auszuleihen.

Er warf einen Blick auf die Justierungskontrollen und stellte fest, daß die Flitzer mit Vertäuungsspangen verankert waren. Doch daraus ergaben sich keine Probleme für ihn.

Der Mörder trat zur linken Wand, löste dort eine Verkleidungsplatte und tastete nach dem großen Hebel, der die Arretierungsvorrichtung der Spangen kontrollierte. Er bewegte ihn, zog ihn nach unten in die Position ›Offen‹. Anschließend näherte er sich der anderen Wand und wiederholte dort den Vorgang. Dann verwendete er einen Teil der ihm noch verbliebenen Transformationsenergie, um die rechte Hand in einen Speer zu verwandeln. Er zögerte nicht, rammte die Spitze in den elektronisch-mechanischen Justierungsmechanismus. Funken stoben, und das rhythmische Summen eines Alarms erklang, doch das spielte keine Rolle für Meta. Wichtig war nur eins: Von der Zentrale aus konnten die Vertäuungsspangen jetzt nicht mehr kontrolliert werden.

Ein Druck auf die Öffnungstaste, und das Schott der ersten Luftschleuse glitt auf. Meta betrat den Hangar.

Hinter ihm erklang ein wütender Schrei.

*»Feigling!«* heulte der Sicherheitsoffizier von DS Nine.

Der Mörder hatte die Herausforderung einmal angenommen und sich dem anderen Gestaltwandler erneut zum Kampf gestellt, aber diesmal blieb er auf das Verlangen fixiert, die Raumstation zu verlassen. Er winkte fröhlich, als sich das Schott hinter ihm schloß und Odo aussperrte.

Der Constable konnte nicht rechtzeitig stehenbleiben und prallte mit der rechten Schulter ans geschlossene Schott. »Odo an OPS!« rief er und nannte dabei die Kurzbezeichnung des Kontrollraums. »Der Mörder versucht, mit einem Flitzer zu entkommen!«

»Er hat den Justierungsmechanismus beschädigt«, erwiderte Major Kira zornig. »Die Vertäuungsspangen lassen sich von hier aus nicht mehr kontrollieren. Lassen Sie den Metamorph ruhig starten, Odo. Wir holen ihn mit den Traktorstrahlen zurück.«

»Ich soll erlauben, daß er Deep Space Nine verläßt?« entfuhr es dem Sicherheitsoffizier scharf. »O nein! Ich gebe ihm keine Gelegenheit, sich im letzten Augenblick mit irgendeinem Trick aus der Affäre zu ziehen!«

»*Warten* Sie ...«

Odo hörte gar nicht mehr zu. Die Luftschleuse war versiegelt, aber die Öffnungen in den Wänden ... Der Gestaltwandler besann sich auf seine letzten Kräfte und sprang, gab dabei die feste Struktur seines Körpers auf. Er verwandelte sich in eine Schlange aus Protoplasma, kroch immer schneller durch das Gewirr aus Kabeln und leitungsartigen Verbindungssträngen. Sein Ziel: der Hangar mit dem kleinen Raumschiff.

Meta hockte in der Pilotenkanzel des Flitzers und aktivierte die Bordsysteme – grün leuchtende Anzeigen signalisierten Startbereitschaft. Der Mörder ließ noch einmal den Blick durchs Innere des kleinen Schiffes schweifen. Ja, mit diesem Gefährt konnte er eine recht große Strecke zurücklegen. Er dachte daran, wie Odo in der Raumstation zurückbleiben, noch in vielen Jahren über die Begegnung mit ihm nachgrübeln würde ... Diese Vorstellung gefiel ihm.

Der Flitzer ruhte auf einer Plattform, die von einem speziellen Lift nach oben gebracht wurde, zum peripheren Bereich des Habitatrings. Aber dabei handelte es sich nicht um eine notwendige Voraussetzung für den Start. Meta bediente die Kontrollen, sorgte mit einigen Tastendrucken dafür, daß sich das Außenschott öffnete. Gleichzeitig aktivierte er die Manövrierdüsen. Das kleine Raumschiff bewegte sich, stieg langsam auf.

Der Mörder behielt die Instrumente im Auge, als er plötzlich ein seltsames Geräusch hörte. Es klang so, als sei der Flitzer am Bug von einem Meteoriten getroffen worden.

Meta hob den Kopf.

Und grinste.

Odo klebte im wahrsten Sinne des Wortes am vorderen Fenster. Arme und Oberkörper verfügten nun über Saugnäpfe, und damit hielt er sich fest. Eine Faust hämmerte an die Außenhülle.

»Tut mir leid«, sagte Meta. »Ich nehme keine Anhalter mit. Genieß die Reise, solange du dazu imstande bist.«

Der Flitzer drehte sich und beschleunigte, verließ den Hangar und raste fort von Deep Space Nine – während der wütende Sicherheitsoffizier auch weiterhin ans Fenster pochte.

## KAPITEL 20

»Gul!« rief der Waffenoffizier des cardassianischen Kreuzers *Verheerer*. »Ein kleines Raumschiff entfernt sich von der Station!«

»Und ich habe deutlich darauf hingewiesen, daß ich nicht bereit bin, so etwas zu dulden«, erwiderte Gul Dukat. Es klang fast verletzt. »Schilde hoch. Phaserpotential fünfundsiebzig Prozent. Feuer!«

Als Sisko den Kontrollraum erreichte, hörte er die laute Stimme des wissenschaftlichen Offiziers Dax: »Die Cardassianer haben ihre Deflektoren aktiviert und beschicken die Phaserkanonen mit Energie!«

»Schilde hoch!« sagten Sisko und Major Kira gleichzeitig. Die Bajoranerin sah den Kommandanten und nickte knapp.

»Stellen Sie eine Verbindung mit Gul Dukat her«, brummte Sisko.

Nur eine Sekunde später eröffnete die *Verheerer* das Feuer. Strahlblitze zuckten durchs All und trafen die Energieschirme von Deep Space Nine. Die Raumstation erzitterte, aber Sisko wußte sofort, daß etwas nicht stimmte. »Das kann unmöglich volle Phaserkraft gewesen sein.«

»In der Tat, Commander«, bestätigte Dax. »Die Cardassianer setzen nur fünfundsiebzig Prozent des entsprechenden Potentials ein.«

»Warnschüsse«, sagte Kira.

»Holen Sie den Flitzer zurück!« befahl Sisko. »Und zwar *sofort!*«

»Traktorstrahlen aktiviert«, meldete O'Brien.

Geisterhafte energetische Finger tasteten ins All und erfaßten das kleine Schiff. Es erbebte im Flirren, und das Triebwerk gab auch weiterhin Schub – der Pilot versuchte noch immer, die Distanz zur Station zu vergrößern.

Odo war nun dem Vakuum des Alls ausgesetzt und klammerte sich verzweifelt fest.

Mencar, Kommandant des edemanischen Kreuzers des Heiligen Krieges, stellte fest, daß die Cardassianer die Raumstation unter Beschuß nahmen. Jäher Zorn erfaßte ihn.

»Die cardassianischen Ungläubigen!« knurrte er. »Wie können sie es wagen, sich in die heiligen Angelegenheit von K'olkrs Jüngern einzumischen! Taktische Station! Zielfokus auf das cardassianische Schiff!«

»Intervaller bereit!«

»Feuer!«

Die *Eifrig* spuckte destruktive Energie, und ihre Strahlen trafen die Steuerbord-Schilde der *Verheerer*.

Gul Dukat runzelte verblüfft die Stirn, als das Brückendeck unter ihm vibrierte. »Wie können es die Edemaner wagen, auf uns zu schießen? Dies ist ein cardassianisches Kriegsschiff der Galor-Klasse, und es gehört zur Zweiten Kategorie! Haben die Burschen denn gar keine Ahnung, wessen Zorn sie herausfordern? Sentor, erwidern Sie das Feuer! Volle Energiestärke!«

Die Phaserstrahlen der *Verheerer* waberten in den vorderen Schilden der *Eifrig*. Der Kreuzer des Heiligen Krieges wich ein wenig zurück, und der edemanische taktische Offizier leitete zusätzliche Energie in die Deflektoren. Vermutlich wäre die *Eifrig* in erhebliche Bedrängnis geraten, aber zum Glück für K'olkrs Gemeinde wurde Gul Dukat abgelenkt.

»Gul!« rief Sentor von der taktischen Station. »Deep Space Nine hat Traktorstrahlen auf den Flitzer gerichtet und versucht, ihn wieder an Bord zu ziehen. Und außerdem … Das sollten Sie sich ansehen, Sir.«

»Volle Vergrößerung«, sagte Dukat und fragte sich, was Sentor für so seltsam hielt.

Das kleine Schiff erschien auf dem Bildschirm, und Dukat riß die Augen auf.

Sicherheitschef Odo hielt sich am Bug des Flitzers fest, und das Vakuum des Alls schien ihn nicht weiter zu stören. Immer wieder holte er mit der Faust aus und klopfte ans Fenster.

»Hat er den *Verstand* verloren?« entfuhr es Dukat ungläubig. »Was könnte ihn zu einem solchen Verhalten veranlassen?« Plötzlich begriff er. »Natürlich.« Und lauter: »*Natürlich!* An den Kontrollen des Flitzers sitzt … der Mörder! Und ganz offensichtlich versucht er zu entkommen! Eine andere Erklärung gibt es nicht. Nur Odo kann eine derartige Besessenheit entwikkeln.«

»Ihre Befehle, Sir?«

»Richten Sie die Phaser auf das kleine Schiff, Sentor«, sagte Dukat genüßlich. »Und treffen Sie Vorbereitungen dafür, das Feuer zu eröffnen.« Nachdenklich fügte er hinzu: »Tut mir leid, Odo. Aber gerade Sie sollten verstehen, was im Namen der Gerechtigkeit notwendig ist.«

»Die Cardassianer schießen nicht mehr auf die Raumstation«, meldete Dax. Sie zögerte. »Benjamin!« platzte es besorgt aus ihr heraus. »Sie richten ihren Zielfokus auf den Flitzer!«

Damit blieb nur noch eine einzige Möglichkeit. »Chief …« Sisko holte tief Luft. »Volle Phaserenergie, kurze Entladungen. Wir müssen die Cardassianer ablenken. Und … Feuer!«

»Phaser werden abgefeuert, Sir«, bestätigte O'Brien.

Weitere Strahlen schnitten durch die Schwärze des Alls. Sie leckten über die Schilde der *Verheerer*, verursachten heftige Erschütterungen und weckten Zorn in Gul Dukat. »Was sind Sie doch für ein Narr, Sisko!« zischte er. »Ich hätte Sie in Ruhe gelassen! Mir geht es nur um Gottos Mörder!«

Die *Verheerer* schüttelte sich erneut, aber diesmal stammte die Salve nicht von der Raumstation.

»Edemanisches Schiff in zwei eins eins Komma neun!« warnte der taktische Offizier.

Gul Dukat fragte sich, welchen Situationsaspekten er den größten Teil seiner Aufmerksamkeit schenken sollte. Die größere Gefahr ging zweifellos vom edemanischen Kreuzer aus, aber er durfte auf keinen Fall die Tatsache ignorieren, daß Deep Space Nine auf sein Schiff geschossen hatte. Schließlich traf der cardassianische Kommandant eine Entscheidung. »Neuer Kurs: vier eins acht Komma sechs. Peilen Sie die *Eifrig* für den Einsatz von Photonentorpedos an. Erwidern Sie das Feuer von DS Nine. Und wenn Sie schon mal dabei sind: Versuchen Sie auch, den verdammten Flitzer zu treffen! Torpedos und Phaser – Feuer!«

Das cardassianische Schiff feuerte in alle Richtungen, wirkte dabei wie ein kleiner Stern, der plötzlich zur Nova wurde.

Der Flitzer bot nur ein winziges Ziel. Außerdem wurde er im energetischen Griff der Traktorstrahlen hin und her geschüttelt. Beides zusammen führte dazu, daß ein Wunder geschah: Die cardassianischen Phaserstrahlen verfehlten den kleinen Raumer.

Aber sie trafen Deep Space Nine. Die Station war von Cardassianern errichtet worden, und daher kannte Gul Dukats taktischer Offizier die schwachen Stellen.

»Trägheitsabsorber beschädigt!« rief O'Brien, während im Kontrollraum akustisches Chaos herrschte.

»Funktion der Subprozessormodule eingeschränkt! Kapazität der Schilde bei dreißig Prozent! Deflektorpotential sinkt weiter!«

In der Krankenstation lösten sich Segmente aus der Decke und fielen herab. Bashir beugte sich über den reglosen Rasa, um zu verhindern, daß er von irgend etwas getroffen wurde. Azira schrie und war davon überzeugt, daß K'olkrs Zorn der ganzen Raumstation Tod und Vernichtung brachte.

Der immer noch schlafende Del rollte von der Diagnoseliege, rutschte zu Boden und schnarchte weiter.

In der Zentrale von Deep Space Nine nannte Dax die schlechtesten Neuigkeiten an diesem Nachmittag. »Die Energiestärke der Traktorstrahlen sinkt! Sie können den Flitzer nicht länger festhalten!«

Und tatsächlich...

Meta heulte triumphierend, als das kleine Raumschiff aus dem Flirren des Fesselfelds kroch und jäh schneller wurde.

Doch die *Verheerer* versperrte den Weg in die Freiheit.

Meta leitete ein Ausweichmanöver ein und zwang den Flitzer zur Seite, um ihn am großen cardassianischen Schiff vorbeizusteuern. Doch wenige Sekunden später sah er ein zweites Hindernis: den edemanischen Kreuzer des Heiligen Krieges. Die *Eifrig* hatte den Angriff mit den Photonentorpedos überstanden, ohne daß es an Bord zu nennenswerten Schäden gekommen war.

Unterdessen hielt sich Odo weiterhin am Bug fest und verfluchte den Umstand, sich in eine so schwierige Lage gebracht zu haben. Er hatte sich von seinem Gegner in eine Situation locken lassen, die nur Nachteile versprach. Grimmig beschloß er, beim nächsten Mal...

Beim nächsten Mal?

Wieso kam er darauf, daß es für ihn überhaupt ein nächstes Mal gab?

Metas Finger huschten über die Kontrollen des Navigationssystems. Der kleine Raumer drehte ab und begann mit einem sogenannten Kleeblatt-Manöver, das ihn nach »unten« brachte, an den beiden viel größeren Schiffen vorbei.

Odo begriff plötzlich, in welche Richtung Meta flog. Und sicher ahnte der Mörder nichts davon, weil er diesen Raumbereich kaum kannte.

Für den Sicherheitsoffizier hingegen bestand kein Zweifel: Wenn Meta den gegenwärtigen Kurs beibehielt, so erreichten sie in etwa dreißig Sekunden das Wurmloch.

Plötzlich bemerkte Odo die Öffnung eines Mikrotorpedo-Katapults, das zu den Waffensystemen des Flitzers gehörte.

Sofort reifte eine Idee in ihm heran. Sie brachte Gefahren mit sich, aber er sah keine Alternative.

Odo handelte und glitt fort vom Bugfenster. Aus den Augenwinkeln sah er Verwirrung im immer noch humanoiden Gesicht des Mörders, und dann erreichte er das Katapult. Verzweiflung trieb ihn an, als er sich hineinschob und nach einem Weg ins Innere des Flitzers suchte. Er kam nur deshalb voran, weil er die Masse bis zum Maximum dehnte – bis sein ›Körper‹ nur noch wenige Moleküle dick war.

Auf diese Weise gelang es ihm, selbst hermetische Dichtungen zu passieren. Er filterte in die Pilotenkanzel, und dort kehrte er so schnell wie möglich zur ursprünglichen Gestalt zurück. Der Metamorph hörte ihn, drehte den Kopf und lächelte amüsiert.

Odo hob die Faust und holte aus. Ihm blieben nur noch wenige Sekunden, um den Mörder zu überwältigen und den Kurs des kleines Raumschiffs zu ändern...

Auf einmal schien der ganze Kosmos zu explodieren.
»Der Flitzer ist getroffen!« rief Dax.

Es stimmte: Der Zufall wollte es, daß ein schlecht gezielter Intervallerstrahl des edemanischen Kreuzers die eine Seite des kleinen Schiffes aufgerissen hatte. Die Luft entwich aus dem großen Leck, und kurz darauf kam es zu einer Explosion, die den Flitzer endgültig in Stücke riß.

»Sensorsondierung!« ordnete Sisko an. Er versuchte, ruhig zu sprechen und sich seine Anspannung nicht anmerken zu lassen. »Vielleicht ist es dem Constable irgendwie gelungen …«

»Ich habe sie lokalisiert!« rief Dax. »Zwei Lebensformen.«

Und dann erbebte Deep Space Nine wieder.

»Die beiden großen Schiffe nehmen sich gegenseitig unter Beschuß!« entfuhr es Kira. »Niemand hat es *bewußt* auf uns abgesehen – wir geraten nur ab und zu in die Schußlinie.«

»Wir können Odo und den Metamorph nicht an Bord beamen, solange unsere Deflektoren aktiv sind!«

»Das dürfte bald kein Problem mehr sein, Lieutenant«, wandte sich O'Brien an Dax. »Die Kapazität der Schutzschilde ist auf zwanzig Prozent gesunken und nimmt weiter ab. Sobald die Schilde nicht mehr existieren …«

»Öffnen Sie einen Subraum-Kanal zu den Edemanern und Cardassianern!« donnerte Sisko. »Visuelle Erfassung auf Odo und den anderen Gestaltwandler. Volle Vergrößerung.«

Das Bild im Projektionsfeld wechselte, und eine Sekunde später zeigte der Bildschirm den Sicherheitsoffizier. Der Körper veränderte sich dauernd, zuckte und zitterte, während das Vakuum an ihm zerrte.

Odo setzte den Kampf fort, rang noch immer mit dem Mörder, der den gleichen Belastungen ausgesetzt war. Selbst unmittelbare Todesgefahr hielt ihn nicht von dem Versuch ab, den Metamorph doch noch zu besiegen, dadurch die Gerechtigkeit triumphieren zu lassen. Die beiden Gestaltwandler schlugen aufeinander ein, obwohl sie inzwischen am Ende ihrer Kräfte sein mußten.

*Ich kenne niemand, der auch nur annähernd so stur ist wie Odo,* fuhr es Sisko durch den Sinn.

»Verbinden Sie mich mit beiden Schiffen!« rief er noch einmal. Er wartete keine verbale Bestätigung ab und fuhr fort, als die Bereitschaftsanzeige leuchtete: »Hier spricht Sisko! Ich fordere Sie beide auf, das Feuer unverzüglich einzustellen! Haben Sie mich verstanden? Sie treffen nicht nur sich selbst, sondern auch uns! Es stirbt jemand, wenn wir nicht die Schilde senken können, um den Transporter einzusetzen! Und wenn das passiert ... Dafür würden Sie von Starfleet und mir persönlich zur Rechenschaft gezogen. In diesem Zusammenhang darf ich Ihnen folgendes versichern: Wenn es in dieser Galaxis etwas gibt, das Sie sich *ganz gewiß nicht* wünschen, so ist es *mein Zorn!*«

Die beiden Gestaltwandler sausten durchs All, angetrieben von ihrem eigenen Trägheitsmoment. Sie behielten ihre ursprüngliche Geschwindigkeit bei, denn es gab keine externen Faktoren, die eine bremsende Wirkung entfalteten.

Dafür gab es eine Kraft, die Odo und Meta beschleunigte: das Wurmloch.

Sie wurden schneller, und zuerst wußte nur der Constable, was sich anbahnte. Der Mörder hatte nach wie vor keine Ahnung, denn seine Aufmerksamkeit galt allein Odo. Eine Hand wuchs ihm aus der Brust, streckte sich dem Gegner entgegen und versuchte, ihn fortzustoßen.

Odo wollte ihm zurufen, daß er sich auf diese Weise dem Verderben auslieferte, aber im Vakuum können sich natürlich keine Schallwellen ausbreiten, und deshalb war es dem Constable nicht möglich, eine Warnung zu übermitteln. Vergeblich trachtete er danach, den Killer festzuhalten. Der Stoß ließ ihn langsam forttreiben, und kummervoll beobachtete er, wie die Entfernung zum Metamorph wuchs.

Metas Absicht bestand vermutlich darin, auch weiterhin durchs All zu treiben, um irgendwann von einem Raumschiff aufgenommen zu werden. Er wußte, worauf es ankam, um zu überleben. Er kannte Tricks, die Odo nie gelernt hatte. Leere und Kälte des Weltraums schreckten ihn nicht.

Er sah nun, wie der Sicherheitsoffizier davondriftete, und ein Lächeln umspielte seine Lippen.

Dann spürte er, daß sich die Raum-Zeit-Struktur um ihn herum zu verändern begann.

Er sah sich verwirrt um, und tief in ihm prickelte Unbehagen. Irgend etwas ging nicht mit rechten Dingen zu. Meta fühlte sich irgendwie seltsam, wie von der Wirklichkeit getrennt. Die unmittelbare Umgebung erweckte den Eindruck, an Realität zu verlieren, und plötzlich schien die Schwärze auch Dinge zu enthalten, die Furcht verdienten.

Von einer Sekunde zur anderen war es da.

Ein gewaltiger Strudel öffnete sich mitten in der Leere, ein Mahlstrom mit weit aufgerissenem Rachen. Farben wogten, und es erklangen Geräusche, die eigentlich gar keine Geräusche waren. Meta hörte sie nicht, sondern *fühlte* sie, als ein schmerzhaftes Zerren und Reißen, das nach den einzelnen Molekülen seines Körpers griff.

Das bajoranische Wurmloch verschlang ihn. Selbst unter den besten Umständen wäre es für Meta kaum möglich gewesen, einen Transit ohne jeden Schutz zu überleben. Vielleicht hätte er es geschafft, als bewußte Entität den Quadranten Gamma zu erreichen. Vielleicht.

Unter den besten Umständen.

Doch derzeit konnten sie kaum schlechter sein.

Seit einer Weile zeichnete sich das Wurmloch durch ein hohes Maß an Instabilität aus. Subraum-Kompressionen fanden statt – und sie waren stark genug, um ein Schiff der Borg in Stücke zu reißen.

Derartige Phänomene ließen einem ungeschützten Gestaltwandler nicht die geringste Chance.

Meta drehte sich und begriff nun, daß ihm ein fataler Fehler unterlaufen war. Er sah Odo in der Ferne, streckte die Hand nach ihm aus ...

Odo beobachtete das Geschehen.

Der Metamorph wurde ins Wurmloch gerissen, und im letzten Augenblick streckte er dem Sicherheitsoffizier die Hand entgegen. Was ihm natürlich überhaupt nichts nützte. Die Entfernung war viel zu groß, und selbst wenn Odo Gelegenheit gefunden hätte, die Hand zu ergreifen: Es konnte nicht mehr lange dauern, bis der vom Dimensionstunnel ausgehende Sog auch ihn erfaßte.

Trotzdem: Für einen Sekundenbruchteil sah oder spürte er die Panik des anderen Gestaltwandlers. Meta wußte, was sich nun anbahnte, und er wäre zu *allem* bereit gewesen, um einem solchen Schicksal zu entgehen. Reiner Instinkt veranlaßte ihn, Hilfe bei dem einzigen Wesen weit und breit zu suchen, das ihm ähnelte.

Odo hätte nicht gezögert, ihm jene Hilfe zu gewähren, dem Mörder das Leben zu retten.

Aber er konnte nicht eingreifen, nur zusehen.

Meta stürzte in den Schlund des bajoranischen Wurmlochs und schrie im Vakuum. Nicht Schmerz war der Grund für die Schreie, sondern das Wissen um die unmittelbar bevorstehenden Ereignisse.

Die Subraum-Kompressionen zerrissen Metas Leib, zerfetzten ihn so gründlich, daß die einzelnen Atome in Myriaden Richtungen davonstoben. Der Killer spürte, wie er an den Wänden jenes zornigen Gottes entlangschabte, der sich dem Universum als Wurmloch präsentierte. Zuerst versuchte er, gegen den Prozeß der Destrukturierung anzukämpfen und die physische Einheit zu bewahren, doch es war ein aussichtsloses Unterfangen.

Er befand sich in der Hölle, splitterte wie sprödes Glas.

Bilder huschten an seinem inneren Auge vorbei. Er sah die Gesichter der Personen, die er umgebracht hatte; im Zeitraffer erlebte er noch einmal wichtige Stationen seiner Existenz, spürte Freude und Genugtuung, die er bei der Auslöschung von Leben empfand. Jene Gefühle waren es, die dem eigenen Sein so etwas wie Sinn gaben. Doch jetzt... Jetzt wünschte er sich eine Möglichkeit, solche Dinge aus seiner Vergangenheit zu verbannen, sie einfach zu vergessen – um noch einmal von vorn zu beginnen, um auch weiterhin *lebendig* zu sein und im Diesseits zu verharren. *Bitte!* riefen seine Gedanken, ohne daß er wußte, an wen er sie richten sollte. *Bitte verschone mich. Bitte erspare mir das Grauen. Und gib mir mein Leben zurück...*

Als Meta einsah, daß solche Wünsche unerfüllt bleiben mußten, als sich auch die letzten Teile seines Körpers auflösten... Daraufhin bat er den zornigen Gott nicht mehr um sein Leben, sondern um den Tod. Er sehnte sich nach einem Ende des Grauens...

Doch es dauerte an.

Das Bewußtsein verflüchtigte sich nicht, denn jedes Molekül des Körpers verfügte über ein unabhängiges bewußtes Selbst. Zahllose Teile des Metamorphs waren überall im Tunnel zwischen den Dimensionen verstreut, und jede Ich-Komponente wußte, daß sie den Körper verloren hatte. Sie alle warteten darauf, daß sie das Nichts umfing.

Aber nichts dergleichen geschah.

Meta nahm auch weiterhin wahr.

Er wußte um die eigene Nichtexistenz, und dieses Wissen stammte aus allen Bereichen des Wurmlochs. Sein Denken und Empfinden durchdrang das Gewebe der Raum-Zeit, absorbierte Millionen von verschiedenen Eindrücken, die alle von Hoffnungslosigkeit kündeten. Wenige Sekunden später rasten Metas Moleküle durch die andere Öffnung des Wurmlochs und breiteten sich im Gamma-Quadranten aus, ohne die geringste Möglichkeit, jemals wieder zueinander zu finden und einen integralen Körper zu formen.

Er war dazu verdammt, bis in alle Ewigkeit ein kosmisches Phantom zu sein, für immer am Rande des Todes zu schweben und mit einer Stimme zu schreien, die nur er hören konnte. Aber vielleicht blieb ihm selbst das verwehrt. Vielleicht hörte er gar nicht, wie jene Stimme überall und nirgends rief: *Befreit mich von der Qual! Befreit mich endlich davon …*

Doch das Leid fand kein Ende.

Das Wurmloch fing Odo ein.

Es zeigte sich ihm, als er die Peripherie des Transferbereichs passierte. Während er der dunklen Öffnung im bunten Wogen entgegenfiel, ging dem Constable folgender Gedanke durch den Kopf: *Verdammt! Wer behält jetzt Quark im Auge?*

Unmittelbar darauf spürte er etwas. Zuerst glaubte er, daß es sich um eine Auswirkung des Wurmlochs handelte, aber es fühlte sich irgendwie vertraut an. Und da er nicht jeden Tag in einen Dimensionstunnel fiel, mußte etwas anderes die Ursache sein.

Plötzlich verschwand das Wurmloch, ebenso wie der schwarze Weltraum.

Unter dem Sicherheitsoffizier erstreckte sich etwas Hartes, und er roch schale Luft – es war O'Brien noch immer nicht gelungen, das Belüftungssystem so zu justieren, daß es in jeder Hinsicht einwandfrei funktionierte. Odo blinzelte im hellen Licht, erkannte Kira und Sisko. Beide lächelten.

»Willkommen daheim, Constable«, sagte der Kommandant von Deep Space Nine.

Odo gestattete sich ein knappes Nicken.

Anschließend rutschte ihm der Kopf auf die Brust. Er hatte sich mit den Armen abgestützt, und nun verloren die Ellenbogen ihre Festigkeit. Bizeps und Trizeps verschmolzen miteinander.

Er sank nach unten: Die Beine fraßen die Füße, verschwanden ihrerseits in den Hüften. Die Offiziere im Kontrollzentrum der Raumstation beobachteten staunend, wie sich Odo in eine Lache aus rotem Schleim verwandelte.

Sisko und Kira traten zurück, um zu vermeiden, etwas vom Constable auf ihre Stiefel zu bekommen. Sie wechselten einen kurzen Blick, und der Commander zuckte mit den Achseln, klopfte auf seinen Insignienkommunikator.

»Sisko an Wartungsabteilung«, sagte er ruhig. »In der OPS muß saubergemacht werden. Bitte bringen Sie einen Mop – und einen möglichst großen Eimer.«

»Ich bin beeindruckt, Commander«, sagte Gul Dukat. »Ein solcher Nachdruck in Ihrer Stimme. Soviel Zorn. Soviel … Wie nennt man es?«

»Arroganz?« schlug Mencar vor.

Die beiden Kommandanten blickten vom zentralen Bildschirm im Kontrollraum von Deep Space Nine. Sisko hatte entsprechende Kom-Kanäle öffnen lassen und wirkte völlig ruhig, als er vor dem großen Projektionsfeld stand und die Hände auf den Rücken legte.

»Ja, genau!« bestätigte Gul Dukat. »In mancher Hinsicht gäben Sie einen guten Cardassianer ab.«

»Ich verstehe das als Kompliment«, erwiderte Sisko. Irgendwo hinter ihm murmelte O'Brien: »Ich würde mich dadurch beleidigt fühlen.« Der Commander überhörte diese leise Bemerkung. »Leider sah ich keine andere Möglichkeit, Ihre Aufmerksamkeit zu wecken. Sie waren zu sehr auf Ihren Kampf konzentriert, bei dem es um ein Wesen ging, dessen Schicksal sich außerhalb von DS Nine erfüllte.«

»Eine Fortsetzung der Konfrontation wurde schon bald sinnlos«, räumte Dukat ein. »Und es wäre sehr bedauerlich gewesen, Odo auf dem Altar der edemanischen Halsstarrigkeit zu opfern.«

»Sie bezeichnen *uns* als …«, begann Mencar empört.

Sisko unterbrach ihn, um einem neuerlichen Konflikt vorzubeugen. »Inzwischen ist die Sache erledigt. Allerdings auf eine Weise, von der ich nicht gerade begeistert bin.«

»Diese Einstellung teilen wir«, brummte Mencar.

»Wir auch«, pflichtete ihm Dukat bei. »Allerdings: Der Gerechtigkeit ist Genüge getan. Und vielleicht steckt jemand dahinter, der über eine größere Macht gebietet als wir.«

»K'olkr«, sagte Mencar ehrfürchtig. Er sah nicht, daß der Cardassianer mit den Augen rollte. »Was mich an Mas Marko erinnert …«

»Sein obligatorischer Aufenthalt in einem … speziellen Quartier ist inzwischen beendet«, erklärte Sisko. »Seine Bewegungsfreiheit unterliegt keinen Beschränkungen mehr. Der wissenschaftliche Offizier …« – bei diesen Worten sah er zu Dax, die kurz nickte – »… hat mir mitgeteilt, daß im Wurmloch keine Subraum-Kompressionen mehr stattfinden. Es sind also wieder Transite möglich. Wenn Mas Marko seine Mission fortsetzen möchte, so hat er nun Gelegenheit dazu.«

»Vielleicht war das Wurmloch hungrig«, spekulierte Dukat. »Und vielleicht ist es jetzt gesättigt.«

»Ich neige dazu, solche Angelegenheiten aus einer pragmatischeren Perspektive zu sehen, Gul«, entgegnete Sisko.

»Das gilt für uns alle«, ließ sich der Cardassianer vernehmen. »Übrigens: Wie geht es Odo?«

»Als ich ihn das letzte Mal gesehen habe, mußte man ihn in einem Eimer hinaustragen.« Hinter Sisko stöhnte jemand, aber er achtete nicht darauf.

»Bitte richten Sie ihm aus, daß wir seinen Mut bewundern«, sagte Dukat.

»Wir grüßen ihn ebenfalls«, fügte Mencar hinzu. »Ihr Constable hat im Namen K'olkrs gehandelt – wie wir alle.«

»Ich richte es ihm aus. Sisko Ende.«

Die beiden Kommandanten verschwanden vom Bildschirm. Sisko drehte sich um – und sah sich Kira gegenüber. Sie stand so dicht vor ihm, daß sich fast ihre Nasen berührten.

»Ich muß protestieren, Commander«, flüsterte sie.

Er wölbte eine Braue. »Ach?«

»Mir scheint, Sie machen sich über Odos Erschöpfung lustig, die dazu geführt hat, daß er nun ... gegen seinen Willen ausruhen muß«, verkündete die Bajoranerin steif. »Das ist ungebührlich, unfair und auch respektlos.«

»Ich muß zugeben, daß ich tatsächlich ein wenig amüsiert bin«, erwiderte Sisko. »Vielleicht ist dabei sogar etwas ... Schadenfreude im Spiel – immerhin hat der Constable bei manchen Anlässen kaum einen Zweifel daran gelassen, daß er der Föderation im allgemeinen und mir im besonderen recht skeptisch gegenübersteht. Wie dem auch sei ... Hiermit entschuldige ich mich, Major. Wenn es Sie stört, werde ich in Zukunft auf ›respektlose‹ Bemerkungen in bezug auf den Sicherheitsoffizier verzichten.«

»Danke, Sir«, sagte Kira. »Wir sollten froh sein, daß er nicht ums Leben kam.«

»Ja.« Sisko musterte seine Stellvertreterin ernst. »Ohne ihn wäre hier alles im Eimer.«

## KAPITEL 21

Mas Marko stand in der Krankenstation und sah zum Monitor, der die Bio-Werte seines Sohns zeigte. Das Gesicht des hochgewachsenen Edemaners blieb ausdruckslos, und Bashir hielt das für ein gutes Zeichen – er schien die Intervention des Arztes nicht von vorneherein zu verurteilen. Azira wartete in der Nähe, stumm und so reglos wie eine Statue.

»Der Metabolismus des Jungen hat sich stabilisiert«, erklärte der Arzt. »In einigen Fällen haben sich die metabolischen Funktionen sogar schon verbessert. Wenn die Behandlung fortgesetzt wird, wenn Rasa auch weiterhin Tricyclidin bekommt ... Dann wird er völlig gesund und kann ein ganz normales Leben führen.« Als der Vater auch weiterhin schwieg, fügte Bashir hinzu: »Dagegen hat K'olkr sicher nichts einzuwenden.«

Marko bedachte ihn mit einem durchdringenden Blick. »Ich verstehe, Doktor. Offenbar sind Sie jetzt nicht nur für Medizin zuständig, sondern auch für Theologie.«

»Bitte verzeihen Sie«, sagte Bashir. »Anmaßungen jeder Art liegen mir fern, aber ... Ich sehe nicht ein, warum es schlecht und verwerflich sein soll, Rasa das Leben zu retten, damit er auch weiterhin die Botschaft Ihres Gottes verkünden kann.«

»Genau darin besteht das Problem, nicht wahr, Doktor? K'olkrs Wille wirkt sich auf allen Ebenen aus, nicht nur in der Sphäre der Lebenden, sondern auch jenseits davon – bis hin zur Ewigkeit. Durch Ihr Eingreifen haben Sie K'olkrs Pläne für meinen Sohn ruiniert, und dadurch haftet nun das Sündige an ihm. Er kann nicht mehr hoffen, in dieser Inkarnation Reinheit zu erlangen.«

»Übertreiben Sie jetzt nicht ein wenig?« fragte Bashir.

Mas Marko hörte ihm gar nicht zu und wandte sich an Azira. »Du«, sagte er leise. »Du ... hast dies ermöglicht. Du wolltest, daß es passiert. Wie *konntest* du so etwas zulassen?«

Sie mied den Blick seiner glühenden Augen. »Schon seit vielen Jahren sind unsere beiden Existenzen miteinander verbunden. Wir waren gerade erst geboren, als unsere Eltern bestimmten, daß wir ein Ehepaar werden sollten. Erinnerungsbilder zeigen dich mir in Rasas Alter – er sieht dir so ähnlich. Damals hast du von den Dingen gesprochen, die eine große Rolle für dich spielten. Du erzähltest mir von deinen Träumen, Hoffnungen und Zielen. Ich bin immer bei dir gewesen und habe voller Stolz beobachtet, wie du einen Erfolg nach dem anderen erzieltest. Wenn ich den Blick auf Rasa richtete, sah ich immer soviel von dir in ihm. Ich ...« Aziras Stimme zitterte nun. »Ich liebe dich zu sehr – ich liebe euch beide zu sehr –, um zu erlauben, daß Rasas Leben schon jetzt endet, bevor er Gelegenheit erhält, seine eigenen Ziele zu erreichen. So etwas wäre nicht ... fair.« Sie hob den Kopf und sah den großen Edemaner an. »Es ist mir gleich, was K'olkr mit unserem Sohn beabsichtigte. Selbst durch Seine heiligen Pläne kann ein so früher Tod nicht gerechtfertigt sein.«

»Wer bist du, daß du Seine Pläne in Frage stellst?« erwiderte Marko. »Er ist K'olkr! Und du hast dich Seinem Willen zu fügen!«

»Ich bin Azira«, sagte die Frau und Mutter ruhig. »Ich bin in erster Linie mir selbst verpflichtet.«

Einige Sekunden lang herrschte Stille.

»Die *Eifrig* wartet auf mich«, sagte Mas Marko schließlich. »Commander Sisko hat mir mitgeteilt, daß die Subraum-Kompressionen aufgehört haben. Ich kehre nach Edema zurück, um eine neue Gruppe zusammenzustellen, mit ihr den Gamma-Quadranten aufzusuchen und dort K'olkrs Botschaft zu verkünden. Was dich betrifft...«

Er straffte die Schultern und ging langsam um seine Frau herum, murmelte dabei etwas, das für Bashir ohne Bedeutung blieb. Azira schloß die Augen, und für einen Sekundenbruchteil zeichnete sich Schmerz in ihren Zügen ab. Doch sie blieb stumm, gab keinen einzigen Ton von sich.

»Was... was geschieht jetzt?« fragte der Arzt. »Ich verstehe nicht...«

Marko beendete die kreisförmige Wanderung und drehte sich zu Bashir um. »Es sind die Konsequenzen Ihres Handelns, Doktor. Sie haben Azira in Versuchung geführt, sie dazu gebracht, den heiligen Pfad zu verlassen. Die Gemahlin eines Mas' muß hohen Anforderungen genügen, ebenso wie die betreffenden Söhne oder Töchter. Azira und Rasa gaben sich der Sünde hin, und selbst wenn ich bereit wäre, ihnen zu verzeihen: Ihre Seelen bleiben befleckt.«

Bashirs Blick glitt zwischen den beiden Edemanern hin und her. »Was soll das heißen?« fragte er, und seine Verwirrung wuchs.

»K'olkr wird Mutter und Sohn nicht willkommen heißen, denn Rasas Weg wurde verändert, und Azira verlor den Glauben. Sie ignorierte K'olkrs Absichten, gab ihren eigenen Wünschen Vorrang, und so etwas darf nicht geduldet werden... Azira, ich habe die Worte gesprochen und jenen Pfad beschritten, der dir verwehrt bleibt. Von jetzt an und für immer sind wir getrennt. Darüber hinaus bist du exkommuniziert. Wenn du den Boden von Edema betrittst, so werden dich K'olkrs Jünger meiden. Einige von ihnen könnten... zum Mittel der Gewalt greifen«, fügte Marko widerstrebend hinzu. »Ich mißbillige solche Methoden, aber ich werde nicht versuchen, die Zornigen zurückzuhalten.«

Bashirs Ärger brauchte dringend ein verbales Ventil. »Sie herzloser Mistkerl!« entfuhr es ihm. »Diese Frau hat Ihrem Sohn das Leben gerettet! Und dafür danken Sie ihr nun auf diese Weise? Wollen Sie Azira wirklich verbannen, sie aus dem ihr vertrauten Leben verstoßen? Das können Sie nicht!«

Marko wirbelte herum, bewegte sich so schnell, daß Bashir verblüfft die Augen aufriß. Der Arzt glaubte, ein leises Vibrieren in der bis dahin ernsten und würdevollen Stimme des großen Edemaners zu hören, als er erwiderte: »Sie haben überhaupt keine Ahnung davon, was ich kann oder nicht kann! Glauben Sie vielleicht, dies *gefällt* mir? Halten Sie es für möglich, daß ich *Spaß* daran finde? In der Kultur meines Volkes gibt es keinen Platz für eine zweite Ehe – ich muß also den Rest meines Lebens allein verbringen. Sie können doch nicht im Ernst glauben, daß ich mir so etwas *wünsche*, oder?«

Der Edemaner zog den Umhang enger um die Schultern, schien auf diese Weise zu versuchen, sich zu schützen und neue Kraft zu sammeln. »Sie haben sich so verhalten, wie Sie es für erforderlich hielten. Das gilt auch für meine Frau – ich bitte um Verzeihung: für meine frühere Frau. Jetzt muß ich meinen Pflichten genügen.«

Bashir sah Azira an. »Aber...«, begann er hilflos und brachte kein weiteres Wort hervor.

Mas Marko schritt wie in Zeitlupe zur Tür. Trotz seiner Größe wirkte er jetzt klein und verletzbar. Als sich das Schott vor ihm öffnete, verharrte er kurz und sprach so leise, daß Bashir die Worte kaum hörte: »Möge K'olkr über dich wachen, Azira. Über dich und Rasa.«

»Wenn es Seinem Wunsch entspricht«, entgegnete die Edemanerin.

Marko verließ die Krankenstation.

»Doktor...«, sagte Azira nach einigen Sekunden. »Darf ich Sie darum bitten, unseren Transfer vorzubereiten? Ich denke dabei an eine Passage nach...« Sie unterbrach sich und überlegte. »Nun, das Ziel ist eigentlich unwichtig. Wie wär's mit Bajor? Der Planet läßt sich mit einem kurzen Shuttleflug erreichen, und wie ich hörte, sind die Bajoraner ein sehr religiöses Volk. K'olkr hat uns verstoßen – aber vielleicht nimmt uns der bajoranische Gott an.«

»Es... es tut mir leid, Azira«, sagte Bashir, und es klang schrecklich banal. »Ich meine, wenn ich gewußt hätte...«

»Wären Sie dann bereit gewesen, sich auf eine andere Art und Weise zu verhalten?« fragte die Edemanerin mit bitterem Spott. »Ihnen ging es einzig und allein darum, ein Leben zu retten; Hinweise auf die wahrscheinlichen Konsequenzen hätten Sie überhaupt nicht zur Kenntnis genommen. Sie zwangen mich, zwischen der Zukunft meines Sohns und dem eigenen Leben zu wählen – einem Leben, das ich mit meinem Mann teilte und in der Gemeinschaft von K'olkrs Jüngern verbrachte. Wenn Sie noch einmal in eine ähnliche Situation gerieten... Ich bin ziemlich sicher, daß Sie die gleiche Entscheidung treffen würden.«

»Das ist nicht auszuschließen«, erwiderte Bashir. Es ärgerte ihn, ein solches Geständnis abzulegen. Immerhin hatte er sich schuldig gefühlt, als er Druck auf Azira ausübte, ihr die holographischen Szene zeigte, die sie mit Entsetzen und für ihn unvorstellbarer seelischer Pein erfüllte. Allerdings... Die Gewissensbisse rückten schon bald in den Hintergrund, wichen dem Triumph darüber, Rasa das Leben gerettet, dem Tod ein Schnippchen geschlagen zu haben. »Es ist nicht auszuschließen«, wiederholte er. »Wie dem auch sei:

Ich wußte nichts von den Konsequenzen, als ich mich bemühte, Ihren Sohn vor dem Tod zu bewahren. Die ganze Zeit über dachte ich nur daran, ihn am Leben zu erhalten. *Sie* hingegen kannten die möglichen Folgen, als Sie beschlossen, meine Hilfe in Anspruch zu nehmen. Wären Sie bereit, die gleiche Entscheidung noch einmal zu treffen?«

Azira blickte zu dem schlafenden Jungen auf der Diagnoseliege. Jenes Kind hatte sie alles gekostet: ihren Mann, ihre Religion, Heimat und Freunde – einfach alles.

»Ich weiß es nicht«, sagte sie nach einer Weile. »Ich wünschte bei Ko… bei Gott, ich könnte Ihnen eine Antwort darauf geben.«

Das Schott öffnete sich mit einem leisen Zischen, und Sisko kam herein. Sein Gesicht wirkte noch dunkler als sonst.

»Ich habe gerade mit Del gesprochen, Doktor«, brummte er.

»Ja?«

»Und nun möchte ich mit Ihnen reden. Über eine ganz bestimmte Angelegenheit.«

»Ich habe es nicht anders erwartet«, entgegnete Bashir und seufzte leise.

# KAPITEL 22

Benjamin Sisko betrat sein Quartier und streckte die Arme – er fühlte sich steifer und viel älter. »Jake?« rief er.

Sein Sohn kam aus dem Nebenzimmer, und Sisko lächelte unwillkürlich – Jake trug einen Helm. »Ist es hier wieder sicher?« fragte der Junge.

»Natürlich«, erwiderte Benjamin. »Die Cardassianer sind schon seit Stunden fort, ebenso die Edemaner.«

»Und der Metamorph?«

»Durchs Wurmloch verschwunden. Ich schätze, wir sehen ihn nie wieder.«

»Ich finde es schade, daß Odo und er keine Freunde werden konnten. Vielleicht bedauert das auch der Constable.«

Daran hatte Sisko ebenfalls gedacht. »Ja, das stimmt vermutlich«, sagte er leise.

Jake verlagerte das Gewicht voller Unbehagen von einem Bein aufs andere, und sein Vater warf ihm einen fragenden Blick zu. »Stimmt was nicht?«

»Nun, ich weiß nicht genau, wie ich es ausdrücken soll…«

»Oh, *lieber* Himmel…« Sisko setzte sich und breitete die Arme aus. »Na schön. Heraus damit. Was ist passiert? Du und Nog… Habt ihr wieder irgend etwas angestellt?«

»Wie? Nein. Nein, keine Sorge. Darum geht's nicht. Ich… ich möchte mich nur bei dir bedanken. Weil du mir das Leben gerettet hast und so.«

»Und so.« Sisko nickte. »Ich verstehe.«

»Ich meine ... Ich habe über neulich nachgedacht. Du hast versprochen, mich zu beschützen – und du hast dein Versprechen gehalten.«

Sisko nickte erneut. »Ist dir der Aufenthalt an Bord von Deep Space Nine dadurch angenehmer geworden?«

Jake überlegte kurz.

»Nein.«

»Im Lauf der Zeit gewöhnst du dich an die Raumstation. Zeit – so heißt das Zauberwort. Gib dir einfach Mühe. Mehr kann niemand von dir verlangen.«

»Nun ...« Jake trat näher und setzte sich auf die Armlehne des Sessels. »Nehmen wir mal an, daß ich ... äh ... in Mathematik durchfalle, obwohl ich mir Mühe gegeben habe ... Wäre dann alles in Ordnung damit?«

»Ich würde dir keine Vorwürfe machen, wenn du dir *wirklich* Mühe gegeben hättest. Immerhin kam auch Albert Einstein als Schüler nicht gut mit Mathe zurecht.«

Jake strahlte.

»Andererseits ...« Sisko schnitt eine betont ernste Miene. »Du bist nicht Einstein. Und wenn du in Mathematik durchrasselst, bin ich verdammt sauer auf dich, klar?«

»Ja, Vater.«

»Gut. Freut mich, daß wir darüber gesprochen haben, Sohn.«

Odo saß an einem Tisch in Quarks Spielkasino, zusammen mit Dax und Bashir. Der Ferengi brachte gerade eine große Karaffe Bier und verkündete laut: »Noch ein Gratisdrink für meinen guten Freund Odo, der sein Leben riskierte, um mich zu retten!«

Der Sicherheitsoffizier warf ihm einen verächtlichen Blick zu. »Ich habe nur meine Pflicht erfüllt. Das ist alles. Und falls es Ihrer Aufmerksamkeit entgangen sein sollte: Wenn Sie Glav zu Beginn Ihrer kriminellen

Laufbahn nicht ruiniert hätten, wäre der Raumstation Deep Space Nine die jüngste Katastrophe erspart geblieben.«

»Eine unbedeutende Einzelheit«, kommentierte Quark.

»Darüber hinaus ist mir folgendes aufgefallen: Als wir die Falle vorbereiteten, haben Sie sich so weit wie möglich von uns ferngehalten.«

»Aus Respekt vor Ihrer Kompetenz als Sicherheitsoffizier«, behauptete Quark. »Ich wollte Ihnen nicht im Weg sein. Aber wenn Sie darauf bestehen, nur Ihre Pflicht erfüllt zu haben… Na schön. Ich lege immer großen Wert darauf, quitt zu sein. Geht es Ihnen nicht ebenso, Doktor?«

Bashir nickte schwermütig.

»Gut.« Quark wankte fort.

»Ist alles in Ordnung mit Ihnen, Doktor?« fragte Dax.

»Wie?« Der Arzt sah auf. »O ja. Alles ist bestens. Schließlich habe ich ein Leben gerettet.«

»Das freut mich!« Dax lächelte. »Wen meinen Sie?«

»Den edemanischen Jungen namens Rasa.«

»Das finde ich wundervoll, Julian«, sagte die Trill. »Bestimmt sind Sie sehr glücklich. Ich meine: Ärzte sind doch immer bestrebt, Leben zu bewahren, nicht wahr?«

»Ja«, bestätigte Bashir tonlos. »Ja, das stimmt. Äh, wenn Sie mich bitte entschuldigen würden…« Er stand auf und ging fort.

Dax sah ihm nach. »Seltsam. Normalerweise starrt er mich die ganze Zeit über an, aber diesmal nahm er meine Anwesenheit kaum zur Kenntnis. Bisher erschien mir Bashirs Vernarrtheit dumm und töricht, doch seine Gleichgültigkeit besorgt mich. Ist das nicht komisch?«

»Zum Schreien«, sagte Odo. Er runzelte die Stirn und sah zu Quark, der nun wieder hinter der Theke stand. »Mitten in der Krise hat sich ein Ferengi einen Scherz erlaubt: Er schickte Mas Marko aus keinem ersichtlichen Grund zum Kontrollraum. Dieser Sache muß ich noch auf den Grund gehen.«

»Odo …« Dax musterte ihn überrascht. »Legen Sie nie eine Pause ein? Die Welt besteht nicht nur aus Verbrechern, denen Sie das Handwerk legen müssen. Möchten Sie vielleicht … über den Metamorph reden? Die Begegnung mit ihm ist sicher sehr schwierig für Sie gewesen.«

Odo bedachte den wissenschaftlichen Offizier mit einem erstaunten Blick. »Warum sollte ich darüber reden wollen? In dieser Hinsicht gibt es nichts mehr zu erörtern. Der Mörder ist verschwunden, und mit ziemlicher Sicherheit kam er durch die Subraum-Kompressionen ums Leben. Ich halte es für sinnlos, noch weitere Gedanken daran zu verschwenden.« Er erhob sich. »Lieutenant … Eine wichtige Aufgabe erwartet mich. Ich nehme sie nicht gerne wahr, aber ich bin an mein Wort gebunden.«

»Odo, sind Sie *ganz* sicher, daß Sie nicht …«

Der Sicherheitsoffizier ging fort, ohne Dax Gelegenheit zu geben, auch den Rest der Frage zu formulieren. Er schien fast zu *fliehen*.

Molly O'Brien wurde an diesem Tag drei Jahre alt, und Teile einer Sahnetorte klebten in ihrem zierlichen Gesicht, als sie in den Korridor trat – um dort die Augen aufzureißen und entzückt in die Hände zu klatschen. Die anderen Kinder hinter ihr – unter ihnen befand sich auch Dina – quiekten voller Freude, als sie sahen, was im Korridor wartete.

Ein scheckiges Pony stand dort, und der lange Schweif zuckte hin und her. O'Brien lächelte und rückte den Sattel zurecht. »Du hast das Pferdchen nur für heute, Molly«, sagte Miles. »Aber heute ist ja auch ein ganz besonderer Tag, nicht wahr? Nun, wer kommt als erster an die Reihe? Vielleicht… das Geburtstagskind?«

Molly lachte und lief zu ihrem Vater. Keiko folgte ihr und versuchte, das Gesicht ihrer Tochter mit einer Serviette zu reinigen. Aber das Mädchen wand sich ungeduldig hin und her, und dadurch gelang es der Mutter nicht, alle Sahnespritzer fortzuwischen. Es spielte keine Rolle. Wichtig war nur, daß Molly vor Glück geradezu platzte.

»Also los.« O'Brien ging neben dem Pony, und Molly saß stolz im Sattel.

Miles schien zu seiner Tochter zu sprechen, als er sagte: »Ich muß zugeben, daß dies wesentlich besser ist als irgendwelche Zauberkunststücke. Tja, ich fürchte, meine Tricks mit den Karten taugten nicht viel. Obwohl… Letztendlich dienten sie einem guten Zweck. Es geht dabei um Irreleitung. Man fesselt die Aufmerksamkeit der Zuschauer mit einer Sache, um sie von einer anderen abzulenken. Dieser Umstand brachte Mr. Odo auf eine Idee. Du kennst doch Mr. Odo, unseren netten Sicherheitsoffizier, nicht wahr? Nun, er begann damit, über das Irreleiten nachzudenken, und dadurch führte eins zum anderen. Er begriff plötzlich, daß jemand versuchte, ihn hinters Licht zu führen. War das nicht schlau von Mr. Odo, Schatz? Er hat dafür gesorgt, daß ein böser Mann niemandem mehr etwas antun kann. Dafür sollten wir ihm dankbar sein, stimmt's?«

»Ja, Papi«, sagte Molly glücklich. Eigentlich achtete sie gar nicht auf die Worte ihres Vaters. Sie war viel zu sehr damit beschäftigt, Passanten zuzuwinken, während das Pony sie durch den Habitatring trug.

»Und weil ich ihn auf jene Idee brachte, glaubt Mr. Odo, in meiner Schuld zu stehen«, fuhr O'Brien fort. »Für ihn ist es sehr wichtig, daß alles gerecht und fair bleibt. Nicht nur ich habe ihm geholfen, sondern auch Mami – mit einem gut gezielten Phaserschuß. Deshalb will er jetzt auch uns helfen. Er fühlt sich moralisch dazu verpflichtet, uns einen Gefallen zu erweisen. Ist das nicht wundervoll, Molly?«

»O ja, Papi.« Molly strich über den dicken Hals des Ponys. »Darf ich es Fluffy nennen?«

»Ja, natürlich«, erwiderte O'Brien. »Aber denk daran: Du hast das Pferdchen nur für heute. Nenn es ruhig Fluffy. Bist du damit einverstanden, Fluffy?«

Woraufhin das Pony flüsterte: »Ich warne Sie, O'Brien: Wenn Sie jemandem davon erzählen, insbesondere Quark...«

»Er erfährt nichts von mir, Fluffy«, versicherte Miles. »Ehrenwort. Und um meine Anerkennung zu zeigen... Möchten Sie vielleicht ein Stück Zucker?«

Fluffy schnaubte abfällig.

»Nein?« O'Brien zuckte mit den Schultern und schob sich das Zuckerstück selbst in den Mund. »Nun, *mir* schmeckt's.«

Fluffy setzte den Weg stumm fort, und seine Hufe klapperten übers Deck.

# STAR TREK™

in der Reihe
HEYNE SCIENCE FICTION & FANTASY

*Vonda N. McIntyre,* Star Trek II: Der Zorn des Khan · 06/3971
*Vonda N. McIntyre,* Der Entropie-Effekt · 06/3988
*Robert E. Vardeman,* Das Klingonen-Gambit · 06/4035
*Lee Correy,* Hort des Lebens · 06/4083
*Vonda N. McIntyre,* Star Trek III: Auf der Suche nach Mr. Spock · 06/4181
*S. M. Murdock,* Das Netz der Romulaner · 06/4209
*Sonni Cooper,* Schwarzes Feuer · 06/4270
*Robert E. Vardeman,* Meuterei auf der Enterprise · 06/4285
*Howard Weinstein,* Die Macht der Krone · 06/4342
*Sondra Marshak & Myrna Culbreath,* Das Prometheus-Projekt · 06/4379
*Sondra Marshak & Myrna Culbreath,* Tödliches Dreieck · 06/4411
*A. C. Crispin,* Sohn der Vergangenheit · 06/4431
*Diane Duane,* Der verwundete Himmel · 06/4458
*David Dvorkin,* Die Trellisane-Konfrontation · 06/4474
*Vonda N. McIntyre,* Star Trek IV: Zurück in die Gegenwart · 06/4486
*Greg Bear,* Corona · 06/4499
*John M. Ford,* Der letzte Schachzug · 06/4528
*Diane Duane,* Der Feind — mein Verbündeter · 06/4535
*Melinda Snodgrass,* Die Tränen der Sänger · 06/4551
*Jean Lorrah,* Mord an der Vulkan Akademie · 06/4568
*Janet Kagan,* Uhuras Lied · 06/4605
*Laurence Yep,* Herr der Schatten · 06/4627
*Barbara Hambly,* Ishmael · 06/4662
*J. M. Dillard,* Star Trek V: Am Rande des Universums · 06/4682
*Della van Hise,* Zeit zu töten · 06/4698
*Margaret Wander Bonanno,* Geiseln für den Frieden · 06/4724
*Majliss Larson,* Das Faustpfand der Klingonen · 06/4741
*J. M. Dillard,* Bewußtseinsschatten · 06/4762
*Brad Ferguson,* Krise auf Centaurus · 06/4776
*Diane Carey,* Das Schlachtschiff · 06/4804
*J. M. Dillard,* Dämonen · 06/4819
*Diane Duane,* Spocks Welt · 06/4830
*Diane Carey,* Der Verräter · 06/4848
*Gene DeWeese,* Zwischen den Fronten · 06/4862
*J. M. Dillard,* Die verlorenen Jahre · 06/4869
*Howard Weinstein,* Akkalla · 06/4879
*Carmen Carter,* McCoys Träume · 06/4898
*Diane Duane & Peter Norwood,* Die Romulaner · 06/4907
*John M. Ford,* Was kostet dieser Planet? · 06/4922
*J. M. Dillard,* Blutdurst · 06/4929
*Gene Roddenberry,* Star Trek (I): Der Film · 06/4942
*J. M. Dillard,* Star Trek VI: Das unentdeckte Land · 06/4943
*Barbara Paul,* Das Drei-Minuten-Universum · 06/5005
*Judith & Garfield Reeves-Stevens,* Das Zentralgehirn · 06/5015
*Gene DeWeese,* Nexus · 06/5019
*D. C. Fontana,* Vulkans Ruhm · 06/5043

STAR TREK™

*Judith & Garfield Reeves-Stevens,* Die erste Direktive · 06/5051
*Michael Jan Friedman,* Das Doppelgänger-Komplott · 06/5067
*Judy Klass,* Der Boacozwischenfall · 06/5086
*Julia Ecklar,* Kobayashi Maru · 06/5103
*Peter Morwood,* Angriff auf Dekkanar · 06/5147 (in Vorb.)
*Carolyn Clowes,* Das Pandora-Prinzip · 06/5167 (in Vorb.)

STAR TREK: DIE NÄCHSTE GENERATION:

*David Gerrold,* Mission Farpoint · 06/4589
*Gene DeWeese,* Die Friedenswächter · 06/4646
*Carmen Carter,* Die Kinder von Hamlin · 06/4685
*Jean Lorrah,* Überlebende · 06/4705
*Peter David,* Planet der Waffen · 06/4733
*Diane Carey,* Gespensterschiff · 06/4757
*Howard Weinstein,* Macht Hunger · 06/4771
*John Vornholt,* Masken · 06/4787
*David & Daniel Dvorkin,* Die Ehre des Captain · 06/4793
*Michael Jan Friedman,* Ein Ruf in die Dunkelheit · 06/4814
*Peter David,* Eine Hölle namens Paradies · 06/4837
*Jean Lorrah,* Metamorphose · 06/4856
*Keith Sharee,* Gullivers Flüchtlinge · 06/4889
*Carmen Carter u. a.,* Planet des Untergangs · 06/4899
*A. C. Crispin,* Die Augen der Betrachter · 06/4914
*Howard Weinstein,* Im Exil · 06/4937
*Michael Jan Friedman,* Das verschwundene Juwel · 06/4958
*John Vornholt,* Kontamination · 06/4986
*Mel Gilden,* Baldwins Entdeckungen · 06/5024
*Peter David,* Vendetta · 06/5057
*Peter David,* Eine Lektion in Liebe · 06/5077
*Howard Weinstein,* Die Macht der Former · 06/5096
*Michael Jan Friedman,* Wieder vereint · 06/5142 (in Vorb.)
*T. L. Mancour,* Spartacus · 06/5158 (in Vorb.)

STAR TREK: DIE ANFÄNGE:

*Vonda N. McIntyre,* Die erste Mission · 06/4619
*Margaret Wander Bonanno,* Fremde vom Himmel · 06/4669
*Diane Carey,* Die letzte Grenze · 06/4714

STAR TREK: DEEP SPACE NINE:

*J. M. Dillard,* Botschafter · 06/5115
*Peter David,* Die Belagerung · 06/5129 (in Vorb.)
*K. W. Jeter,* Die Station der Cardassianer · 06/5130 (in Vorb.)
*Sandy Schofield,* Das große Spiel · 06/5187

DAS STAR TREK-HANDBUCH:

**überarbeitete und aktualisierte Neuausgabe!**
von *Ralph Sander* · 06/4900 und 06/5150 (in Vorb.)

Diese Liste ist eine Bibliographie erschienener Titel
KEIN VERZEICHNIS LIEFERBARER BÜCHER!

HEYNE BÜCHER

# HEYNE SCIENCE FICTION UND FANTASY

## STAR TREK™

**Die erfolgreichste Filmserie der Welt**

06/4830

06/4771

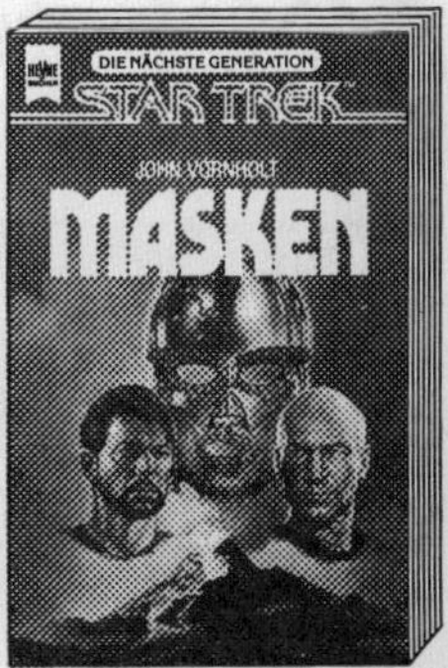


06/4787

06/4793

06/4814

06/4837

**Wilhelm Heyne Verlag**
**München**